저널 포 조던

사랑과 명예에 관한 이야기

다나 카네디 지음 | 하창수 옮김

저널 포 조던

사랑과 명예에 관한 이야기

다나 카네디 지음 | 하창수 옮김

『저널 포 조던』의 독자들께 보내는 옮긴이의 편지

번역을 하다 보면 모국어로 된 글을 읽을 때와는 달리 감정 이입이 잘 일어나지 않습니다. 글이 옮겨지는 시간의 간극 때문입니다.

시간의 간극이 아무리 짧더라도, 그 짧은 시간에 마치 감정이 휘발되어 버리듯 무뎌지거나 덤덤해져 버리는 게 느껴질 정도입니다. 그래서 번역을 하며 울컥해지는 경우는 매우 드뭅니다. 오히려 다 옮기고 나서 교정을 보다가 뒤늦게 "아!" 하고는 격한 감정에 사로잡히곤 하죠.

『저널 포 조던』을 옮길 때는 상황이 많이 달랐습니다. 저도 모르게 눈물이 흘러내려 자판을 두드리다 말고 한참이나 멍하니 있을 때가 많았습니다. 어떤 때는 흐느껴 우는 소리를 들은 아내가 조심스럽게 서재 문을 두드린 적도 있었습니다. 찰스 먼로 킹 상사가 세상을 떠났다는 사실을 이미 알고 있음에도 불구하고, 어쩌면 그래서 더 가슴이 아파 눈물을 참기 힘들었을지도 모릅니다.

미국의 작가 헨리 밀러가 그랬던가요. "충분히 가질 수 없는 것이 사랑이다. 충분히 줄 수 없는 것 또한 사랑이다." 라고요.

아무리 가져도 부족하고, 아무리 주어도 모자라기만 한 사랑을『저널 포 조던』만큼 생생하게 느끼게 해 준 이야기가 또 있을까 싶습니다. 소설이었어도 그랬을 테지만, 실재한 이야기여서 더 절실했던 것 같습니다.

다 옮기고 나서 한동안은 일이 손에 잡히질 않았습니다. 그런데 이제, 출간을 얼마 남겨 놓지 않은 지금, 역자의 말을 쓰기 위해 원고를 뒤적이다가 얼른 닫았습니다. 하필이면 눈에 들어온 것이, 킹 상사가 세상을 떠나고 한 달쯤 뒤 크리스마스에 조던의 엄마가 조던을 유모차에 태우고 뉴욕의 공원으로 가서 둘이서만 외로이 마차를 타는 대목이었습니다. 생각만 해도 또 눈물이 맺힙니다.

곧 영화가 개봉된다는데, 영화관에 갈 자신이 없습니다. 그래도 가야 한다면, 손수건은 꼭 챙겨가야겠지요. 아예 여행용 휴지 한 통을 가방에다 넣어 가는 게 낫겠습니다.

사랑은 죽음을 초월해 영원히 이어진다는 사실을 일깨워 준 킹 상사와 다나 카네디에게 고마움을 전합니다. 두 사람의 사랑 그 자체였던 조던의 안부도 궁금합니다.

그리고 이 책을 가슴 아파하며 읽었을, 하지만 회복하기 힘든 상실과 불행의 늪을 사랑과 용기로 건너온 이야기에 크고 따뜻한 위안을 선물로 받았을 독자들께, 저 역시 가슴이 많이 아팠으나 결국은 크고 따뜻한 위안을 선물로 받았음을 고백합니다.

2022년 봄 하창수

목차

내 마음의 두 수호자,
찰스와 조던에게

제1부

1

사랑하는 조던,

네가 이 책을 읽고 있다면, 그건 우리가 여러 해에 걸친 슬픔의 시간을 지나왔다는 의미일 거야. 또한 내가 하게 될 얘기들을 모두 이해할 만큼 네가 성장했다는 뜻도 되겠지.

지금 넌 태어난 지 겨우 열 달밖에 되질 않아. 난 이 글을 청년인 너에게 쓰고 있단다. 그때가 되면 알게 될 거야. 아버지가 영예로운 무공 훈장을 받은 군인이었으며, 2006년 10월 이라크의 한 전투에서 장갑 차량에 포탄이 터져 전사했다는 사실을. 그때 넌 생후 육 개월의 아기였었지.

아버지가 그 무서운 열사의 땅에서 널 위해 또박또박 써 내려간, 200쪽이 넘는 일기를 남겨 놓았다는 것도 알게 되겠지. 네게 그 일기가 어떻게 쓰여지게 되었는지를 들려주고 싶어. 또한 일기에는 언급되지 않은 네 아버지에 대해, 그리고 우리의 영원히 스러지지 않는 사랑에 관해서도.

2005년 12월, 미 육군 선임 부사관 찰스 먼로 킹은 새로운 생명을 얻어 이 세상에 나오게 될 너에 대한 기대와 그 자신은 돌아오지 못할지도 모른다는 생각을 가진 채로 너를 임신한 엄마의 커다란 배에 입을 맞추곤 전쟁터로 떠났지. 네 아빠를 그 위험한 전장으로 실어 나를 비행기가 이륙하기 전까지, 아빠에 대한 걱정이 온통 내 마음을 사로잡고 있었단다. 엄마가 아빠에게 일기장을 건넨 건 그 때문이었어. 아빠가 그 일기장에다 쓰기를 바랐던 거야. 네게 전하고 싶은 말들을 말이야. 어쩌면 네게 용기가 될 수 있는 말들이 될 수도 있겠지. 아직 네가 태어나기 전이었고, 서로 만나기 전에 아빠가 먼저 세상을 떠날 수도 있었으니까.

아빠는 이라크로 떠나기 전 네가 아들인지 딸인지를 포함해서 혹시라도 놓칠 수 있는 것들에 대해 참 많이도 점검했었지. 네가 어떻게 생겼을까 가슴을 두근거리며 상상도 해 보았고, 이라크에 가서도 군복 주머니엔 늘 너의 초음파 사진이 들어 있었단다.

그리고 일기가 있었어. 우리에게로 돌아오지 못할 때를 대비해 아빠는 네 삶의 길잡이가 되어 줄 것들을 거기에 적었던 거야. 데이트할 때는 네가 음식값을 낼 것, 휴가 때는 사진을 많이 찍어 둘 것, 일할 때는 성실히 할 것, 고지서는 연체하지 말고 제때 납부할 것—아빠는 네가 그러길 바랐어. 상실감이 들 때 어떻게 해야 하는지, 사랑과 욕망의 차이를 어떻게 이해할지를 아빠는 네게 말해 주고 싶어 했지. 진지하게 기도를 올리며 하루를 마무리하는 것도. 그 모든 건 결국 아빠가 우리를 얼마나 사랑하는지, 그걸 네가 알길 원했던 거였어.

그렇게, 때로는 극도로 위험한 임무를 끝낸 아빠는 허기지고 지친 몸으로 돌아와, 늦은 밤 잠들기 전 그나마 소음이 덜한 내무반에서 네게 뭔가를 써 내려 갔을 거야. 간혹 문법이 틀리거나 손 글씨가 흐트러진 건 그만큼 지치고 다급했던 것 같아. 하지만 아빠가 자신의 생각들을 아름다운 문장에 담으려 애썼다는 건 부인할 수 없어. 이런 말들처럼.

네가 한 일에 늘 겸손하고, 동료들보다 더 열심히 하도록 노력해. 그리고 남자도 얼마든 울 수 있어. 때로는 울음만큼 고통과 압박감을 덜어 내 줄 수 있는 것도 없지. 우는 걸 부끄럽게 생각하지 마. 울음은 결코 남자다움을 해치지 않아.

아빠가 내게 우편으로 일기를 보내온 건 2006년 7월이었어. 아빠 부대의 젊은 병사 한 명이 자살 폭탄 테러로 의심되는 끔찍한 폭발로 전사한 지 얼마 되지 않았을 때였지. 아빠는 폭발이 일어난 탱크에서 조각조각 흩어진 젊은이의 시신을 수습한 후 너무도 충격을 받아서 채 끝마치지 않은 일기장을 내게 보냈던 거야. 못다 한 말들이 더 있었지만, 그건 널 만나기 위해 2주 동안의 휴가를 얻어 아빠가 집으로 올 때까지 기다려야만 했어. 아빠가 세상을 떠나기 불과 6주 전의 일이었지.

일기장이 도착한 그날 밤, 나는 아빠의 일기를 읽기 시작했어. 주위는 고요했고, 넌 내 곁에서 새근새근 잠들어 있었지. 일기를 읽는 내내 난 나의 온화한 검투사와 다시금 사랑에 빠져들었어. 그는 내가 아는 가장 영예로운, 섬세한 마음을 가진 남자였단다. 난 그 사람을 네가 결코 흉내 낼 수조차 없는 성자로 묘사하고 싶진 않아. 그럴 필요도 없고, 실제 그런 사람도 아니었으니까. 그는 온화하고 자애롭고 매사에 성실한 사람이었지만, 때론 쉽게 슬픔에 휩싸였고 고집스럽고 곁을 주지 않는 사람이었어. 내 생일날 자기 대신 이모와 친구들이랑 시간을 보낸 것도 사소하게 넘기지 못하고 며칠씩이나 곱씹기도 했었지. 가족보다는 부대의 동료들을 먼저 생각하는 사람이기도 했고.

불완전한 사람이긴 나도 다를 바 없었지. 하지만 난 네 아빠를 깊이 사랑했어. 오랜 연애 기간 동안 난 있는 그대로의 그를 받아들이기 위해 무척이나 애썼어. 우리가 연애하던 십 년 가운데 반은 그 사람과 사랑에 빠지게 될 나 자신을 기다리는 시간이었다고 할 수 있을 정도로 말이야. 누구나 미래의 어느 날 결혼식장에 함께 서 있게 될 사람을 상상해 볼 텐데, 솔직히, 그 사람은 내가 상상했던 신랑감은 아니었어. 그는 극도로 내성적이었고, 결정 장애라고 할 만큼 대책 없이 뭉그적거리는 낙관주의자였으니까. 네 아빠는 뉴욕 타임스의 기사보다 상업적인 텔레비전 뉴스를 더 믿는 사람이었어. 뉴욕 타임스는 엄마가 11년 넘게 기자로 일하고 있던 신문사였는데 말이야.

엄만 말이 많고, 매사에 나서길 좋아하고, 극성스럽기까지 했지. 그런 게 네 아빠를 즐겁게 해 주는 것일 수도 있었겠지만, 때론 괴롭히기도 했을 거야. 그 외에도 문제는 많았어. 고집도 세고 충동적이고, 스트레스를 받으면 마구 먹어 대서 체중 조절에도 문제가 있었지. 교통 체증 땐 쌍욕을 퍼붓기도 하고.

네 아빠를 만난 건 한창 기자로서 경력을 쌓아 가던 중이었는데, 당시 아빠는 신병들을 훈련하기 위해 몇 달씩 야영지로 떠나 있곤 했었지. 아빠는 사명감이 투철한 선임 훈런 담당 하사관이었어. 그 사람은 자신의 부대에 너무도 헌신적이었는데, 신병들 대부분은 막 고등학교를 졸업한 젊은이들이었어. 사고를 쳐서 수감되면 보석으로 빼내 오기도 하고, 월급을 어떻게 갈무리하는지도 가르쳐 주고, 심지어 성교육까지 시켰었지. 반면에 엄마가 몸담고 있던 언론에 대해선 아예 입을 다물어 버리거나 내 생각과는 전혀 다른 견해를 드러내곤 했는데, 난 네 아빠의 그런 태도를 묵묵히 받아들이는 편이었어. 하지만 너를 가지는 일에만큼은 물러서질 않았지. 아이를 가지는 건 우리 둘 모두 오래도록 꿈꿔 온 일이었으니까. 하지만 쉽지 않았어. 그 사람의 마음 속엔 늘 병사들이 있었고, 자신을 더 필요로 하는 건 그들이란 믿음을 가지고 있었어. 네 아빤 105명이나 되는 부대원들이 빠짐없이 첫 휴가를 얻어 고향에 다녀올 때까지 이라크를 단 한 발자국도 떠나지 않았지.

그 사람이 군대라는 조직과 긴밀하게 자신을 연결한 건 단지 의무감만이 아니라 그곳이 자신의 세계를 확장시켰기 때문이었어. 네 아빠는 웨스트버지니아주의 탄광촌, 뉴욕의 브롱스, 푸에르토리코의 바다 마을에서 온 사람들과 함께 훈련하고, 그들을 군인으로 길러냈지. 아빠는 파도타기 하던 사람들과 만났고, 성경에서 얘기하는 신의 사랑을 공유하는 남자들과 만났고, 남성 중심적인 조직에서 탁월한 능력을 발휘해 존경받던 여성들을 만났지. 독일에 주둔해 있는 동안 유럽을 여행하고, 관타나모 해안 지역에 근무할 땐 쿠바의 난민들에게서 스페인어를 배우기도 했다지. 일기엔 이렇게 적혀 있어.

군인이 되려 한 건 내 인생에서 가장 멋진 결정 가운데 하나야. 신은 내가 상상할 수 있는 것 이상의 축복을 주셨어. 정말이지 힘든 날도 있었지만, 돌이켜 봐도 후회는 없어. 군대는 내가 가진 기량을 맘껏 펼칠 수 있게 해 주었고, 너무나도 많은 훌륭한 사람들을 만나게 한 곳이었으니까. 정말이지 멋진 경험이었어. 신에게 감사할밖에.

하지만 아빠의 '멋진 경험'은 평화로운 때에만 해당될 뿐이었어. 군대는 찰스에게 죽음과 죽임 또한 던져 주었으니까. 피가 낭자한 장면들이 그 사람의 뇌리에 깊이 박혔고, 제1차 걸프전 때 입은 화학용 살포제에 의한 부상은 그의 두 팔에 영원히 지워지지 않은 반점들을 남겼지. 네 아빠 수년 동안 전투 장면들에 사로잡혀 있었는데, 거기에 대해선 엄마에게조차 말해 주지 않았어. 마지막 임무를 수행하던 중에 그 사람은 최악의 상실을 겪어야 했지. 아빠의 목표는 병사들을 하나도 빠짐없이 무사히 고향으로 돌려보내는 거였어. 부하의 아내들에게도 그렇게 하리라고 약속도 했었지. 하지만 그건 지킬 수 없는 맹세였어. 무엇보다 네 아빠 자신에게 부여된 임무가 가진 정당성에 한 치의 의심도 없었어. 찰스에게 전쟁은 '대량 살상 무기'에 관한 것도, '악의 축'에 관한 것도 아니었어. 그런 말들이 그 사람의 입에서 나오는 걸 단 한 번도 본 적이 없었어. 그 사람이 하는 얘기들은 한결같았어. 자신이 직접 시범을 보여 병사들을 훈련한다는 것, 명예와 존엄성에 대한 것, 진짜 적이든 상상에 의해 설정된 적이든 그들로부터 나라를 지켜낸다는 것—그런 것들뿐이었지.

난 네 아빠의 명예와 존엄이 자랑스러워. 설사 그것이 그를 우리에게서 떠나게 만들었다 해도 말이야. 아들, 우린 모두 이 세상을 떠날 거야. 하지만 영웅의 삶을 살다가 떠나는 사람은 생각만큼 많지 않아.

하지만 마흔여덟 살이라는 나이로 그렇게 일찍 우리 곁을 떠나 버린 네 아빠를, 아직 결혼식을 올리지 못했던 나는, 엄마라 불린 지 얼마 되지도 않았던 나는, 화가 치밀었어. 목숨을 앗아간 그 임무에 네 아빠가 자원했던 건 영웅적인 행위였을까, 아니면 바보 같은 짓이었을까?

퇴역 군인의 딸이었던 나는 군부대와 가까운 곳에서 자

랐어. 대학에 입학하며 그곳을 떠난 뒤론 다시는 그런 삶을 되풀이하고 싶지 않았지.

그래서 몇 년 동안 난 네 아빠와 깊이 엮이는 걸 거부했어. 그리고 장거리 연애의 상당 부분은 네 아빠가 날 쫓고 내가 네 아빠를 밀어내는 것의 연속이었지. 가끔 우린 서로가 아닌 다른 사람과 사귀곤 했어. 난 그 사람에게 헌신하게될까 봐, 그 사람은 내가 꾸물거려 좌절하게 될까 봐서 말이야. 하지만 결국은, 그 사람의 변함없음이, 그의 타고난 성정이, 그리고 네 아빠가 어떤 사람인지에 대한 확신과 무엇을 옹호하는지에 대한 확신이 나를 끌어당겼는데, 그건 네가 일기를 읽어 보면 알게 될 거야.

처음 떠오른 생각을 그냥 흘려보내지 마. 그게 어떤 의미를 가지고 있는지를 넌 스스로 알게 될 거야. 너 자신을 함부로 예단하지도 마. 네 가슴이 올바른 곳에 있다면, 늘 처음 떠올랐던 그 생각을 네 가슴 곁에 두도록 해. 어떤 일에든 성의를 다하고, 너의 직관을 하찮게 여기지 말길. 넌 태어날 때부터 언제나 초롱초롱했었지. 그건 네가 사물에 대한 깊은 통찰력을 갖고 있다는 걸 의미하는 거야. 신의 의지를 믿고, 너 자신에 대한 신뢰를 잃지 마. 신념을 지켜, 조던. 넌 잘할 거야.

네 아빠 네게 간절히 바랐어. 아빠의 마음을 알아주길 말이야. 그래서 아빠 일기를 택했던 건데, 그건 그 사람이 거의 하지 않았던 방식이지. 네 아빠가 네게 밝혀 놓은 것 중엔 나도 전혀 알지 못했던 게 많아. 중국의 만리장성을 보고 싶다거나, 기타 레슨을 받고 싶었다는 것들. 아빠 예술에 대한 사랑, 종교적인 신념, 클리블랜드의 어린 시절 얘기를 자세하게 적어 놓았어. 색이 다른 가죽들을 층층이 댄 '스택 힐stack-heeled' 구두에 나팔바지를 입은 중학생 네 아빠를 상상하며 한참이나 웃었지.

내가 제일 좋아한 스택힐 구두는 솜 맥캔Thom McCann이라는 구두점에서 산 거였어. 뒤축이 스웨이드suede라는 벨벳처럼 부드러운 검은색 특제 가죽으로 만들어졌었지. 지금 같았으면 킹 할머니가 잔소리깨나 늘어놓으셨을 거야. 스택힐 구두가 허리에 좋지 않다고 말이야. 그렇긴 했어. 폼나게 신고 다니는 법을 익히는 데 어지간히 애를 먹었으니까. 시내 백화점을 지날 때마다 쇼윈도에 비친 내 모습을 힐끔거리곤 했었는데, 보면 늘 노인네처럼 허리를 구부정한 채로 걷고 있더라고. 결국 신발장에 다 처박아 버렸지.

네 아빠의 일기를 읽지 않았다면 난 그 사람이 다문화 감리교회의 청소년 합창단에서 노래를 불렀다는 것도, 줄곧 클리블랜드 브라운스Cleveland Browns, 오하이오주 클리블랜드에 연고지를 둔 미식축구 프로리그 팀의 팬이었다는 것도, 8학년미국의 학제는 보통 12학년제로, 8학년은 우리의 중학교 2학년에 해당한다. 때 드니즈라는 소녀와 첫 키스를 했다는 사실도 몰랐을 거야.

학교가 끝나면 우린 늘 드니즈의 집까지 함께 걸어갔단다. 그러던 어느 날 그 애가 고맙다며 내게 뽀뽀를 하는 거야. 살짝 당황하긴 했지만, 8학년이 된 내겐 장족의 발전이었지. 여자애들이 늘, 하나같이 미소 띤 얼굴로 내게 농담을 던진 것도 그맘때였고.

신상 야구 점퍼 생각이 나는군. 새로 생긴 야구 점퍼를 학교에 입고 간 나는 거기다 모든 여자애의 사인을 받고 전화번호를 적게 했었지. 그리곤 그걸 방에다 벗어 놓았었는데, 어느 날 집으로 돌아온 난 말끔히 세탁되어 빨랫줄에 널린 점퍼와 마주치고 말았어. 옷이 지저분해졌다고 생각한 할머니가 빡빡 문질러 빨아 버렸던 거지. 난 주저앉아 엉엉 울고, 할머니는 깔깔깔 웃으시고.

네 아빠 절제가 매우 잘 된 사람이었어. 감기엔 뭐니 뭐니 해도 5마일8킬로미터 달리기로 땀을 빼는 게 제일 좋은 방법이라고 굳게 믿을 정도로 말이야. 다이어트를 철저히 지켜야 할 땐, 치킨은 늘 껍데기를 벗겨 먹었고, 하룻밤에 맥주 한두 잔 이상은 마시려 하지 않았고, 자기가 좋아하는 페이스트리조차 절대 폭식하는 법이 없었지.

그런 까다로운 태도에도 불구하고, 네 아빠의 기질에는 남다른 깊이가 있었어. 머릿속은 늘 전투에 사용할 전략들로 가득했지만, 기도하는 천사들 또한 가득 차 있었지. 조각 같은 탄탄한 몸을 만들기 위해 몇 시간이나 공을 들였던 그 사람은 이라크에서조차 새벽 다섯 시에 일어나 체육관에서 하루를 시작했다지. 하지만 네 아빠 풍만하다고 하기엔 뚱뚱한 내 몸을 좋아했단다. 이건 명백한 사실이야! 또 하나 명백한 사실은, 조각처럼 팽팽한 네 아빠의 피부가 이제껏 내가 만져 본 어떤 살결보다 매끄럽고 부드러웠다는 것.

그 사람은 병사들에게 자신의 필살기를 고스란히 전수해 주면서 훈련 때 저지르는 실수들이 전투에선 생명을 잃게 할 수도 있다는 걸 목이 터지도록 강조했지. 네 아빠의 장례식 때 어떤 장교가 추도사에서 그랬어. "그가 고함을 지르면 몸이 저절로 움직였다. 그가 고함을 지르는 데는 그만한 이유가 있었기 때문이다."

이 천하의 터프 가이가 바로 침대 머리맡에서 내게 샴페인을 따라 주고 팝콘과 초콜릿을 먹여 주던 바로 그 남자였어. 널 너무도 사랑해서 8월에 단 2주 동안 얻은 휴가 내내 거의 잠을 자지 않은 채 네 곁에서 보냈었지. 그 사람은 네 팔을 낀 채 춤을 추고, 이야기책을 고르러 널 데리고 서점에 다녀오고, 네가 잠드는 걸 지켜보며 길지 않은 그 시간들을 보냈어. 네 아빠 병영에서의 일에 관해선 거의 이야기하질 않았지만, 세상을 떠난 후에 병사들이 그러더라. 집무실에서 '일'을 할 때면 네 아빠가 우리 사진을 들여다보고 있는 걸 수시로 목격했었다고 말이야.

아빠의 강인하고 당당한 표정은 실은 여리고 수줍음 많은 내면을 감추는 복면과도 같았지. 아빠에게 즐거움을 가져다준 건 단순한 것들이었어. 노트에다 엄마를 그리거나 하루를 기도로 시작하는 것, 여름날 쏟아지는 빗줄기를 바라보는 것.

행운이 따른다면, 가끔은 무지개를 잡는 것도 불가능하진 않아.

그 사람은 단 한 번도 내게 병사들을 지휘하는 맹렬한 전사인 적이 없었고, 나 또한 그에게 이따금 미스터리한 존재였지. 네 아빠 날 결코 얘기를 멈추지 않을 사람으로 여겼어. 죽을 때까지 뭔가를 떠들어 대고 있을 거라고 말이야. 내가 읽어 보라고 하면 그때서야 네 아빠 신문을 펼쳤지만, 내가 어떻게 살인 사건 재판이나 우주 왕복선 폭발 같은 의미심장한 일을 기사로 쓸 수 있었는지에 대해선 전혀 개념이 없었지. 머스터드소스를 가장 싸게 살 수 있는 가게를 찾아 세 곳이나 훑어 대던 내가 어떻게 다이아몬드 테니스 팔찌를 구입하는 데 돈을 펑펑 쓰는지도 이해하지 못했고. 네 아빠 내가 가끔 자기한테 너무 많은 걸 기대한다고 생각했던 것 같아. 뭐, 그랬을지도 모르지.

하지만 우린 서로를 사랑했어. 2004년 12월, 네 아빠에게 이라크 파병 명령이 떨어진 무렵, 마침내 우리 가족이 될 준비를 완료했지. 널 가지기로 결정한 거야. 훈련을 마치고 휴식을 취하던 아빠와 난 열정적인 주말을 보냈고, 네가 엄마의 자궁에서 숨을 쉬기 시작했지. 그때 아빠의 나이는 마흔 살이었어.

그 사람이 이라크로 떠나고 4개월가량이 지나던 이른 봄날, 어두워질 무렵, 엄마는 병원 침대에 누워 널 낳았어. 통증이 너무너무 심해 몸이 부서져 버릴 것만 같았는데, 견뎌 낼 수 있을까 걱정이 될 정도였지. 하지만 6개월 뒤 네 아빠가 세상을 떠났을 때, 출산보다 더 극심한 고통을 겪게 될 거라는 걸, 비명을 지르며 바닥에 쓰러지게 될 거라는 걸 알지 못했지. 그리고 일기장이 전해졌어. 널 위해 쓴 네 아빠의 일기장을 받아든 그날 밤 이후로 난 그걸 백 번도 넘게 읽었어. 읽으면서 매번 난 새로운 걸 발견했지.

네 아빠는 오랫동안 널 기다렸고, 네가 존경할 수 있는 아버지가 될 수 있기를 바랐어. 그 사람은 이혼으로 끝난 이전의 결혼 생활에서 얻은 자신의 딸 크리스티나에게 좋은 아빠가 되려고 노력했었지만, 크리스티나와 많은 시간을 보내지 못한 걸 항상 괴로워했었거든.

좋은 아버지가 되기 위해선 가족들을 책임지는 좋은 가장이 되어야 한다고들 생각하지만, 그게 전부는 아니야. 열린 시각을 가지고 변화를 받아들이는 훌륭한 소통자가 되어야만 해. 중요한 일이 있을 땐 가족들 곁에서 함께해. 함께한다는 건 네가 바라는 것과는 상관없이 널 기쁘게 해 줄 거야. 좋은 아버지는 자기 자신을 항상 가족들이 필요로 하는 사람으로 만들어 주지.

차곡차곡 일기장을 채워 가던 찰스는 전투 중에 틈을 내어 따로 내게 십여 통의 러브레터를 보내기도 했어. 그중의 몇 통은 너랑 공유하고 싶어. 아빠는 거기에 자신이 직면했던 위험들에 대해 쓰기도 하고, 자신이 그리워한 것들에 대해서도 썼지. 그림을 그리고 있는 자신, 집에서 만든 음식들, 내 살갗을 만지던 때의 감촉 같은 것들. 그리고 너에 대한 사무치는 그리움도.

조던과 당신이 너무도 보고 싶소. 임신이 되었기를 기대하며 두근거리는 가슴으로 병원에 가던 일들이 기억나는군. 꿈은 반드시 이루어지는 법. 사랑하는 당신의 찰스.

네 아빠에 대해 얘기할 때 내가 여전히 현재 시제로 말하고 있다는 걸 발견할 때마다 놀라곤 해. 내 마음은 아직 리셋이 되지 않았나 봐. 난 헤어질 때 우리가 마음에 담아 두었던 모든 말들을 남김없이 쏟아 놓았다는 것을 알아. 그래서 위로가 돼. 그리고 처음으로 전쟁터로 떠나며 침실용 탁자 위에 남겨 놓고 간 군번줄 같은 것들을 소중한 기념품으로 간직하고 있어. 가슴에서 들려오는 차가운 알루미늄 군번줄이 찰캉거리며 부딪히는 소리는 마치 네 아빠가 자신의 존재를 알리는 것 같은 느낌을 줘.

네 아빠의 모든 게 그리워. 나만 느낄 수 있었던 세세한 것들을 잊게 될까 봐 너무 두려워. 키스할 때면 붉어지던 그의 귓불, 웃을 때면 고개를 한껏 젖히던 그의 모습, 여전히 내 마음 한 곳에 상처처럼 남아 있는 그의 오른쪽 무릎의 흉터.

너를 안던 그 사람만의 방식도 잊히지 않아.

네가 이 책을 읽을 때쯤이면 내 가슴에 깊이 파였던 상처도 자리만 남은 흉터가 되어 있길 기도하고 있어. 하지만 네 아빠가 세상을 떠난 지 겨우 넉 달밖에 안 되었으니 아직 두렵고 가슴이 쓰라려. 때론 혼자 떠나 버린 그 사람에게 화가 나기도 해. 숨을 쉬며 살아있다는 것 자체가 고통이지만 차라리 네가 아직 이런 쓰라린 고통을 느끼지 않아도 될 만큼 어리다는 사실이 얼마나 감사한 일인지 몰라.

시간이 흘러 그토록 되고 싶었던 엄마라는 존재로 살아갈 힘을 찾게 된다면, 넌 내게 단지 살아남아 준 존재 이상의 무엇, 구원의 힘을 가진 존재가 될 거야. 넌 큰 소리로 웃을 것이고, 세상을 알게 될 것이고, 그 세상을 위한 일을 하게 될 거야. 그렇게 된다면, 멋진 청년으로 자라나도록 한 모든 찬사는 내가 아니라 너의 아빠가 받게 될 거야. 비록 네가 자라는 걸 보지 못한 채 일찍 우리 곁을 떠나긴 했지만, 네 아빠는 널 지켜 주고 도와주었으니까.

지금 일기장은 아무도 모르는 곳에 숨겨져 있어. 사람들이 묻곤 해. 언제쯤 네게 그걸 보여 줄 거냐고. 나도 모르겠어. 그게 언제가 될는지.

　이따금 밤이면 난 침대 머리맡에 우두커니 서서 네가 곤히 자는 모습을 지켜보곤 해. 그럴 때면 네 아빠를 잃은 고통에 완전히 사로잡혀 버려. 하지만 그럴 때조차 난 알아. 전쟁이 그 사람을 우리에게서 영원히 빼앗아 간 게 아니란 걸. 그토록 아름답게 쓰여진 소중한 일기를, 결코 나의 전사와 나의 아들에게서 빼앗아 갈 수 없다는 걸.

2

사랑하는 조던에게,

너의 아빠 찰스 먼로 킹을 처음 보았을 때, 그는 내가 자란, 녹스 요새의 전초 기지가 있던 켄터키주 래드클리프의 막다른 골목 안 석재로 지어진 잿빛 단층집의 거실에 서 있었지. 1998년 6월 '아버지의 날_{보통 6월 셋째 일요일}' 주말, 아버지를 보러 가는 내 마음엔 애정과 의무감이 반쯤씩 섞여 있었어. 전설적인 복서 무하마드 알리와 똑같이 생겼지만 키는 작았던 아버지는 훈련 담당 부사관이었는데, 내가 10대 때부터 당신은 입버릇처럼 경고를 던지곤 했었지. 더 충실하게 딸 노릇을 하지 못한다고 말이야. 언젠가는 후회하게 될 거라며 "내가 죽고 나야 고마움을 알려나."라는 말을 입에 달고 사셨지.

그래서 난, 아버지가 생각하는 그런 '충실한 딸'이 되려고, 정말이지, 엄청나게 노력했었어. 문제는 그게 거의 완전한 복종을 의미한다는 거였어. 자라면서 우리 집 자매들은 설거지를 도맡았지만 식기세척기를 사용할 수 없었어. 식기세척기가 게으름을 부추기는 물건이라고 생각한 아버지가 그걸 쓰지 못하도록 했으니까. 그러다 보니 그릇이 깨끗이 닦이지 않을 때도 있지 않았겠니. 그럴 때마다 아버지는 물 잔에 얼룩이 묻어 있거나 큰 대접에 음식물 자국이 지워져 있지 않은 걸 찾아내고는, 심지어 포크에 나 있는 물 얼룩까지 지적하면서 나무라셨지. "이 지저분한 것들 좀 보라고." 하시면서. 아무튼 당신 눈에 좋아 보이지 않는 게 있으면 우릴 들들 볶아 대셨지. 그건 다시 설거지해야 한다는 뜻이었어. 착한 소녀가 된다는 건 당신의 생각들에 도전하지 않는다는 것을 의미하기도 했는데, 심지어 우리의 생활을 가능하게 하는 건 당신뿐이라며 어머니의 헌신 따위는 아무것도 아니라며 벼락같이 고함을 지를 때도 마찬가지였지. 아버지가 남동생 하나와 여동생 셋을 데리고 마을의 공공 주택 단지에 살던 당신의 애인을 방문했을 때조차 그 이상한 상황을 전혀 인지하지 못한 척하는 것도 일종의 그런 일이었어. 아버지는 우리가 당신의 명령에 고분고분 따르기를 기대했고, 우린 또 우리 나름으로 괜한 위험을 무룹쓰려 하지 않았지.

하지만 난 맏이인 데다 고집불통이었어. 용감히 맞서야 할 순간들이 닥치면, 나는—어머니까지 포함해서—무엄하게도 당신에게 맞서는 유일한 사람이었지. 늘 엄청난 두려움이 따르는 일이었지만, 우리 가족 중에서 내가 맡은 임무이기도 했지. 대학 신입생 때의 어느 날, 주말이어서 집에 있는데 아빠가 내게 차를 쓰겠다고 하시는 거야. 애인한테 가려는구나 싶었지. 난 그해 여름 내내 은색 닷선 260Z^{Datsun, 닛산 자동차의 한 브랜드. 특히 260Z는 1970년대에 생산된 클래식한 자동차.} 할부금을 갚기 위해 패스트푸드 가게에서 열심히 햄버거 서빙을 하고 있었는데, 아무리 아버지라도 애인 만나러 가는 데 내 자동차를 쓰게 할 순 없었어. 그래서 내 차의 키를 들고 식당을 나가 현관 쪽으로 걸음을 떼어 놓던 아버지에게로 달려갔지.

"그 여자한테 가신다면 제 차로는 안 돼요." 하고 내가 말했지. 다리가 후들후들 떨렸지만 버텨 냈어.

아버지는 자동차 키를 바닥에다 내던지더니 나더러 무례하다고 하시면서 횡하니 지나가셨지. 문이 쾅 소리를 내면서 닫혔고, 낡은 청색 밴에 시동이 걸리는 소리를 듣고서야 나는 안도의 숨을 내쉬며 열쇠를 집어 들었지.

TJ와 페니 케니디 부부의 다섯 아이 중 한 명으로 자라면서 유일하게 의미 있는 일은 고등학교를 졸업하고 영원히 그들을 떠날 수 있는 날을 손꼽아 기다리며 햇수와 달수와 일수를 표시해 나가는 거였어. 하지만 그런 날은 영원히 오지 않았지. 난 늘 농담을 던지곤 해. 우리 가족들은 두려움에서 벗어나지 못하는 장애를 가졌다고 말이야. 그래도 여전히 우린 서로를 사랑해.

난 아버지의 체력과 직업 윤리를 존경해. 아버지는 팔굽혀 펴기를 할 때면 우리 집 형제들이 모두 등에 올라타도 끄덕하지 않았고, 훈련병들을 교육하는 날이면 동이 트기 전에 집을 나서셨지. 야간엔 택시를 몰고, 주말엔 영화관에서 팝콘을 튀기며 투잡을 뛰셨어. (우린 남은 팝콘이 담긴 커다란 업소용 쓰레기봉투를 눈이 빠지게 기다렸단다.) 내가 아버지로부터 배운 또 한 가지는 접시에 담긴 음식을 말끔히 비우지 않는다는 거였어. 당신은 칠리나 버터 콩이 든 냄비를 깡그리 비운 뒤에도 여전히 배가 차지 않은 자식들을 위해 늘 약간의 음식을 남겨 주셨거든.

무엇보다 내가 아버지로부터 엄한 가르침을 배울 수밖에 없었던 건, 아버진 우리에게도 그랬듯 당신 자신에게도 엄격하셨기 때문이야. 내가 열네 살이었을 때, 이런 일이 있었어. 아버지가 갑자기 술과 담배를 끊어 버린 거야. 여동생 킴과 나눈 대화가 유발한 일종의 사건이었지. 아버지는 사탕을 너무 많이 먹어 댄다고 항상 킴을 '불량 식품 중독자'라고 불렀는데, 어느 날 아버지는 즐겨 피우던 살렘 박하담배 갑을 서랍에다 넣으며 "네가 일주일 동안 사탕을 끊으면, 나도 담배를 끊으마." 하시는 거야. 그러고 얼마 지나지 않아서는 술까지 끊어야겠다고 생각하셨던 것 같아. 그날 이후로 집안에선 더 이상 팹스트 블루 리본 맥주나 스미노프 보드카 같은 걸 볼 수가 없었지. 덕분에 우리도 더 이상 사탕을 먹을 수 없었고.

어머니는 키가 크고 가녀린 몸매에 갈색 눈동자와 단풍나무 빛깔의 고동색 피부를 가진 분이었는데, 두 눈은 내가 본 사람들 가운데 가장 컸던 것 같아. 그녀는 늘 나이보다 열 살은 젊어 보였는데, 내 남자 친구들 몇몇은 "큰언니가 멋지네."라고 말할 정도였지. 생각하는 바도 몹시나 젊어서 웃음이 점점 줄어들고 머리조차 제대로 빗지 못할 정도로 우울증이 깊어지기 전엔 손가락을 튕기며 엉덩이를 뱅글뱅글 돌리는 춤을 좋아했었어.

상태가 최악인 날에도 어머니는 가족들을 위해 헌신했다는 사실을 아버지는 그다지 인정하지 않았지. 어머니의 할로윈 의상은 최고였어. 홑이불로 만든 부랑자며 용품 박스로 만든 로봇 같은 거 말이야. 뒷마당에 버려진 새끼 토끼 몇 마리가 우리 눈에 띄었을 땐 그걸 키울 수 있도록 도와주셨지. 내가 독감에 걸려 학교도 못 가고 집에 있을 때 빅스를 내 배 위에다 올려놓고 가만히 쓰다듬어 주던 어머니의 손길이 정말 좋았어. 엄마를 나만 독점하고 있다는 사실을 그렇게 즐겼지. 하지만 독감에서 나으면 어머니를 혼자 차지하는 시간도 사라진다는 게 너무 아쉬웠어.

어머니는 살갑게 애정 표현을 하는 분은 아니었어. 어린 시절 여러 친척으로부터 성적 학대를 당한 게 원인이었지. 내가 기억하기론, 마음을 크게 다쳤을 때도 어머니가 날 안아 주거나 입을 맞춰 주는 일은 거의 없었어. 어머니는 학부모회 회장에 걸스카우트 단장이었지만, 마약에 대해서도 섹스나 데이트에 대해서도 거의 아무 얘기도 해 주지 않았고, 옷을 어떻게 입든 화장을 어떻게 하든 전혀 관심을 보이지 않으셨지. 그 모든 것에 대한 답을 혼자서 찾다 보니 고등학교 다닐 땐 창피스러운 순간을 한두 번 겪은 게 아니었어. 밝은 오렌지색 나팔바지가 유행이 지나 버렸다는 것도, 반투명의 푸른색 아이섀도가 갈색 눈을 가진 흑인 소녀한테는 결코 어울리는 게 아니란 사실을 내가 어떻게 알았겠니?

내가 갈망한 건 엄마의 관심만이 아니었어. 문제는 스킨십이었지. 육체적인 친밀감 말이야. 잠자리에서 엄마가 책을 읽어 준 기억이 전혀 없어. 엄마의 그런 방식이 때론 잔인하고 혼란스러웠지. 한번은 부모님 사이에 말다툼이 벌어졌는데 여동생 린넷이 아버지 편을 들었어. 그 뒤로 어머니는 린넷의 머리를 빗겨 주지 않아서 한동안 부스스한 꼴로 학교에 갈 수밖에 없었지. 그런 식으로 벌을 준 거야. 아버지가 이미 출근한 걸 알면서도 어머니는 "아빠한테 빗겨 달라고 해." 하고 말씀하셨어. 그때 린넷은 겨우 여섯 살이나 일곱 살이었지.

10대인 데다 고집불통인 내게 어머니는 늘 책망하듯 말씀하셨지. "내가 널 필요로 하기 전에 네가 먼저 날 필요로 할걸!" 그 말은 회초리로 때리는 것보다 몇 배나 아픈 상처가 되었어. 그때 난 결심했지. 인생을 절대로 궁색하게 살지 말자, 남의 필요 따위나 바라며 살지는 말자, 라고.

덕분에 우리 형제들은 부모가 해야 할 양육하는 모든 법을 우리 스스로 터득했지. 아버지가 어머니의 가슴을 주먹으로 때리던 날 밤이면 우린 한 방에 옹기종기 모여서 그 밤을 보냈어. 우리 중 하나가 '허리띠 채찍'을 당하면 나머지는 화끈거리는 상처를 달래기 위해 수건에다 얼음을 가득 채워 몰래 침실로 가져오거나 눈물을 닦을 화장지를 한 움큼 둘둘 말아서 갖고 왔고. 특히나 얼음찜질은 허리띠로 맞는 동안 우리에게—대개는 나였지만—엄청난 위안이 되어서 울음을 터뜨리지 않도록 해 주었지. 하지만 울음을 터뜨리지 않는 건 반항하는 행동으로 보이게 만들어서 우리로 하여금 엉엉 울 때까지 더 심하게 채찍질을 당하도록 만들기도 했어.

물론 우리 형제들이 한데 뭉치기만 한 건 아니야. 가령, 우리의 도베르만 핀셰르_{주로 군견이나 경찰견으로 쓰이는 독일산 개}, 메이저가 어질러 놓은 마당을 청소할 차례가 누구인지를 두고, 혹은 엄마가 남겨 놓은 파인애플 케이크의 마지막 조각을 우리 중 누가 차지할 것인가를 두고 다툼을 벌이곤 했지. 하지만 우리가 오래도록 정신줄을 놓치는 경우는 없었어. 우린 한데 뭉쳐 구두 케이스로 바비 인형 집을 만들었는데, 창문을 잘라 낸 자리엔 천 조각들로 만든 커튼으로 장식하고 가구는 아이스캔디 막대기들을 접착제로 붙여 만들었지. 남동생은 이따금 지아이조_{미국의 장난감 회사 해즈브로가 판매하는 완구} 피규어들을 갖고 놀기도 했지만, 툭하면 개구쟁이 짓을 하며 장난을 쳐 댔어. 한번은 날 골탕 먹이려고 귀뚜라미 한 마리를 잡아다 상자에 넣어 놓았는데, 그걸 내 침실 문 안으로 슬그머니 밀어 넣은 거야. 난 소리를 빽 지르며 기겁을 하고는 그걸 치워 주는 대가로 25센트를 던져 줘야만 했지. 다음 날도 녀석은 똑같은 방법을 써먹었고, 그렇게 한 주 동안 25센트짜리 동전을 꽤 많이 모았더랬지. 녀석의 그 못된 계획은 내가 베이비시터를 하고 번 돈을 녀석이 죄다 털어 갔다는 걸 어머니가 알고 난 뒤야 끝이 났어.

카네디 집안은 뭔가 별난 구석이 있었는데, 우린 아니다 싶었지만 피할 순 없었던 모양이야. 내가 열두 살 무렵, 마침내 우린 육군 기지에서 래드클리프로 옮겨 갔지. 인디애 나폴리스 도심에서 가난하게 자란 부모님은 어머니가 17살 아버지가 20살 때 만나 1년도 채 지나지 않아 결혼했었어. 두 분은 언젠가 마당이 있고 가족을 위한 널따란 지하 공간을 가진 신축 주택을 가지는 꿈을 꾸며 살았는데, 마침내 그런 집을 살 수 있을 만큼의 돈을 모았어. 그 집은 조용한 중산층 거리에 있었는데, 그 거리엔 동양인 가정 하나, 흑인 가정 셋, 그리고 백인 가정 넷이 살고 있었지. 이웃들 간에 정치나 인종 문제 같은 것들로 옥신각신하는 일이 벌어져서는 안 된다는 데 대해 암묵적 동의가 이루어지는 동안, 아이들은 모두 함께 뛰어놀았고, 부모들은 날씨 얘기며 화학 비료로 잔디밭을 무성하게 하는 것을 두고 편안하게 대화를 나누었지.

중산층으로 진입한 아버지는 내게 충고하곤 했어. 내가 어디 출신이며 어디서 자랐는지를, 혹은 어떤 성취를 이루든 그걸 가능하게 한 사람이 누구였는지를 절대 잊어선 안된다고 말이야. 그 충고가 아니었다면 글을 쓸 수 있는 일자리를 찾으며 오랜 시간 떠났던 래드클리프의 집으로 계속 돌아올 순 없었을 거야. 친가나 외가나 내가 처음으로 대학에 들어간 자식이었는데, 그래서인지 아버지가 "넌 네 힘으로 일어선 것처럼 행동하는구나."라고 비웃을 땐 죄책감 비슷한 걸 느꼈지.

그리고 서른세 살이던 1998년 아버지의 날, 난 아버지가 내게 떠넘겼던 역할을 바꿀 수 있을 거라는 희망을 안고 다시 집으로 돌아갔어. 아버지가 "목숨이 떨어질 때"까지 감사라곤 할 줄 모를 배은망덕한 그 아이가 말이야. 묵고 있던 호텔을 떠나 집에 막 도착했을 땐, 토요일 이른 오후였어. 내가 거실로 걸어 들어갔을 때 멋진 남자 하나가 액자를 들고 서 있더군. 멍하니 쳐다보지 않을 수가 없었지. 맨 처음 뭘 봤었는지 정말이지 기억이 나질 않아. 윤곽을 또렷하게 그려 내는 검고 긴 속눈썹이랑 연한 갈색 눈이었을까? 부드러운 캐러멜 색깔의 피부? 아니면, 회색빛이 도는 거무스름한 콧수염? 어쨌든 난 그 남자의 아름다운 몸매를 보았던 건 분명해. 지나치게 크다 싶은 빛바랜 티셔츠랑 벨트를 꽉 조인 헐렁한 청바지도. 그는 불룩하게 솟은 이두박근에 가슴이랑 어깨 근육들도 우람했어. 심지어 손의 근육들도 울룩불룩했는데, 허리는 너무 가늘어서 비율이 맞지 않는 게 아닐까 싶을 정도였지.

조각을 한 것 같은 몸매와 온화한 얼굴의 조합은 남자를 원할 때 늘 그랬듯 뭔가 찌르르한 느낌을 만들어 냈어. 하지만 그뿐만이 아니었어. 몹시 수줍어하며 나를 똑바로 쳐다보지 못해 고개를 숙이는 모습 역시 그랬지. 문득 궁금하더라. 아름다움을 축복처럼 받은 사람이 어떻게 부끄럼을 탈수 있는지를 말이야.

"아, 안녕하세요."

내가 거실로 들어서며 그에게 손을 내밀었지.

"다나라고 해요."

"안녕하세요, 찰스입니다."

그 사람이 내게 고개를 까닥하며 가볍게 손을 잡았어.

나와 그 사람 사이의 간격이 그가 들고 있는 사진을 확인할 수 있을 정도로 가까워졌는데, 잉크를 사용해 수천 개의 자잘한 점을 찍어 만든, 훈련 담당 부사관인 아버지의 흑백 콜라주였어. 몇 시간이나 공을 들여 힘들게 작업했을 것 같았어. 아버지는 탱크 근처에서 자랑스럽게 웃고 계셨는데, 훈련을 마친 뒤 수료식에서 중대 깃발을 들고 부대를 이끌고 계신 이미지도 보이더군. 내가 한 번도 본 적이 없는 모습이었지.

찰스는 무척이나 자랑스러운 듯 그걸 들고 있어서 내가 물었지. 직접 그린 거냐고.

"그래요." 하고 말하더라. 눈을 살짝 내리깔면서. 당황한 것 같았어.

“대단하네요.”

“감사합니다.”

찰스는 미소를 띤 채로 아무 말 없이 그 자리에 서 있었는데, 얼마 뒤 어머니가 들어올 때까지 난 그 초상화를 넋을 놓고 바라보았어. 그제야 나는 그게 아버지에게 드리는 선물이란 걸 알았지. 어머니는 그걸 걸 만한 데를 찾고 있었던 거야.

물을 좀 마시겠다고 양해를 구한 뒤에 주방으로 갔는데 아버지가 계셨어.

“아빠, 저 사람 누구예요?”

내가 작은 소리로 물었어.

“아, 찰스라는 친구야. 잘생겼지?”

나는 괜히 물을 계속 마시면서 내심 아버지가 더 많은 걸 얘기해 주길 기다렸지. 아버지는 찰스가 포트 녹스_{Fort Knox, 미국 켄터키주 북부 루이빌 근처의 군용지로, 연방 금괴 저장소가 있는 곳으로 유명하다.}에 주둔한 부대 소속의 군인이며, 좀 전에 보았던 것처럼 잉크를 사용한 점묘법 초상화를 그리는 화가이기도 하다는 걸 알려 주셨지. 연필이나 목탄, 수채 물감을 사용해서 그리기도 한다는 얘기도 들려주셨고. 찰스는 제2차 세계 대전 때의 흑인 탱크병들과 베두인족_{천막생활을 하는 아랍 유목민} 사람들, 카우보이들, 민족 고유 의상 차림에 아이를 안고 있는 아프리카 여성들의 초상화를 그리기도 했다지.

"그 친구 전시회가 열리고 있을 때였는데, 순찰 중에 그 친구를 만났었지." 하고 아버지가 말씀하셨어. "멋진 친구야. 재주도 많고."

"혼자 살아요?"

"그럼, 그건 왜?"

찰스가 갑자기 가 봐야겠다고 해서 더 이상 얘기는 나눌 수가 없었지. 허비할 시간이 없었어. 난 그 사람의 관심을 끌 빙법이 필요했지. 아직 짝이 없던 여동생이 그 사람의 존재를 알아차리기 전에 말이야. 우리 자매들 사이엔 규칙이 하나 있었는데, 우리 중 한 사람이 어떤 남자의 관심을 끌기 전까지는 누구든 공정한 게임을 벌일 수 있다는 거였지.

난 서둘러 말했어. 포트녹스 근처의 한 호텔에 묵고 있다고 말이야. 감정적으로 많이 격앙된 날이 끝날 즈음 나 자신에게 얼마간 고독을 선물해 주곤 하는데, 그럴 때면 머물곤 하던 곳이었지.

"방향이 같으면 절 좀 태워 주실래요?"

내가 찰스에게 물었어.

"당연히 그래야죠."

나를 따라 현관 밖으로 나온 찰스는 거대한 떡갈나무를 지나 조약돌이 깔린 진입로를 따라 1989년형 검은색 무스

탕이 세워진 곳으로 갔어. 아무 말 없이 차를 타고 가는 동안 그 사람은 이따금 나를 힐끔힐끔 보았는데, 난 뭔가 할 말을 찾고 있었지. 그 사람은 입을 꾹 닫고 있기만 한 게 아니라, 라디오조차 켜질 않더라. 나처럼 떠들기 좋아하고 아무 질문이나 마구 해 대는 사람에겐, 더구나 그런 걸로 생계를 꾸려 가는 사람에겐 얼마나 고역이었겠니. 찰스는 늘 나를 차갑게 막아 세우던 사교계의 잘난 척하는 치들과는 정반대인 것 같았어. 그 사람은 차 안의 룸미러에 독수리 깃을 달아 두었지. (행운을 불러오는 부적이었을까? 난 생각해 본 적도 없었는데.) 그 사람은 괴로울 정도로 느릿느릿 차를 몰았고, 난 머리와 다리가 쥐가 나나 싶을 만큼 조여드는 기분이었지. 나는 발로 바닥을 꽉 눌렀어. 그러면 차가 더 빨리 가기라도 하는 듯이 말이야. 시속 70킬로미터 속도 제한 구역에서 시속 70킬로미터 이하로 자동차를 모는 사람이 누가 있나 했었는데, 실제로 있더라.

내가 한 달 일찍 세상에 태어난 걸 보면 매사에 서두르는 건 타고난 것 같아. 내가 원한 건 자신만의 시간을 갖는 것에 익숙해 있던 그 예의 바른 예술가 군인과 즉시 연결되는 거였지. 그는 말없이 내 관심을 끌었지만, 그 사람에게도 좋아하는 타입이 있겠구나 싶었지. 왠지 헬스장에 들렀다가 마사지를 받는 걸로 하루를 마무리하는 몸매 좋고 열정적인 여자를 좋아할 사람 같지는 않더군. 두어 번 고개를 돌려 그의 꿀처럼 노란 빛깔의 긴 다리와 아몬드 모양의 눈을 힐끔 보면서 생각했지. 그래, 내게 끌렸던 남자들은 대부분이 내 미소와 활기와 재치에 넘어갔었어. 툭 불거진 배를 볼 겨를이 없었지. 하지만 난 도무지 몰랐어. 찰스에게 시간이 있는지, 내게 흥미는 있는 건지.

"저랑 수영장에서 잠깐 쉬었다 갈 시간 있어요?"

차가 호텔 주차장으로 들어설 때 내가 물었지.

"그럼요. 아, 괜찮아요."

대답하는 목소리가 좀 놀란 듯하더군.

그 사람이 내가 탄 쪽의 문을 열려고 돌아왔을 때 내 몸은 이미 반쯤 자동차 밖으로 나와 있었는데, 속으로 다짐했지. 다음에 또 이런 상황이 생긴다면 안에 가만히 있어야겠다고 말이야. 그 사람은 나를 따라 호텔 로비를 지나 자판기 앞에 걸음을 멈추곤 탄산음료를 샀어. 실내 수영장으로 통하는 유리문을 열자 습기와 염소 냄새가 때릴 듯이 확 밀려들더군. 난 신발을 벗어 놓고는 풀장에 두 발을 담근 채로 앉았지. 한 무리의 아이들이 가장자리 얕은 곳에서 물을 튕기며 놀고 있더군. 찰스는 여전히 운동화를 풀지 않은 채로 내 옆에 무릎을 세우고 앉아 물속에서 발가락을 꼼지락거리며 콧노래를 부르고 있던 나를 지켜보았지.

자연스러운 내 행동에 마음이 움직였던가 봐. 오후 내내 거기 그러고 앉아 있었어. 바지에 물이 스며들기 시작해서 플라스틱 의자로 옮겼을 때 찰스가 따라 일어난 걸 제외하면.

내가 우리 부모님을 잘 아느냐고 물었을 때 그 사람은 자신에게 가족이나 다를 바 없는 존재라고 하더라고.

"제가 많은 일을 겪었거든요." 하고 그는 말했어.

"죄송하지만, 무슨 일들인지 물어봐도 되나요?"

한동안 침묵을 지키고 있던 그 사람이 그러더군. 아내와 이혼 수속을 밟고 있다고. 그때가 자신의 인생에서 가장 고통스러운 시기라고 하면서, 우리 아버지는 자신의 얘기를 잘 들어 주는 분이고 어머니는 주말이면 불러서 바비큐를 해 준다고 하더라.

"두 분은 정말이지 절 위해 존재하는 분들 같아요. 너무도 감사한 일이죠."

부모님이 툭하면 서로에게 상처를 입히는 걸 지켜보면서 자랐던 나는 성인이 된 뒤에도 어지간한 남자들은 믿지 않았고, 상처를 입지 않으려고 마음을 단단히 먹곤 했지. 그런데 뭐야, 그런 엄마, 아빠가 이혼 위기에 빠진 남자에게 위로를 주었다니, 웃음이 솟더라.

"멋진 일이네요."

내가 정색을 하며 그렇게 말했지.

저널리스트로 살다 보면 재빨리 사람들의 성향을 간파하곤 하는데, 찰스에 대해서도 얼마큼은 알 것 같았지. 찰스는 낯선 사람에게 격의 없이 마음을 터놓는 그런 사람은 아니었어. 그래서 어디 출신인지를 물어봤지.

클리블랜드 출신에, 마흔한 살, 여동생 하나가 있다더군. 부모님의 고향은 앨라배마, 두 분 다 교회에 열심히 다니시고, 한 분은 영양사, 한 분은 간호사. 아빠의 일기에는 이렇게 쓰여 있어.

아빠는 클리블랜드에서 태어나서 자랐어. 클리블랜드에서 자란다는 게 늘 쉬운 일은 아니었지만, 나를 강하게 단련시켰고, 좋지 않은 영향을 미치는 사람들 사이에서 살아남는 법을 배웠지.

부유하게 자랐든 가난하게 자랐든, 자란 곳이 어디든, 올바른 것을 선택할 것인가 올바르지 않은 것을 선택할 것인가는 언제나 나 자신에게 달려 있다는 것도 배웠어. 아무도 너의 팔을 비틀지 못해. 만약 누군가가 너의 결정을 좋아하지 않는다면, 너 자신의 힘으로 당당히 서도록 하렴. 너의 인생이지, 그들의 인생이 아니니까.

신경이 날카로워졌거나 가야 할 곳이 있었는지, 어쨌든, 그 사람은 갑자기 벌떡 일어나더니 가 봐야 할 것 같다고 말했어. 그리곤 행복한 '아버지의 날'을 빌어드리기 위해 내일 아침에 우리 부모님 댁에 들를 거라고 하면서, 9시에 데리러 와도 되겠냐는 거야. 난 주말이면 정오 전에 침대에서 일어난 적이 거의 없다고, 《타임스》의 1면을 훑어보기 전에는 절대로 안 될 일이라는 말을 하지 못했지. 그건 아이 없이 혼자 사는 것의 장점 중에 하나잖아.

　　"좋아요. 준비하고 있을게요."

　　거짓말이 술술 나오더라.

　　그를 배웅하고 나서 여동생에게 자동차를 가져오라고 전화를 걸어 부모님 집으로 돌아갔지. 사실 호텔로 온 건 찰스에 대해 뭔가 정보를 알아야 했기 때문이었지. 이제, 우리 자매들의 암묵적인 규칙에 따라 첫 번째 거부권은 내게 있게 된 거야. 내가 맨 먼저 그를 만났으니까.

　　찰스에게 흥미를 느끼긴 했지만, 내가 보기엔 적어도 두 가지는 명백하게 부정적인 면이 있었어. 하나는 아버지와 마찬가지로 군인이라는 것, 그리고 더 안 좋은 건 아버지가 그 사람과 매우 절친하다는 사실이었지. 대체 어떤 여자가 아빠의 '절친'과 사랑에 빠지길 바라겠어? 아침에 집으로 돌아오는 건, 잠이 덜 깨 몽롱하긴 하겠지만, 좀 더 자세히 살펴볼 기회는 될 듯싶었어.

전임 훈련부사관은 정확히 9시에 도착해 로비에서 전화를 걸었어. 난 준비가 전혀 되어 있지 않았지. 수영장이 내려다보이는 내 방 발코니에서 기다려 주면 어떻겠냐고, 내가 물었지. 그 사람이, 정말 그래도 되냐고, 묻더군. 미소가 머금어지더라. 연극 표, 심지어 싸구려 연극 표를 주면서도 생색을 내는 대도시 남자들, 공연이 끝난 후에는 서둘러 개인 공연을 하러 가곤 하던 대도시 남자들에게 익숙해진 탓인지, 그의 기사도적인 태도가 무척 신선하게 보였지.

찰스의 셔츠는 몸에 잘 맞았지만, 청바지는 여전히 헐렁했어. 그는 커피 두 잔을 들고 왔는데 하나를 내게 건네주더군. 마침 커피가 필요하던 참이었는데, 감사의 포옹을 해 주었지. 생각보다 놀라지도 않고 날 안으려고 몸을 숙였어. 그를 안은 채로 시간을 좀 끌며 그의 몸에서 나는 향기를 맡았지. 사향 냄새가 달콤하게 풍겨 왔어. 차로 가면서 내 손을 가볍게 쥐었는데, 밀착되는 손아귀의 느낌이 좋더라. 그 사람이 문을 열도록 놔두었는데, 뿌듯하게 기억되는 순간이야.

우린 가게에 들러 아버지께 드릴 카드를 구입하자는 데 합의를 봤지. 그리고 그는 제한 속도를 완벽하게 준수하면서 슈퍼마켓으로 차를 몰았지. 찰스가 군인 특유의 똑바른 자세로 페이스트리를 사러 제과점으로 걸어가는 걸 보다가 문득 군인들을 멀리하기로 다짐했던 일이 떠올랐어.

내가 좀 앞서간다는 건 알고 있었지만, 찰스에게 끌렸을 뿐이고, 조바심 같은 것도 없었어. 난 몇 년에 한 번씩 남자가 부대를 옮길 때마다 이삿짐을 꾸리는 일은 결코 하고 싶지 않았지. 내가 자라면서 보았던 1970년대 군인의 아내들은 대부분 사람들과의 관계를 방치하는 수준이었지. 그 사람의 전처도 다르지 않았던가 봐. 한국에서 가족을 동반하지 않는 '격오지 해외 근무'를 하던 일 년 동안, 아내가 혼자서 부모 노릇을 해야 한다는 것보다는 군인의 삶이 우선이었지. 살다 보면 집을 떠나서 일해야 할 수도 있어. 하지만 네 배우자가 군인이라면, 언제든 헤어질 준비를 해야만 해. 넌 그 사람을 믿어야 하고, 적어도 그런 척은 해야 하지. 한밤중에라도 부대원 중 하나가 그 사람을 필요로 한다고 말하면 달리 방법이 없는 거지.

군인의 자녀들에게도 규칙이란 게 있었어. 아빠랑 같은 계급의 아이들이랑은 길거리에서 마주쳐도 자주 싸움을 빌일 필요가 없어. 훈련하러 야영지로 떠나 있는 몇 주 동안은 아빠의 부재에도 익숙해지지. 밤중에 기관총 소리나 탱크에서 사격하는 소리가 들려도 훈련이란 걸 알게 되면 잠에서 깨어나지 않는 법도 배우게 되고.

군인 가족으로 살면서 가장 싫었던 건 정부가 제공한 주택을 '막사'라고 불렀다는 사실이야. 수년 동안 우린 포트 녹스의 피셔가衝에 살았는데, 그곳의 '막사'들은 새장을 떠올리게 했었지. 주차 공간보다 그리 크지 않은 마당에 얇디얇은 벽으로 나누어진, 벽돌과 널판자로 지어진 새장. 이웃집에서 변기의 물을 내리면 소리가 다 들렸어. 부모들이 싸우기라도 하면 같은 블록 사람들은 죄다 알게 되었는데, 우리 부모님은 또 얼마나 자주 싸우셨는지.

한번은 옆집 여자가 와서 두루마리 화장지 하나를 빌려달라는 거야. 누구나 다 넉넉한 편은 아니었지만, 난 그녀의 태도에 당황했었지. 어느 날 밤엔, 우리 엄마가 급히 부탁할 일이 있어서 옆집 문을 두드렸어. 내가 계속 토하는 데다 위험할 정도로 열이 치솟아서 응급실로 데려가야 하는데 차가 없었던 거야. (일찍 귀가한 아버지는 전투화를 벗고 군복도 갈아입고는 밤중에 차를 몰고 나간 뒤였지.)

우린 자정이 한참이나 지나도록 병원에 있었는데, 병원에서 나와 이웃집 자동차 뒷좌석에 탈진한 채로 누워 있던 일이 여전히 기억에 남아 있어. 우회로를 따라 집으로 가던 중에 고개를 들어 어디쯤인가 살펴보다가 알았지. 엄마가 셀 수 없을 만큼 많은 군인이 자신의 아내를 찾기도 하고 잃어버리기도 하는 기지 안의 나이트클럽 주차장을 돌고 있다는 걸 말이야. 엄마는 우리 차를 찾고 있었는데, 거긴 없었어. 그 상황이 뭘 뜻하는지도 난 알았어.

군인의 아내들 가운데는 번듯한 직장도 가지고 결혼 생활도 안정된 사람들이 있는 건 분명했지만, 거기에 대해 내가 아는 건 전혀 없었지.

기지촌에서 어린 시절을 보낸다는 게 완전히 나쁘지만은 않았어. 우린 가로등이 켜질 때까지 기지촌의 다른 아이들이랑 어울려 발야구를 했지. 너무 더워서 학교가 쉬는 날이면 호스로 물을 뿌리며 놀기도 했지. 하지만 아빠들이 그루지야나 독일로 전출 명령을 받을 때면, 이삿짐을 싸서 떠나는 친구들을 배웅하는 데는 쉽게 익숙해지지 않았지. 그러다가 한 달쯤 지나면 두어 명의 아이들이 떠난 애들의 빈자리를 메웠고, 애들이랑 약속했던 전화도 편지도 까맣게 잊어버렸지.

사실, 군인과 함께 살아가는 일은 나랑 맞지 않았어. 그런데도 여전히 거기에 있었다니. 계산하려고 서 있는 그 사람의 옆에 서서 그의 점잖음과 겸손함에 대해 생각하면서 말이야. 그런 건 확실히 내가 겪은 사람들에게선 거의 찾아볼 수 없었던 거였지. 몇 년이 흘러 그 사람의 일기를 읽으면서 알게 됐지. 흔히 하는 점잖은 표현으로 간명하게 써 놓긴 했지만, 그도 비슷한 걸 느끼고 있었다는 걸.

우린 당시 내가 겪고 있던 일들에 대해 많은 얘기를 나누었지. 그런 건 처음이었어. 그녀와 함께 있는 게 너무도 편했고, 다시 만나고 싶다는 생각을 했었지.

당시에 난 알 수가 있었어. 찰스가 내게 호기심을 갖고 있다는 것, 무척이나 재밌어한다는 것도 말이야. 그는 마치 숨도 쉬지 않은 채로 그렇게 많은 말들을 주절대는 사람을 한 번도 본 적이 없다는 듯 나를 바라보았지.

"이제 아침 식사를 해야 하지 않을까요?"

그의 자동차로 돌아왔을 때 찰스가 그렇게 물었어. 그 사람은 이미 페이스트리 하나를 먹은 상태였지. 나는 활짝 웃었어. '재밌는 사람이군!' 하고 생각하면서.

작은 식당에 들어가서 우린 팬케이크를 시켰어. 찰스는 식사하기 전에 고개를 숙여 기도를 하더군. 난 벌써 우물우물 케이크를 먹고 있었는데, 얼른 멈추고 포크를 내려놨지. 기억을 떠올려 보면 나도 식사 기도를 했던 것 같아.

햇빛이 우리가 앉아 있던 자리로 비쳐 들어왔고, 배를 가득 채우고 커피가 식은 뒤에도 한참이나 머물렀지. 난 그 사람의 결혼 생활에 대해 에두르지 않고 물어봤어.

찰스는 가슴 통증이 심해서 처음엔 심근 경색이라 생각

하고 치료를 받으려 했었는데 결국은 불안증 진단이 내려졌다는 얘기를 막연히 꺼냈어. 그리곤 잠을 제대로 잘 수 없었다는 것, 외로웠다는 것, 그리고 엄마, 아빠를 몹시도 좋아하는 여덟 살 반짜리 딸아이에게 가족이 해체된 것을 어떻게 설명해야 할지 고민이라는 것을 털어놓았지.

"제가 원한 건 가족뿐이었습니다." 하고 그가 말했어.

난 그 사람이 겪고 있는 아픔에 공감할 수 있다고 말해주었어. 당시의 나는, 슈퍼 모델처럼 예쁘고 게다가 하버드 경영학 석사 학위까지 가진 여자를 만나자마자 사랑에 빠진 남자 친구랑 헤어진 지 얼마 되지 않았었지.

"모든 걸 가진 사람이 있더라고요." 하고 내가 말했지. "모델이거나 하버드 경영학 석사이거나, 그런 거잖아요. 아님 둘 다 아니거나!"

당시 난 찰스의 아내였던 세실리아 킹이란 여자가 키도 크고, 스파게티처럼 가느다란 몸매에 카카오 열매 빛깔의 피부, 갈색 사슴의 눈, 호두 크기의 동그란 광대뼈를 가진 엄청난 미인이란 사실을 까맣게 몰랐었지. 찰스와 그녀는 앨라배마주 모빌에 있는 어느 호텔 연회장에서 음식 조달 업무를 하고 있을 때 만나자마자 푹 빠져들었는데, 찰스가 아직 군에 입대하기 전이었다더군. 두 사람 사이에서 난 딸 크리스티나는 엄마의 미모와 아빠의 온화한 성격을 그대로 갖고 있었다고 해. 아내와 딸이랑 헤어져 마치 길을 잃은 듯하던 그 사람에게는 식탁을 사이에 두고 누군가와 아침 식사를 할 수 있다는 사실이 너무도 감사하게 느껴지는 것 같았어.

잠시 침묵이 흘러가고, 식탁을 치운 종업원이 커피를 더 마실 거냐고 물었는데, 우린 떠날 생각이 없었어.

"그런데 군대엔 왜 가게 된 거죠?" 하고 내가 물었지.

찰스는 군대 생활이 엄격한 훈련, 여행, 정신적 육체적 도전 같은 것들을 가능하게 할 거라는 데 끌렸다고 하더군. 그는 거의 11년 동안 복무하고 있었는데, 적어도 20년을 채운 뒤에 미술을 가르치면서 화가의 삶을 이어갈 계획이라고 했어.

나는 그가 소대 운영을 도왔던 일등병이라는 것을 알았어. 그는 병사들에게 군사 교리를 가르쳤고 여름 더위에 10킬로그램짜리 군장을 메고 병사들을 인솔해 오르막길을 오르는 것을 실제로 즐겼어. 그는 중사로서 한 개 소대를 맡아 제대로 굴러가도록 도와주는 역할을 하고 있었어.

나랑 제대로 눈을 마주치지도 못하는 남자가 맞나 싶었지. 나중에야 알게 되지만, 그 남자는 1차 걸프전 때 이라크로 떠나면서 스케치북을 가지고 가서 임무 사이사이에 탱크 덮개에 앉아 현지 아이들을 그렸었지.

그러다가 찰스는 마침내 속에 품고 있던 질문들을 털어 놓았는데, 뉴욕에서 사는 건 어떤 거냐고 묻더군.

래드클리프에서 사는 거랑 상상 가능한 모든 면에서 정반대라고 말했지. 맥도날드에선 빅맥을 팔고 애완견을 매일매일 관리해 주는 곳들이 있다, 뉴욕에선 하루에 5킬로미터쯤 걸었지만 래드클리프에선 입구랑 가장 가까운 곳을 찾아 슈퍼마켓 주차장을 10분 동안 차를 몰고 다녔더랬다, 크리스마스 때 차이나타운이나 록펠러 센터의 딤섬만 한 게 없다, 등등.

"모네를 좋아하신다면, 제가 진짜 모네를 보여드릴 수도 있어요." 하고 내가 말했지.

찰스는 새로운 임무를 맡아서 몇 달 후에 캔자스주의 포트 라일리로 이사를 할 거라고 말하더군. 그 사람은 가슴에 여전히 멍 자국이 남아 있는, 혼자가 된 지 얼마 되지 않는 남자였어. 난 찻잔에 남은 싸늘하게 식은 마지막 커피를 마시며 이 사람을 다시 만날지 말지를 생각하고 있었지.

3

사랑하는 조던,

네 외가 쪽이 잠시도 가만히 있질 못할 정도로 활기가
넘치고 또한 뒤죽박죽 혼란스러웠다면, 네 아빠 쪽은 조용
하고 예의 바른 집안이었단다. 우린 가족들 간의 정상 회담
과 논쟁, 그리고 이따금 밀치기 시합으로 분쟁을 해결하곤
했지. 하지만 킹 씨네 집안은 분란을 일으킬 수 있는 모든
요소―원한이나 돈 문제, 온갖 종류의 강렬한 감정―을 억
누르는 방식을 사용했어. 네 아빠의 부모님은 나날이 더욱
사납게 요동치는 세상에서 평화롭고 온건하게 살아가기로
결심하셨던 거야.

엄마더러 네가 돌이 되기 전에 정숙하도록 가르치는 데
최선을 다해야 한다고 말했던, 무섭도록 엄격한 너의 찰리

할아버지는 자녀들이 말 잘 듣고 충직한 것에 큰 자부심을 가진 분이었지. 글래디스 할머니는, 네가 빨대 컵을 사용하는 법을 배우고 있을 때조차도, 그걸 어떻게 잡아야 하는지를 제대로 가르쳐 주기 위해 설명서가 담긴 '식후 블랙커피용 작은 커피잔'을 보내 주신, 예의범절에 엄청 신경을 쓴 분이셨어.

"충돌이 일어나는 건 정말이지 원치 않아. 그러니 평화를 이루어 내는 데 최선을 다해야 하는 거지."

할머니가 늘 하시던 말씀이란다.

"그러지 않는다면 우린 결국 극단으로 치달을는지도 몰라."

네 할머니와 할아버지는 클리블랜드의 리-하버드에 있는, 노동자들이 주로 사는 지역에서 사셨어. 고급 파이프 재료인 해포석海泡石으로 만든 녹색 문들이 달린 하얀색의 수수한 단층 주택이었지. 두 분 모두 오하이오주 브렉스빌 소재의 재향 군인 병원에서 거의 30년 동안 일을 하셨고. 그분들은 어떻게 하면 다른 사람들을 도울 수 있는지를 생각하셨고, 그런 것들이 당신들을 발전시키고 고통을 없애는 길이라는 생각을 가지고 평생을 사셨어. 그분들이 실제로 얼마나 그런 걸 의식하고 계셨는지 나로선 알지 못하지만. 굶주린 어린 시절을 보냈던 킹 할아버지는 병원에서 영양사로 근무하며 다치거나 병이 든 재향 군인들을 위해 식단을 짜는 일을 하고 계셨어. 그분에게 건강한 식사는 평생토록 강박 관념이 되었다고 해. 할머니는 간호사였는데 낮에 집에 있으려고 오후 4시에서 자정까지 교대 근무를 하셨기 때문에, 네 아버지와 고모에게 저녁밥을 먹이는 건 늘 할아버지의 몫이었지. 어쩌다 집으로 늦게 들어가게 되면 밥을 먹이려고 아이들을 깨워야 했는데, 일어나기 싫어서 징징거렸다고 하더라.

"아빠는 하루 세 끼를 꼬박꼬박 먹어야 하는 주의였어요. 단호하셨죠."

게일 고모가 그때를 떠올리며 해 준 말이야.

네 아빠는 가능하면 부모님의 완고한 방식이나 한밤중 식사같이 불만스러웠던 건 일기에다 덜 쓰고 할아버지의 의지와 결심 같은 걸 더 많이 썼어. 그게 아빠의 스타일이지.

> 아버지는 너무 가난하게 자라서 어렸을 때 배에서 꼬르륵 소리가 났던 것까지 기억하고 계셨지. 그래서 당신의 아이들은 절대 배고픈 채로 잠들게 해서는 안 된다고 스스로 약속하신 거야.

조던, 너의 아빠 찰스 먼로 킹은 1958년 6월 10일, 체중 2.9킬로그램에 밝은 검은색의 머리칼을 가진 아이로 이 세상에 태어났단다. 열 시간의 진통 끝에 클리블랜드 병원이 떠나갈 듯 울음을 터뜨리며 요란한 신고식을 치렀지만, 그 아이가 어떻게 자라날지는 누구도 알 수 없는 일이었지.

사람들이 흔히 '척'이라고 불렀던 찰스는 부끄럼이 많고 감수성이 예민한 아이였는데, 어머니로부터 물려받은 거라고 할 수 있었지. 할머니는 언젠가 네 아빠를 '상냥한 영혼'이라고 표현한 적이 있었단다.

> 부모님으로부터 좋은 자질들을 참 많이 물려받았어. 어머니로부터는 고요함을 받았는데, 당신은 늘 고요함 속에 자신을 두려고 노력한 분이셨어.

척은 어머니에게 무척이나 헌신적이었어. 앨라배마주 뉴웰 지방 농부의 아름다운 딸로 자란 글래디스 프리먼 할머니는 녹갈색 눈동자에 밝은 빛깔의 피부, 굽실굽실한 적갈색 머리칼은 말총머리로 단단히 묶고 다녔다고 해. 그리고 오래된 도자기, 역사책과 예술 서적을 모으는 취미를 갖고 있었지. 주말이면 그녀는 아들 척과 딸 게일을 데리고 시내로 가서 박물관과 백화점에 둘러보곤 했다지.

토요일이면 엄마와 함께 시내로 가는 게 좋았어. 네 엄마랑 쇼핑하러 가는 게 즐거운 것도 어릴 때 생각이 나서 그런 것 같기도 해. 할머니는 나한테 용돈을 주셨는데, 난 그걸로 무얼 할지 무얼 살지를 결정하느라 하루 종일 고민하곤 했었지. 대개는 모형 자동차를 사는 걸로 결론을 봤었지. 난 시내로 가는 게 너무 좋았어. 내 기억 속엔 언제나 캐슈너트랑 초콜릿 냄새가 남아 있어.

척은 유치원에 입학할 무렵에 책을 읽을 수 있었다고 해. 척이 조숙하다는 걸 알아차린 킹 여사는 아들의 흥미를 자극하기 위해 여러 가지 책과 만화들을 보여 주기 시작했어. 네 아빠의 책 사랑은 아무리 나이가 들어도 변하지 않을 거야.

난 살인 사건을 다룬 50년대와 60년대 초반의 미스터리 작품들을 좋아했어. 내가 읽은 것 중에서 가장 놀라웠던 작품은 클로드 브라운Claude Browne이 쓴 『약속의 땅의 사내아이|Manchild in the Promised Land』였지. 그 책은 내게 많은 영감을 가져다 줬는데, 자라는 곳이 어디든 결단력과 열망을 간직한다면 열망 하는 바를 꼭 이룰 수 있다는 사실을 가르쳐 주었어. 그리고 성 경은 어릴 때도 읽었지만 거기에 담긴 의미를 진정으로 이해한 건 어른이 된 뒤였지.

찰스의 어머니는 미술에 대한 열정도 북돋워 주었어. 찰 스가 맨 처음 상을 받은 그림은, 보이지 않는 끈에 매달린 풍선 한 움큼을 든 채로 길모퉁이에 서 있는 어느 소년의 초 상화였는데, 고작 1학년 때였다고 해.

"제 그림은 상상력을 발휘해야만 보여요."

찰스가 보이지 않는 끈에 대해 어머니에게 설명하면서 한 말인데, 심사위원들은 그의 독창성에 감탄했었다더라.

킹 할머니는 나를 지역의 미술 대회에 참가하게 했어. 할 머니가 쇼핑하는 동안 난 열심히 그림을 그렸지. 그림을 그리는 데 완전히 빠져 버려서 떠나고 싶지 않았던 게 아직도 기억이 나. 그날 저녁, 내가 일등상에 뽑혀서 훈장과 10달러 상금을 받 게 되었다는 전화를 받았지. 그때부터 킹 할머니는 내가 무엇에 열정을 가지고 있는지를 아시게 되었지. 당신은 할 수 있는 모든 기회를 제공해 주면서 나를 격려해 주셨어. 지금도 난 휴식을 취하면서 그림을 즐겨. 그림은 군에 복무하는 동안 내게 아주 큰 보상과도 같아. 신에게 감사할 일이지.

척은 어머니를 존경하는 것만큼이나 자신의 아버지도 공경했지.

아버지로부터 나는 주어진 모든 일에 육체적으로 강인하게, 정신적으로는 맹렬하게 성취해 나가는 법을 배웠어. 군대에 있으면 때로는 불을 뿜는 용이 되어야만 해. 그런 자질을 갖게 해 준 아버지에게 감사한 마음을 갖고 있어. 너도 그런 뛰어난 자질을 갖고 있을 거라고 난 확신해.

킹 할아버지는 훤칠한 키에 날씬한 몸매, 검은 눈, 새까맣고 단단한 흑단나무 같은 피부를 가진 훈남이셨어. 당당한 자세, 다림질한 바지, 잘 재단된 맞춤 양복은 앨라배마주 스위트워터에서 가혹한 초년 시절을 보냈다는 걸 눈치조차 챌 수 없게 만들었지. 찰스는 아버지의 직업의식과 곤경에 처했을 때 보여 준 의지를 존경했고, 그의 웃음소리를 듣는 걸 무척이나 좋아했다고 해. 찰스는 오하이오주에 있는 사촌의 시골집에서 아버지와 했던 크레이 사격에 대한 기억을 소중하게 간직하고 있었지.

아버지는 내게 남자의 표상과도 같았어. 탄탄한 근육질의 몸매가 엄청났지. 나도 저렇게 보일 수 있도록 나 자신을 단련해야겠다는 생각을 늘 품게 만들었지. 너의 할아버지는 튼튼한 몸을 가지고 계신 분인 데다 집 둘레의 마당에서 일하시는 걸 아주 좋아하셨어. 할아버지 가문의 남자들은 다들 키가 크고 몸이 튼튼했지.

아버지는 누구든 동등하게 대접을 받아야 한다고 생각하신 곧은 분이셨어. 난 아버지의 친구들이 모두 끼깨가 있는 분들이란 걸 알아차렸지. 아버지는 시민의 권리를 주장하는 운동에 푹 빠져 계셨고, 정치계에서 어떤 일이 일어나고 있는지를 항상 제대로 알고 있어야 한다는 걸 분명히 하셨어.

강조하는 건 거의 항상 긍정적으로 되어야 한다는 거였지만, 킹 씨네 집안의 저녁 식탁에서 얘기되는 주제는 언제나 평등을 위한 투쟁이었지. 그 시대의 다른 많은 미국 도시들이 그랬듯이, 클리블랜드에서의 폭력 사태 또한 인종 차별의 추악함과 정치적 불안에 의해 요동을 쳤지만 거기에 대한 논의는 전혀 없었어. 그러다 1966년 7월, 갈등들이 일시에 폭발했지. 폭발이 일어난 곳은 수많은 주민과 업체들이 진작에 포기해 버린, 도심 근처의 휴Hough였어. 부족한 일자리, 치솟는 범죄율, 누추한 주택들, 게다가 선거권마저 박탈당한 상태였지. 흑인 하나가 백인들이 드나드는 주점으로 들어가 물을 청했는데, 바텐더가 거절을 했어. 그리곤 출입문에다 "검둥이들에게 줄 물 없음"이라고 써 붙였다지. 말言과 삽으로 시작되었지만 총격으로, 방화로, 약탈로 이어졌고, 가혹한 관료들은 질서 회복을 구실로 주 방위군을 투입했어. 소방관들은 수백 개의 불길과 사투를 벌이고, 수백 명의 사람들이 체포되었지. 가정과 기업의 자금 수백만 달러가 불길에 휩쓸렸고. 안정을 찾기까지 여섯 날의 끔찍한 밤이 지나갔는데, 사망자는 (아파트 창밖으로 고개를 내밀고 있던 젊은 주부 한 사람을 포함해) 네 명이었어.

찰스는 가까운 곳에서 일어난 폭력을 동반한 격분과 대혼란을 거의 알지 못했지. 그의 부모는 그것에 대해 아무것도 말해 주지 않았어. 도시의 동쪽 끝에 있던 그의 학교는 휴교를 하지 않았는데, 찰스의 부모는 참상을 확인하기 위해 자동차를 몰고 휴를 지나면서도 아이들에게는 그 모습을 보여 주지 않기로 했던 것 같아. 킹 할머니가 내게 얘기해 준 바로는, 당시 찰스와 게일이 '백인들에 대해 반감을 가지는 것'을 원치 않았다고 해. 몇 년 뒤 남쪽으로 가족 여행을 떠났을 때 홀리데이 인이나 하워드 존슨 같은 고급 호텔에 머물렀는데, 킹 부부는 아이들에게 알려 주었지. "이런 곳을 항상 마음대로 드나들 수는 없었단다." 하고 말이야. 하지만 두 분은 그런 것에 연연하지 않았지.

"부모님은 백인이 인종 차별주의자라거나 우리가 살아가는 데 걸림돌이 있을 거라는 식으로는 결코 얘기한 적이 없었어요."

게일 고모는 그렇게 기억하고 있었어.

"두 분이 보여 주신 건 단지 우리 자신에 대한 믿음뿐이었어요. 그건 우리가 누구인가에 대한 것이었죠. 우리와 백인 아이들 사이에는 어떤 차이도 없다는 거죠."

킹 부부는 비현실적인 분들이 아니었어. 당신들의 아들과 딸에게 시민으로서의 권리를 찾는 운동이 인종적 진보의 기본이라고 말해 주었지. 두 분은 (아버지의 집안과 인척 관계는 아니었지만) 마틴 루터 킹 목사와 1967년 흑인으로는 최초로 클리블랜드 시장으로 당선된 칼 스토크스Carl Stokes에 대해 아주 자랑스럽게 얘기해 주었어. 당신들의 아들과 딸이 어떤 인종이든 좋은 사람과 나쁜 사람이 있다는 사실을 이해할 수 있기를 바라셨지. 두 분의 메시지는 사랑과 존경과 연대를 위한 인간이 되는 거였어.

할아버지와 할머니가 가진 세계관은 쓰디쓴 패배자로 만들는지도 모르는 상황을 어떤 관점에서 바라보아야 하는지를 아빠에게 심어 주셨지.

아들, 차별과 관련된 상황은 모두가 조금씩 달라. 차별은 사람들이 어느 한 개인의 인종이나 배경에 대해 무지하거나 잘못 인식한 데서 오는 법이지.

문화가 다르면 서로가 다른 문화를 알아 가는 건 인간의 속성이라고 생각해. 피부색과 성장한 곳, 종교적 신념으로 누군가를 판단하는 건 공정한 일이 아녀. 어떤 사람이 무례하거나 아주 불쾌하게 굴지만 않는다면, 네 자신의 생각을 함부로 드러내지 마. 그 사람에게 어떤 능력이 숨겨져 있는지도, 그걸 너와 공유하게 될는지도 넌 결코 알 수가 없어.

우리 모두가 똑같다면 인생은 얼마나 지루할까? 사람들의 있는 그대로의 모습을 인정하고, 그들의 다른 점들로부터 배우도록 해.

네 할머니는 킹 목사가 클리블랜드로 마지막 지도자 여정을 왔을 때 그와 악수했던 기억을 생생하게 들려주었단다. 당신은 모든 순간을 기억할 수 있다더라. 이리Erie 호수의 매서운 바람, 시민권 지도자가 실테스트Sealtest 유제품 회사에서 군중을 규합해 벌인 연설, 우유 배달원과 경영 본부에 흑인을 고용할 것을 요구한 것 모두. 차가운 날씨에도 긴 줄에 서 있다가 마침내 킹 목사의 손을 잡았던 걸 기억하고 있었지.

"난 그분이 우리들의 삶을 더 나아지게 만들려 했던 모든 것에 감사했단다."

그리곤 할머니는 내게 덧붙여 주셨지.

"그분은 정말 친절하셨어. 마치 내가 아주 중요한 사람이 된 것 같은 기분이었지. 난 처키에게 말해 줬어. '거기서 내가 얻은 교훈은 단 한 사람만으로도 변화를 이끌어 낼 수 있다는 것'이라고 말이야. 그분은 우리에게 바로 그걸 심어 주려 하신 거야."

할머니는 그리고 몇 달 뒤 암살자의 총탄이 킹 목사의 목숨을 앗아갔을 때 네 아빠가 어떻게 반응을 했는지도 기억하고 계셨어.

"아, 찰스가 울고 있었지. 우리 모두 울었어. 내가 찰스에게 말해 줬단다. 신이 마틴 루터 킹 목사를 당신의 집으로 부르셨다고. 하느님이 해야 할 일을 킹 목사가 해 주었기 때문이라고."

그날 너의 할머니와 할아버지는 무릎을 꿇고 기도를 올리셨어. 그건 네 아빠가 어린 시절에 흔히 보았던 거였지. 교회 집사였던 킹 할아버지는 당신의 아들에게 수없이 말해 주었어. 기도의 힘이 자신을 어떻게 지탱시켜 주었는지, 교육을 제대로 받지 못한 부모님들과 인종 차별이 극심했던 남부에서 가난하게 살아가는 동안 기도가 어떤 힘이 되어 주었는지를 말이야.

아버지는 매일 밤 무릎을 꿇고 신에게 기도했지. 신 앞에 무릎을 꿇는 것만큼 겸손하고 선한 사람은 없어.

네 아빠는 제2차 세계 대전 때 할아버지가 군인으로 참전한 것, 앨라배마주 동부에 있는 터스키기 흑인 학교 Tuskegee Institute에서 학사 학위를 취득한 것을 자랑스럽게 여겼지. 그런가 하면 아무 말 없이, 그저 함께 텔레비전을 보았던 시절도 아빠는 소중하게 기억하고 있었어.

집에는 흑백 TV가 한 대 있었지. 나는 〈해저 여행Voyage to the Bottom of the Sea〉이랑 〈스타트렉Star Trek〉을 정말 좋아했어. 할아버지는 〈건스모크Gunsmoke〉를 좋아하셨고. 매주 일요일이면 나랑 할아버지는 애보트와 코스텔로, 딘 마틴과 제리 루이스가 나오는 영화를 보곤 했지. 그게 우리의 기분을 전환시켜 주는 명약이었던 것 같아.

네 아빠는 기분 전환이 왜 필요했던 건지 설명을 하진 않았지만, 얼마쯤 힘든 시절이 있었다는 걸 난 알아. 연애 초기에 털어놓은 애기에 의하면, 아빠는 예닐곱 살 때, 자신을 돌봐 주던 친척 여자에게 학대를 당했다고 했어. 그녀는 아빠한테 소리를 지르거나 머리를 때리고, 냉동식품을 강제로 먹였다고 해. 때로는 아빠가 보는 데서 남자 친구와 성행위도 했다더라. 찰스는 부모님에게 도움을 청할 방법을 찾았지만, 달라진 것이 없었던 모양이야. 할머니와 할아버지는 그 일에 대해 전혀 들은 적이 없다고 말씀을 하셨는데, 찰스는 계속 말하려 했던 것 같아. 찰스는 빨간 매니큐어를 엄청 싫어했는데, 자신을 돌봐 주던 그녀가 옷을 벗을 때마다 보았던 매니큐어가 자꾸 기억난다는 거야. 그래서 난 손톱에 빨간 매니큐어를 칠하질 못했지.

데이지 킹 증조할머니가 연세가 들어 노쇠해진 데다 당뇨까지 겹쳐 치료비를 마련하느라 할아버지가 연장 근무를 하기 시작한 뒤, 찰스는 그의 아버지를 찾아왔는데 무척이나 엄하고 냉담하게 대했다더군. 증조할머니가 요구하는 걸 충족시켜 줘야 한다는 압박감 때문에 킹 할아버지는 당신의 아들에게 줄 시간도 에너지도 없었던 거지.

킹 할머니데이지 킹가 우리와 함께 살게 되면서 우리 집의 재정 상태가 바뀌었지. 킹 할머니는 의료 보험을 들지 않아서 두 분은 의료비 전액을 지불해야만 했어.

할아버지는 늘 우리가 끼니를 거르는 일이 없도록 하셨어. 재정 상태가 조금씩 나아진 건 킹 할머니가 돌아가시고 몇 년이 지난 뒤였지. 두 분이 생계를 꾸려나가기 위해 사투를 벌였다는 걸 알고는 있었지만, 돌아가실 때까지 그 싸움은 멈추질 않았어.

검은 피부의 노쇠한 킹 여사는 노예 생활처럼 고단하고 쓰라린 몇 년의 시간들을 보내셨지. 젊은 여자의 얼굴빛이 밝다는 이유로 당신의 며느리를 구박하셨던가 봐. 이런 식의 마찰은 당시, 특히 인종 차별이 심했던 남부에서 온 흑인들 사이에선 흔한 일이었지. 어두운 톤의 흑인들은 밝은 피부색을 가진 흑인들이 사회적으로 더 나은 대접을 받고 그만큼 취업 기회도 많이 제공받는다는 게 불만이었던 거야. 그들은 또 밝은 피부를 가진 사람들이 자신들을 다른 흑인들, 특히 '종이백 테스트paper bag test'를 통과할 수 없는 사람들보다 우월하다고 생각하는 사실에 분개했던 거지. 피부색이 종이백 색깔보다 어두운 사람들은 '들에서 일하는 검둥이들'이라고 열등하게 여겨지곤 했었으니까.

긴장감이 집안에 스며들기 시작했지. 글래디스가 킹 할머니를 병원까지 모셔다드릴 때도 있었는데, 킹 할머니는 그녀의 옆에 앉으려 하지 않았다더라. 찰스가 전해 준 얘기에 따르면, 글래디스는 시어머니가 주는 모욕을 무던히도 참아 냈었다지. 그리고 자신들에게 떠넘겨진 재정적 희생도 기꺼이 받아들였고. 한때 글래디스와 찰스는 더 좋은 동네에 좀 더 큰 집으로 이사를 할 계획을 세웠지만, 불가능한 일이었지. 그건 킹 할머니를 보살피고 아이들 교육을 위해 써야 할 돈이 고스란히 의료비로 들어갔다는 걸 뜻했지.

어린 시절에 베이비시터로 인해 겪었던 일이 네 아빠에게 고통과 외로움을 안겨 준 유일한 사건만은 아니었지. 잠깐이었지만 아빠의 외할머니가 가족들과 함께 지내러 오셨는데 집에서 세상을 떠나셨던 거야. 그것 역시 아빠가 어린 시절에 겪은 가장 충격적인 일 중의 하나가 되었지.

나의 가장 끔찍한 경험은 프리먼 할머니가 내 방에서 돌아가신 거였어. 할머니는 내가 등교를 하기 전에 숨을 거두셨지. 내가 학교를 마치고 집으로 돌아왔을 땐 친척들이 기다리고 있었는데, 우린 마지막으로 외할머니를 보기 위해 장례식장으로 갔어. 장례식장에 도착한 우리는 지하실로 내려갔지. 할머니는 목까지 하얀 천이 덮인 채로 테이블 위에 누워 계셨어. 하얗게 센 고운 머리칼은 빗으로 곱게 빗겨져 있었고. 그런 모습의 할머니를 보는 건 충격이었지.

어머니는 할머니 장례를 치르러 남쪽으로 내려가 있는 동안 게일을 이웃에 맡겨 두었고, 나는 킹 할머니와 집에서 지냈어. 난 내 방으로 가는 게 너무도 무서웠어. 난 일주일 가까이나 내 방으로 들어가기는커녕 방 근처로 지나가는 것조차 겁이 났지. 그러다 일주일이 지났고, 난 더 이상 그렇게 있을 수가 없다는 생각이 들어 내 방으로 들어가 두려움이 가라앉을 때까지 앉아 있었지. 그제야 난 깨달았어. 외할머니가 나를 다치게 하거나 놀라게 할 리가 없다는 걸 말이야. 할머니는 날 무척이나 사랑하셨으니까.

찰스는 자신의 고통을 혼자서 삭여 냈는데, 그의 어머니는 그걸 찰스가 이기적이지 않아서 그렇다고 보았지. 그걸 어머니는 이렇게 말씀하셨어.

"그 아이는 우리한테 어떤 문제도 일으킨 적이 없어. 내가 걱정할 거라는 걸 알기 때문에 절대 내게 말하지 않았던 거야."

하지만 침묵에는 대가가 따랐지. 그는 종종 자신이 목소리를 가지고 있지 않은 것처럼 느껴졌다고, 소리가 들리지 않는 데서는 입이 떼어지지 않았다고, 찰스가 내게 얘기한 적이 있었지. 그런 방어 기제가 평생 그 사람을 따라다닌 거야.

그래서 네 아빠는 어디든 소리를 들을 수 있는 곳을 찾았고, 아버지 역할을 대신해 줄 사람이 필요했지만 그마저도 점차 소용이 없어졌지.

내 은신처는 가장 친한 친구였던 에더 메이슨의 집이었어. 우리 집이 하나 더 생긴 것처럼 느껴졌지.

열한 살인가 열두 살 때, 네 아빠와 에디는 신문 배달을 했는데 같은 구역을 맡았었다고 해. 그 외에 둘이 비슷한 건 거의 없었어. 찰스는 무엇보다 신을 먼저 내세우는 순종적인 아이였지만, 에디는 권위에 복종하는 것 따위는 안중에도 없는 말썽꾸러기였지. 둘의 우정이 계속 이어지리라고 생각한 사람은 아무도 없었지만, 모두의 예상은 멋지게 빗나갔어.

에디의 어머니조차 둘이 붙어 다니는 걸 이해하지 못했을 정도였지.

"걔들은 서로 너무 달랐어요."

에디의 어머니인 매티 메이슨 부인은 이렇게 덧붙였어.

"뭐가 둘을 똘똘 뭉치게 했는지는 모르겠지만, 아무튼 제 아들은 그 아일 정말 아꼈고 그 아이도 제 아들한테 그랬죠. 척은 에디가 말썽을 피우지 않게 하려고 무던히도 애썼어요. 늘 에디를 보호해 주고 올바른 길로 갈 수 있도록 노력했으니까요. 제가 기억하기론, 척은 계단에 앉아 에디랑 몇 시간이나 이야기를 나누고 충고를 했었어요. 에디가 고등학생 시절을 크게 말썽 부리지 않고 건너갈 수 있었던 건 찰스 덕분이었죠."

메이슨네에서 찰스가 얻어 낸 수확은 거의 대리 아빠 수준의 또 다른 남성 롤 모델을 찾았다는 거였어.

에디가 집을 떠났을 때, 메이슨 아저씨는 나를 양자로 삼았지. 난 킹 할아버지한테 얘기하기가 겁났던 걸 메이슨 아저씨에게는 털어놓을 수 있었어. 내가 대학에 입학해서 집을 떠날 때까지 메이슨 아저씨는 늘 내 곁에 계셨지. 학교 댄스파티로 돈이 필요하거나 무도회에 갈 차가 필요할 때면, 메이슨 아저씨는 내게 일을 할 수 있도록 해 주셨어. 학교 댄스파티에 입고 갈 양복을 사러 쇼핑몰로 날 데리고 가 주시기까지 했지. 메이슨 아저씨는 늘 나를 올바른 방향으로 갈 수 있도록 독려해 주신 좋은 분이셨어.

메이슨 씨는 킹 씨네 집안에서 호락호락 논의할 수 없는 문제들에 대한 답을 갖고 계신 분이었던 것 같아.

아들, 만약 성性에 대해 알고 싶은 게 있다면, 부디 아빠한테 물어 줘. 킹 할아버지는 그런 것에 대해선 절대 얘기하지 않으셨지. 그래서 난 도서관으로 가거나 메이슨 아저씨에게 물어봤지. 넌 아빠한테 물어보는 걸 절대 겁내지 마.

찰스가 대학에 진학하며 클리블랜드를 떠난 후, 진정한 우정을 나누었던 단 하나뿐인 친구가 사라져 버린 에디 메이슨은 부모님과도 따로 떨어져 지내며 폭력배들과 어울리기 시작했어. 그러다 에디는 마약과 관련된 총격 사건으로 스물두 살의 나이에 세상을 떠났어. 찰스의 슬픔은 손으로 만져질 듯 또렷했어. 또한 분노가 치밀었어. 친구의 묘지를 찾아간 찰스는 죽은 친구를 향해 인생을 낭비한 것과 그가 사랑한 사람들에게 상처를 입혔다는 것에 대해 호통을 쳤어.

"찰스는 진짜 형제를 잃은 듯했어요."

메이슨 부인은 그때를 떠올리며 말했어. 클리블랜드로 돌아올 때마다 찰스는 메이슨 씨네 집에 들렀고, 밸런타인데이 때나 어머니 날, 혹은 크리스마스 무렵이면 직접 만든 카드를 보냈어. 꽤 오랫동안 그는 "나름대로 애를 썼는데, 애를 썼는데……."라며 미안함과 자책이 담긴 말을 되뇌곤 했어.

메이슨 씨 부부를 제외하고, 네 아빠가 어렸을 때 가장 편하고 보호받는다는 느낌을 받던 곳 중의 하나는 300여 명의 신도들이 성스러운 공간으로 여겼던 리 하이츠 연합 교회Lee Heights Community Church, 지역의 여러 종파가 공동체처럼 하나로 통합해 예배와 의식, 회합 등을 치르는 교회였지. 벽돌로 지어진 단층 건물이었는데, 설교 연단 뒤쪽에 우뚝하게 솟은 스테인드글라스 창문을 제외하고는 수수한 편이었다고 해. 킹 할머니와 할아버지는 리 하이츠에 정착하기 전 거의 2년 동안이나 제대로 된 교회를 찾으려 애썼어. 두 분이 그곳을 택한 것은 몸집은 작지만 신앙심은 엄청났던 번 밀러라는 백인 목사에 대한 신뢰 때문이었는데, 흑인과 백인이 함께 예배를 보는 극소수의 교회 중 하나였다는 사실도 그 교회를 택한 이유였지. 밀러 목사는 연합 교회 안의 인종 간 유대와 참여에 대해 설교를 했었는데, 그건 킹 부부의 가장 깊은 내면에 자리 잡고 있던 이상들 가운데 중요한 두 가지였어.

남아도는 시간들을 게으르게 보내는 이웃의 몇몇 아이들이 범죄와 마약의 유혹에 빠진다는 사실을 알아차린 킹 여사는 찰스도 그런 것에 영향을 받아 그들의 먹잇감이 되는 걸 막기 위한 방법으로 교회에 다니도록 했었지. 당신은 그를 교회의 다른 아이들과 함께 여름 캠프에 보내고, 성경 공부에 참여하라고 권하고, 청소년 합창단에 가입하도록 독려했어. 또한 주일 학교에 참석하고 합창단의 일원이 되는 것이 과묵한 아들의 말문을 틔워 주는 데도 도움이 될 거라고 희망했지.

내가 교회에 다니기 시작한 건 열두 살 때였어. 우리 가족들에겐 대단한 사건이었지. 감리교회였는데, 이웃들에겐 드문 일이었어. 연합교회의 성격을 가지고 있었으니까. 교회에 대한 기억들 가운데 맨 앞쪽에 있는 건 합창단으로 활동했다는 거야. 난 별로 원하지 않았지만, 부모님이 그러라고 용기를 북돋워 주셨더랬지. 난 정말 노래엔 소질이 없었고, 사람들 앞에 나서는 게 여간 쑥스럽지 않았거든. 하지만 삶이 흥미로워졌어. 교회의 또래 아이들과 어울리는 데도 도움을 줬고.

"십 대였는데도, 오빠는 교회에 가기 위해 일요일 아침 일찍 일어나는 걸 성가시게 여기진 않았어요. 오빠한텐 다른 뭔가가 있었던 것 같아요. 정신력 같은 거요."

게일 고모가 그때를 회상하며 들려준 말이야.

난 찰스가 종교적인 분위기에서 컸다는 사실이 부러웠어. 그리고 그 사람의 신앙심이 그가 가진 활력이랑 침착함과 관련이 있다고 믿어졌지. 교회에 갈 때 잘 다려진 흰 셔츠에 넥타이를 맨 그의 모습, 사람들 앞에서 노래를 불러야 할 때마다 매번 찬송가 뒤에 자신을 숨기던 모습이 내 마음에 소중한 기억으로 남아 있어. 내가 어렸을 땐 우리 가족들도 성경을 읽고, 식사를 하거나 잠자리에선 기도를 했었지.

하지만 우리 아버진 기성 종교에 반감을 갖고 있어서, 교회에 가면 잘못된 걸 배우게 된다는 식으로 말씀하셨지. 난 아버지의 그런 생각을 믿지 않았는데, 내가 만약 확고한 영적 기반을 가지고 성장을 했다면 어떻게 되었을까, 밀러 목사 같은 정신적 스승 아래서 성장한 찰스와는 얼마큼이나 달랐을까, 궁금하기도 해.

번 밀러 목사는 매우 조용하고 겸손한 분이셨지만 대단한 용기를 갖고 계셨지. 네가 상상하기 힘들 정도로 말이야. 그분은 우리 이웃들 가운데 유일한 백인 목회자였었지. 그분의 집은 늘 우리에게 열려 있었어. 집에 문제가 생기면 그분은 나와 게일 고모를 집으로 오게 해서는 저녁을 함께 보내 주셨지.

얼마 전 밀러 목사님은 찰스가 친족처럼 느껴졌다고 하시면서 이런 얘기를 해 주셨어.

"그 친구는 저의 어린 시절을 떠올리게 했어요. 저도 무척 수줍은 아이였거든요. 그 친구는 누군가 자신에게 말을 걸 때만 얘길 하잖아요. 하지만 그 친구가 대답하는 걸 들어 보면 그가 얼마나 공손하고 존경받을 만한지를 알 수 있어요."

찰스와 밀러 목사는 똑같이 성경에 대해 경외심을 갖고

있었는데, 네 아빠는 그 경외심을 평생의 삶을 지탱해 줄 깊은 이해로 발전시켰지. 밀러 목사님이 이런 말씀도 해 주셨어.

"매주 일요일마다 그 친구는 성경을 읽었죠. 매우 부지런한 친구였어요. 그 친구의 부모님은 신을 진지하게 받아들이셨는데, 아마도 그 친구가 영향을 받아서 매우 열정적으로 따랐던 것 같아요. 그렇게 인격이 형성된 거죠."

찰스와 내가 함께 지내는 동안, 우리가 어려운 결정을 내려야 하는 상황과 맞닥뜨리면 네 아빠는 종종 성경에 나오는 구절들을 인용하곤 했었지. 그는 내가 함께 기도를 올렸던 유일한 남자였어.

나는 늘 기도하는 소년이었고, 지금도 매일 기도를 올린단다. 내가 기억하고 있는 것 가운데 가장 특별한 기도는 신께 여동생을 생기게 해 달라는 거였지. 그러고 나서 킹 할머니는 게일 고모를 가졌어. 부모님은 내게 기도하는 걸 가르쳐 주셨어. 난 두 분이 잠자리에 들기 전 무릎을 꿇은 채로 기도를 올리는 모습을 지켜보았었지. 매일 밤 나는 '주기도문을 암송하곤 했었어. 아빠는 지금도 매일 아침 기도를 올린단다. 기도는 효험을 가지고 있어.

네 아빠는 자주 말하곤 했어. 자신의 뛰어난 운동 능력 뿐만 아니라 예술적 재능도 신의 선물이라고 말이야. 아빠는 학교 대표로 육상 경기에 나가 금메달을 따고 미식축구와 레슬링도 대표 선수로 뛰었는데, 킹 할아버지로선 정말이지 놀라운 일이 아닐 수 없었지.

할아버지는 내가 뛰는 미식축구나 육상 경기 대회를 보러 오기 시작하셨어. 내가 훌륭한 육상 선수가 되기 위해 얼마나 열심히 노력하는지를 할아버지는 모르셨을 거야. 어느 날 육상 경기를 마치고 내 손을 잡으며 해 주셨던 말을 아마도 난 평생 잊지 못할 거야. "아들, 네가 이 모든 걸 해낼 수 있으리라고는 정말 몰랐구나." 그 말이 왜 그렇게 슬펐을까.

네 아빠의 운동에 대한 열정은 여학생들의 관심을 피해 갈 수 없었지.

"찰스는 잘생긴 친구였어요. 많은 여학생들이 찰스를 좋아했죠."

고등학교 때 여자 친구였던 킴벌리 맥이 들려준 말이야. 그녀는 지금 클리블랜드의 한 중학교에서 학생들을 가르치고 계셔.

찰스와 킴벌리의 우정은 2학년 때 사랑으로 변하게 되

지. 그걸 킴벌리 선생님은 이렇게 말해 주셨어.

"언제쯤 찰스가 제게 키스를 할까 궁금해하곤 했어요. 시간이 꽤 걸렸죠. 찰스는 이제껏 제가 사귄 남자들 중에 가장 존경할 만한 남자였어요. 아마도, 아니 정말, 그럴 거예요. 그 친구는 제가 처한 상황, 제가 하려는 것 이상을 원하지 않았죠. 찰스는 늘 저의 부모님이 돌아오기를 기대한 그 시간에 제가 집에 도착할 수 있도록 해 줬어요."

둘의 교제는 몇 달 정도 이어지다 끝이 났지만, 그들의 우정은 계속되었다고 해. 심지어 찰스가 킴벌리의 친구 중 한 명과 데이트를 하기 시작한 뒤에도.

킴벌리는 당시를 이렇게 얘기해 줬어.

"일어나면 이내 녹아 없어져 버리는 그런 거였어요. 찰스는 '꾼'이 아니었죠. 우린 아마도 찰스가 학교에서 사귄 단 두 명의 여학생이었을 겁니다."

킴벌리는 자신과 찰스가 학교 친구들과 함께 찍은 사진을 여전히 갖고 있어. 아빠는 뒤쪽에, 국외자처럼 서 있지.

"찰스는 늘 자기 자신을 굳게 지키는 친구였어요. 남자애들이 난리를 치고 다닐 때면, 찰스의 고요함은 더욱 티가 났죠."

하지만, 때로는, 불길처럼 화를 내는 아빠를 목격하기도 했나 봐.

"한번은 한 애가 어떤 친구한테 짓궂게 굴었어요. 찰스의 얼굴이 흙빛으로 변한 걸 봤는데, 이 얌전한 녀석이 갑자기 폭발했죠. 그때까지 들어 본 적 없는 목소리가 찰스의 입에서 터져 나왔어요. 충격이었죠."

권위를 존중하고 조직의 유대를 소중하게 생각했던 젊은이로서 네 아빠는 늘 군대에 사로잡혀 있었지. 사실, 아빠가 만약 자신의 방식대로 했다면, 훨씬 더 일찍 군인의 길을 걸었을 거야.

난 킹 할머께 사관 학교로 진학할 수 있도록 해 달라고 무던히도 애를 썼단다. 하지만 할머넌 들으려고도 하지 않으셨지. 난 사실 중학교에 다니는 동안 군대 생활을 시작하고 싶었어. 내가 고대한 건 사관 학교가 가져다주는 규율과 단결력이었어. 도전할 만한 흥미로운 일이라고 생각한 거지. 더구나 집을 떠나서 살아 볼 수도 있고.

재향 군인 병원에서 일하셨던 킹 할머니와 할아버지는 불구가 되거나 상처를 입은 너무도 많은 퇴역 군인들을 보았던 탓에 당신들의 아들이 그런 사람들 틈에 있게 될 수도 있다는 생각을 하면 마음이 편하질 않으셨지. 더 나쁜 상황에 놓일 수도 있고. 찰스가 1977년에 고등학교를 졸업하자 킹 할머니는 군에 입대하지 않도록 설득하셨어. 상업 미술 가의 길을 가기로 한 고분고분한 아들은 보스턴의 전문 대학에서 미술 학사 학위를 취득했고 시카고 미술 연구소의 학교로 진학해 공부를 계속했지. 1979년부터 1983년까지 다녔는데, 졸업하기까지 몇 과목이 남아 있을 때 돈이 바닥나 버렸어. 찰스는 시카고의 한 출판사에서 일러스트레이터로 일하면서 전화번호부 광고에 실리는 그림을 그렸는데, 만족할 수가 없었지. 1983년 말, 아빠는 친척이 있던 앨라배마주 모빌 남부 지역으로 옮겼고, 그곳의 한 지역 신문에 입사해 상업 미술가로 일자리를 얻었지. 하지만 직장 생활이 아빠에겐 맞질 않았던 것 같아. 군대랑은 달리 규정 같은 것도 없었고, '정치판' 같은 무지막지함에 당황할 수밖에 없었지. 더구나 아빠가 정말 학위를 딴 거냐고 누군가 의문을 제기하는 바람에 승진에서도 밀려나고 말았어. 거기에 깊은 상처를 입은 아빠는 육 개월 만에 그곳을 그만두고 이후 몇 년 동안 보람도 느끼지 못하는 일들을 하면서 살아가게 돼.

1985년, 찰스는 세실리아를 만나자마자 사랑에 빠지게 돼. 세실리아도 역시 화가였지. 아빠는 두 사람이 생계를 꾸려 갈 수 있는 방법이 찾아지면 그녀와 결혼하기를 바랐어. 군에 입대하는 걸 다시 생각하게 된 계기가 되었는데, 이번엔 부모님과 먼저 상의하질 않았지. 신병 모집관을 만난 뒤에야 부모님께 말씀을 드렸는데, '너무 위험하고 힘이 든다'는 이유로 낙하산 부대만큼은 지원하지 말라고 설득을 했었다고 해. 달리 선택할 수 있는 건 공군이었는데, 스물아홉 살이라는 나이가 지원하기엔 너무 많았어. 그래서 아빠가 입대 시험과 신체검사를 받은 것이 육군이었지.

1987년 10월 13일, 찰스는 나라를 지키겠다는 선서를 하며 미 육군 일등병이 되었지.

킹 할머니는 "시험에 통과한 걸 알았을 땐, 이미 입대한 뒤였어." 하고 말씀하셨어. 그리고 두 달 뒤, 찰스는 세실리아와 결혼을 했어.

군 복무는 찰스에게 더없이 만족스러웠지. 아빠는 일찍 탱크 선임자가 되었고, 4년 동안 훈련 부사관으로 지냈어. 하사, 소대 선임 하사, 상사로 꾸준히 진급했지. 아빠는 탱크 사수로 '사막의 돌풍Desert Storm' 작전에 참여해서 이라크 기갑 차량 세 대를 파괴해 공중전 이외의 용감한 전과를 올린 군인에게 수여하는 청동성장靑銅星章, Bronze Star을 받았어. 1992년엔 경계 임무를 수행하기 위해 쿠웨이트로 떠났지. 3년 후에는 관타나모 수용소에서 선임 부사관으로 일하며, 바다를 통해 쿠바를 탈출한 난민들을 돕는 인도주의적 임무를 이끌었어. 아빠는 결국 사병으로 오를 수 있는 두 번째로 높은 계급인 상사로 진급했고, 최종 단계인 원사로 올라갈

궤도에 자신을 올려놓았지. 그러는 동안 찰스의 가슴엔 무공 훈장들로 가득 찼단다.

군대에 대한 사랑이 아빠의 예술에 고스란히 드러난 건 자연스러운 일이었을 테지. 작품의 주제는 무척 다양했지만, 아빠는 군대에 대한 미국 흑인들의 공헌을 묘사한 작품들을 제일 자랑스러워했어. 제2차 세계 대전 때 용맹스럽게 싸웠지만 그다지 알려지지 않았던 흑인 병사들로 이루어진 제761 전차 대대의 역사에 매료되었던 아빠는 그 부대원들의 젊은 모습만이 아니라 제대 후 노인이 된 모습을 점묘법으로 묘사한 콜라주 작품을 만들어 냈지. 참전 용사들은 시간과 정성을 들여 디테일하게 표현해야 할 만큼의 자격을 가진 사람들이기 때문에 점묘법 방식을 택한 거라고 아빠가 말한 적이 있었지. 아빠는 이 방식으로 그린 10점의 그림을 1998년 펜타곤_{미 국방부} 에 대여를 했었는데, 이 그림들은 '미국 흑인 역사의 달_{Black History Month}' 동안 전시되었어. 그리고 워싱턴주 서부 타코마 인근의 포트 루이스 군사 박물관과 전국의 여러 기지에 아빠의 그림이 상설 전시가 되어 있어서 언제든 볼 수 있단다. 더 중요한 건, 생존해 계시는 761 부대 탱크병 출신분들에게 아빠가 직접 서명을 한 초상화 사본들을 선물로 드렸다는 사실이야.

아빠가 한 가장 멋진 일 중의 하나는 켄터키주 포트 녹스에 있는 761 전차 대대의 한 회의실에서 가졌던 그림 헌증식에 부모님을 초대한 거였단다. 두 분은 실제 761대대 출신 부대원들과 만나 즐거운 시간을 가졌는데, 무척이나 자랑스러워하셨지. 그날 외할머니와 외할아버지, 그리고 킹 할머니와 킹 할아버지가 모두 오셔서 헌증식의 증인이 되신 거지. 비슷한 전시들이 전국의 다섯 곳에서 열리고 있어. 다음 헌증 전시가 열릴 곳은 텍사스의 포트 후드가 될 거야.

사람들이 필요로 하는 존재가 되기를 열망했던 남자는 부대를 통솔하는 것에서 자신의 소명을 발견했었지. 하지만 다른 생각을 가진 사람들도 있었어. 자랑스러워하긴 했지만 할머니와 할아버지도 아빠의 선택을 완전히 이해하지는 못했지. 아빠가 따랐던 목사님은 아주 많이 의아해했던 것 같아. 번 밀러 목사는 그런 상황을 이렇게 말했어.

"찰스가 입대한 걸 알고는 어리둥절했어요. 찰스의 부모님들이 내게 얘기한 바로는, 두 분 모두 정부를 위해 일을 하셨고, 정부도 두 분께 잘해 주었다더군요. 척이 군에 입대하기 전에 일했던 직장에서 승진을 거부당했고 그래서 대안을 찾고 있었다는 얘기는 들었어요. 그도 정부를 신뢰했으니까 군대를 선택했겠죠."

찰스는 그런 의혹들을 이해했고, 그 의혹들에 대한 답을 갖고 있었어. 교회의 청년부 담당자가 물었지. 어릴 때부터 평화를 북돋우는 교회를 다녔는데 왜 전쟁을 치르는 군인의 길을 택한 거냐고 말이야. 그러자 찰스는 한동안 그 질문을 깊이 생각하고는 대답했어.

"군대에도 신을 믿는 사람이 필요하기 때문이죠."

4

사랑하는 조던,

아빠와 엄마의 연애는 한 통의 전화와 함께 시작되었단다. 우리 아버지, 그러니까 네 외할아버지로부터 걸려 온.

술을 끊은 지 여러 해가 지났지만 자동 응답기에 담긴 외할아버지의 목소리는 이상하게 들떠 있었지.

"헤이, 호박꽃."

내가 늘 혐오했던 어릴 적 별명을 부르시더라.

"찰스가 네 전화번호를 물어봤다는 얘길 너한테 해 주고 싶더라고. 번호는 줬어. 괜한 짓 한 게 아니었으면 싶구나."

민망했어. 아버지가 중매쟁이가 된 거잖아.

사실, 켄터키에서 뉴욕으로 돌아온 후 며칠 동안은 찰스에 대해 생각했었지만, 이후 3주 동안은 거의 생각하질 않았었지. 우리의 만남은 즐거웠지만 시간으로 따지면 아주 잠깐이었으니까. 그 사람은 상냥하고 핸섬하고 원칙도 분명했지만, 난 데이트할 기분이 아니었지.

그해 봄, 난 2년 반 동안 그레그란 남자랑 사귀다가 헤어진 상태였는데, 그 뒤론 남자를 만나지 않고 있었어. 그레그는 보스턴 글로브Boston Globe의 편집장으로 12년 선배였지. 그는 키가 크고 초콜릿 색깔의 피부를 가진 매력적인 사람이었어. 텔레비전 뉴스 앵커 같은 얼굴과 목소리를 가진 데다 내가 아는 사람 중에서 유일하게 나보다 신문을 더 좋아하는 사람이었지. 우린 책과 사회 문제를 놓고 토론을 벌였지. 물론 뉴스에 대해서도. 그는 나를 시가와 싱글 몰트 스카치의 세계로 끌어들였고, 닉슨 대통령의 워터게이트 사건이 세상에 드러나는 데 결정적 역할을 한 워싱턴 포스트의 공동 소유자였던 캐서린 그레이엄Katherine Graham의 자서전을 주었더랬어. 그레그는 휴가를 내서 나를 매사추세츠주 케이프 코드 연안에 있는 고급 휴양지인 마서즈 빈야드Martha's Vineyard섬으로 데려갔고, 바닷가재를 먹여 주고 개인 해변에서 철자가 적힌 플라스틱 조각들로 글자를 만드는 스크래블 게임을 하며 놀았지.

우리의 관계는 긴밀하고도 열정적이었어. 난 외모가 번듯한 남자랑 연애하는 게 얼마간 불안한 데다, 왠지 연애 상대가 아니라 제자가 된 것 같은 느낌이었지. 그레그는 우리의 나이 차가 신경에 쓰였고, 언론사 경력 때문에 서로 다른 도시에 계속 있어야 한다는 사실에도 불만이었지. 그러다 사이가 멀어졌어. 내가 뉴욕으로 이사 온 지 1년도 채 되지 않아 그레그와 상의를 하지 않고 집을 샀을 때, 난 알았던 것 같아. 우리가 함께 살 수 없다는 걸. 그레그가 날 떠나기 전에 내가 그를 떠났지.

하지만 이별은 힘들었어. (남자 때문에 식욕을 잃어 본 유일한 때였지.) 찰스가 나타났을 때 그레그를 대신할 사람이라고 여기지도 않았지만, 둘은 전혀 다른 사람들이었지.

어쨌든 아버지의 메시지가 온 며칠 뒤, 또 다른 메시지가 날아왔어. 찰스였지.

"다나, 잘 지냈어요? 킹 부사관입니다. 당신 아버님한테서 번호를 받았어요. 시간 날 때 전화 주세요."

그 사람의 목소리는 뻣뻣하고 공식적이었지. 다음 날 내가 전화를 걸었어. 무척이나 공손하게.

"킹 부사관입니다."

그 대답을 듣는데, 내가 군인이랑 데이트하는 데 얼마나 흥미가 없는지 순식간에 느껴지더라.

"안녕하세요, 다나예요."

"아, 잘 지냈습니까?"

"잘 지냈어요, 당신은요?"

우린 콜센터 상담사들처럼 훈훈하게 주고받았지.

대화는 뉴욕의 날씨로 건너갔다가 서로 일하는 게 얼마나 힘든지로 넘어갔어. 전화로 연락을 줘서 고마웠다는 말로 그만 마무리를 하려는데 그 사람이 계속 붙들고 있는 거야.

"당신이 켄터키를 떠난 뒤에 계속 전화를 해야겠다고 생각을 했었습니다. 그런데 업무로 바쁜 데다 개인적인 상황을 처리하느라 전화를 드리지 못했습니다."

난 자신의 이혼 얘기를 꺼낸 그 사람에게 매우 혼란스러운 시기에 내게 흥미를 가지게 된 이유가 무엇인지를 묻고 싶었지만, 그로 하여금 뉴스거리처럼 느끼게 만들고 싶진 않았어. 나 역시 그에게 끌리는 이유를 정확히 알 수도 없었고. 어쩌면 난 그저 달콤한 사탕을 찾고 있었는지도 몰랐어. 외로움을 달래 줄 뭔가 달콤한 것 말이야.

내 염려에도 불구하고 찰스와 난 첫 통화가 이루어진 뒤에도 대화는 계속 이어졌어. 처음에 난 내 얘기보다는 뉴욕의 지하철 시스템에 대해 더 많이 들려주었는데, 그 역시 군대 역사 같은 것만 말할 뿐, 자신의 결혼 생활이 붕괴된 것에 대해선 얘기를 피했지. 손쉽게 첫 데이트를 하긴 했었지만, 더 이상 데이트는 없었어. 그는 러시아 출신의 프랑스화가 에르떼Erte를 존경한다고 했고, 난 미국의 시인이며 소설가인 랭스턴 휴즈Langtston Hughes라면 깜빡 죽는다고 했지. 그리고 우리의 생일이 이틀 밖에 차이가 나지 않는다는 것, 둘 다 초콜릿을 좋아한다는 사실도 발견했어. 하나는 중간 맛, 하나는 풍부한 맛.

이글이글 타는 듯하던 7월의 더위가 8월에 접어들며 더 기승을 부리자 우리의 통화는 밤 시간으로 옮겨지기 시작했어. 대화의 밀도가 깊어지면서 서로의 내면을 꺼내 놓았지. 우린 찰스의 딸에 대해 얘기했고, 가족보다는 직장이 먼저라는 내 선택에 대해서도 얘길 나누었어. 그러다가 난 기대하기 시작했지. 그의 낮게 이어지는 목소리를 들으며 스르르 잠이 들었으면 하고 말이야.

우린 친구가 되었어.

찰스는 결혼의 붕괴가 자신의 인생에서 가장 큰 실패가 되어 버렸다는 걸, 조금 자극적으로 털어놓았지. 네 아빠가 한 말에 따르면, 두 사람은 결혼 전에 큰 꿈들을 공유하고 있었다고 해. 자신들이 추구하는 예술에 대한 것, 마침내 가정을 이루게 되었다는 것. 둘은 저축을 해서 주택 부금을 납부하고, 여행을 가거나 새 차를 구입하는 꿈도 꾸었지. 그러다가 문득, 찰스는 그들이 같은 목표와 가치를 공유하고 있지 않다는 느낌을 받게 되었어. 결혼 생활이 이어지면서 그는 자신이 순전히 생계를 꾸려나가는 수단이란 생각이 들었고, 아내가 경제적으로 좀 더 노력을 기울이길 바랐던 거야. 그들은 결국 집을 살 수도 없었고, 결혼 생활도 끝이 나면서 신뢰가 와르르 무너져 버렸지.

난 일방적으로 그의 말만 들은 것뿐이지만, 그가 얼마나 큰 상처를 입고 스스로를 수치스럽게 생각하는지를 알 수 있었어. 찰스는 결국 끝이구나 싶은 생각이 들기 전에 어떻게든 결혼 생활을 복구할 수 있기를 간절히 기도했다고 해. 그 사람이 가장 걱정한 건 딸에게 일어나게 될 일들이었지. 난 그 아이에게도 힘든 변화에 적응할 수 있도록 시간을 주어야 하지 않겠냐고 조금은 강하게 말했어. 그리고 그 역시 엄청난 상실을 겪었으니 자신에게 슬퍼할 시간을 허락해야 한다는 걸 상기시켜 주었지. 그때의 난, 말을 하기보다는 주로, 그의 말을 들어 주는 편이었어.

네 엄마는 아빠로 하여금 실패한 이전 결혼 생활로 겪고 있던 좌절감에서 벗어날 수 있도록 시간을 많이 들였는데, 그런 엄마를 사랑하지 않을 수가 없었지. 그 외에도 아빠가 맞닥뜨린 적지 않은 개인적인 장애들을 극복할 수 있도록 도와주었단다.

찰스가 마음을 열자 내 마음도 열리기 시작했지. 난《뉴욕 타임스》에서 커리어가 높은 흑인 여성들이 받는 압박감에 대해 얘기했어. 삐끗하기라도 하면 만회할 기회가 주어지지 않을 거라는 느낌만이 아니라, 때론《타임스》에서 기자로 일하고 싶어 하는 모든 흑인들에게 내가 무슨 표본이 된 것 같은 느낌이었지. 더구나 전화로만 정보를 제공받았던 백인 은행가나 정치인들을 대면했을 때 그들이 내가 흑인이란 사실에 충격을 받은 것 같다는 느낌을 받곤 했는데 그 어색한 느낌에 좀체 익숙해지지 않았어.

이따금 난 7백만 명이 사는 도시에 외톨이가 된 기분이든다고 찰스에게 말하곤 했었지. 이런 얘기도 했었어. 독재가 같은 훈련 전문 부사관 아버지와 너무도 연약해서 어떤 것에도 저항하지 못하는 어머니 사이에서 장녀로 살아가는 게 얼마나 힘든 일인지에 대해. 진짜 극소수의 사람들에게만 했던 얘기도 고백처럼 들려주었어. 내 기억이 틀리지 않는다면, 우리 아버지란 사람은 병사들에게나 할 수 있을 외설적인 농담들을 어린 자식들에게 하곤 했었지. 난 당황하면서 고개를 숙인 채 재미없다고 말하곤 했는데, 그런 내가 아버지한테는 더 웃겼었나 봐.

"나도 훈련 전문 부사관이었지만, 내 딸에게 그런 식의 얘길 들려주진 않았어요."

어느 날 밤에 찰스가 그러더라.

"아버지는 그래선 안 됩니다."

그 말을 들었을 때, 나를 둘러싼 견고한 벽이 물렁물렁해지는 것 같았지. 그건 여성으로서의 내 인생에 가장 불편하고 혼란스러운 경험을, 그 경험에 대한 나의 감정을 한 남성이 확인해 준 최초의 순간이었어. 그는 날 위해 분노했고, 그래서 난 어쩌면, 그 사람을 신뢰할 수 있을 거라고 생각하기 시작했던 것 같아.

아버지한테 따로 여자가 있다는 건 래드클리프 마을 사람들이 다 아는 일이었고, 아버지도 당신의 불륜을 거의 숨기려 하지 않았다는 얘기를 찰스에게 했었지. 사실 난 우리 형제자매 중에서 아버지의 여자를 만나려 하지 않았던 유일한 아이였어. 저녁 식사가 끝나면 거의 아버지는 우유를 사러 나갔다 올 거라고 하셨는데, 어머니는 침통한 표정으로 고개를 숙인 채 아버지가 실제로 가려는 곳이 어디인지에 대해 한 번도 물은 적이 없었지. 보통은 자정이 훨씬 지나 아버지는 차를 몰고 진입로를 따라 돌아오셨는데, 엔진 소리에 우린 자주 잠에서 깨어나곤 했었어. 아버지는 심지어 어머니를 사랑한 적도 없고, 임신을 한 데다 지지리 가난한 집에서 살아서 의자 두 개를 겹쳐 잠자리를 삼고 있는 게 불쌍해서 결혼을 해 줬을 뿐이라는 말까지 서슴지 않았지.

아버지는 어머니가 아이를 너무 많이 낳아서 자신의 발목에 '족쇄'를 채워 놓았으며, 그 외에도 자신만이 알고 있는 어머니의 숨겨진 비밀도 여럿 있다는 식으로 말씀하셨어. 대체 그 비밀이란 게 뭔지는 말하지 않았지만, 종종 아버지는 어머니가 다른 남자를 사귀고 있다고 암시하는 식으로 자신의 과오를 덮어 버리곤 했었지.

결혼 생활이 아무리 끔찍해지더라도 어머니는 결코 떠나지 않을 거란 걸 난 알고 있었어. 어머니는 수중에 돈도 없었고, 고등학교도 변변히 다니질 못했고, 아이도 다섯 명이나 있었으니까. '족쇄'가 채워진 건 아버지가 아니라 어머니였지. 내 눈엔 그렇게 보였어. 난 맹세했지. 어머니처럼은 절대 살지 않겠다고.

"남자에 대한 제 관점들은 자라면서 형성된 거예요."

찰스에게 내가 한 말이야.

"얼굴에 펀치를 맞지 않으려고 너무도 오랫동안 팔을 들어 올려 얼굴을 가리고 있었는데, 그 팔을 내리면 어떤 느낌이 들지 모르겠어요."

찰스는 이해하는 것 같았어. 그는 너무 빠르게 움직이지 않도록 조심했고, 난 안전한 거리를 유지한 채 그에게 반해 버린 것을 즐기고 있었지. 그러던 어느 야간 토크 때, 그 사람이 뉴욕이란 도시에 대해 좀 더 알고 싶다고 말했어.

"그래요? 그럼 제가 사는 도시를 보여드리죠."

난 심각하게 생각하지 않고 그렇게 말했지.

"좋아요. 언제 가면 좋겠습니까?"

그 사람이 빈틈을 노리듯이 물었어.

"음, 글쎄요."

난 왠지 허를 찔린 듯 얼버무렸지.

"2주 뒤면 나흘 동안 휴가를 나갈 수 있습니다. 기차표가 있는지 한 번 알아봐도 될까요?"

"좋아요. 저야 뭐."

찰스는 특유의 겸손한 방식으로 말하긴 했지만, 그 사람이 어디를 향하고 있는지, 그가 향하는 게 나라는 게 명확하게 느껴지더군. 그는 늘 강한 여성을 존경해 왔고, 나의 독립심과 내가 가진 일에 대한 목적의식을 좋아한다고 말해 왔었으니까. 그 사람 눈엔 내가 아름다워 보이기도 했었나봐. 엉덩이 같은, 뭐 그런 데를 말이야.

난 여성이 자신에게 존엄성을 갖고, 스스로를 신중히 돌보고, 외모와 몸가짐에 자부심을 갖기를 바라. 아름다움은 어떤 눈으로 보느냐에 달려 있어. 남자도 그렇지만, 여자도 역시 무엇보다 상대와의 관계를 지키고 존중하는 마음을 나눌 수 있어야 해.

그런 사람이 바로 위대한 소통자야. 어떤 환경에 처하든 지적 호기심을 놓치지 않는 여성—네 엄마를 봐. 내가 어떤 여자를 좋아하는지를 알 수 있는 바로 그 사람이지.

나 역시 나도 모르는 사이에 흠뻑 빠져들어 갔지. 네 아빠는 집지기라 할 만큼 가정적인 사람이었어. 우린 주말에 만났는데, 아빠는 여섯 살짜리 내 조카딸을 다정하게 대해 줬지. 그 애가 깔깔대며 근육을 보자고 하면 찰스는 이두박근을 구부리지도 않고 한쪽 팔로 땅에서 번쩍 들어 올렸지. 그리고 현관에 계시던 아버지 곁에 앉아 지루하게 이어지는 오래전 군대 이야기들을 묵묵히 들어 주었고. 이 남자는 아이들을 존중하고 어른을 공경할 줄 아는 사람이었어.

아빠가 민간인이었다면, 뉴스라면 사족을 못 쓰는 사람이었다면, 너무 멀리 떨어진 곳에 살지 않았다면 얼마나 좋았을까.

할아버지는 당시 말씀은 하지 않지만, 막 싹이 트기 시작한 우리의 우정이 그 이상의 관계로 발전하기를 바라셨지. 찰스라면 당신의 천방지축 딸의 애정을 받을 만한 가치가 있는 사람이라고 믿었던 거야.

"그 친구는 내적인 힘의 소유자였지. 냉철한 군인, 냉철한 인간이 가진 그런 힘 말이지."

네 외할아버지가 나중에 해 준 말이야.

"그런가 하면 연민과 부드러운 면 역시 가진 친구였어."

난 군인의 딸로 자랐지만 직업 군인이 되기 위해 필요한 성격의 강점 같은 걸 이해하지도 못했고, 찰리에게도 그런 점이 있는지 없는지 따위엔 하등의 관심도 없었지. 그 사람이 방문할 날이 가까워지면 내가 생각할 수 있는 건 하나뿐이었어.

'제복을 입지 않고 오더라도 그 사람은 여전히 군인이야. 내가 지금 왜 이러고 있는 거지?'

찰스가 오기 이틀 전날 밤, 친구인 미아와 술을 마시러 나갔는데 내가 과연 새 남자를 만날 수 있을지 그 가능성에 대해 얘기를 나누었어. 미아는 《뉴욕 타임스》의 대도시부 담당 기자였는데, 내겐 언니 같은 존재였지. 뭔가 그녀의 조언이 필요했어.

"그래서 넌, 그 남자가 좋아?"

그녀가 코스모Cosmo 칵테일을 홀짝이며 묻더군.

"그런 것 같아요."

내가 말했지.

"그런데 완전히 제 타입은 아녜요. 내 말은, 《타임스》 파티 때 편집장한테 그 사람을 소개하면 좋은 소리는 못 들을 정도다, 그런 거죠. 뉴스엔 통 관심이 없어서 아마 제대로 못 읽는 단어도 꽤 있는, 뭐 그런 사람이라고나 할까?"

미아는 사랑스러운 갈색 눈을 굴리더니 칵테일 잔을 내려놓았지.

"들어 봐."

그녀가 말했어.

"너, 편집장이랑 몇 번이나 《타임스》 파티에 갈 것 같으니? 그리고 찰스가 완벽한 영어를 구사하지 못한다고 누가 신경이나 쓸 것 같아? 네 입으로 그랬잖아. 그 사람 멋지다고. 안 그랬어?"

난 괜히 잘난 척한 것 같아서 눈길을 피했어. 켄터키에서 올라온 촌닭이었던 주제에 말이야. 첫 직장 면접 땐 변변한 정장 한 벌 없었으면서. 몇 년 동안 어휘력을 늘리려고 사전을 뒤적거리며 새 단어를 외우고, 수학도 별로 잘하질 못했었지. 대학에 다닐 땐 책이랑 먹을 걸 사기 위해 아르바이트를 두 개나 뛰고, 성적 우수 장학생에 이름도 올려 보지 못했지. 그런 내가 뭐 그리 대단한 사람이라고 마음씨 착하고 품 넓은 남자를, 뭐 어째?

하지만 뭔가 다른 이유가 있었지. 여전히 그레그를 사랑하고 있었던 거야.

미아는 그 사람이 다른 누군가를 만나고 있는 거라는 사실을 상기시켜 주었어. 그녀는 이렇게 말했지.

"너도 이제 움직일 때가 온 거야. 찰스와의 사이에 어떤 일이 일어나고 있는지만 보라고."

그녀가 옳았어. 찰스에게 적어도 기회를 주어야 했던 거야.

그가 도착하기 전에 전화를 걸어서, 조심스럽게 잠자리에 관한 문제를 꺼냈어. 내가 소파 겸 침대가 하나 있다고 말하자, 그 사람은, 당연히 거기가 자신이 자게 될 곳이라고 말했지. 안심이 되더라.

"제가 뭘 기대한 것 같습니까?"

그가 웃으며 묻더군.

"글쎄요, 모르겠는데요."

난 거짓말을 했지. 그리곤 덧붙였어.

"현실적이지 못한 기대 같은 건 아예 취급도 안 해요, 저는."

내가 해 놓고도 얼마나 바보 같은 말이었는지 모르겠더라. 찰스는 뉴욕의 내 집에서 주말을 보내기 위해 비행기 티켓을 예매했어. 난 이게 우정 이상의 뭔가가 시작되는 거라는 걸 알았어. 나는 재빨리 주제를 바꿔서, 라과디아 공항 LaGuardia, 뉴욕시에 있는 국제공항에서 내가 사는 아파트로 오는 길을 가르쳐 주었지. 내가 일러 준 걸 그대로 말해 보게 한 뒤에 택시비는 얼마나 들고 팁은 얼마를 줘야 하는지를 알려 주었어.

"하지만 팁은 가방을 들어 주거나 할 때만 드리는 거예요."

내가 당부를 했지.

"그 정도는 저도 압니다, 부인."

찰스는 재미있다는 듯이 말했어.

'사막의 폭풍' 작전에 참여했던 남자에게 맨해튼행 택시 걱정을 하고 있다니! 통화가 끝나고 나서 난 침대에 누워 한참 동안 천장을 응시하며 우리가 얼마나 다른지, 그리고 그 다름이 나를 괴롭히는 것만큼 그를 괴롭히지는 않는 것 같다는 생각을 했어. 어떤 점에서 그 사람은 오히려 우리가 다르다는 사실을 즐기는 듯했지.

내가 "당신은 강해."라고 말하는 걸 엄마가 싫어한다는 걸 알지만, 네 엄마는 정말 강한 사람이야. 사람들은 대부분 폭풍이 오기를 기다리지. 하지만 네 엄마는 폭풍 속으로 걸음을 떼어 놓지. 그렇게 모든 장애에 도전해. 그러고도 매우 겸손하게 자신의 목표에 확실히 도달하지. 난 늘 그녀가 뉴욕이란 도시에서 살아가는 것이 존경스러웠어. 특히나 경쟁이 치열한 그 일을 추구해 나가기로 다짐한 것 자체에 대해서.

난 아빠처럼 군인은 아니었지만 때론 나 또한 최전선에 서 있는 것 같은 기분이 들 때가 있었지. 프록터 앤 갬블Procter & Gamble, 맥도날드McDonald's, 질레트Gillette 같은 내로라하는 세계적 대기업의 재무·경영·제품 개발을 취재하는 《뉴욕 타임스》 경제부 기자였던 난 《포춘》지에서 선정한 500대 기업의 최고 경영자들과 식사를 하고, 월 스트리트에서 그들 기업의 주식이 어떤 동향을 보이는지에 대해 기사를 썼지. 치열하고 보람도 있긴 했지만, 나 자신을 뿌듯하게 여길 수 있으리라 기대했던 것에는 미치지 못했어. 소녀 시절 난 시와 단편 소설을 썼더랬지. 몇 시간을 그렇게 쓰고 있으면 나 자신도, 어머니는 몸을 떨다가 울음을 터뜨리고 아버지는 문을 박차고 나가는 것으로 끝나던 부모님의 격렬한 언쟁도, 그 언쟁이 불러온 고통과 혼란도, 모두 잊어버릴 수 있었으니까. 고등학교 때의 추억록을 보면 졸업하고 10년 뒤 뉴욕에서 작가로 살고 있을 거라고 적혀 있어. 기자를 할 생각은 하지 않았던 거야. 난 계급과 인종에 대한 냉혹한 진실, 남녀 사이 혹은 아버지와 딸의 역학 관계에 대한 날카로운 통찰력을 제공하는 소설을 쓰고 있는 나 자신의 모습을 상상하곤 했지.

하지만 난 실용적인 면을 고려해 켄터키 대학에서 언론학을 전공했는데, 그게 결국은 고용과 의료 보험이 보장된 직업 작가의 길로 나를 데려간 셈이지. 1986년에 클리블랜드의 《플래인 딜러Plain Dealer》에서 일한 걸 포함해서 여름마다 여러 신문사를 옮겨 다녔는데, 이듬해 《월 스트리트 저널Wall Street Journal》에서도 일을 했어. 그러다가 대학을 졸업한 뒤 플로리다에 있는 《팜비치 포스트Palm Beach Post》에서 경찰 담당 기자로 입사를 했지.

뜨겁고 음울한 한 해를 보내면서 난 말도 못하게 거칠어졌지. 대피하는 걸 취재하기 위해 몰려오는 허리케인 속으로 차를 몰기도 하고, 경찰과 함께 마약 단속 현장에 나가기도 했었지. 외로웠고, 계절이 언제 지나가는지도 몰랐어. 징그러운 도마뱀이 아무 데서나 툭툭 나타나는 것에도 좀체 익숙해지지 않았고.

그런 와중에도 흥미진진한 살인 사건 재판을 취재하는 것만큼은 더없이 좋았어. 1989년에 《플래인 딜러》 신문사에서 비슷한 일을 제안해서, 중서부로 발길을 돌렸지. 내 진화 속도는 빨랐어. 경찰들은 범죄 사건을 다루는 기자들을 쥐고 흔드는 법인데, 나만큼은 호락호락하지 않다는 걸 재빨리 알아차리더군. 한번은 교도소에서 온종일 어떤 살인자와 인터뷰를 한 적이 있었어. 그는 두개골 하단의 특정 부위를 칼로 찔러서 '피를 거의 흘리게 하지 않고 즉사'시키는 방법을 눈 하나 깜빡하지도 않고 설명하더군. 하지만 내가 가장 보람을 느낀 때는 슬픔에 잠긴 가족들과 함께 하는 거였지. 내가 그들을 다독여 주면, 그들은 비로소 입을 열었어.

《플래인 딜러》에서는 1990년대 중반까지 8년 동안 근무를 했는데, 어느 언론인 회의에서 만난 《타임스》의 기자와 편집자 몇 명이 나를 뉴욕에서 예정된 한 인터뷰에 초대했어. 드디어 《타임스》에서 제안이 들어오긴 했지만 세 가지가 마음에 걸렸어.

우선, 뉴욕은 돈이 많이 들고 시끄럽고 뭔가 주눅을 들게 만드는 도시라는 거였지. 클리블랜드에서 난 이리호가 내려다보이는 멋진 아파트를 갖고 있었고, 데이트할 때마다 나를 실어다 주는 덮개를 자유롭게 열고 닫을 수 있는 스포츠카도 있었거든. 사교 모임에도 활발하게 참여했고, 처음으로 저축도 할 수 있었지.

다른 하나는, 《타임스》의 제안이 엄청난 경고와 함께 던져졌다는 사실이었어. 그러니까 3년 동안 수습기자로 일을 해야 하는데, 그 안에 '타임스가 필요로 하는 재원'임을 증명하지 못하면 해고를 당하게 된다는 거였지.

마지막은 그레그였는데, 그는 내가 뉴욕이 아니라 보스턴으로 이사하기를 원했어. 나도 그와 함께 지내고 싶었지만 일자리를 가지지 못한 채 보스턴에 붙박여 있는 것도 남자의 주머니에만 의지한 채 살아가는 것도 내키지 않았지.

나는 계속 악몽을 꾸었어. 현실이 꿈으로 변해 나타난 거였어. 난 학교에 다니는 것도 아니고 직장을 다니는 것도 아닌 상태에서 번번이 악몽에서 깨어났지.

'내가 만약 타임스에서 일을 얻게 된다면 그레그를 잃을 테고, 그러다 수습기자에서 잘리게 되면 어떻게 하지?'

갈피를 잡을 수가 없더군. 그래서 나를 믿어 주는, 이걸 결정하는 데 조언을 해 줄 수 있는 유일한 친구—그레그의 어머니에게 상담을 했어.

제네바 무어 여사는 일흔이 가까운데도 여전히 머리를 빨갛게 염색한 채 검정 가죽 바지를 입고 춤을 추러 다니는 분이셨어. 여장부인 그녀를 난 흠모했지. 우리는 몇 시간이나 전화기를 붙들고 그녀의 젊은 시절과 나의 직업에 대해 얘기를 나누었어. 《타임스》에서 일을 하게 되면 그녀의 아들과 내 관계가 거의 끝난다는 걸 의미하는 게 아니겠냐고 내가 말했을 때, 난 그녀가 개의치 않을 거라는 걸 알고 있었어.

"뉴욕 타임스라고?"

제네바 무어 여사가 흥분한 목소리로 말했지.

"다나, 난 너도 사랑하고 우리 아들도 사랑해. 뭐, 녀석이 버스에 뛰어든다고 해도 어쩔 거야, 네 갈 길을 가."

1996년 여름, 난 《타임스》의 제안을 받아들였지. 무엇

하나 확실한 건 없었지만.

뉴욕에는 마치 보도국에 떠도는 것 같은 몽롱한 에너지가 있었는데, 난 거기에 빠르게 적응했어. 젊은 기자들 몇 명과는 친하게 지냈는데, 우린 거대한 접시에 예쁘게 장식한 칵테일이랑 콩알만 한 애피타이저가 담겨서 나오는 미드타운의 사무실 근처 레스토랑과 바에서 몇 시간을 보내면서 머리를 맞댄 채 우리 일들을 요모조모 궁리해 보곤 했지.

어쨌든, 위험한 도전은 성과가 있었어. 일 년이 막 지난 1997년 가을, 난 수습 딱지를 떼고 승진을 했으니까.

보통은 주말마다 청바지와 콤비를 입었지만 이제 금요일 아침이면 회색 스커트와 정장 차림을 한 커리어 우먼이 된 거야. 서류 가방엔 화장품 세트와 향수를 넣고 다녔지. 발이 편한 로퍼 대신 고통을 감수하기로 작정하고는 발이 오그라드는 검정 펌프스에 두 발을 밀어 넣었어. 전날 집으로 돌아오는 길에 신선한 꽃들을 사 가지고 와서는 화병에 꽂아 아파트 곳곳에 놓아두었지. 어떻게 될지 알 수 없는 남자를 위해서 말이야.

오후 늦게 난 보도국에서 마감 시간에 맞춰 기사를 쓰고 있었는데, 그 사람이 비행기를 타고 온다는 사실을 거의 잊어 먹었지. 그러다 찰스가 전화를 했어. 아파트에 도착해서 도어맨한테서 열쇠를 받았다고. 시간이 좀 걸릴 것 같다고 내가 말했지.

"괜찮습니다. 스케치북을 갖고 왔거든요."

일을 끝낸 뒤 전철을 타고 집으로 돌아왔을 때는 여덟 시가 거의 가까웠지. 찰스는 거실에 앉아 그림을 그리고 있었어. 그 사람이 자리에서 일어나는데 우리가 처음 만났을 때처럼 가슴이 울렁거리는 게 느껴졌지. 그에게선 좋은 냄새가 났어.

찰스는 수줍게 미소를 지었고, 우린 포옹을 했지. 난 그의 품에 안긴 채 그의 얼굴을 바라보았어. 우린 가볍게 키스를 나누었는데, 입술을 톡톡 건드리듯 닿는 느낌이 처음인 듯했어. 그건 마감 시간도, 붐비던 교통도 잊게 했어. 집이 주는 안도감이 쓱 밀려들었지.

수줍음은 나한텐 어울리는 단어가 아니지만, 이상하게 긴장이 되더라. 난 주말이면 자연스럽게 남자를 집으로 초대하는 그런 부류의 여자인 척했지만, 모든 게 자연스럽게 느껴지지 않는 거야. 뭐랄까, 찰스는 내가 원해서 거기 있었던 남자여서 그랬던 거 같아.

"제가 사는 도시를 보여드릴게요."

난 여유를 찾으려 애쓰며 덧붙였어.

"당신이 여기 있는 이유가 그거 맞죠?"

찰스는 껄껄거리며 웃었고, 난 장난기 어린 미소를 지으며 그와 눈을 맞추었지. 그게 우릴 편하게 하는 것 같았어. 우린 지하철을 타고 지나치게 화려하지 않은 로맨틱한 이탈리아 음식점을 가서 창문이 열려 있는 자리에 앉았지.

지난 한 달 동안 난 일 년 넘게 데이트를 한 남자들한테서 알게 된 것보다 찰스에 대해 더 많은 걸 알았지. 물론 전화 통화를 통해서였지만. 우리 앞에 놓인 주말 내내 그렇게 얼굴을 마주하고 앉아 있으려면 좀 민망하겠지 싶은 생각이 들더라. 마침 종업원이 와서 접시에다 빵을 놓아 주고는 거기다 오일을 부어 주는 바람에 침묵이 깨졌는데, 덕분에 어색함에서 조금 놓여났지.

"이게 뭡니까, 버터?"

찰스가 물었어.

"아뇨, 올리브 오일이에요."

내가 말하자 그는 당황하는 듯했어.

찰스는 접시에 담긴 온기가 도는 겉이 딱딱한 빵을 집어 한 입 베어 먹는 나를 지켜보았지. 그 사람은 빵을 한 조각도 먹으려 하질 않는데, 올리브 오일이 싫어서 그러는 건지 아니면 탄수화물을 멀리해서 그러는지 확신이 서질 않더군. 난 조개 소스를 곁들인 링귀니 _{가느다랗고 납작한 국수류} 파스타를 주문했었는데, 탄수화물이 더 많았지. 찰스는 샐러드를 시켰어.

"잠깐만요."

종업원에게 기다리라고 말하고는 네 아빠를 보았어.

"찰스, 샐러드는 어디서든 먹을 수 있잖아요. 파스타를 드서 보지 그래요? 어디서 갖고 오지 않고 여기서 직접 만들거든요."

군대에선 보통 구내식당에서 식사를 했을 테고, 집에서 파스타를 먹었다면 통조림에 든 라비올리_{고기나 치즈 등으로 속을 채운 작은 사각형의 파스타}였을 거란 생각이 들었지. 난 네 아빠에게 주말만이라도 느긋하게 모험을 즐길 기회를 갖게 해 주고 싶었어.

"그래도 전 샐러드가 먹고 싶습니다."

네 아빠가 고집을 부리더라.

"그럼 구운 닭고기 같은 거라도 얹어 드시든가요."

그제야 찰스는 어깨를 으쓱해 보이며 껍데기를 벗긴 닭가슴살을 추가하는 데 동의를 했지. 그때까지 난 네 아빠가 그렇게 엄격하게 다이어트를 지킨다는 걸 알지 못했어. 내 눈엔 그게 고지식하거나 새로운 시도를 두려워하는 걸로 보이더군.

"최근에 저희 부모님을 뵌 적이 있어요?"

둘 다 긴장을 풀 수 있길 기대하면서 내가 물었어. 찰스는 그랬다고 하고는 자신이 뉴욕을 방문한 걸 아시게 되면 엄청 충격을 받을 거라며 활짝 웃었지. 우린 말씀을 드릴 만하다는 생각이 들기 전까지는 사귄다는 사실을 가족들에게 알리지 않기로 했었거든.

난 찰스의 마음이 누그러졌으면 싶은 마음에 식탁 너머로 손을 뻗어 그의 팔을 문질렀어. 그리곤 부드럽게 말했지.

"당신이 여기 와서 정말 좋아요. 서로를 더 잘 알게 되는 시간이었으면 해요."

찰스는 식탁 너머로 몸을 기울여 내게 키스를 했어. 난 내가 가장 좋아하는 향신료 가운데 하나인 오레가노를 살짝 맛보고는 고개를 숙여 조금 더 먹어 보았는데, 마침내 우린 공식적인 첫 데이트를 충분히 즐길 만큼 여유가 생긴 것 같았어. 그 환한 분위기는 식사가 끝나고 계산서가 올 때까지 계속되었지.

난 내가 찰스보다 돈을 더 많이 벌고, 그에겐 부양할 딸이 있다는 걸 알고 있었지. 그가 백 달러나 되는 음식값을 감당할 수 있을 거란 생각을 하지 않았어. 그래서 난 네 아빠에게 말했어. 당신은 뉴욕행 왕복표를 구매했을 테니 이건 내가 사겠다고 말이야. 내가 계산서를 내 쪽으로 슬그머니 끌어당기자 그의 얼굴에 불편함이 묻어나더군. 내가 종업원에게 신용 카드를 건네주는 동안 그는 천으로 된 냅킨으로 입을 닦으며 아무 말도 하지 않았지.

그 사람의 모습을 보면서 문득 그런 생각이 들더군. 저 사람은 오래전의 데이트 예절을 여전히 신봉하는 사람이겠구나. 내 생각이 맞았어. 주말 내내, 인도를 걸을 때마다 찰스는 줄곧 차도와 나 사이, 그러니까 인도 가장자리를 고집했지. 예전에 살았던 다른 도시였다면 그건 달콤한 예스러운 매너였겠지만, 사람들로 붐비는 뉴욕의 일방통행로와 대로에서 끝없이 밀려드는 행인들과 보조를 맞추려니 돌아 버릴 것 같았어. 네 아빠는 나를 차들과 떼어 놓기 위해 매 블록마다 내 앞에 섰다가 내 뒤에 섰다가 계속 자리를 바꾸어야만 했지.

"찰스, 그러지 않아도 돼요."

나는 사람들로 꽉 들어찬 교차로에 다다를 즈음 최대한 참을성을 발휘하며 말했어.

"절 보살펴 주는 건 감사한 일이지만요, 뉴욕에선 그렇게 안 하셔도 됩니다. 그러려면 블록마다 계속 위치를 바꿔야 하니까요."

네 아빠는 미소를 지으며 동의하듯 고개를 끄덕였지만, 이후에도 애완견들과 운전자들과 행인들을 피하는 그 다정한 몸짓을 전혀 멈추지 않았지. 결국 난 더 이상 아무 소리하지 않기로 했어. 그게 네 아빠에게 얼마나 중요한 일인지, 어떻게든 날 보호해 주려는 남자가 내게 얼마나 큰 축복인지를 깨달았던 거지. 마지막으로 중국 식당에서 저녁을 먹고 걸어서 돌아올 때는 블록을 지날 때마다 찰스가 내 엉덩이를 가볍게 톡 쳤는데, 그러면 난 본능적으로 그의 앞쪽으로 걸음을 옮겼고 그러면 네 아빠가 재빨리 위치를 바꾸었지. 마치 오랫동안 손발을 맞춰 온 댄서 같았다고나 할까.

기사도는 사라지지 않아. 신사는 여성을 존중하는 사람이야. 그는 거창한 것을 행하는 것이 아니라 문을 열고, 차량으로부터 그녀를 보호하기 위해 인도 바깥을 걷고, 노인이나 임산부에게 자리를 양보하는 것과 같은 사소한 일들을 하지. 자신의 여자를 이 세상에서 가장 아름다운 존재로 대하고, 항상 그녀를 보호하려는 태도를 취하는 건 신사의 전형적인 모습이야. 그는 그녀에게 해가 되는 일이 일어나는 걸 절대로 용납하지도 않고, 그녀를 해치는 일은 결코 하지 않아. 그렇게 하도록 노력해. 그러면 그녀도 널 왕처럼 대할 거야.

찰스로 하여금 걱정스러울 정도로 자상하게 군다는, 특히나 우리 둘 다 자신을 돌볼 수 있는 능력 정도는 갖추고 있다는 사실을 알게 하기까지는 시간이 좀 걸렸지. 그리고 얼마 지나지 않아 나는 깨달았지. 그가 날 보호하려 하는 것이 내가 홀로 서는 데 위협이 되는 게 아니라 오히려 그것으로 인해 내가 얼마나 안전해졌는지를 확인하게 된다는 사실을 말이야.

그날 저녁 거리로 나왔을 땐 아직 해가 완전히 지지 않았는데, 내가 택시를 잡으려고 손을 들었어. 택시가 다가오자 찰스의 얼굴에 불편함이 비쳤는데, 택시를 잡는 건 자신이 하고 싶어 한다는 걸 알았지. 그러기엔 이미 늦은 때라 우린 그냥 뒷자리로 들어갔고, 내가 타임스퀘어로 가자고 운전사에게 말했어. 난 네 아빠한테 많은 걸 보여 주고 싶어 마음이 급한 상태였지. 거대한 네온 광고판, 유서 깊은 브로드웨이 극장, 뉴욕 타임스 빌딩 같은 것들 말이야. 하지만 네 아빠는 골똘히 생각에 잠긴 듯 풍경에 집중하지 않더군. 아무 생각 없이 내가 택시 요금을 지불한 것도 도움이 되질 않았던 것 같아. 하지만 적어도 택시에서 내리는 것만큼은 찰스가 도울 수 있도록 기다렸지.

우리는 손을 잡은 채로 걸음을 옮겼는데, 중요한 건물들이 나타나면 내가 손으로 가리키며 알려 주었어. 몸집이 자그마한 여자가 아닌데도 그의 손안에 든 내 손은 아주 조그맣게 느껴졌지. 손아귀 힘이 얼마나 세던지 근육들이 내 손가락을 꽉 조이고 있는 것처럼 느껴졌어.

뉴욕에 살면서 뭔가를 알아 간다는 건 조금씩 스며들 듯

이루어지는 법이지. 방어적인 태도는 좀체 늦추어지지 않고, 그럴듯한 이유도 거의 늘 의심스럽지. 자라면서 남자에 의지하지 않고 스스로 나 자신을 보호하는 데 익숙했던 나였는데, 이제 켄터키의 부모님 집 현관 앞에서 그랬듯이 이 덩치 큰 남자가 나를 지켜 주고 있다는 느낌이 든 거야.

걷고 있을 때 찰스는 매우 정중했는데, 밤이 끝나갈 즈음엔 너무도 조용했어. 난 도시 여성 모드로 행동할 때의 나와 부모님 집 거실에서 마주쳤을 때의 그 느긋하던 내가 현저하게 다른 사람으로 느껴지지 않기를 바랐지. 아마도 그 역시 이후로 어떤 일이 벌어질 것인지에 대해 나만큼이나 신경이 쓰였던 것 같아.

집으로 돌아온 뒤 나는 네 아빠한테 맥주를 한 병 주고는 샤워를 해도 되겠냐고 양해를 구했지. 내가 샤워를 끝내고 티셔츠와 헐렁한 반바지 차림으로 거실로 나왔을 때 네 아빠는 맥주를 채 반도 마시질 않았더라고. 밤이 이슥한 시간에 이런 어색한 분위기와 마주쳤을 때 어떻게 넘길 것인지에 대해 레이첼이라는 동료 기자가 해 준 조언이 떠오르더군.

"다리의 털을 밀지 마. 그러면 곤란한 상황에 처하지 않을 수도 있으니까."

그녀는 진지했지. 레이첼은 여자애들 사이에서 요조숙

녀로 통하는 내가 각질을 말끔히 제거하고 털을 깨끗이 밀고 피부에 촉촉하게 수분을 공급하지 않고서는 절대로 남자와 잠자리를 갖지 않을 거라고 알고 있었던 거야. 처음이라면 더더욱.

찰스는 검정 가죽 소파에 앉아 있었는데, 난 면도를 하지 않아 털이 숭숭한 다리를 팔로 감싸 안아 감춘 채로 찰스 곁에 자리를 잡았지. 네 아빠는 하품을 몇 번 하면서 맥주를 홀짝이더군. 아마도 그렇게 밤을 새울 것처럼 보였어. 그만 자자고 하면 혹시라도 내가 자신의 말을 오해할까 봐 겁이 나서 그러지도 못하고 말이야.

난 그 주를 힘들게 보내서 무척이나 피곤했었지.

"괜찮으시다면, 전 눈을 좀 붙여야겠어요. 당신은 소파에서 주무시든지, 아니면 제 침대 한쪽을 써도 괜찮아요."

난 우리가 동의했던 잠자리 약정을 제쳐 둔 채 충동적으로 그렇게 말해 버렸지. 그건 마치 십 대들이 하는 것처럼 들렸을 수도 있지만, 나로선 달리 무슨 말을 해야 할지 몰랐어. 난 그가 내 곁에 있었으면 했어. 너무 가까이만 말고.

내가 자리에서 일어나 걸음을 옮겼고, 나를 따라 침실로 온 찰스는 여행 가방에서 세면도구를 꺼내 화장실로 들어갔어. 난 침대로 미끄러져 들어가 목까지 이불을 끌어 덮었지. 내가 생각한 건 무엇이었을까? 내 침대로 그 사람을 끌어들이는 것이 첫 데이트에서, 본질적으로, 내가 목적한 것이었을까?

민소매 셔츠와 운동할 때 입는 반바지 차림으로 양처럼 순한 미소를 머금은 채 침실로 돌아온 찰스는 침대로 들어왔어. 분홍색 시트가 깔린, 오묘한 라벤더 향이 은은히 풍기는 연철로 된 캐노피 침대에 누운 건장한 군인은 마땅히 눈길 둘 데가 없었지. 우린 침대 중간쯤에서 만났고, 네 아빠가 날 두 팔로 안았어. 그의 입술이 내 입술에 닿았을 때 이 사람이 왜 여기에 있게 된 건지를 기억했어. 그리곤 샐러드만 먹는 남자와 어떻게 함께 있을 수 있는지 의아하기도 했지.

길고 짙은 입맞춤이 끝나고 내가 그를 가볍게 밀쳐냈어.

"그만해야 할 것 같아요."

내가 숨을 몰아쉬며 말했어.

찰스는 내 가슴에 얼굴을 살짝 대고는 이렇게 할 의도는 아니었다고 말했지. 그리곤 둘 다 침대의 각자 자리로 돌아가 잠이 든 척했어. 난 오랫동안 잠이 들지 못했는데, 그 사람도 그랬을 거야.

많은 사람이 욕망에 사로잡혀 관계를 시작하고 황폐하게 끝을 내지. 열정이란 그들이 가진 자질들을 통해 누군가에게 매력을 느끼게 되는 것을 말해. 그들이 어떤 생각을 갖고 그것이 서로에게 어떻게 작용하는지, 어떻게 함께 좋은 시간을 보내고 서로를 행복하게 만드는지를 통해서 말이야. 단지 육체적인 것만이 아니라 그 사람과 함께 한다는 사실을 즐기도록 해. 그렇게 한다면 금상첨화錦上添花겠지. 그건 상대에 대해 네가 어떤 느낌을 갖고 있는지를 그 사람에게 알려 주는 방법이기도 해. 네 삶에서 특별한 사람을 찾아냈을 때 열정은 엄청나게 커지게 될 거야. 대학에서 만난 여자 친구와 함께 있기 전까지 내게 섹스는 아무런 의미가 없었지. 난 그 사람을 진실로 아꼈고, 그것이 바로 섹스를 특별하게 만들어 주었어. 아빠는 네가 성숙해질 때까지, 섹스로 인해 생겨나는 일들──감정적인 것이든, 임신이든, 혹은 질병이든──그것들을 이해하게 될 때까지 기다리라고 말해 주고 싶어.

다음 날 아침, 바닥을 톡톡 치는 소리에 눈을 살그머니 떴어. 그리곤 고개를 살짝 들었지. 찰스는 바닥에다 자신이 가지고 온 금속 핸드레일을 부착시켜 놓고 팔 굽혀 펴기를 하고 있더군.

"미안합니다. 조용히 하려고 했는데." 하고 그가 말했지.

"세상에, 토요일인데 이렇게 일찍 일어나는 사람이 어딨어요?"

간신히 몸을 일으키면서 내가 덧붙였어.

"게다가 휴대용 운동 기구를 갖고 여행을 다니는 사람이 있다니."

"일찍이라고요? 아홉 시가 다 되었습니다."

그가 웃음을 터뜨리며 말했지.

나는 투덜거리며 다시 침대로 미끄러져 들어갔어. 찰스는 방을 나갔다가 오렌지 주스 두 잔을 들고 이내 돌아왔지. 잠이 다 달아나 버린 난 그의 목과 가슴이 땀으로 번들거리는 걸 보았어.

"진짜, 몸이 장난이 아니네요."

내가 그렇게 말하자, 네 아빠가 미소를 지으며 몸을 기울이더니 내게 키스를 했어.

"고마워요."

찰스는 좀 뛰고 오겠다고 말하더군. 난 몸을 돌려 열쇠가 어딨는지 말하고는 다시 잠으로 빠져들었지. 한 시간도 더 지났을 거야. 잠에서 깨어나 보니 네 아빠는 침대 가까이 바닥에서 스트레칭을 하고 있었지. 화성인이 나타난다 해도 나한테는 네 아빠가 더 외계인처럼 보였어.

"진지하게 묻는데요. 주말에 늦잠 잔 적이 한 번도 없어요?"

"전 일주일 내내 다섯 시에 일어납니다."

정말이지, 네 아빠 영락없는 군인이었어.

정오까지 침대에 누워 있는 게 무례한 일이란 생각이 든 나는, 둘째 날 관광 가이드 노릇을 톡톡히 하는 걸로 만회를 하기로 했지. 찰스는 관광객들이 주로 보게 되는 것들에도 충격을 받았어. 건물 전체에 햇빛이 비쳐 오묘한 빛을 발하는 까마득한 높이의 빌딩, 길거리 카트에서 파는 꿀을 발라 구운 뜨거운 캐슈너트의 냄새, 습한 지하 터널을 너무도 달콤하게 울리는 지하철 뮤지션의 트럼펫 소리. 난 관광객들이 매번 놓치게 되는 장면들을 가르쳐 주느라 무척이나 애를 썼지. 내가 지방이 낮은 음식과 지방이 전혀 들어가 있지 않은 식품들만 파는 식료품점을 보여 주었을 때 네 아빠 믿지 못하겠다는 듯 눈을 깜빡였지. 우리 동네와 이웃한 유명한 빵집에서 페이스트리를 하나 사서 먹어 보게 했을 땐 만족스럽게 키득키득 웃었지. 난 설탕 가루가 묻은 그의 입술에 키스해 주었어.

"맛있네요."

그가 말하며 덧붙였어.

"저도 페이스트리를 좋아하거든요."

손님들이 커피와 머핀을 들고 우리 곁을 스쳐 지나는 동안 난 그의 목에 팔을 감았고 우리는 다시 키스를 나누었지.

"이제 뭘 하고 싶어요?"

거리로 다시 나왔을 때 내가 물었어.

"당신은요? 저는 당신 겁니다."

"제발요. 저 좋은 여자가 되려고 무지하게 애쓰고 있다고요."

네 아빠가 입술을 비틀며 장난스런 미소를 지었지.

"멋진 분수가 있는데 가 볼래요? 사람들로 붐비는 블록 한가운데에 물이 흘러내리는 벽이 놓여 있죠."

그 사람이 고개를 끄덕이고는 내 손을 잡았어.

"그런데요, 주말 한 번으로 모든 걸 보여 줄 순 없어요."

난 눈을 흘기듯 장난스럽게 홀끗거리며 말했지.

이후 몇 달 동안 찰스는 두세 번 더 뉴욕으로 왔고, 점점 내 삶의 일부가 되어 갔어. 서로에 대해 우리가 가진 느낌들은 우정을 넘어서고 육체적으로도 밀도가 깊어졌지만, 우리의 관계는 여전히 명확하게 정의하긴 힘들었지.

우린 네 아빠의 특대형 티셔츠랑 헐렁한 청바지를 대체할 옷들을 고르려고 뉴욕의 옷가게를 뒤졌어. 주름이 잡힌 정장 바지랑 니트 셔츠, 아빠의 몸매를 잘 드러내는 꼭 맞는 청바지, 운동화를 대신할 가죽 로퍼와 샌들 같은 거 말이야.

군복을 입고 있지 않은 걸 보면 그 사람이 군인이란 사실을 거의 잊어버리게 되더군. 난 네 아빠가 복무하고 있던 포트 라일리엔 가질 않았어. 보고 싶은 곳이 아니기도 했지만, 그 맘때 내가 맡은 일들 때문에 한가롭게 여행을 떠날 시간이 거의 없었지. 우리가 만약 내가 사는 곳에서만 있을 수 있었다면, 그 사람은 그저 찰스로, 잘생긴 나의 남자 친구로 남아 있었을 거야.

난 네 아빠를 메트로폴리탄 미술관과 브로드웨이 연극들, 그리고 센트럴 파크로 데려갔어. 어느 주말에 우린 소풍 바구니를 들고 뉴욕의 커다란 잔디밭으로 갔는데, 우리가 가지고 간 음식과 책들을 펼쳐 놓은 뒤에 내가 놀리듯이 얘기했지. 당신이 고른 장소는 모두가 엉망이었다고 말이야. 네 아빠가 날 얼마나 끔찍이도 위해 주는지 내가 만족할 때까지 물건들을 두 번이나 풀었다 꾸렸다 하며 장소를 물색했었지.

"그거 알아요?"

네 아빠가 그렇게 물으며 덧붙였지.

"당신은 내가 병사들이랑 있는 걸 보면 놀랄 거고, 우리 병사들은 내가 당신이랑 있는 걸 보면 충격받을 거란 거."

그의 병사들이 여자의 변덕에 그가 얼마나 잘 맞추어 주는지를 결코 알지 못하겠지만, 병사들을 지휘하는 군인 찰스와 내가 너무도 좋아하는 남자 찰스가 또 얼마나 다른지를 내가 알게 되기까지도 여러 해가 지나야 할 터였어.

난 네 엄마를 보기 위해 비행기를 타고 날아갔었지. 그날은 특별히 센트럴파크로 소풍을 가기로 했었어. 그래, 특별했어. 아들, 우린 소풍 바구니에다 샌드위치랑 마실 걸 쌌지. 처음 정한 자리는 바닥이 너무 울퉁불퉁해서 풀었던 짐을 도로 싸야 했어. 세 번째에서야 제대로 된 곳을 만났고, 비로소 센트럴 파크의 야유회를 즐겼지. 얼마나 로맨틱했는지. 정말이지 근사한 저녁이었어.

늦가을 무렵, 내 친구들 대부분이 찰스를 알게 되었지. 찬 바람이 불기 시작하면서 계절이 바뀌겠구나 싶던 어느 금요일 밤, 우린 조그만 칵테일 파티를 열었어. 나는 찰스가 틀어 놓은 재즈곡에 맞춰 콧노래를 흥얼거리며 전채 요리로 데친 당근이랑 깍지 완두<small>아주 작은 완두콩같이 생긴 것으로 껍질째 조리해 먹음</small>를 준비하고, 접시에다 과일이랑 치즈를 올려 달라고 부탁했지.

"다나, 내 여자 친구가 되어 줄래요?" 하고 그가 물었어.

"무슨 뚱딴지같은 소리예요?" 하고 내가 되물었지. 난 우리의 '관계'에 대한 얘기는 전혀 기대하고 있지 않았으니까.

그 사람이 상처를 받은 것 같았어.

"찰스, 제가 당신을 아낀다는 거 알잖아요."

그렇게 말하곤 덧붙였지.

"왜 꼭 우리의 관계를 어떤 식으로 정해야만 하는 거죠?"

그는 아무 말 없이 고개를 숙인 채 치즈를 썰기만 했어. 난 죄책감이 느껴지면서 혼란스러웠어. 얼마나 많은 여성들이, 특히 흑인 여성들이, 존경할 만한 남자의 애정을 갈망해 왔는지 몰라. 그런데 바로 그런 남자가, 실제로, 너무도 달콤하게 나더러 "사귀어 줄래요?" 하고 묻고 있었던 거야!

난 내가 왜 망설이고 있는지를 나 자신에게 정직하게 물어야 했지. 난 생각했어. 내가 그리는 남자의 모습이 찰스와 비슷하긴 했지만, 찰스는 아니었어. 정장을 입고 월 스트리트 저널을 겨드랑이에 낀 채 직장으로 출근하는 남자였으니까. 그런 남자는 골프 코스를 돌며 주식 시장에 대해 얘기하는 게 농구장에서 시시껄렁한 얘기를 하는 것만큼이나 편하거든. 걸리는 건 우리가, 찰스와 내가, 참 많이 다르다는 거였지. 그의 환경이 나보다는 조금 더 나은 숭산층이긴 했지만, 우린 거의 비슷한 처지에서 거칠게 인생을 시작했었는데 지금 난 전혀 다른 세계에 살고 있었던 거야.

찰스가 내가 살고 있는 세계에 적응할 수 없었던 건 아니야. 난 그 사람을 소개하는 게 좋았지만, 긴장감이 생기는 건 어쩔 수 없었지. 몇 주 전의 어느 날 저녁, 난 《뉴욕 타임스》의 로비로 그를 만나러 내려갔었어. 엘리베이터에서 내려 주위를 둘러보았지. 그때 전 발행인의 거대한 흉상 뒤편에 숨어 있는 그를 보았는데, 그를 예의 주시하고 있던 안전요원들의 눈을 피해 정말로 몸을 숨기기라도 한 듯했어. 그는 왜 남들처럼 탁 트인 곳에 서 있지 못했던 걸까? 난 서둘러 밖으로 나가려는데, 찰스가 나를 잡더군. 그 사람은 내가 왜 자신을 보도국에 한 차례만 초대했는지 이유를 알고 싶어 했어. 정말이지 거기에 대해서 난 생각해 본 적이 없었어. 네 아빠가 저녁을 먹거나 공연을 보기 위해 사무실로 날 만나러 올 때는 대부분 하루가 끝나갈 때였는데, 난 그에게 보도국을 둘러보게 하고는 내가 제일 좋아하는 동료들에게 그를 소개해 주었지. 찰스는 내가 그를 부끄러워한다고 생각한 걸까? 어쩌면 그래서 흉상 뒤에 몸을 숨기도록 했을지도 모르지.

우리가 주선한 파티가 있던 그 밤, 찰스가 주방에서 내 대답을 기다리는 동안, 난 그 사건을 되돌아보았어. 그리고 그게 우리의 관계에 대해 어떤 말을 하고 있는지도 생각해 봤지. 그러고 나서 난 내 인생에 실재하던 그를 바라보았고, 그가 나의 이상에 맞는 남자일 수 있다는 사실을 깨달았어. 네 아빠는 화려한 옷을 입지 않았고 돈이 많은 것도 아니었지만, 자신이 가진 것을 나와 행복하게 나누어 가질 수 있는 사람이었지. 그는 디너파티에서 자신의 견해를 드러내 놓는 유형의 사람은 아니었지만, 자신이 세상을 바라보는 견해를 드러내 놓을 때는 당당히 밝히는 사람이었던 거야. 그는 자신의 그림을 통해 신에 대한 사랑, 아이들에 대한 사랑, 역사와 시련에 대한 사랑, 그리고 나에 대한 사랑을 명확하게 드러내는 사람이었어.

"찰스."

나는 부엌으로 돌아가 부드러운 목소리로 그를 불렀어.

"그래요, 당신 같은 남자의 여자 친구가 된다는 건 영광스런 일이에요."

그 사람이 싱긋 웃으며 나를 안았지.

"하지만 이 일이 늘 편하고 쉬울 거라는 척하진 말아요."

내가 그렇게 말하며 덧붙였어.

"우리는 각자의 삶이 너무 달라요. 그리고 당신을 따라 기지를 옮겨 다니기 위해 제 일을 포기하고 싶진 않아요. 괜찮겠어요?"

"다나, 난 결코 당신에게 일을 포기하라고 요구하지 않을 겁니다."

"서로 잘해 나갈 거예요."

우린 첫 손님들이 초인종을 누르기까지 숨이 멎도록 키

스를 나누었지.

그 주말이 전환점이었어. 찰스는 소파에 앉아 내 머리칼을 끈질기게 쓰다듬었고, 마지막 손님들도 자정이 지날 때까지 끈질기게 남아 있었지. 마침내 그들이 떠나간 아파트의 문이 닫혔을 때, 찰스는 나를 꼭 안으며 사랑한다고 말했어. 그는 무던히도 참아 내고 있었지만, 내게 보여주고 싶었다는 걸 난 알고 있었지.

갑자기 긴장감이 밀려든 나는 그의 품에서 빠져나와 가슴이 깊게 파인 블라우스와 검은색 정장 바지를 벗고 다른 옷으로 갈아입었어. 헐렁한 운동복에 양말까지 신고 다시 나왔는데 긴장한 탓인지 땀이 나기 시작하더군. 그래서 다시 발길을 돌려 복숭아색 잠옷으로 갈아입었지. 가슴골이 깊게 파여 어깨와 가슴이 드러나고 가느다란 어깨끈이 달린. 거실로 들어서며 찰스에게 맥주 같은 거라도 한잔하겠냐고 물었어. 하지만 내가 다시 침실로 돌아가 세 번째로 옷을 갈아입는 바람에 네 아빠는 미처 대답하지 못했지. 이번에 갈아입은 건 내가 제일 좋아하는, 1950년대 미국에서 발매된 고전 장난감 캐릭터인 미스터 포테이포 헤드_{Mr. Potato Head}가 그려져 있는 흰색의 헐렁한 잠옷용 셔츠였어. 거기엔 이런 말이 쓰여있었지 "완벽한 남자 친구: 귀엽고, 남의 말 잘 들어 주는 성격, 다른 여자를 보면 얼굴이 돌아갈 수도 있음." 셔츠는 무릎까지 내려오긴 했지만 보통의 잠옷에는 없는, "섹시함"이라고 쓴 네온 빛깔의 글씨가 반짝반짝 빛났지.

찰스의 웃음보가 터졌어.

"말하고 싶은 게 뭐죠?"

네 아빠가 셔츠에 적힌 말에 대해 얘기를 하는 건지, 아니면 내가 계속 옷을 갈아입은 것에 대해 얘기를 하는 건지 명확히 알 수 없었지만, 재미가 하나도 없었어. 그 사람이 내 몸매를 제대로 보지 못하도록 난 방을 서성거렸지. 내가 무슨 말인가를 하긴 했는데 도무지 기억나질 않아. 찰스는 눈으로만 내 움직임을 지켜보았는데, 내가 다음엔 또 무슨 행동을 할는지 기다리고 있었던 게 분명해.

그때 네 아빠가 자리에서 일어나 천천히 내게로 다가왔지. 그 사람이 그렇게 확신에 차 있는 걸 거의 보지 못했던 것 같아. 걱정이 확 되더군.

"뭘 하고 싶어요?"

네 아빠가 내 얼굴을 자신에게로 돌려놓고는 나직한 소리로 물었어.

두렵기도 하고 흥분이 되기도 했지. 찰스가 내 몸을 좋아하지 않았다면 어떻게 되었을까?

사랑을 나눌 때 내가 자제력을 잃어버렸다면 또 어떻게

되었을까? 그만큼 내가 그 사람을 사랑했다는 뜻이겠지?

그랬어. 네 아빠는 《뉴욕 타임스》의 베스트셀러 목록을 참고하는 사람은 아니었지만, 나를 바라보면 얼굴이 발그레 물들도록 만드는, 내가 어떤 매력을 가지고 있을까를 괜히 고민하게 만들지 않는, 그런 사람이었어. 살면서 줄곧 난 감정을 통제하려 애쓰면서 살아왔고, 그건 어떤 식으로든 상처가 되었더랬지. 사실 난 겉으론 터프한 여자처럼 보였지만 사실은 아니었어. 전혀 그렇지 않았다고 하는 게 옳을 거야. 난 나를 부여잡아 줄 누군가를, 차분히 억제해 줄 누군가를 원했지. 아마도 난 온화한 마음으로 나를 응시하며 내가 대답하기를 기다리고 있던 네 아빠를 발견했던 것 같아.

나는 그의 가슴에 가만히 손을 얹으며 그를 올려다보며 말했어.

"제가 원하는 건 당신이에요."

그리고 그 사람은 내게 자신이 가진 모든 것을 건네주었지.

5

사랑하는 조던,

네 아빠가 내 삶에 들어왔을 때, 난 바람피우는 법도 알 만큼 알고, 남자의 눈길을 끌기 위해 섹시한 옷(대개는 검은색)을 입을 줄 알 만큼 충분한 연애 경험을 갖고 있었지. 하지만 한 남자를 온전히 사랑하는 법, 혹은 그로 하여금 나를 온전히 사랑하도록 하는 법은 아직 익히지 못했었지. 그래서였을까, 사귄 지 일 년쯤 되었을 때였는데, 찰스가 나를 돌아보며 우리가 결혼해 함께 살게 될 수 있을 거라고, 그러니까 내가 자신의 아내로 살아갈 수 있을 거라고 말했을 때, 솔직히 당혹스러웠어. 당시 우리가 타고 있던 리듬은 나를 편안하게 만들어 주었는데, 갑자기 네 아빠가 그 리듬을 바꾸고 싶어 한 거지. 당시 난 내 옷장에다 네 아빠의 공간을 마련해 주었는데, 단 1센티미터의 공간도 비싼 값으로 거래되는 뉴욕에서 그건 작은 게 아니었어. 도어맨도 더 이상 아파트로 올라가는 아빠를 막지 않았지. 찰스와 나는 휴가는 물론이고 대부분의 휴일도 함께 보냈어. 둘의 부모님들과 친지들도 서로를 알고 있었고. 그런데 뭐가 더 필요했을까?

난 찰스를 깊이 사랑했고 잃고 싶지 않았지만, 여전히 남자와 사랑과 결혼에는 냉소적이었지. 그렇게 된 데는 아마도, 관계를 이해하는 데 있어 내가 참고할 수 있는 유일한 사례가 네 할머니와 할아버지의 결혼 생활이었을 테고, 쉽게 넘겨 버릴 수 없었기 때문일 거야.

하지만 우리가 서로 다르다는 사실 역시 결코 사라지지 않았어. 찰스는 자존심이 강한, 전통적인 것을 중요하게 생각하는 남자였지. 네 아빠는 배우자가 가정에 실질적인 보탬이 되기를 기대했음에도 불구하고, 자신이 생계를 책임지는 사람이란 생각엔 변함이 없었어.

소년을 한 사람의 남자로 만드는 건 무얼까? 성숙함에 이르렀을 때, 어른에게는 책임감이 요구된다는 사실을 완전히 이해했을 때, 비로소 남자가 돼. 내 말은 일을 한다는 것, 청구서의 납부를 미루지 않는 것, 네가 한 일에 책임을 진다는 것에 대한 얘기야. 네가 사는 곳에서는 생산적인 일을 할 수 있는 시민이 되고, 가족에게는 바위 같은 존재가 된다는 것——이 것이 바로 네게 기대하는 것이란다, 아들.

난 찰스가 자신보다 돈을 더 많이 버는 고집스런 여자와 결혼을 하면 정말 행복하게 살 수 있을지 의아했어. 그리고 군에서 은퇴를 할 때까지 우리가 서로 다른 곳에서 살게 되더라도 우리의 결혼이 온전할 수 있을지도 궁금했어. 찰스는 마흔한 살이고, 적어도 앞으로 10년은 군인으로 살아갈 생각이었지. 네 아빠의 목표는 연금을 탈 수 있을 만큼 연한을 채운 뒤 은퇴해 뉴욕에서 나랑 함께 살게 될 때까지 육군 원사 계급장을 다는 거였어. 내가 일곱 살 아래라 네 아빠는 자신이 은퇴한 뒤에도 한동안은 내가 일을 할 수 있을 거라 생각했지. 자신의 연금으로는 뉴욕처럼 물가가 비싼 도시에서 살아가는 데는 빠듯할 거란 걱정이 아빠의 머릿속에 가득했어. 자신으로선 주택 담보 대출금이니 공동으로 부담해야 할 금액을 감당해 내기 벅찰 거라고 말이야. 난 찰스에게 뉴욕이라면 미술과 관련된 경력을 쌓을 수도 있고, 기업 보안업체에서 일을 하거나 그런 업무를 가르치는 일도 할 수 있을 거라고 얘기했었지.

우리에게 일어난 변화들이 모두 찰스가 기꺼이 내게 맞추려 하면서 생겨난 것이었을 뿐, 내가 그를 위해 할 수 있는 희생에 대해선 전혀 고려하지도 않았다는 생각이 들더군. 만약 그 사람의 딸이 우리랑 함께 살고 싶어 한다면 어떡했을까? 난 그 아이에게 새엄마가 된다는 건 물론이고, 누군가의 아내가 된다는 게 어떤 의미인지에 대해 전혀 심각하게 생각해 본 적이 없었지. 우리 사이에 아이들이 생기게 된다면? 찰스는 늘 가능하면 아이들이 많았으면 했지만, 난 여전히 아이를 가지고 싶다는 확신이 들지 않았어. 난 혼자 있는 게 좋았고, 충분한 잠과 휴식이 중요했어.

그러면서 살펴봤어. 우리 둘 사이에 좋았던 모든 것들을. 연애하는 동안 꽤 시간이 지나 봐야 서로에 대해 알 수 있는 것들 말이야. 신발 사이즈, 예금 통장의 잔액들, 음식 알레르기 등등. 난 몸이 피곤할 때면 서둘러 관계에 돌입하길 원했지만, 네 아빠는 나를 충분히 이완시켜 무아지경에 들게 하는 방법을 알고 있었지. 난 전적으로 그에게 의지해 있었던 거야.

문제는 서로에게 시간을 내기가 점점 어려워지고 있었다는 거였어. 우린 여전히 둘 중 하나가 여행 중이지만 않으면 매일 저녁 전화로 이야기를 나누었고, 열정이 식지 않도록 유지하는 방법을 찾아냈었지. 한번은 네 아빠가 둘의 모습이 담긴 에로틱한 그림을 그려 주었고, 난 입술 자국이 찍힌 카드를 보내 주기도 했었어. 하지만 서로의 일들이 점차 많아지면서 몇 달이 지나서야 겨우 휴가 날짜를 맞출 수가 있었지. 찰스는 다시 계급이 올라서 종종 훈련 중이라 통화가 끊기기도 했는데, 위험한 일일 수도 있었어.

캔자스의 포트 라일리에서 기동 훈련을 할 때였는데, 아빠는 그때 탱크 소대의 하사관이었어. 난 소대원들에게 탱크 훈련을 시키고 있었는데, 비가 와서 땅이 무척 물렀더랬지. 내가 탱크 운전병에게 배수로를 통과하라고 말했는데 어쩐 일인지 탱크가 오른쪽으로 기울어지기 시작하더니 마침내 완전히 옆으로 누워 버렸지. 포기하고 탱크에서 빠져 나와야 하나, 아니면 계속 움직여 나가야 하나, 선택해야만 했어. 진흙밭과 무른 땅이 탱크의 균형을 잡아 준다는 걸 알게 된 나는 운전병에게 계속 나아가라고 시켰지. 다들 어떻게 하고 있는지 보려고 탱크 안쪽으로 고개를 숙였는데, 병사들도 나만큼이나 겁에 질려 있더군. 그래서 난 상황을 알려 주지 않고, 그냥 웃어넘겼지.

찰스는 이 일이 있고 얼마 지나지 않아서 내게 말해 준 적이 있는데, 만약 탱크가 전복되면 종종 요원들이 깔려서 죽는 경우도 있다더군. 그 외에도 내가 들어 본 적 없는 사고들이 적지 않다는 걸 알게 되었지.

내가 하는 일은 찰스처럼 위험하진 않지만, 일을 하며 긴장의 끈을 늦추지 않았어. 1999년 여름, 《타임스》의 최고 편집자들은 나를 야심적인 프로젝트에 참여하도록 선발을 했었지. '미국 내 인종 간의 관계'에 대한 시리즈 기사였어. 난 전체 프로젝트의 편집자 중 하나이기도 했지만, 시리즈들 가운데 하나를 맡아서 써야 했지. 우리가 일 년 동안 전담할 예정인 시리즈에서 최고의 스토리만 신문에 실릴 수 있었어. 내가 만약 일 년에 걸쳐 스토리 하나를 써냈는데 지상에 실리지 못한다면, 일 자체를 그만둬야 할지도 모른다는 걸 난 알고 있었지. 도전이 나를 집어삼키고 있었다고나 할까.

찰스에게는 긴요한 프로젝트가 끝날 때까지 참아 줄 것을 당부했지. 인생이 걸려 있는 문제들을 결정하기엔 내가 너무도 혼란스러웠거든. 네 아빠는 응원을 보내 주긴 했지만, 《타임스》에서 이미 결정을 내린 뒤에도 내가 여전히 마음을 졸이고 있는 이유를 완전히 이해한 것 같지는 않았어. 그 사람은 내가 여전히 《타임스》 소속이란 사실을, 특히나 수습 프로그램을 소수 민족과 여성의 고용에 있어서 차별을 철폐하는 조처쯤으로 간주하는 동료들에게 보여 주려 애 쓰고 있었다는 걸 알지 못했지. 더구나 뉴욕의 생활 물가가 너무 높아서 내 통장의 잔고는 거의 바닥이었어. 혼자 힘으로 성공하지 못하면, 경제적으로 돌봐 줄 사람이 아무도 없었지.

내가 쓰고 있던 스토리는 오하이오주의 《애크런 비컨 저널Akron Beacon Journal》에 칼럼을 쓰고 있던 두 명의 칼럼니스트에 관한 거였는데, 그들은 5년 전 그 신문에 연재된 인종 문제와 관련된 시리즈의 주요 기고자였어. 그 시리즈로 퓰리처상을 수상했는데, 하지만 아이러니하게도, 이후로 신문사는 오히려 인종적 긴장감 속에 놓여 있게 되었지. 하나는 백인이고 하나는 흑인이었던 두 칼럼니스트는 흑인을 경멸적으로 부르는 'nigger깜둥이'라는 단어와 무관하지 않은 'niggardly인색한/보잘것없는'라는 단어의 사용을 놓고 신문지상에서 설전을 펼쳤는데, 이 논쟁은 인종적 노선에 따라 보도국을 양극화시켜 버렸지. 난 무엇이 동요를 일으켰는지를 이해하고 시간별로 체크를 하기 위해 두 사람은 물론 그들의 동료와 상사들, 그리고 가족들을 인터뷰하며 한 해를 보냈어. 그건 일주일의 일부를 애크런에서 보낸 뒤 뉴욕으로 돌아와 다시 편집팀의 일원이 되는 걸 의미했지.

가을 내내 난 여러 달 동안 그 프로젝트에 압도된 채 완전히 지쳐 버렸지. 먹는 건 대부분이 공항과 호텔 음식이었고, 끊이지 않고 이어지는 기침은 점점 심해졌고, 주말엔 침대에서 거의 일어나지 못했어. 찰스는 내가 집중력을 잃지 않도록 애쓰며 말하곤 했지.

"자랑스러워, 아가씨! 이대로 쭉 밀고 나가."

하지만 우린 한 달이나 보지 못했고, 난 네 아빠의 손길이 그리웠어.

"찰스, 당신이 곁에 있었으면 좋겠어요."

어느 황량한 밤, 호텔 방에서 전화를 걸어 말했지. 그 사람도 내가 그립다고 하면서, 가능하면 빠른 시일 안에 나흘짜리 휴가를 신청해 볼 거라고 했어. 우린 애크런에 머무는 동안, 클리블랜드에 계신 네 할머니와 할아버지에게 가서 깜짝 놀라게 해드리자고 약속했었지. 당시 두 분은 몇 달이나 네 아빠를 보지 못하신 상태였거든.

날이 흐렸던 어느 금요일 오후, 난 《비컨 저널》의 보도국에서 인터뷰를 진행하고 있었지만, 내 마음속엔 네 아빠만 있었지. 그 사람은 그날 저녁에 애크런에 도착해 택시를 타고 호텔로 올 예정이었어. 일 분이라도 빨리 네 아빠의 숨소리를 느끼고 복근의 주름들을 보고 싶어 기다리고 있을 수가 없었지.

그 10월의 저녁, 호텔로 돌아왔을 때 하늘은 구름으로 뒤덮이고 기온도 뚝 떨어져 있었어. 난 와인을 따서 한 잔을 따랐지. 한 시간쯤 지나면 찰스는 도착해서 긴 샤워를 즐길 것이고, 향내 좋은 로션을 풍기며 내가 가져온 검정 실크 잠옷으로 갈아입을 테지. 하지만 두 시간이 지나고 다시 30분이 더 지났는데도 찰스에게선 아무런 연락이 오질 않았어.

난 네 아빠의 휴대폰에 메시지를 남겼지만 아무런 답이 없었지. 그 사람의 부모님에게도 전화하고 친구들에게도 전화했어. 하지만 여전히 답이 오질 않았어. 난 방안을 서성거리기 시작했고, 속이 편칠 않았지. 혹시 비행기 사고라도 있나 싶어 CNN을 틀기도 했어. 와인을 한 잔 더 따라 마신 뒤, 항공사에 전화를 건 뒤에야 비로소 네 아빠가 타야 할 비행기가 제시간에 무사히 도착했다는 사실을 확인했지.

그제야 난 찰스가 비행기를 놓친 게 분명하다는 사실을 알았어. 네 아빠는 전에도 업무가 길어지는 바람에 시간을 맞추지 못한 적이 여러 번 있었거든. 그리고 전화를 걸어서 사정을 얘기해 주기보다는 전화를 걸려고 아예 생각조차 하지 않을 수도 있다고 여겨졌지. 생각만 해도 화가 치솟았어. 대체 왜 늦었는지를 꼭 듣고 싶었어. 그 사람은 생각지도 못했을 거야. 그를 기다리지 않았다면 그 음울한 주말에 공장들로 빼곡한 애크런에 결코 머물러 있지 않았을 거란 사실을 말이야. 하지만 난 그 사람으로부터 설명을 들을 수가 없었지. 그의 침묵이 나란 존재가 얼마나 이기적인지를 일깨웠을 뿐.

자정 무렵 난 와인 한 병을 거의 다 마신 상태로 불안한 잠에 빠져들었어.

전화벨이 울리는 소리에 잠을 깬 건 한밤중이었지.

"찰스?" 하고 내가 물었어.

"그래요."

네 아빠의 목소리는 지쳐 있었지.

"어디예요?"

"캔자스."

그리곤 덧붙였어.

"우리 부대 병사의 아내가 임신한 상태였는데, 내가 병원으로 가서 도와주지 않으면 안 될 상황이 생겼어요."

"뭘 도와요?"

"다나, 그 친구는 아직 어려요. 겁에 잔뜩 질려 있기도 하고요. 아침에 얘기해도 될까요?"

그 사람이 애원하듯 묻더군.

"지금 장난해요?"

내 목소리가 치솟았지.

"첫째, 벌써 거의 아침이군요! 둘째, 전 오하이오 애크런에 처박혀서 당신을 기다리고 있는데, 오지 못할 상황이 생겼다고 미리 전화 한 통 해 줄 생각조차 않았군요. 비행기가 추락하기라도 했나 싶었죠. 그럼 안 되잖아요. 아침까지 기다리라니, 그게 할 소리예요? 지금 당장 해요."

거기서부터 대화는 악화되기 시작했지.

"다나, 당신은 이해하기 힘들어요. 난 내 병사들을 위해 여기 있어야 합니다."

네 아빠는 고집을 꺾지 않았어.

아, 처음이 아니었어. 이전에도 그랬었고, 이해하려고 무던히도 애를 썼었지. 네 아빠란 사람은 자신을 필요로 하는 사람들에게 꼭 필요한 사람이라는 걸, 그런 필요함을 주는 사람이란 걸, 난 잘 알고 있었어. 네 아빠는 온정주의로 똘똘 뭉친 사람이었지. 나에게든 자신의 병사들에게든, 어떻게든 돌봐야 한다는 것이 그 사람에게 목적의식을 부여했어. 하지만 그 순간, 균형이 깨져 버린 것 같았어.

"찰스, 병사들에 대한 당신의 헌신을 존중해요. 정말이에요."

그렇게 말하고 나서 덧붙였어.

"하지만 전 당신의 그 우선순위에 동의하지 않아요. 말썽 피운 병사를 보석으로 감옥에서 빼내거나 긴급한 상태에 빠진 병사의 가족을 도와주는 건, 얼마든 할 수 있는 일이죠. 하지만 병사의 아내가 출산하는 동안 다 큰 남자의 손을 부여잡은 채 병원 의자에 앉아서 당신의 짧은 휴가를 날려 버리는 건 좀 다르지 않나요? 그건 당신의 일이 아니에요. 우린 거의 6주나 함께 시간을 보내지 못했는데, 그러고도 당신은 코빼기도 보여 주지 않잖아요."

잠깐의 침묵이 흘러갔지. 우린 둘 다 무슨 얘기를 해야 할지 알지 못했어.

"아침엔 출발할 거예요?"

마침내 내가 입을 열어 물었지.

그의 한숨 소리가 들려왔어.

"가능할 것 같지가 않네요. 티켓을 바꿀 수 있다 해도, 내일 오후 늦게나 거기 갈 수 있지 않을까 싶어요."

"찰스, 제가 얼마나 상처를 입었는지 당신은 알지 못해요. 우린 함께할 시간이 필요했어요. 일이 이렇게까지 되었다면, 적어도 저한테 알려 주었어야 했어요. 그랬다면 제가 당신을 보러 비행기를 탔거나, 그냥 집으로 돌아갔을 테죠."

네 아빠는 아무런 얘기도 하지 않았지.

"뭔가 말 좀 해 봐요, 찰스. 당신 생각은 뭔가요?"

"모르겠어요."

"그걸로는 충분하지 않죠."

난 굽히지 않고 덧붙였어.

"다른 여잘 만나기라도 하는 거예요? 비행기를 놓친 게 사실인가요?"

내가 한 말이 잘못되었다는 걸 알았지만 난 그때 완전히 좌절해 버렸어. 어릴 때 난 늘 네 할아버지가 늘어놓는, 당신이 있어야 할 때 있지 못한 것에 대한 어설픈 변명들을 들으며 자라 왔었지.

"다나, 당연히 그렇지 않아요. 원한다면 우리 부대원을 바꿔 줄 수도 있어요."

"부대원들이야 당신이 원하는 말이면 뭐든 해 주겠죠."

"다나, 당신이 날 믿지 못한다면, 내가 무슨 말을 해야 할지 모르겠네요. 내가 당신을 속이는 거라고 생각할 만한 이유를 내가 제공한 적이 있었나요? 당신은 내가 24시간 동안 어디 있는지를 알고 있잖아요."

"오늘 밤 어디 있는지는 모르죠."

그렇게 쏘아붙이곤 말을 이었어.

"그리곤 당신은 자정이 지나서야 전화를 걸어서 저보고 당신의 변명을 받아들이라고 하고 있어요. 제가 걱정하고 있을 거란 걸 알면서도 당신은 저를 여기 그냥 이대로 앉아 있도록 만들었다고요."

"무슨 말을 해야 할지 모르겠어요, 다나."

"빌어먹을! 찰스, 제발 그 말 좀 그만해요. 우리가 만약 지금 하는 대화보다 더 나은 소통을 할 수가 없고, 함께 하는 짧은 시간조차 지켜 낼 수 없다면, 이런 식으로는 아무런 효과도 볼 수 없겠죠."

나는 잠깐 말을 끊었다가 치미는 화를 감추지 못한 채 내뱉었어.

"각자 다른 사람을 만나는 게 나을 것 같네요."

다시 침묵이 흘렀어.

"좋아요, 다나. 그게 당신이 원하는 거라면."

우리는 작별 인사를 하고는 전화를 끊었지.

나는 침대 모서리에 앉아 몸을 떨며 울었어. 난 찰스로 인해 생겨난 모든 좌절된 상황들을 생각하고 또 생각했지. 그의 수동적인 태도, 이따금 드러나던 질투심, 속이 상했을 때 입을 닫은 채 부루퉁하게 있던 일까지. 시간이 지나며 꽤 익숙해지긴 했지만, 난 그의 속마음을 읽어 내는 데 지쳐 버렸어.

난 울다 지쳐 잠깐 잠이 들었다가 깨어난 뒤 뉴욕으로 돌아가는 비행기를 예약했어. 호텔 방 창가에 앉아 내리는 비를 지켜보았고, 아침 식사를 목구멍 너머로 꾸역꾸역 밀어 넣는 게 내가 할 수 있는 일의 전부였지. 월요일이면 다시 애크런으로 돌아와야 했지만, 단 하룻밤이라도 집으로 가서 상처를 달래 주는 게 필요했어. 느릿느릿 가방에다 짐을 꾸렸지. 혹시라도 찰스가 전화를 걸어 오지 않나 생각하면서. 하지만 전화벨은 끝내 울리지 않았어.

비행기가 라과디아 공항 활주로에 닿았을 때, 하늘엔 구름이 뒤덮여 있었지만 비는 오지 않았지. 택시 뒷자리에 고개를 젖힌 채 앉아 있던 나는 눈을 감고 울지 않으려 애썼어. 여전히 화가 나 있었지만 찰스가 그리웠고, 뭘 해야 할지 알 수 없더군.

아파트로 돌아와 네 아빠로부터 아무런 메시지도 남겨져 있지 않다는 걸 확인하니 속이 쓰렸어. 샤워하고 침대로 들어갔어. 그리곤 이불을 머리끝까지 뒤집어썼지.

주말이 다 가도록 찰스는 여전히 전화를 걸지 않았어. 그다음 주에도 네 아빠에게선 아무런 연락이 오지 않았지. 내가 관계를 끝내자고 한 것도 잘못이었지만, 거기에 어떤 반응을 하지 않은 채 우리의 관계를 포기해 버린 네 아빠도 잘못이라는 게 내 생각이었어. 그렇게 쉬운 일이었을까. 찰스는 내가 가장 두려워하는 게 불륜과 거절이라는 걸, 호텔 방에 나를 홀로 남겨 둔 게 나로 하여금 불안감을 증폭시켰다는 걸 알고 있었지. 나 역시 네 아빠가 어떤 식으로든 상처를 입었다는 걸, 다툼을 싫어하는 그로선 입을 다물어 버릴 수밖에 없었다는 걸 알고 있었고. 하지만 그 사람에게 전화를 건 순 없었어

우린 진흙밭에 두 발이 빠져 있는 꼴이었지.

침묵의 한 주가 두 주로, 세 주로 바뀌었어. 이건 우리의 관계에 닥친 실재적인 시험이었는데, 실패의 길로 가고 있었지. 난 찰스의 옷과 그림 도구들, 단백질 분말과 함께 몇 가지 물건들을 상자 하나에 넣어 옷장 안쪽에다 밀어 놓았어. 차마 그걸 그 사람에게 보낼 수는 없었지. 우리가 서로에게 의미 있는 존재라고 말했었다는 사실이, 그 말을 지키기 위해 끝까지 투쟁하지 않았다는 사실이, 믿어지지 않더라. 우리 사이에 놓여 있던 물리적인 거리가 우리로 하여금 너무도 쉽게 서로의 차이에 대한 논의를 회피하도록 만들었다는 생각이 들었어.

네 아빠는 아마도 휴일이 다가올 때마다 감상적인 기분에 젖었던 것 같아. 11월 초의 어느 저녁, 마침내 그 사람이 전화를 걸어 내가 보고 싶었다는 말을 한 걸 보면 말이야. 그리곤 프로젝트가 어떻게 진행되고 있는지를 물었지. 난 잘 진행이 되고 있다고, 끝나면 홀가분하게 쉴 수 있을 것 같다고 말했어. 대화는 부드러웠지만 긴장감이 돌았지. 알고 싶은 게 너무도 많았어. 그동안 왜 전화를 하지 않았어요? 다른 여자랑 데이트한 거예요? 날 아직 사랑하고 있어요? 문득 궁금했어. 찰스도 내게 궁금한 게 있는지.

"있잖아요, 찰스. 우리에게 일어난 일은 유감이에요. 지금이 적절한지 모르겠지만, 전 그 일에 대해 얘기를 했으면 싶어요."

"나도 그래요."

네 아빠가 동의하고는 물었어.

"당신 보러 갈까요?"

"그래요."

내 대답에 나 자신도 놀랐지.

찰스가 집으로 온 건 2주 뒤의 금요일 저녁이었어. 문을 열고 문밖에 서 있는 그를 보는 순간 난 두 팔로 그를 안았지. 내가 팔을 풀자 네 아빠는 수줍은 듯 소심하게 웃었지. 그 사람이 팔걸이 하나짜리 긴 의자에 앉는 걸 보며 시장한지를 물었어. 네 아빠는 배가 고프지 않다고 하면서 아파트를 유심히 살펴보았는데, 마치 자신이 없는 동안 내가 어떻게 지냈는지를 탐색하고 있는 듯했어. 난 아빠 옆에 앉아 홀짝이며 차를 마셨지. 어색함이 몹시 힘들더라. 그래서 난 그걸 뚫고 나가야겠다고 생각했지.

"찰스, 아직 제가 걱정되나요?"

네 아빠는 몸이 덜 풀린 것 같았어.

"물론이죠, 아가씨. 내가 왜 여기 있다고 생각해요?"

난 미소를 지으며 그 사람의 팔을 꼬집었지. 그리곤 말했어.

"우리에게 일어난 일에 대해서, 우리 관계가 왜 이렇게 쉽게 부서져 버렸는지에 대해 얘기해야만 한다는 걸 당신도 알잖아요."

찰스는 알고 있다고, 하지만 당장 우리에게 중요한 건 주말이라고 말했지. 남은 시간이 그리 길지 않긴 했어.

우린 침실로 들어갔지. 난 그 사람의 가슴에 머리를 누였는데 잠이 들어 버렸어. 그날 저녁 늦게 잠이 깼을 때 찰스가 나를 바라보고 있었지. 그리곤 내 얼굴을 쓰다듬으며 미소를 지었어.

"잘 잤어요?" 하고 네 아빠가 물었어.

달콤한 잠이긴 했어. 하지만 난 입을 다문 채 가만히 있었지. 우리는 아직 입맞춤을 나누지 않았었는데, 그 사람의 팔을 베고 누운 건 괜찮다는 생각이 들었어. 그리곤 마침내 얘기를 나눌 수 있을 만큼 여유를 찾았지.

"대체 무슨 일이 있었던 거예요? 왜 전화를 안 했어요?"

그의 표정을 살피며 내가 부드럽게 물었어.

"뭐라고 얘길 해야 할지 모르겠네요. 날 믿지 못하고 내가 당신을 속인다고 생각한 것에 속이 상했었죠."

난 우리 둘 다에 실망했었다고 말했어.

"저는 너무도 쉽게 우리의 관계를 포기해 버렸다는 게 믿을 수가 없어요. 우리가 생각한 거랑 실제랑 같지 않았다는 뜻일까요?"

그는 자세를 바꾸고는 내 머리칼을 다시 쓸었다. 그리곤 모르겠다고 말했다.

"하지만요, 우린 얘기할 수 있어야 해요. 당신에겐 쉽지 않을 거란 거 알아요. 그렇지만 전요, 대화를 통해 문제를 해결하자는 주의예요. 당신이 입을 닫아 버리면 전 정말이지 좌절감에 빠져 버리고 말아요."

"뭐라고 말해야 할지 모르겠어요. 하지만 난 당신을 여전히 사랑해요."

"저도 사랑해요."

그렇게 말하곤 내가 말을 이었어.

"이번 일에 제 잘못도 있다는 걸 알아요. 하지만 우리가 대화할 수가 없다면, 더구나 서로 멀리 떨어져 있다는 것 때문이라면, 우린 관계를 이어 갈 수가 없을 거예요. 때론 얘기를 나누는 게 우리가 가진 전부이기도 하고, 서로를 볼 때까지 어떻게든 버텨 내야만 하잖아요."

"여전히 나랑 함께하고 싶다는 얘긴가요?" 하고 그가 물었어.

겁이 났어. 난 내 일을 그만둘 생각이 없었고, 그래서 네 아빠가 만약 독일이나 하와이로 옮겨 가게 된다면 우리 사이는 어떻게 될까 궁금했었지. 그때까지 내게 심각한 문제를 안겨 주었던 관계들은 모두 '거리가 멀리 떨어져 있다는 것'이었는데, 내게는 말 그대로 '남자들을 너무 가까이에 두지 않으려 하는 습성'이 있었던 거야. 하지만 난 혼자 내버려지는 걸 원치 않았고, 어린 시절부터 따라다니던 고통을 떨쳐 버릴 수 있는 기회가 찾아온 거였지. 나 또한 어머니처럼 살 운명이라고 믿어야 할 이유는 없지 않겠니. 아내들이 모두 그렇게 순종적인 것도 아니고, 남편들이 모두 다른 여자와 제2의 인생을 사는 것도 아닐 테니까.

우리가 떨어져 있던 시간은 나를 다른 뭔가에 대해서도 정직해져야 한다고 밀어붙이더군. 나에 대한 네 아빠의 사랑이 너무도 강해서 난 그걸 당연하게만 받아들였더랬지. 그래서 난 내 마음을 그 사람에게 완전히 열어 놓지 못했던 거야. 난 여전히 상상 속의 이상적인 남자를 붙든 채 놓아주지 않고 있었어.

그제야 난 깨달았어. 찰스가 나의 이상적인 남자라는 걸. 그 사람은 강하고, 친절하고, 겸손했어. 네 아빠는 내가 알고 있던 사람들 가운데 가장 뛰어난 성품, 가장 뛰어난 판단력을 가진 사람이었어. 내가 해야 할 침대 정리나 욕실 청소조차 자신도 책임져야 할 일이라고 생각했지. 또한 내가 아름답다는, 보호받고 있다는 것을 온전히 느끼게 해 준 유일한 남자였어. 난 그의 목소리, 그의 웃음을 사랑했고, 그의 걷는 모습까지 사랑했어. 그가 나를 사랑하는 사소한 방식들을, 난 무엇보다, 사랑했어.

예전에 늘 정장 차림에 엄청난 연봉을 받는 남자를 사귀었는데, 음식을 나눠 먹는 것도 싫어하고 자신의 접시에 남겨진 음식을 끌어다 먹으면 기겁을 했었지. 찰스는 정반대였어. 자기가 먹어 보고 맛있으면 나한테 더 먹이려 들었으니까.

찰스의 마음은 그의 이두박근만큼이나 컸어. 여전히 그가 어떤 단어를 잘못 읽으면 짜증이 났지만, 난 그의 마음을 사랑하지 않을 수 없었지. 네 아빠는 점묘화 기법으로 풍경들을 그릴 수도 있고, 컴퓨터를 이용해 전장을 구성해 낼 수도 있었어. 그 사람은 툭하면 성경을 인용하고 하루를 기도로 시작했지만, 아직 굳건하지 못한 영혼의 소유자를 기꺼이 품어 안은 사람이었지.

난 사랑한다는 말을 했던 모든 순간을 되돌아보고는 알았어. 대개는 그가 먼저 그렇게 말한 데 대해 그렇게 대답한 것일 뿐이라고 말이야. 더 나은 보답을 받아야 할 사람은 네 아빠였어.

"그래요."

난 그의 곁에 몸을 누이며 말했지.

"당신이 절 원한다면 제 삶으로 다시 돌아왔으면 좋겠어요. 당신을 많이 많이 사랑해요."

네 아빠가 환히 웃었어. 그리곤 아득해질 만큼 키스를 했어.

"당신을 누가 말려요. 나도 많이 많이 사랑합니다."

우리 아들, 엄마는 여러 변화를 겪었지. 그리고 난 있는 그대로의 그녀를 사랑해. 난 그녀와 너무 오랫동안 떨어져 있을 수가 없어. 그래서 늘 기도하지. 그녀와 늘 함께할 수 있도록.

난 그날 깨달았어. 우리의 관계가 결코 완벽하진 않다는 걸. 단지 우리에게만 완벽하다는 걸.

6

사랑하는 조던,

1999년 12월 31일—새로운 십 년, 새로운 세기, 새로운 천 년이 한꺼번에 바뀌던 그날, 네 아빠와 난 타임스퀘어에 서서 샴페인 맛이 채 가시지 않은 서로의 입술에 키스를 했어. 그때의 난, 한 해 뒤 마침내 조지 W. 부시를 백악관으로 밀어 넣은, 전례 없는 정치적 난투극이 벌어지던 플로리다의 소용돌이 속에 내가 서 있으리라곤 꿈에도 상상하지 못했지. 9월 11일이 그토록 빨리 다가오리란 것도, 평생을 함께 보내리라 꿈꾸었던 그 남자가 어느 날 '테러와의 전쟁'을 위해 이라크로 파병을 가게 될 거란 사실도.

우린 서로의 팔에 안긴 채, 새해 전야의 색종이 조각이 주변으로 흘러 떨어지는 걸 보았어. 그건 끝을 향해 거칠게 몰아쳐 가는 로맨틱한 시작이었지.

2000년 여름, 《뉴욕 타임스》는 인종과 관련된 시리즈 기사를 실었고, 이 프로젝트에 기울인 노력의 보상으로 난 가을로 접어들며 플로리다주의 보도를 전담하는 전국 지국장으로 승진했어. 그건 어마어마한 뉴스의 도시인 마이애미로 이사를 한다는 걸 의미하는 동시에 몇 년은 그곳에 꼼짝없이 붙박여 있어야 한다는 걸 의미했지. 사실, 플로리다는 네 아빠가 주둔하고 있던 캔자스보다 더 먼 곳이었지만 그맘때쯤 우린 비행기를 타고 왔다 갔다 하는 데도 익숙해져 있었어.

계획은 내가 2000년의 대통령 선거일에 이사해서 새로운 임무를 시작하기 전에 미리 일주일 정도를 보내면서 적응하는 것이었지. 찰스는 내가 자리를 잡으면 곧 방문할 예정이었어. 하지만 그 계획들은 내가 탄 비행기가 11월 7일 마이애미에 착륙한 지 몇 시간 만에 바뀌어 버렸지. 난 호텔 방에서 널뛰기를 하고 있는 플로리다의 개표 결과를 내 눈을 의심하며 지켜보았어. 자정이 넘어 혼곤한 잠에 빠져들어 갈 무렵에도 이 괴상한 선거는 아직 끝나지 않았지. 그건 평생 우려먹을 이야깃거리였어. 그리고 난 알았지. 내게 맡겨진 새로운 업무에 돌입하지 않아도 된다는 걸.

대서양을 가로지르며 비치어 든 오렌지 샤베트 빛깔의

눈부신 햇살과 함께 날이 밝았지. 해변을 걸으며 햇살을 즐기고 싶었지만 시간이 없었어. 《뉴욕 타임스》는 워싱턴 지국의 정치부 기자들로 구성된 팀을 이끌고 날아오고 있었으니까. 난 인턴 하나를 새 아파트로 보내 기자들을 마중하게 하고는 선거판이 얼마큼이나 붕괴되어 가고 있는지를 가늠해 보기 시작했어.

몇 시간 사이에 문제들이 퍼져 나갔고 통제 불능의 상태임이 명확해졌지. 적지 않은 도시에선 투표용지가 분실되고, 몇몇 선거구에선 유권자들이 투표를 거부하는가 하면 부정 선거에 대한 주장들이 일어나는 곳도 있었으니까. 그날 내가 송고한 기사는 주 전역에서 내가 쓴 십여 개의 급보들 가운데 맨 첫 번째 거였어.

난 살인적으로 뛰어다녔지. 기자 회견에서 법원 심리, 유권자들의 시위까지. 어떤 카운티의 선거 관리자들은 판사의 재개 명령이 떨어지기 전까지 투표용지 재검표를 중단했고, 어떤 카운티에서는 개표가 완료된 다음에 집계되지 않은 투표용지가 무더기로 발견됐다는 주장이 제기되곤 했었지.

역사가 만들어지는 동안 맨 앞줄에 앉아 지켜보는 것만큼 흥미로운 것도 달리 없지. 난 마이애미 카운티 선거 관리위원회 사무실 밖에서 하마터면 밟혀 죽을 뻔했어. 민주당의 한 당직자가 자신의 주머니에 투표용지를 집어넣는다고 누군가 잘못 보았는데, 그 일로 수십 명의 공화당과 민주당 참관인들이 서로를 밀치며 몸싸움이 벌어졌던 거야. 극적인 요소는 덜했지만 온종일 내가 인터뷰를 한 젊은 사람들은 문제가 더 심각했지. 처음 투표에 참여한 젊은이들이었는데, 자신들의 표가 제대로 집계가 되었는지 몹시도 궁금해 했어. 그들에 대한 안타까움에 가슴이 아팠어. 내가 처음 투표권을 행사했을 때 들었던 뿌듯함과는 전혀 다른, 의혹과 혼란의 소용돌이에 휘말려 버린 그들의 첫 경험은 정말이지 참담했으니까.

동료들도 나도 개인적인 생활은 멈춰 버렸지. 재검표에 들어가고 3주쯤 지나자 우리 중 몇몇은 깨끗한 옷이 바닥나 버렸다는 사실을 발견했고, 양말이랑 속옷을 사기 위해 가게에 들러야만 했어. 이삿짐 상자는 여전히 뜯지 않은 상태였는데, 어쩌다 저녁에 아파트로 돌아가서 요리를 해 볼까 싶어 전자레인지나 프라이팬을 찾아보려 했지만 그럴 시간도 없고 에너지도 바닥나 버렸지. 어느 날 밤늦게 레스토랑에서 저녁을 먹을 때였는데, 시카고에서 온 한 기자는 집에 전화를 걸었는데 연결이 안 되더라는 거야. 알고 보니 전화 요금을 낼 시간이 없어서 전화가 끊어져 버렸던 거지. 어떤 동료 하나는 처방전이 떨어져서 약을 탈 수가 없었는데, 상황이 끝나기 전까지 약을 포기하기로 했다더군. 누구는 운전면허증 갱신을 못 해 만료된 면허증을 갖고 차를 몰기도 했고.

우린 모두 매일 자정이 훨씬 넘어서까지 일을 했고, 그 일은 대통령 선거일로부터 5주가 지나 대법원에서 조지 W. 부시 대통령을 승자로 선언할 때까지 계속되었지.

"당신이 그랬잖아요. 도전을 원한다고."

찰스와 난 정신없이 바쁜 와중에도 몇 번 통화를 할 수 있었는데, 네 아빠가 했던 그 말이 생각나.

그때 내가 말했어. 우리 손녀, 손자들이 훗날 역사 시간에 공부하게 될 사건의 목격자라는 사실이 믿어지지 않는다고. 그러곤 빠르게 덧붙였지.

"어디까지나 은유적으로 하는 말이에요. 반드시 손녀, 손자를 가져야 한다는 건 아니라고요."

"그 정도는 나도 압니다."

2001년 봄, 난 플로리다 재검표 사건으로부터 살아남았을 뿐 아니라, 인종 관련 프로젝트로 퓰리처상 최종 후보자로 선정되었어. 그해 4월, 뉴욕으로 날아간 나는 심사 위원들이 최종 수상자들을 발표하는 장면을 동료들과 함께 보고 있었지. 《뉴욕 타임스》 보도국에서 기다리는 동안 난 감정을 억제하려고 힘겹게 싸웠어. 나처럼 생긴—흑인에 여자인—사람이 그 시간 그 자리에 있는 건 쓰레기통을 비울 때 뿐이었지. 난 나의 할머니 에버레너 카네디Everlener Canedy를 생각했어. 그녀는 아버지가 세상을 떠나고 어머니마저 위중한 병에 걸리자 형제자매들을 돌보기 위해 가정부로 일을 했는데, 그때 그녀는 겨우 7학년이었고, 그마저 더 이상 다니질 못했지. 문자 해독력은 생일 카드와 교통 표지판을 읽을 수 있을 정도였지만, 신문의 필자란에서 내 이름을 찾아내시곤 뛸 듯이 기뻐하셨어.

흐릿한 소음을 뚫고 이런 말이 내 귓속으로 빨려 들어왔지.

"공익사업 부문 수상은 《뉴욕 타임스》의 〈미국에서 인종은 무엇인가〉입니다."

누군가 샴페인 잔을 내게 내밀었어. 포옹하고, 소리를 지르고, 샴페인이 넘쳤지. 편집국장이 뭐라고 한 마디를 했는데, 난 전화기를 들고 찰스에게 메시지를 남기느라 듣질 못했어.

"자기야, 우리가 먹었어!"

전화기 속의 사람에게 소리를 질렀지.

"당신이 여기 있었으면 얼마나 좋을까."

그날 밤늦게 마침내 찰스와 통화가 이루어졌을 때, 퓰리처상을 받은 프로젝트는 개인이 아니라 팀의 노력에 대한 대가란 걸 상기시켰지만, 네 아빠에겐 그렇게만 들리지 않았던가 봐.

> 네 엄마가 인종 관련 프로젝트에 참여해 퓰리처상을 받은 걸 알고 있니? 엄마하고 얘기해서는 그걸 절대 알아낼 수 없을 거야. 엄마는 자신이 이룬 성과에도 자신의 일에 대해서도 정말이지 겸손하니까. 난 두려움 없이 달려드는 네 엄마의 직업 윤리를 존경해. 아빠는 네 엄마로부터 하려고 마음만 먹으면 무엇이든 할 수 있다는 사실을 배웠고, 넌 누구보다 그런 훌륭한 자질을 타고났어. 네 엄마는 열심히 그리고 결단력을 가지고 일한다면 무엇이든 이루어 낼 수 있다는 걸 내게 보여준 사람이야.

아빠와 내가 서로를 만날 수 있는 시간은 일에 지친 삶으로부터 축복과도 같은 휴식을 주었어. 찰스는 플로리다에서 나랑 긴 주말을 보냈지. 당시 네 아빠의 숙소가 열악한 데다 마이애미로 탈출하는 걸 좋아했었으니까. 우린 오션드라이브의 라틴 클럽에서 살사 댄스를 추기도 하고, 리틀아바나쿠바의 수도인 아바나를 빌어 '작은 아바나'라는 뜻으로, 플로리다주 마이애미 인근 쿠바 이민자들이 밀집해 사는 지역에서 시가를 말고 있던 구아이아베라쿠바 남자들이 즐겨 입는 긴 원피스 형태의 셔츠나 재킷 차림의 쿠바

노인들을 구경하기도 했지. 잠에서 깨어나면 침실 창밖으로 돌고래들이 튀어 오르는 해안이 눈에 들어왔어.

우린 또 유람선을 타고 둥그런 창 너머로 카리브해의 반짝거리는 청록색 물결이 내다보이는 객실의 조그만 침대에서 사랑을 나누었지. 찰스는 갑판 의자에 두 다리를 쭉 뻗고 앉아 칼립소카리브해 지역의 음악 밴드의 음악 소리를 들으며 펀치에 럼주를 탄 럼 펀치물, 과일즙, 향료에 포도주 같은 술을 넣어 만든 음료를 홀짝였어. 푸에르티로에선 해가 지는 바닷가에서 격렬하게 키스를 나누었지. 한번은 스케이트 링크가 있는 배에서 내가 찰스에게 롤러블레이드를 타 보라고 부추겼는데, 춤추는 걸 제외하고 네 아빠가 유일하게 못하는 게 바로 그거였어.

항구에 가면 네 아빠는 어김없이 내 얼굴에다 카메라를 찌르듯이 들이밀었는데, 그때마다 난 카메라를 밀쳐 대며 그만 좀 하라고 앙탈을 부렸지만 그래도 웃으며 계속 찍어 댔었지.

넌 앞으로 네 엄마와 내가 찍은 사진들을 통해 우리가 여행한 모든 곳을 보게 될 거야. 네가 있어서 그 사진들이 더 의미가 있어. 그것들을 소중하게 아끼고 즐겼으면 좋겠어. 널 사랑하는 아빠가.

이따금 만나 즐겁게 보내는 시간들이 소중했던 만큼이나 찰스와 난, 진정한 사랑이란 카약을 타고 피크닉을 즐기고 플로리다키스 제도의 섬들로 주말여행을 떠나는 것만으로 이루어지는 건 아니란 사실은 충분히 알 만한 나이였지. 마침내 함께 살게 되는 날이 오면, 세탁하는 일로 다툴 테고, 독감에 걸려 끙끙 앓기도 할 테니까. 난 그 변화들을 어떻게 조절할 수 있을지 궁금했어.

그리고 9월 11일이 다가왔어.

그 두렵고 끔찍한 날에 난 마이애미에서 열리고 있던 선거 합동 유세를 취재하고 있었지. 클린턴 행정부에서 여성으로선 처음으로 법무부 장관을 지낸 재닛 리노Janet Reno가 당시 주지사였던 젭 부시Jeb Bush를 상대로 주지사 선거에 출마한 상태였어. 리노 후보가 노인 회관에 침통한 표정으로 모습을 드러낸 건 무척 늦은 때였는데, 빨간색 픽업트럭을 타고 유권자들을 만나며 주 전역을 누비던 그녀로선 이례적인 일이 아닐 수 없었지. 리노 후보는 비행기 두 대가 무역센터 건물에 충돌하고, 펜타곤(미 국방부 건물)에도 화재가 발생했다고 발표했어. 미국이 공습을 받은 거였지. 그녀가 하는 말들을 노트북으로 받아 적던 난 갑자기 멈추었어. 뉴욕에 있는 동료들이 걱정되었던 거야. 그리고 재닛 리노의 선거 유세는 더 이상 뉴스거리가 되지 못했지.

나는 자동차로 뛰어가 라디오를 켰어. 상용商用 비행기 한 대가 펜실베이니아 들녘에 추락해 산산조각이 났다는 소식이 들려왔어. 난 캔자스에 있던 찰스에게 전화를 걸어 텔레비전을 켜 보라고 알려 주었어. 케이블 뉴스 채널들은 무역 센터의 두 건물 중 하나에 비행기가 충돌하는 장면을 거의 연속 화면처럼 계속 보여 주고 있었지.

"오, 이런!"

찰스가 외마디를 질렀어. 그리곤 내가 하기 두려웠던 말이 네 아빠의 입에서 흘러나왔지.

"누군가와 전쟁을 치러야 할 것 같군."

나는 무역 센터 타워들이 차례로 무너지고 있다는 소식을 겁에 질린 채 들으며 사무실로 차를 몰았어. 미국을 끔찍이도 증오하는 적의 알려지지 않은 정체가 두려웠어. 그리곤 그 공격으로 어쩌면 죽었을지 모르는 사람들을 생각하며 그들의 영혼을 위해 소리 없이 기도를 올렸어.

우리가 알 수 없는 누군가와 전쟁을 치러야 한다니. 그 공격들에 대응하기 위해 결국 네 아빠가 소환될지도 모른다는, 끊임없이 일어나는 그 생각을 지우려 애썼어. 그러면서 떠오르는 건 내가 사랑한 뉴욕의 사람들, 특히 신문사의 동료들이었지. 그들 중 많은 사람들은 취재를 위해 위험을 무릅쓴 채 현장으로 달려갔을 게 분명했어.

기자란 종종 삶을 거꾸로 사는 존재들이지. 사람들이 대피하는 허리케인 속으로 날아가고, 사람들이 대피하는 빌딩으로 달려가고, 총알이 난무하는 범죄 현장으로 뛰어드는 존재. 암울한 일일 수도 있지만 대부분은 천직이라 생각하지. 동료들의 안전이 궁금했지만, 뉴욕으로 연결된 모든 전화가 통화 중이었어. 난 뉴욕 대신 전국 도시들 가운데 아는 지국장들에게 전화를 걸었지. 우린 보도를 도울 수 있는 최선의 방법을 논의하기 위해 3인 이상이 연결된 전화 회담을 하기로 했어. 난 우리 주의 상황을 살펴보기 위해 지역 공무원과 주 공무원들을 추적하기 시작했지. 그리고 궁금했어. 마이애미엔 항구들의 안전을 위해 무슨 조치가 내려져 있을까? 디즈니 월드를 비롯해 테마파크들의 관람객들은 대피했을까? 미국이 공습을 당하고 있을 때 대통령은 초등학교를 방문해 학생들에게 책을 읽어 주고 있었는데 그의 동생인 젭 부시 주지사는 형으로부터 소식을 전해 들었을까?

내 역할은 다음 날 신문에는 미미하게 나타났지만, 곧 무거운 책임감이 느껴질 만한 일이 기다리고 있었어. 며칠 지나지 않아 테러리스트들이 플로리다의 비행 학교에서 훈련을 받았다는 것이 연방 사법 당국자들의 발표에 의해 드러난 것이지. 일 년 남짓 만에 내겐 파헤쳐야 할 두 번째 중대 임무가 떨어진 거야.

그들의 정체를 전혀 알지 못하는 상태에서 공격자와 조력자들을 훈련한 비행 교관을 추적하기 시작했어. 난 공습을 감행한 두 명의 비행기 납치범들이 전날 밤 묵었던 호텔 방에 서 있었지. 쓰레기통에는 그들이 먹다 남긴 듯한 포장된 인도 음식의 잔해가 던져져 있었고, 호텔 등록 카드에는 그들이 체크아웃을 한 날이 9월 11일이라고 적혀 있었지. 레스토랑을 찾아갔을 때 한 바텐더가 내게 말해 주었어. 공습 전날 밤 납치범들 중 두 사람이 세 시간 동안 내리 보드카와 럼주를 마셨는데 나중에 술값 48달러를 지불하기 싫어했던 것 같다고 말이야.

몇 달 동안 난 새로운 뉴스거리를 찾아 보도해야 한다는 엄청난 압력에 시달렸어. 주요 신문사와 텔레비전 방송사들이 모두 이 기사를 공격적으로 보도했으니까. 마이애미는 내겐 거의 새로운 도시나 마찬가지여서, 경찰이나 지역 FBI 사무국으로부터 정보를 흘려 받을 만한 루트가 많질 않았지. 그럭저럭 버텨 내고는 있었지만, 선거 때보다 기사를 써 내기가 훨씬 어려웠어.

이 무렵, 네 아빠는 국방부에 의해 최정예 군인에게 부여되는 신규 과업을 수행할 요원으로 선발되었단다. 그리곤 2002년 1월, 캘리포니아에 있는 포트 어윈Fort Irwin으로 이동해 육군 훈련 센터에서 전투 준비를 평가하는 팀의 일원이 되었어. 군은 모하비 사막Mojave, 캘리포니아 남부에 있는 사막 깊숙한 곳에 10억 달러 규모의 가상 이라크를 건설했는데, 거기에는 모의 작전 기지와 이라크에서 망명하거나 추방된 사람들이 민간 저항 세력으로 활동하고 있던 이라크식 마을이 조성되어 있었지. 찰스가 맡은 일은 가상 공격을 할 때 신병들을 관찰하고 무기에 대한 그들의 숙련도와 교전 규칙에 대한 적응도를 측정하는 것이었어. 한 번 훈련에 돌입하면 한 달 이상 야전에 머물러야 했지만, 찰스는 그걸 엄숙한 책임의식을 가지고 임했어. 그 훈련은 채 일 년도 되지 않아 그들의 연인을 댄스파티에 데려갈 젊은 남자 혹은 여자의 생명을 구할 수도 있었으니까. 그건 은퇴를 앞둔 직업 군인에게도 마찬가지였지.

이건 내가 플로리다로 온 이후 맞이한, 네 아빠와 내가 우리의 관계를 돌보기 전에 각자의 일들에 빠져들 수밖에 없게 만든 두 번째 시기였어. 각자의 일로 인해 오랫동안 만나지 못하게 된 이 시기는 우리에게 엄청난 타격을 주었지. 대화는 점점 짧고 형식적으로 되어 갔어. 때로는 사랑한다는 말조차 하지 못한 채 전화를 끊을 때도 있었지. 찰스와 조금이라도 가까운 곳에서 지내기 위해 로스앤젤레스 지국으로 전근을 요청할 생각까지 했었단다. 그러다가 문득, 내가 전근을 한 뒤에 네 아빠가 새로운 임무를 받고 떠나 버릴 수도 있다는 생각이 들곤 했지. 결국 우린 함께할 수 있는 시간이 생기면 어떻게든 함께 있는 방법밖에 없다는 결론에 도달했지.

우린 찰스가 포트 어윈에서 직무를 수행하기 직전 마이 애미에서 카리브해로 가는 유람선에서 2주일을 보내자는 데 합의를 보았어. 유람선은 화창한 목요일 저녁에 출발했고, 우린 다음 날 아침 키웨스트Key West, 플로리다주의 키웨스트섬에 있는 관광 도시에서 잠에서 깨었지. 나는 브런치로 소라 튀김을 먹고, 찰스는 코코넛 즙을 마셨어. 둘째 날, 나는 배의 벽면에 설치된 2층짜리 암벽 타기에 도전했는데, 엄청난 실수라는 게 드러났지. 겨우 반쯤 올라갔을 뿐인데, 사흘 동안 두 팔을 가슴 위로 올릴 수가 없었으니까.

크루즈 여행을 할 때였는데, 네 엄마가 암벽 등반을 하겠다는 거야. 아주 낭패를 봤지. 그날 일찍 난 네 엄마한테 주려고 크루즈 몰을 둘러보고는, 마사지 목욕이랑 일반 마사지가 포함된 스파 패키지를 끊어 주었지. 엄마가 얼마나 좋아했었는지 몰라. 오늘도 그 얘기를 했단다.

암벽 등반에 도전한 이튿날, 유람선 관리자가 다음 기항지인 코즈멜Cozumel, 멕시코 유카탄반도 북동부 해안 외곽 카리브해 해상의 휴양 섬에 있는 다이아몬드 도매상 얘기를 해 주었지. 찰스가 반지를 살펴보러 거기에 가 보자고 했어. 네 아빠는 몇 년 전 나한테 여자 친구가 되어 주지 않겠냐고 했다가 내 싸늘한 반응을 본 뒤로는 깜짝 프러포즈 같은 건 절대 하지 않을 거라고 했었지. 그래서 난 속으로 의심해 봤어. 어쩌면 내게 자신의 아내가 될 생각이 있는지 없는지를 시험해 보기 위한 기회로 삼으려 할지 모른다고 말이야.

　　"약혼반지라도 끼워 줄 생각인가요?" 하고 내가 물었지.

　　그런데 네 아빠가 그런 생각을 하고 있었다고 동의를 하는 거야. 최근에 혼자라는 생각이 깊어지면서 다시 가족을 가지고 싶어졌다고. 오랫동안 헤어진 후에도 네 아빠가 여전히 날 많이 사랑한다는 걸 알고 기뻤어. 그리고 보석상에 가는 데는 동의했지만, 면세든 아니든 다이아몬드를 꼭 사야 한다는 부담은 갖지 말자고 빠르게 덧붙였지. 다이아몬드 거리는 샴페인 시음을 하거나 모든 보석류를 무료로 세팅해 주는 화려한 상점들이 즐비했어. 우린 어느 점포로 들어섰는데 판매원이 진심 어린 환영 인사를 건네더군. 결정한 게 아무것도 없다는 얘기를 하고 싶었지만, 왠지 무례하게 느껴졌어. 판매원이 검은색 벨벳이 깔린 상자를 펼쳐 놓는 동안 난 찰스와 나란히 의자에 앉았지. 네 아빠가 크기는 얼마만 한 걸 살펴보는 게 좋은지를 물었는데, 자신은 거기에 대해 아무 얘기도 하지 않았어.

"우린…난 뭐, 잘 모르겠어요." 하고 내가 얼버무렸지.

사실, 난 결혼에 대해 마음의 준비가 되지 않은 상태였어. 그리고 지금 그걸 결정할 이유가 있나 싶었어. 더구나 당시에 우린 함께 할 시간을 거의 낼 수가 없었어. 내가 하는 일의 특성상 원할 때 뉴욕으로 다시 돌아올 수 있었기 때문에 결국 내가 바란 건 찰스가 뉴욕 가까운 기지로 전근을 오는 거였지. 결정은 그런 다음에 하는 게 순서일 듯싶었어. 네 아빠와 결혼을 한다는 건 언젠가 특파원이 되어 외국에서 살게 될 거라는 바람을 포기하는 것과 같은데, 그런 것들은 한두 가지도 아니었고 또 우리가 전혀 논의해 본 적이 없었지. 그리고 찰스는 이미 이혼을 한번 겪어 보았고, 난 또 그게 얼마나 그의 마음에 상처가 되었는지를 지켜보았었지. 누군가에게 내가 그런 마음의 상처를 제공하는 사람이 되고 싶진 않았어.

난 손가락에 반지들을 끼워 보고는 들어 올려 불빛에 비춰 보았지. 찰스는 그 모습을 지켜보면서 야구 모자를 고쳐 썼어. 난 그의 표정을 제대로 읽을 수가 없더군. 다이아몬드의 크기가 너무 크다고 생각하고 있나? 아니면, 애초에 보석

거리를 둘러보자고 제안한 걸 후회하고 있는 걸까?

"모두 아름답네요. 그런데 지금은 바람을 좀 쐬었으면 좋겠어요."

그렇게 말하고는 보석 상자에다 반지를 내려놓고 찰스의 손을 그러잡았어. 가게에서 나오자마자 나는 그를 안으며 뺨에 키스를 했어. 그리곤 속삭였지.

"당신을 많이 많이 사랑해요. 하지만 오늘 꼭 이렇게 하진 말아요, 우리."

"허, 당신은 정말 못 말릴 여자야."

네 아빠의 부드러운 목소리를 들으며, 가게로 나를 데려가는 위험을 감행한 네 아빠가 놀랍더라.

"해변으로 갑시다."

그날 저녁 식사를 하며 내가 찰스에게 말했어. 난 우리가 9/11의 슬픔 때문에 결혼을 서두르는 커플에 포함되는 걸 원치 않는다고. 우리에겐 시간이 많다고.

그러자 아빠가 대답했어.

"당신은 오랫동안 독립적인 여성으로 살아왔어요. 결국은 결혼을 하겠구나, 결혼하고 싶다―그런 생각이 있는 건가요?"

"찰스, 제 말을 잘 들어 봐요."

난 그의 손을 끌어다 잡으며 말했어.

"전 당신을 사랑하고, 당신과 결혼하고 싶어요. 결론은 그거예요. 하지만 우린 한 도시에 살 수 없을 거예요. 당신은 그렇게 생각하지 않아요?"

"그래요. 나도 알고 있어요, 다나."

"하지만 찰스, 그동안 결혼으로 생겨날 수 있는 것들에 대해 우린 진정으로 얘길 나눠 본 적이 없어요."

네 아빠는 예상할 수 있는 게 많지 않을 거라고 말하곤 덧붙였지.

"난 그저 당신의 왕이 되고 싶고, 당신을 여왕으로 만들어 주고 싶을 뿐입니다."

"멋지네요. 그런데요."

거기까지 말하곤 잠깐 끊었다가 이었어.

"당신의 말에는 무슨 의미가 담겨 있죠? 매일 퇴근을 한 뒤에 당신에게 저녁상을 차려 주길 기대하는 건가요? 결혼한 뒤에도 당신의 성을 따르지 않아도 괜찮겠어요?"

"당신이 요리를 하지 않아도, 당신의 원래 성을 그대로 써도 난 상관없어요."

시작은 좋았어. 하지만 아직은 시작일 뿐이었지.

우린 잠시 음식으로 관심을 돌렸어. 내가 찰스에게 달팽이 요리를 먹어 보라고 권했지. 놀랍게도 네 아빠는 달팽이 요리를 좋아해서 전채 요리를 말끔히 비웠어. 배가 잔잔하게 흔들리는데 마치 나를 위로해 주는 듯했지. 그래서였는지 그 사람의 팔에 안기고 싶었어. 식사를 끝낸 뒤 우리는 심야 초콜릿 뷔페와 별빛 아래로 흐르는 음악을 즐기러 야외 풀장이 있는 갑판으로 갔어. 우린 달빛을 받으며 서로를 안은 채 춤을 추었지. 키스를 나눌 때면 입술 사이로 바닷바람이 밀려들었어.

함께 보낸 2주일이 너무도 빠르게 지나가 버렸어. 네 아빠에게 부여된 전투 준비 임무들이 갑자기 증가해 버린 탓에 우연히 찾아든 한 번의 주말 휴가를 제외하곤 나머지 겨울과 봄의 거의 전부를 떨어져 보내야만 했지. 네 아빠는 불평을 늘어놓는 법이 없었지만, 사막에서 지내는 것에도 홀로 잠이 드는 것에도 어지간히 지쳤다는 걸 알 수 있었어. 밤에 기온이 뚝 떨어지면 따뜻한 내 몸이 곁에 있다는 상상을 했었다고 네 아빠가 말해 줬었지.

찰스가 부대 교육관이라 아프가니스탄으로 배속될 수 없다는 것에 그저 감사할 뿐이었어. 캘리포니아 사막의 낮은 살갗을 태울 듯하고 밤엔 살을 에는 추위가 밀어닥칠 테지만, 적어도 오사마 빈 라덴을 쫓아 칠흑 같은 어둠에 싸인 중동의 산정을 누비고 있진 않았으니까. 찰스는 몇 번이나 넌지시 말하곤 했었어. 수많은 병사들이 실제 전투를 하고 있을 때 모의 전투나 하고 있는 게 편치만은 않다고 말이야.

그럴 때마다 난 네 아빠가 이미 여러 차례 전투 임무를 수행했을 뿐 아니라 훈련은 전투에 필수적인 요소라는 걸 상기시켜 주곤 했지.

늦은 봄의 어느 날이었어. 찰스는 며칠 휴가를 내서 우리 둘의 생일을 함께 보내자고 제안을 했지. 하지만 아프가니스탄으로 떠난 병사들이 머릿속을 맴도는 터라 휴가를 만끽할 기분은 아니었어. 마이애미에서 대부분의 시간을 보낼 텐데, 난 가능하면 축제처럼 즐겨 볼 생각이었어. 난 네 아빠를 위한 선물을 사려고 일주일을 보낸 끝에 근사한 이탈리아 가죽 가방 세트를 건졌지. 네 아빠는 마치 강력 테이프로 붙여 놓은 것처럼 보이는 수트 케이스들을 갖고 있었는데, 그걸 바꾸려는 생각은 절대로 하지 않을 사람이었지.

네 아빠가 도착한 날, 난 회사에서 일찍 나와 밝은색 선물 포장지로 싼 커다란 상자를 들고 집으로 갔어. 현관문이 열리고 그 사람이 미소로 나를 맞았지. 내가 상자를 내려놓자 네 아빠가 나를 한참이나 안았어.

"보고 싶었어요." 하고 네 아빠가 말했지.

난 마치 축제를 시작하기 직전 촛불을 불 준비를 하고 있는 어린 소녀가 된 기분이었어. 난 선물을 풀었을 때 네 아빠의 표정이 어떨지 궁금해서 미칠 것 같았지. 내 선물은 어떤 걸 골랐는지도 당연히 궁금했고. 아무튼, 선물 상자를 내밀자 네 아빠는 몹시 놀란 표정이었어.

"이제 슬슬 확인해 볼까요?"

내가 들떠서 말했지. 네 아빠는 긴장한 듯 상자에서 눈을 떼지 못한 채 만지작거리더니 풀기 시작했어.

"마음에 들어요?"

네 아빠가 종이 포장지를 벗기고 안에 든 검정 가죽으로 된 세트 중 하나를 집어 들었을 때 내가 빙그레 웃으며 물었지.

"와우!"

넋이 나간 듯한 표정으로 외마디를 지르더군. 그 사람은 가방들을 하나씩 유심히 살펴보고는 천천히 상자에 넣었어. 그리곤 자리에서 일어나 조심스럽게 걸음을 옮겼지. 괜히 시간을 끌 듯이.

"당신 것도 준비했어요."

그리곤 덧붙였지.

"큰 건 아닙니다."

네 아빠는 조그만 책 크기쯤 되는 걸 내밀었고, 난 포장지를 벗겨 냈어. 페이퍼백 소설이었어. 약간 당황한 나는 미간이 좁혀지는 걸 느꼈어.

"당신이 책 읽는 걸 얼마나 좋아하는지 내가 알죠."

네 아빠의 목소리엔 힘이 좀 없었지.

"찰스, 뭐예요."

그렇게 툭 뱉고는 말을 이었어.

"선물하려다 잊어버린 거 맞죠? 나 바보 아니에요. 이거 공항에서 급히 빼 든 거잖아요."

"그게 말이죠, 내가 계속 바빴어요. 미안해요. 비행기 타려는 생각만 했어요."

난 화가 치밀었어. 우린 그날 저녁에도, 다음 날 아침 내가 일하러 갈 때까지도, 거의 말을 하지 않았지. 그날 저녁 집으로 돌아왔을 때, 다탁 위에 조그만 보석 상자가 놓여 있었어. 예쁜 종이를 뜯어내고 상자를 열면서 난 찰스가 불안해하는 걸 보았지. 상자 안에는 섬세하게 조각된 둥근 금귀고리 한 쌍이 들어 있었는데, 문제가 있었어. 아무리 끼우려 해도 귀고리가 내 귓불에 맞지 않았던 거야.

"대단해요, 찰스. 처음엔 선물을 잊어버리더니, 이번엔 내 귀가 얼마나 살이 쪘는지를 확인시켜 주네요!"

난 농담을 섞어 투덜거렸어.

네 아빠 풀이 죽어 버렸지. 우리는 귀고리를 환불받기 위해 함께 가게로 갔는데, 찰스는 머리가 아픈 듯 관자놀이를 문지르고 난 숨을 몰아쉬었지. 내가 점원에게 문제를 설명하는 동안 찰스는 부상이라도 입은 듯 카운터에 비스듬히 기대 있었어.

"그런데요, 이거 아기용이에요." 하고 점원이 말하더군.

찰스와 난 동시에 웃음이 터져 버렸지.

살다 보면 별의별 일들이 다 일어나는 법이지만, 생일 선물을 두고 다툼을 벌이다가 웃음이 터지는 일이 나쁘지 않았어. 찰스와 내가 한두 번의 불화 정도는 어렵지 않게 이겨 낼 수 있는 관계라는 사실이 기뻤어. 그리고 믿음이 생기더라. 나 자신에게도, 무엇보다 네 아빠가 떠나지 않을 거란 사실에.

찰스와 함께할 수 있었던 이유는 그에게 있었어. 찰스는 나를 쉽게 화를 내고 때로는 히스테리를 부리는, 체중이 평균보다 몇 킬로그램 더 나가는 것에 늘 사로잡혀 있는 여자로 보는 대신 나 자신이 되기를 바라는 대로 살아가는 여자로 보았기 때문이었으니까. 난 한 해 전 여름 올랜도에서 열렸던 전미 흑인 기자 협회 연례 대회에 함께 갔을 때 네 아빠가 보여 준 헌신에 얼마나 감동했었는지를 새삼 떠올렸지. 내가 워크숍에 참석하고 미래의 《뉴욕 타임스》 지원자들과 면담을 하는 동안, 찰스는 야외 수영장 주변에 앉아 그림을 그리며 혼자서 지냈지.

난 폐막식 밤 연회 때 연설을 해 달라는 부탁을 받았었는데, 그래서 매일 밤 호텔 방에서 연습을 했었어. 매번 연습이 끝날 때마다 찰스는 박수를 치며 완벽한 연설이었다고 추켜세웠지. 그래도 난 여전히 걱정이었어. 그렇게 걱정이 된 게 연설 때문이 아니라 실은 관객들 중에 예전 남자 친구인 그레그와 그의 아내가 끼어 있었기 때문이란 얘긴 하지 않았지.

찰스는 내가 연단에 앉아 있는 동안 정장을 입는 것도, 낯선 사람들과 짧은 대화를 나누는 것조차 원하질 않았는데, 난 그를 존중했어. 부끄럼을 타는 게 나쁜 것도 아니었고, 주뼛거리며 연회장에 있는 것보다는 그림을 그리는 게 낫다는 그 사람의 말에 난 개의치 않았지. 네 아빠는 고맙게도 옷을 다려 주겠다고 했어. 난 라벤더 빛깔의 블라우스와 온화한 톤의 회색 스커트를 골랐다가 막상 그걸 보자 마음이 바뀌었지.

"너무 평범한 거 같아요. 괜히 엉덩이만 커 보이게 하는 것 같고."

네 아빠가 옷장에서 붉은색 정장을 꺼냈지.

"너무 튀지 않아요?"

내가 투덜거렸어. 그러자 찰스는 나더러 바닥에 닿는 길이의 검정 새틴 치마를 입으라고 하면서 7부 소매의 보라색 실크 블라우스를 다려 주었지. 내가 옷을 입고 거울 앞에서 이리저리 몸을 돌려 가며 살펴보고 있을 때 찰스가 내 뒤로 걸어와 어깨에 손을 얹었어. 그리곤 등을 쓸어 주고는 천천히 나를 돌려세워 마주 보도록 했지.

"다나."

나를 부르곤 말을 이었어.

"당신은 더 이상 그레그의 여자 친구가 아니야. 당신은 여성의 몸을 가진 한 사람의 여자야. 당신은 아름다워. 이제 연단으로 당당히 걸어가."

대체 어떻게 알았을까? 난 깜짝 놀라며 눈길을 내리깔았지. 그때만큼 내가 사랑받고 있다는 느낌을 받아 본 적이 없었어.

"미안해요."

난 그렇게 속삭였어. 그리곤 그 사람에게 깊이, 립스틱을 다시 칠해야 할 만큼 진하게 키스를 했지. 그리곤 그 어느 때보다 자신 있게 걸음을 옮겼어. 연단으로 가기 전 연회장에서 잠깐씩 그레그의 모습을 봤었지만, 나를 사로잡은 유일한 남자는 내 남자, 네 아빠밖에 없었지.

찰스가 옛 남자 친구와 마주치는 것에 대해 격려의 말을 해 주든 생일 선물에 대한 나의 투덜거림을 웃음으로 넘기든, 우리의 길고 긴 여행길에 나와 함께 있어 줄 사람은 바로 네 아빠였어. 하지만 우린 우리의 토대가 지진이 난 듯 심하게 흔들리는, 충격의 계절을 살아가고 있었지.

2003년 3월 19일 저녁, 부시 대통령은 대국민 연설을 통해 이라크와의 전쟁을 선포했어.

"국민 여러분, 지금 이 시간부로, 미군과 연합군은 이라크군을 무장 해제하고 이라크 국민들을 해방시키며 세계를 심각한 위험으로부터 보호하기 위해 군사 작전의 초기 단계에 돌입합니다."

대통령의 연설은 내가 곧 전쟁을 기록하는 일원이 될 거란 사실을 암시했지. 지국장으로 2년 반을 근무한 뒤 나는 국정 뉴스 담당 편집장으로 승진해 뉴욕으로 돌아와 있었어. 내 업무 가운데는 전투에 참여한 몇몇 군인들의 친지를 추적하도록 국정 담당 기자들을 배분하는 일도 포함되어 있었지. 국정 담당 데스크는 또한 전쟁에 대한 미국인들의 지지를 측정하기 위한 정기적인 기사를 책임지는 자리이기도 했어. 2004년 미군 사망자 1천 명이라는 끔찍한 이정표가 내걸렸을 때, 나는 기자단을 구성해 몇몇 장례식을 취재하게 하고 끔찍이도 외면하고 싶었던 단어인 '전쟁 사상자'의 이름과 얼굴을 게재하도록 했어. 그들은 어머니들과 아이들을, 테일러와 디에고……그리고 찰스라는 이름을 갖고 있었지.

찰스와 난 이라크를 침공하고 점령하는 것이 옳은 일인지 아닌지에 대해, 어떤 식으로든 논쟁을 벌이지 않았어. 우리에겐 각자의 이유들이 있었지. 9/11 이후, 그 사람은 최고

사령관에게 의문을 제기하지 않았고, 세계 유수의 신문사 기자로서 난 중립을 지키는 일에 익숙해져 있었어. 하지만 무엇보다 나를 짓누르며 무시로 겁에 질리게 만든 것은, 네 아빠가 전투에 참여할 수도 있다는 사실이었어. 그래서 난 그 문제에 대해 아예 언급하길 피했었지.

2004년, 찰스는 상사로 진급하며 텍사스의 포트 후드로 전출을 갔어. 100명이 넘는 병사들로 구성된 중대 전체가 그 사람에게 맡겨졌지. 큰 영예였지만, 난 네 아빠가 가졌던 만큼의 흥분을 가지고 그 소식을 마주하진 못했어. 그건 그 사람에게 모종의 임무가 주어질지도 모른다는 걸 의미했으니까.

새로 부임한 지 채 6개월이 지나지 않아 찰스는 전화를 걸어, 내가 그토록 두려워하고 있던 소식을 전해 주었지.

"다나."

네 아빠의 부드러운 목소리가 귓속으로 밀려들었어.

"이라크로 떠나라는 명령을 받았어요."

7

사랑하는 조던,

이라크로 떠나라는 명령—난 2004년 겨울의 어느 날, 네 아빠로부터 그 말을 들었어. 하지만 내 마음은 받아들이지 않았어. 그 사람은 전투에 보내질 수 없는 사람, 그 생각뿐이었지. 우린 서로를 찾는 데까지 너무도 오랜 시간이 걸렸으니까.

"아, 이를 어째요, 찰스. 제발 그 말을 못 들은 걸로 해 줘요."

그러다 난 되물었어.

"거부할 순 없어요?"

"그럴 순 없어요, 다나."

네 아빠의 목소리는 부드럽게 이어졌지.

"난 군복을 입고 월급을 받아요. 그러니 총사령관이 보내는 곳으로 가야만 합니다."

그는 그렇게 대답할 수밖에 없었고, 또한 차라리 참전을 하게 되어 오히려 다행이라 생각한다는 것도 난 알고 있었어. 몇 달 동안 네 아빠는 전투에 임하게 될 병사들에게 준비만 시켰을 뿐 정작 본인은 전투에 참여하지 않고 있다는 것에 죄책감을 느끼고 있었으니까. 그 사람에게 그건 신성한 서약을 깨는 것과 같았지. 특히나 1차 걸프전에 참전했던 동료들이 다시 이라크로 돌아갔다는 소식을 들은 이후로는 내가 하는 어떤 말도 그의 고통을 줄여 주지 못했어.

난 애걸할 수도, 분노를 터뜨릴 수도 있었어. 찰스에게 노부모님이 어떤 반응을 보일지 생각해 보았냐고 항변할 수도 있었어. 누구나 다 그랬지만, 난 전쟁에 대한 정치적 견해들을 갖고 있었고, 그 문제를 두고 그와 토론을 벌이며 참전하지 않기를 설득할 수도 있었지. 하지만 그 어떤 것들도 정당한 것 같지 않았어. 중요한 건 내 남자를 지지해 주는 거였어. 난 그 사람의 도덕성에 상처를 입히거나 자신의 임무에 의혹을 갖게 해서 위험을 초래하고 싶지 않다는 건 명확했지.

"언제 떠나는 거죠?"

"내년 말로 예정돼 있어요."

네 아빠의 목소리를 들으니 새삼 안도감이 들긴 했어. 지난 몇 달간 찰스는 '사막의 폭풍' 작전을 수행하면서 지난 시간들을 점점 더 많이 되새겨 보기 시작했던 것 같아. 그리고 위험에 직면하게 될 거란 사실을 잘 알고 있었지만, 자신에게 떨어진 명령들이 어떤 식으로든 자신을 완성하게 되리란 것도 느껴졌을 테지.

나 역시 지난 일들을 되돌려 생각해 보곤 했어. 군인이랑은 절대로 결혼하지 않을 거라고 맹세하던 때의 나는, 어린 시절의 고통들을 또다시 경험하는 것도 내가 하려는 일을 제한하게 될 거라는 사실도 두려웠어. 그런 내가 내 사람을 전투에 내보내리라고는, 그 엄청난 위험을 감수하게 될 거라고는 꿈에도 생각해 보지 못한 일이었지.

찰스의 파병이 지연되고 있는 건 다른 모든 것도 낙관적으로 생각하도록 만들었어. 오랫동안 나를 두렵게 만들었던 개인적인 언약들을 간절하게 이루고 싶어지더군. 난 저널리스트가 되는 걸 지독하게 사랑했지. 그리고 편집자들이 급히 '홀가분한' 기자를 필요로 할 때를 대비해 항상 자동차에다 여행 가방을 넣어 두고 노트북 컴퓨터를 옆구리에 끼고 다니는 기자가 바로 나 자신이란 건 엄청난 자부심이었고. 거기에 내가 희망했던 경제적인 안정까지 얻었지만, 어느새 마흔에 가까워 있었어. 아무 때나 홀쩍 비행기에 올라타는 건 더 이상 짜릿한 일이 아니었던 거야. 호텔 방에서 잠을 깨어 내가 있는 도시가 어디인지를 기억하지 못하는 건 더 이상 모험이 되어 주지 못했지. 어느 정도는 알고 있었던 일이긴 했어. 내가 뉴욕의 편집국 업무를 받아들인 건 외국 특파원으로 나가거나 다른 도시의 지국장이 될 수 있을 때까지였다는 걸 말이야. 당시 난 한곳에 머물며 들불과 비행기 추락 사건 현장으로 기자들을 보내고 있었지. 난 단지 보도를 하는 것만이 아니라 다양한 삶을 경험하고 싶었어.

어느 날 찰스가 최근에 완성한 그림 얘기를 해 주려고 나한테 전화를 했었는데, 난 정신이 없어서 얘기를 잘라 버렸더랬어.

"아기를 갖고 싶어요."

내 입에서 그 말이 불쑥 나왔지.

네 아빠는 내가 농담을 한다고 생각했는지 웃음을 터뜨렸어.

"정말이에요, 찰스. 임신을 할 수 있다면 좋겠어요."

잠깐 아무 말이 없던 네 아빠가 물었어.

"왜 그런 생각을 했어요?"

여운이 길게 남는 질문이었지.

찰스는 내가 특별히 아이를 원한 적이 없다는 걸 잘 알고 있었어. 난 여자아이든 남자아이든 조카들을 무척이나 좋아했지만, 우리 가족은 물론이고 경제적으로 사투를 벌이는 부모들을 너무도 많이 보아 왔었지. 난 가장이 되느냐 가정주부가 되느냐 그런 염려 없이 내 일에 집중할 수 있는 자유를 원했어. 30대의 꽤 많은 여성들이 은근히 가지게 되는 아기 욕심을 난 한 번도 가져 본 적이 없었어. 난 그저 노후 보장을 책임질 퇴직금을 적립하고, 남아프리카 공화국으로 사파리를 떠나고, 다음 임무를 기다리며 푸에르토리코나 도미니카 공화국으로 떠날 채비를 하는 데 바빴을 뿐이야. 아이를 가질 것인가에 대한 결정이 한참이나 미뤄지다 보니 가족을 가지지 않는 게 갑자기 무슨 기본 선택 사항인 것처럼 느껴졌지. 그런 것보다는 내 삶을 더 잘 통제하는 걸 좋아하게 된 거야.

물론, 중요한 건 내 감정들만이 아니었지. 찰스와 내가 함께 좋은 부모가 될 수 있느냐에 달려 있는 문제였으니까. 너무나 많은 아이들이, 특히 미국의 흑인 아이들이, 아버지 없이 자라고 있었어. 난 찰스가 나와 우리 아이들을 아주 많이 사랑할 것이고 우릴 떠나지 않을 거란 걸 알았지. 그 사람은 진정으로 나를 이해하려 했던, 어쨌든 나를 사랑할 만큼의 참을성을 가진 내가 아는 유일한 남자였어. 그의 인내심은 아버지로서도 충분히 발휘될 거라는 사실을 난 알고 있었지. 난 네 아빠와의 사이에 태어날 아이의 엄마만이 아니라 그의 아내가 되고 싶었어. 하지만 네 아빠는 너무도 예스러운 사고방식을 갖고 있어서 여자가 청혼하는 걸 즐거이 받아들일 사람이 아니란 것도 난 알고 있었지. 그 사람은 자신이 생각한 시간에 자신만의 방식으로 청혼하는 게 필요했어.

찰스가 불쑥 질문을 던지게 된다면 어떻게 대답할 것인지에 대해 내가 생각하고 있을 때, 그가 미처 인식하지 못한 뭔가가 떠올랐어. 우리 관계에 있어 힘의 균형이 바뀌었다는 걸 말이야. 그가 나를 쫓고 내가 그를 내버려 두던 게 끝났다는 거. 난 우리의 관계에 어려움이 닥쳤을 때 여러 번 네 아빠에게 다른 여자를 만나 보라고 했었지. 하지만 이제 난 네 아빠가 나를 대신할 여자를 찾지 못했다는 사실이 너무도 감사했어. 난 네 아빠가 아는 것 이상으로 그를 사랑하고 있었고, 이제 그 사람이 그걸 알아야 할 시간이었어.

네 아빠의 물음에 대한 내 대답은 명확했어. 난 네 아빠에게 말했어. 당신처럼 놀라운 인품과 힘과 정신을 소유한 남자를 알지 못한다고. 당신은 내가 가장 좋아하는 친구이고, 남자에게서 이토록 열정적인 감정을 경험해 본 적이 없었다고.

난 우리의 아기가 내 안에서 자라고 있다면 그것이 우리 앞에 길게 펼쳐진 앞으로의 일 년 동안 우리를 지탱하게 해 줄 거라는 말은, 차마 하지 않았어.

"가능한 일이라고 생각해요?" 하고 찰스가 묻더군.

"무엇이든 노력해 보는 거죠."

그리곤 난 뒤에 남겨 둔 말을 이었어.

"당신이 원한다면요."

"당연하죠. 당연히 원하죠."

그가 그렇게 말했을 때, 그의 명확한 확신이 나를 달뜨게 만들었어.

"정말이에요? 좀 더 시간을 갖고 생각해 봐야 하는 거 아닌가요? 당신한테 강아지를 사 달라는 게 아니라고요."

"아니, 내게 시간이 더 필요하진 않아요."

찰스의 목소리는 무척 결연했어.

"확실해요?"

"더 이상 그렇게 묻지 말아요. 확실하지 않은 건 당신 같은데요."

"당신이란 사람이 이런 걸 이렇게나 빨리 결정할 수 있다는 게 믿어지지 않네요."

"오래전에 결정한 일이니까요."

그의 말을 듣고 난 뒤 나는 침실용 탁자에 달린 서랍으로 손을 뻗었어.

"당장 피임약을 버려야겠어요."

그러자 네 아빠가 받았어.

"당장 그렇게 해요."

네 엄마와 난 아이를 갖는 것에 대해 얘기를 나누었는데, 난 지체하지 않고 '예스'라고 대답했어. 네 엄마가 거기에 대해 얼마나 진지하게 생각하는지를 깨달았으니까. 우린 거의 6년, 좀 더 길 수도 있는 동안, 불규칙하게 서로를 만났었지. 난 네 엄마가 훌륭한 어머니가 될 거라는 걸 느꼈고, 그래서 너무 늦지 않게 아이를 가지고 싶어 했으면 좋겠다고 생각했었어. 우린 네가 때를 잘 맞춰서 우리에게 오길 바랐었지. 네 엄마는 내가 2005년 12월 1일에 이라크의 전장으로 가게 될 거란 걸 알고 있었으니까.

그날 밤 난 찰스가 나를 얼마나 잘 이해하고 있는지, 그리고 내가 나 자신을 잘 알 수 있도록 그 사람이 얼마나 도와주었는지를 새삼 알게 되었어. 언젠가 직장 상사와 의견이 맞지 않아 화가 부글부글 끓어서 집으로 돌아왔을 때였는데, 난 아파트 주변을 거닐며 내게 일어났던 일을 찰스에게 시시콜콜 얘길 한 적이 있었지. 그때 네 아빠는 단 한 마디도 하질 않았어. 결국 참지 못하고 난 그 사람을 돌아보며 물었어. "가타부타 얘기 좀 해 주시죠?" 그의 입에서 간신히 나온 대답을 듣다 말고 내가 다시 큰 소리로 애길 하기 시작했지. 내 얘기는 그 사람이 욕조에 거품을 풀고, 초에 불을 켜고, 재즈 CD를 틀어 준 뒤에야 끝이 났었지.

네 아빠는 말없이 내 옷을 벗기고는 나를 들어 따뜻한 물에다 담갔지. 그런 다음 샤르도네 백포도주 한 잔을 건네주고는 옆에다 팝콘이 담긴 그릇을 놓아 준 뒤 잠깐 산책을 다녀오겠다고 말했어. 그제야 내 입이 다물어졌지. 그렇게 45분이 지나고 그가 아파트로 돌아왔을 때 난 시트콤을 보며 큰 소리로 웃고 있었지. 그 사람은 정치나 언론에 대해선 할 수 있는 말이 거의 없었겠지만, 내가 필요로 하는 게 무언지를, 때론 나보다 더 잘 알고 있었어.

네 아빠는 자신을 위한 일은 거의 요구하는 법이 없어서 난 그 사람이 뭘 필요로 하는지를 알아내려고 애를 쓰곤 했었어. 이를테면, 그가 움직이는 걸 보고는 뭉친 근육을 풀어 줄 마사지가 필요하다는 걸 알아내는 식이었지. 혹은 한밤중에 슬그머니 침대에서 일어나 그림을 그리기 시작한다면, 뭔가 그를 괴롭히는 게 있다는 걸 눈치채고는 스스로 속을 털어놓을 때까지 그의 곁에 한동안 말없이 앉아 있든가. 네 아빠도 거의 나만큼이나 시간을 들여 가며 목욕하는 걸 즐겼지만 내가 일부러 준비를 해 주지 않는 한 절대 먼저 욕실로 들어가지 않는다는 것도, 그런 예에 속할 거야.

이제 훈련에 들어가면 두 달 동안 휴가를 내지 못할 터였는데, 난 우리가 내린 결정에 대해 흥분을 억누를 수가 없었어. 뭔가 말을 해야 할 때가 도래하기 전엔 어느 누구에게도 얘기하지 않기로 약속을 했는데도 난 네 할머니와 이모들에게, 그리고 가장 가까운 친구들에게 계속 떠들어 댔지.

"이봐 아가씨, 넌 아름다운 아기를 낳게 될 거야."

친구 로레타가 해 준 말이야.

"뭐야, 아직 임신도 하지 않았다고."

내가 그렇게 말하자 그녀가 말하더군.

"그렇겠지. 하지만 넌 뭔가 마음을 먹으면 그렇게 되게 만드는 애잖아."

하지만 이번엔 좀 달랐어. 찰스의 상황은 긴박하게 돌아가는 중이었고, 배속될 때까지 겨우 몇 달밖에 남지 않았으니까. 임신하기 위해선 3주나 4주 정도밖에 남지 않았던 거지. 가임과 출산이 가능한 연령이 이미 지나 버렸을지 모른다는 생각 같은 건 굳이 하지 않았지만, 혹시라도 임신이 불가능하더라도 불임 치료는 시도하지 않기로 찰스와 난 이미 결정했었지. 우리에게 아기가 주어질 운명이라면 자연스럽게 일이 되어갈 테고, 만약 뜻대로 되지 않는다면 네 아빠의 복무가 끝나고 다시 시도하면 된다는 게 우리의 공통된 생각이야.

찰스는 내가 데이트를 한 남자들 가운데 유일하게 신앙심이 깊은 사람이었지. 그런 사람이 사랑에 취한 나머지 나를 기쁘게 해 주려고 자신의 전통적 가치를 양보한 거야. 네 아빠는 아기를 갖는 것도 좋지만 임신하기 전에 결혼하기를 더 바랐다는 걸 난 알고 있었어. 하지만 네 아빠는 그렇게 하는 게 더 많은 헌신을 요구하는 게 될 수도 있고, 또 나를 두렵게 할지도 모른다고 생각했던 것 같아. 그 사람은 마치 내게 기대하는 게 아무것도 없다는 듯 무심해졌고, 그 무심함에도 차츰 익숙해졌지. 괜히 위험을 무릅쓰다가 우리의 관계가 깨지게 되는 걸 원치 않았던 거야. 난 네 아빠에게 고해 신부이자 '지상의 천사'와 같은 존재가 되어 있었으니까. 상상이 가니? 신경질적이고, 요구 조건도 많은 지상의 천사! 하지만 그게 나였고, 찰스는 그런 나를 받아들였어. 그는 내 욕망을 채워 주기 위해 자신의 욕망들을 옆으로 밀쳐 두었던 거야. 그래서 훈련 중에 있던 네 아빠가 6월 마지막 주에 휴가를 얻어 뉴욕에 왔을 때, 우리는 서로 일찍이 경험해 보지 못한 긴박한 상황에 처해 있었어. 마치 오직 아기를 가지기 위해 전력을 다하는 사람들이 된 것처럼.

첫날 밤, 침대에 누워 어둠을 건너오는 찰스의 숨소리를 듣고 있을 때, 내가 품었던 동기들에, 죄책감 비슷한, 뭔가 불온한 감정이 일었지. 우리의 사랑에 대한 확신, 찰스가 좋은 아버지가 될 거라는 확신, 떨어져 있는 시간들을 견디는 데 임신이 도움이 되어 줄 거라는 확신—이런 확신들 속으로 냉정한 청구서 한 장이 서늘하게 던져졌어. 찰스가 만약 전쟁에서 살아 돌아오지 못한다면 난 아이의 아버지가 되어 줄 다른 남자를 구하게 될 텐데, 그 일이 쉽게 이루어지기엔 내 나이가 결코 적은 게 아니었던 거지. 찰스도 그런 생각을 했을까, 궁금했어.

다음 날 저녁, 식사하던 중에 찰스가 말했어. 우리가 가족을 이루게 되기를 오랫동안 기도해 왔었다고 말이야. 그때 갑자기 몸이 굳어지는 걸 느꼈어.

"제가 좋은 엄마가 되지 못하면 어쩌죠?"

그리곤 다시 물었어.

"오랫동안 제 자신에게만 초점을 맞추고 살았어요. 아이가 생기는 건 좋지만, 그 아이가 절 싫어하면 어쩌죠?"

찰스가 키득키득 웃더군. 그리곤 의자에 등을 기대더니 그 우람한 팔로 팔짱을 끼며 미소를 지었어.

"웃을 일이 아니에요." 하고 내가 밀했어.

그가 다시 입을 열었을 때, 언제나 그랬듯 그의 목소리가 부드럽게 귓속으로 밀려들었지.

"당신은 당신이 이 일을 얼마나 잘할 수 있을지 짐작도 못하고 있어요. 안 그래요?"

눈물이 볼을 타고 흘렀어. 그때 난 깨달았어. 내가 원하는 건 단지 아이가 아니라, 그 사람의 아이라는 걸. 몸을 기울여 네 아빠에게 키스를 했지.

"우리가 공식적인 가족을 이루어야 한다는 것에 대해선 어떻게 생각해요?" 하고 찰스가 물었지.

"결혼을 하자는 얘긴가요?"

"그래요."

네 아빠는 내 대답을 기다리며 고개를 숙였는데, 어쩌면 두려움 때문이었을지도 몰라.

오래된, 여전히 나를 둘러싸고 있던, 상처들이 떨어져 나갔어. 난 치유를 받은 느낌이었지. 나는 '예스'라고 대답했어. 내 온 마음을 담아서.

난 가족을 원했고, 그래서 네 엄마와 정말이지 함께 하길 바랐어. 그리고 그렇게 되기를 기도했었어. 네 엄마는 처음엔 관심을 두지 않았지. 난 참 많이도 그 생각을 포기하곤 했었지만, 네 엄마의 마음에 변화가 일어난 거야. 그리고 기적처럼, 아이를 갖는 게 소중한 일이 될 거라고 생각한 거지. 시간이 걸리긴 했지만, 나의 기도들에 답이 돌아온 거야.

내 마음엔 여전히 네 엄마에 대한 불길이 활활 타오르고 있어.

찰스가 자리에서 일어나 내 곁에 무릎을 꿇고 앉았어. 그리곤 내 손에 키스를 하고 두 팔로 나를 안았지. 집으로 갈 시간이라고, 그 사람이 말했어. 함께한 건 겨우 이틀에 불과했고, 대부분의 시간을 침대에서 보냈었지.

나흘 뒤 나는 임신했을지도 모른다는 느낌이 들어 주치의를 찾아갔어. 그녀는 내게 얼마나 되었는지를 물었어.

"나흘쯤 되었어요." 하고 내가 말했지.

의사가 나를 측은한 표정으로 바라보더라. 나는 뭔가 아주 절박한 여자가 되어 있었지. 그녀가 플라스틱 컵을 하나 가지고 나를 데려가더니 오줌을 받게 했어. 간호사가 결과를 확인하는 동안 난 따로 마련된 방에서 기다렸지.

"음성입니다."

젊은 여자가 그렇게 말하고는 떠났어. 난 꽤 오래 거기에 앉아 있었는데, 머릿속이 복잡해지고 믿기지 않았지. 너무도 확신을 했었으니까.

천천히, 사람들로 붐비는 중심가의 거리들을 걸었어. 다시 일을 하러 가야 하는데, 난 그냥 걷고 있었어. 네 아빠는 사막으로 들어가 있었고, 몇 주 동안은 연락이 닿지 않을 터였지. 그래서 로스앤젤레스에 근무하고 있던 네 이모 린넷의 사무실로 전화를 걸었어.

"잘 시냈어? 바쁘니?"

그렇게 묻고는 대답도 기다리지 않고 내가 말을 이었지.

"병원에서 막 나왔어. 임신 테스트를 받았는데, 음성이래. 내 생각이 틀렸던 건가 봐."

네 이모는 내 나이가 마흔 살이라는 것과 이제 막 임신을 시도했다는 사실을 상기시켜 주면서 이렇게 물었지.

"첫 시도에서 임신할 확률이 얼마나 된다고 생각해?"

"난 정말 확신을 했거든."

그 후 며칠 동안 테스트 결과는 계속 나를 괴롭혔어. 세 번이나 난 약국으로 들어가 진단 키트를 집어 들고는 집으로 돌아와 선반 위에다 올려놓았지. 그리곤 다시 네 이모한테 전화를 해서 여전히 난 임신을 확신한다고 얘기했어.

"그렇게 해. 계속 테스트를 해 보는 거지 뭐. 그게 언니한테 조금이라도 위안을 준다면."

난 네 이모의 충고를 듣는 즉시 진단 키트를 구입하러 달려갔지. 그리고 20분 뒤, 난 흥분을 가라앉히기 위해 보드카에 탄산음료를 섞은 잔을 들고 욕실로 들어갔어. 한 모금을 마시고는 떨리는 손으로 상자 안에서 막대를 꺼냈지. 시험은 끝냈는데 차마 결과를 확인할 수가 없더군. 다시 린넷이모한테 전화를 걸었어.

"뭘 망설여."

네 이모가 기운을 북돋우는 목소리로 말했지.

막대에 두 개의 분홍색 줄이 표시되면 양성이고, 그건 임신이라는 뜻인데, 뭐지? 거기 두 줄이 나타나 있었어. 두 번째 줄이 아주 희미하긴 했지만.

"세상에!"

내 얘기를 들은 네 이모가 소리를 질렀어.

"한 번 더 해 봐!"

진단 키트를 두 개나 더 해 봤는데 결과는 같았어. 분홍색 줄 하나는 선명하게, 다른 하나는 역시 희미하게. 린넷 이모가 키트 상자에 적힌, 800으로 시작하는 번호로 전화를 해 보라고 알려 줬지. 몇 분 뒤 내게로 녹음된 메시지가 보내져 왔어. 분홍색 줄이 희미하더라도 테스트 결과는 '양성'이라고.

"세상에나!"

내 입에서 소리가 터져 나왔어.

"임신이야!"

린넷 이모가 소리를 지르더니 네 이모들한테 전화를 걸어야 한다며 전화를 끊었어.

술잔을 집어 들고는 입술로 가져가다가, 문득 멈추었어. 그리곤 세면대에다 부어 버렸지. 이제 술은, 안 되지!

다음 날 병원을 찾아간 난 주치의로부터 결과를 확인받

앉지. 임신한 지 2주 정도 되었다는.

그녀는 축하해 주면서 첫 테스트가 성급하게 치러진 감이 없지 않다고 말해 주었어.

공식적으로 인정을 받고 나니 오히려 믿기지 않았어. 찰스와 난 첫 번째 시도에서 너를 가지게 된 거야.

네 아빠는 2주 후 야전 훈련장에서 돌아오자마자 내게 전화를 했어. 훈련이 특별히 잘 진행된 것 같지는 않다는 얘기, 사막의 날씨는 밤엔 끔찍하게 춥고 낮엔 푹푹 찐다는 얘기, 그래서 병사들에게 무거운 장비들을 계속 착용하고 있게 할 수도 없다는 얘기를 주르르 들려주었지.

"더위 때문에 토하기도 하고 기절을 하기도 하죠. 이라크는 여기보다 더 더울 텐데……. 그래서 하는 수 없이 협박을 하게 돼요. 이라크에 가서도 장비를 챙기지 않으면 전투 수당을 삭감할 거라고요."

네 아빠의 말이 좀 혼란스럽게 느껴졌어. 이라크 전장에서 찰스의 건장한 몸에 뜨겁게 달아오른 거추장스러운 장비가 걸쳐져 있는 모습을 상상하자 마음이 불편해진 거지. 난 예전에 네 아빠가 거기 간 적이 있다는 사실을, 그리고 살아 돌아왔다는 사실을 떠올렸어.

"병사들이 전투에 참여할 수 있도록 만반의 준비를 갖춰 줄 수 있는 사람으로 당신만 한 사람이 없다는 걸 알아요.

그러니 조급하지 말아요. 당신에겐 아직 시간이 있잖아요. 어쨌든, 찰스, 우린 당신이 그리웠어요."

찰스는 뭐라고 계속 얘길 했어. 내가 물었지. 내가 한 말을 들었냐고.

"아뇨, 뭐라고 했어요?"

"'우린 당신이 그리웠다'고 했었어요."

"날 그리워한 게 누구라고요?"

찰스가 어리둥절해하며 물었어. 내가 말했어.

"우리 둘. 제 안에 아기가 있거든요."

네 아빠가 웃음을 터뜨렸어. 오래도록, 커다랗게.

네 엄마가 그 사실을 알았을 때, 난 캘리포니아의 포트 어윈에 있는 국립 훈련 센터에서 40일짜리 훈련에 참여하고 있었지. 맙소사! 네 엄마가 임신했다는 얘기를 했을 때 난 충격에 휩싸인 채 내 귀를 의심했지. 오, 신이여, 감사합니다!

"다나, 정말이오? 몸은 어때요?"

"정말이에요. 몸은 괜찮아요. 당신한테 보여 주려고 임신 진단 키트 하나를 기념품으로 보관해 뒀어요."

네 아빠가 다시 웃음을 터뜨리고는 진지하게 입을 열었지.

"다나, 고마워요."

"제게 고마워하지 말아요, 찰스. 아기가 태어나면 집에 와서 도와주기만 하면 돼요."

"당연히 그래야죠."

네 아빠의 언약이 전화기를 타고 흘러나왔어.

8

사랑하는 조던,

이라크로 떠나기 전의 네 아빠는 두 가지 생활을 병행하고 있었어. 하나는 치명적인 적과 맞닥뜨렸을 때의 교전 수칙을 병사들이 숙지하도록 하는 거였고, 다른 하나는 내 손을 그러잡은 채 초음파 이미지 속의 너를 놀란 눈으로 지켜보는 거였지. 극단의 위험과 미래의 약속—이 둘의 부조화를 네 아빠가 어떻게 견뎌 낼 수 있었는지, 난 결코 알 수 없을 거야. 그 사람은 흔들림 없이 균형을 유지했고, 거기에 난 거의 도움을 주지 못했지.

네 아빠가 내게 그랬던 것처럼 나 역시 그 사람을 지키려 애썼어. 네 아빠는 자신이 맡게 될 임무에 대해선 철저히 입을 다물었지. 그건 네 건강에 뭔가 의심스러운 점이 나타난 듯 보였던 임신 3개월 무렵의 일에 대해 내가 아무런 얘기를 하지 않았던 것과 비슷했을 거야.

줄곧 이질적인 삶을 살아온 네 아빠와 나는 여전히 참 먼 거리에 있었던 것 같아. 찰스가 사격술을 연마하고 지도를 보며 이라크 지형을 연구하는 일로 낮 시간들을 보냈다면, 난 책상 앞에 앉아 그날 보도할 뉴스를 다듬으며 보냈으니까. 변기에 몸을 구부린 채 헛구역질을 할 때만 빼고는. 저녁이 되어서야 우린 겨우 통화라도 할 수 있는 기회가 생겼지. 전화기를 붙든 채로 우린 태어날 너의 이름이나 태교 서적 더미에서 건져 낸 지식들을 가지고 얘기를 나누었어. 나는 의사가 2006년 3월 25일로 출산일을 계산해 준 날 일었던 흥분과 아무리 봐도 여전히 납작할 뿐인 배를 계속 두드리고 문지를 수밖에 없었더란 얘기를 네 아빠에게 들려주었지. 찰스는 내 체중이 얼마나 불어났는지를 묻고, 단백질이 많이 들어간 식단을 짜라는 둥 물을 더 많이 마시라는 둥 충고를 하고, 임신했을 때 부족하기 쉬운 비타민을 복용하라는 말도 잊지 않았어. 살아오면서 남자로부터 내 체중에 대해 질문을 받은 적도 없고 얘기한 적도 없지만, 네 아빠의 질문은 더없이 친밀하고 정당하게 느껴졌지.

여전히 우리에겐 비밀들이 있었고, 멀리 떨어져 있다는 게 오히려 그걸 감춰 두기엔 쉬웠던 것 같아. 어느 날 아침

지하철을 타고 가다가 얼굴이 달아오르고 어지러워 결국 중앙역의 지저분한 철제 기둥에 기대어 앉아 나도 모르게 다리가 벌어지던 일을 난 네 아빠에게 말하지 않았어. 경찰관 두 명이 다가와서 구급차가 필요한지를 물었는데, 난 간신히 임신 중이라 잠깐 휴식을 취하면 될 것 같다고 얘기했었지. 박하사탕 몇 개를 깨물어 먹고 나자 겨우 힘이 생겨 사무실을 향해 천천히 움직였었지. 혈압을 재고 의무실에서 낮잠을 자고 난 뒤에야 나는 남은 하루 일을 할 수 있을 만큼 충분히 회복할 수 있었어.

그날 저녁 찰스가 전화를 걸어왔을 땐 막 잠이 들던 참이었지.

"몸은 좀 어떠신가요, 산모님?"

네 아빠는 자신이 지은 새로운 별명으로 날 불렀어. (난 그 별명이 싫었지만, 네 아빠가 얼마나 좋아했던지 차마 내 생각을 말해 줄 수 없더라.)

"좋아요. 피곤하긴 하지만요. 오늘 하루는 어땠어요?"

"괜찮았어요. 바쁜 건 늘 그렇고요."

서로를 얼마나 지켜 주려고 했든지 우린 가끔 할 말이 별로 없었어.

당시 우리는 규칙 비슷한 걸 정해 놓았었지. 네 아빠는 오전 5시에 일과를 시작해 보통 오후 9시 전에는 숙소로 돌아오지 않았는데, 그래서 군복을 다림질하거나 식사를 하는 동안 내게 확인 전화를 했었어. 식사는 주로 이미 만들어진 샐러드에 스테이크 아니면 참다랑어 통조림. 주말이거나 드물게 7시경에 일과가 끝나는 날이면 저녁을 먹으며 전화 통화를 했는데, 그걸 우린 '가족 디너 타임'이라 불렀지. 배가 점점 불러 오면서 식사를 하는 시간이 조금씩 당겨지고 통화를 하려고 깨어 있는 것도 힘들어지기 시작했어. 어떤 때는 통화를 하다가 잠에 빠져들기도 했지. 그러면 네 아빠는 졸음이 밀려들기 전까지 전화를 끊지 않은 채로 내 숨소리를 듣곤 했어. 찰스는 내 숨소리가 자신을 편안하게 해 주었다고, 하루를 달콤하게 마무리하도록 해 주었다고 말했었지.

"코를 골 때도 그랬어요?"

"코를 골다니요, 고양이가 기분 좋아 가르랑거리는 소리였어요."

입덧이랑 이따금 일어나던 어지럼증을 제외하곤 임신 첫 3개월은 잘 지나가는 듯했어. 그러다가 8월 초의 어느 날 저녁 침실로 들어선 나는 자궁에 불이 붙는 것 같은 느낌이 일어나면서 너무도 고통스러워 몸이 반으로 접혀 버렸지. 당황한 난 전화기를 더듬거리며 집어 들었어.

"응급실로 갔으면 싶네요."

의사가 차분하게 일러 주며 불길한 얘기를 전했지.

"자궁 외 임신이 아니어야 할 텐데⋯⋯."

가장 친한 친구인 미리엄에게 전화를 걸었어. 그리곤 흥분한 상태로 울면서 병원으로 와 주었으면 좋겠다고 말했어. 그녀는 나를 데리러 오고 싶어 했지만, 내가 병원에서 만나는 게 더 빠를 것 같다고 얘기해 줬지. 내 판단이 옳긴 했지만, 혼자서 택시를 타고 병원으로 가는 것만큼 외로운 일도 없었어.

미리엄과 난 동갑이면서 생일이 겨우 나흘 밖에 차이가 나지 않아서 우린 구별이 가능한 쌍둥이라고 농담을 하곤 했었지. 하나는 키가 큰 흑인이고, 하나는 키가 작은 백인이었으니까. 그녀는 《필라델피아 인콰이어러Philadelphia Inquirer》 신문의 뉴욕 지국장이었지만, 우린 《클리블랜드 플레인 딜러》 신문사에 인턴으로 들어가 신참 기자 시절을 함께 보낸, 20년 가까이 절친하게 지낸 친구 사이였어. 우린 서로의 비밀을 거의 다 알고 있었고, 남자 친구 때문에 속상한 일과 직장 때문에 화가 머리끝까지 뻗친 일과 먹방 드라마를 통해 서로의 속마음을 간파해 내는 절친이었지. 클리블랜드의 동료였기도 해서 찰스는 그녀를 '고향 친구'라고 불렀는데, 우린 나중에 너의 대모代母로 청할 생각이었어. 난 그녀가 아주 가까이 살고 있는 게 너무 좋았지. 네 아빠가 너무 떨어져 있을 때는 특히나. 하지만 이렇게나 빨리 그녀를 필요로 할 줄은 예상하지 못했지.

그날 밤 여전히 울음을 그치지 못한 채 병원 베개에서 머리를 들었는데, 날 내려다보며 우두커니 서 있는 미리엄의 두려움에 싸인 얼굴을 보는 순간 난 더 심하게 흐느끼기 시작했어. 그녀는 날 안아 주며 의사들이 무슨 말을 했는지 물었어. 탈수 증세가 심해서 수액을 맞긴 했지만, 초음파 검사를 해 보기 전까지는 아무것도 알 수 없다고 설명했지.

"아기를 잃으면 안 돼. 그럴 순 없어."

"다나, 그런 생각하지 마. 모든 게 잘 될 거야."

의사 하나가 바퀴가 달린 기계 장치를 끌어왔고, 화면에 이미지가 나타났을 때 절로 숨이 가라앉더라. 태아가 잘못 착상된 건 분명히 아니라는 것과 태아의 심장 박동도 정상이란 얘기를 의사가 해 주었지. 통증이 왜 일어났는지를 설명할 수는 없지만 아마도 탈수 증세가 원인일지도 모른다는 의사의 말에 미리엄과 난 서로를 안으며 길게 한숨을 내쉬었어.

집에 돌아왔을 땐 1시가 넘었는데, 자동 응답기엔 찰스한테서 온 여러 통의 메시지가 담겨 있었어. 난 아침에 전화를 걸어 거짓말을 할 게 뻔했지. 잠을 좀 자려고 일부러 벨 소리를 꺼 놨다고. 얼마나 무서웠는지도, 얼마나 외로웠는지도, 절대 말하지 않을 거란 걸 난 잘 알고 있었어. 그 사람의 어깨가 아무리 넓다 해도, 그의 어깨엔 이미 백여 명의 남자들이 매달려 있었으니까. 거기에 나까지 더 얹어 놓을 순 없었지.

얼마 지나지 않아 난 또 다른 비밀을, 더 곤란한 비밀들을 숨겨야 할지도 몰랐어. 태아의 기형을 확인하는 검사를 받아야 했으니까.

난 늘 여성에겐 임신을 끝낼지 말지를 결정할 권리가 주어져 있다고 믿어 왔지만 스스로 낙태를 선택할 생각은 추호도 없었어. 내 목숨이 달려 있다 해도 말이야. 내 신념은 신앙을 근거로 하고 있었는데, 인습적인 사고방식과는 달랐지. 내가 경배하는 신은 나의 별난 성격과 실패를 이해했고, 나로 하여금 인간이 되기를 허락했던 거야. 완벽한 존재는 아닐지라도 도덕적인 삶을 살아가려 애쓴다는 것만은 알아주었던 것 같아. 그래서 난 알 수 있었을 테지. 아직 태어나지 않은 아기에 대한 헌신이 내 신념의 일부라는 것, 그리고 남자아이든 여자아이든 검사를 통해 불완전한 상태라는 판정이 나더라도 내 아기를 결코 포기할 수 없다는 것을.

"그런 일이 일어나지 않기를 바라야겠지만, 만약 장애를 가진 아이를 갖게 된다면 어떨지 생각해 봤어요?"

어느 날 내가 찰스에게 물었어.

네 아빠는 오래 생각할 필요가 없다는 듯 이내 말했어.

"내 기도엔 늘 건강한 아이가 있어요. 하지만 우리의 아이가 어떤 상황에 놓이든 난 그 아이를 사랑할 겁니다."

"그렇게 생각하니 기뻐요. 실은, 나이 든 산모의 경우 그런 위험성이 있다면서 의사들이 태아 산전 검사를 권유하는데, 제가 그걸 받고 싶지 않거든요. 당신 생각은 어때요?"

찰스는 내가 원하는 대로 하라고 말했어. 그 사람은 내 몸에 대한 결정은 온전히 나의 권리라는 믿음을 갖고 있었지.

그다음의 얘기는 네 아빠에게 하지 않았어.

임신 두 번째 3개월 차로 들어서고 얼마 지나지 않아, 의사는 유전 상담사의 의견을 들어 보고 임산부의 양수를 채취하여 태아의 질병 여부를 알아보는 양수 검사 일정을 잡으라고 권했지. 내가 거절을 하자 처음엔 당황해하다가 나중엔 짜증을 냈어. 그녀는 다시 생각해 보라고 여러 차례 강요하듯 권유를 하고는, 국부적인 혈액 검사를 통해 다운 증후군 정도만 알아낼 뿐 최종적인 진단은 제공하지 않는 오더를 내릴 수도 있다고 말했지. 더 이상은 그녀의 뜻을 거스르고 싶지 않아서 동의를 했어. 검사 결과는 정상으로 나왔고, 그 문제는 끝난 것 같았어. 그리고 다음 진료 때 그녀는 매우 통상적인 혈액 검사라고 생각되는 걸 실시했지. 그녀가 전화를 걸어 결과들을 알려 주었을 때 난 책상 앞에 앉아 일을 하고 있었어.

검사 결과 중 하나에 문제가 발견되었다고 하더군. '다운 증후군 고위험성'이라고 그녀의 말이 귓속으로 밀려들었어.

가슴이 철렁하고 내려앉더라.

"뭐라고요? 지금 무슨 얘길 하신 거예요?"

그녀의 말은 마지막 예약 진료 때 좀 더 정밀한 검사를 하도록 오더를 내렸는데 그 결과가 이전 검사 때와 다르게 나왔다는 거였어.

"지금 당장 유전 상담사를 만날 필요가 있습니다. 그리고 양수 검사를 빨리 받아보는 게 좋겠어요."

그녀가 한 말은 태아에게 치명적인 장애가 있을 경우 낙태를 할 수 있는 시간을 조금이라도 당길 수 있도록 서둘러야 한다는 걸 의미했지. 난 화가 치밀었어.

"카네디 씨, 인텔리 여성인 당신이 왜 유용한 모든 정보를 제공받으려 하지 않는지 이해할 수 없네요."

그렇게 말하곤 그녀가 덧붙였지.

"꼭 그래야만 할 필요가 있나 싶겠지만, 아기가 만약 다운 증후군 인자를 갖고 있다면 전문의들이 필요하고, 당신도 마음의 준비가 필요합니다."

나는 내 뜻을 정확히 전달할 수 있는 말들을 고르며 잠시 생각한 뒤에 입을 열었어.

"신이 제게 주신 것, 신이 제게 원한 것, 전 그걸 믿고 따를 겁니다. 그것이 꼭 완벽하게 건강한 것만을 뜻하진 않을 수도 있겠죠. 어떤 것이든 개의치 않고 저는 사랑할 겁니다."

그런 다음 나는 다시 말을 이었어.

"그리고 제 아이에게 만약 전문의들이 필요하다면, 그렇게 할 겁니다. 제가 원한 길이 아니었는데, 선생님께선 절 그 길에다 세워 놓으셨네요."

전화를 끊는 손길이 떨리더군. 그리고 난 새로운 의사를 찾기 시작했어. 일주일쯤 뒤 찰스에게서 전화가 왔을 때 그 얘길 했어. 의사들이 바뀌었다고. 네 아빠는 이유를 알고 싶어 했지. 난 건강 보험 때문이라고만 말했어.

내가 살아가면서 세워 놓은 원칙들 중의 하나는 언제든 사람의 눈을 보며 진실을 말하는 거였지. 하지만 네 아빠에게 사실을 말하지 않은 건 그렇게 하는 것이 사랑인 것 같다는 생각이 들었기 때문이야. 그 사람에게 훈련은 생존과 직결되는 것인데, 아내의 임신에 대한 걱정이 집중력을 잃게 할 수도 있다는 게 내가 염려한 거였어.

나중에 알게 되었지만, 찰스도 자신의 비밀들을 숨겨 놓고 있었지. 부대에서 있었던 일을 슬쩍 흘리긴 했지만, 자세하게 말하는 건 거부했어. 처음엔 숨기다가 나중에야 털어놓은 게 있었는데, 무더운 이라크에서 안경을 쓰는 게 여러 모로 불편하다고 생각한 네 아빠가 시력을 교정하는 레이저 수술을 받은 거였지.

"왜 말하지 않았어요?"

그리곤 화를 내며 덧붙였어.

"말했으면 제가 돌보러 갔을 거 아니에요."

"다나, 날 돌보겠다고 임신한 몸으로 비행기를 타게 할 순 없잖아요. 그때도 지금도 난 끄떡없어요."

내겐 그럴 권리가 없었지만, 속은 상했어. 또 말하지 않은 게 뭐가 있었을까?

여름이 저물고 가을로 접어들 무렵, 배는 완연히 불러 왔지만 입덧이나 피로감은 거의 없었어. 10월 하순쯤 찰스가 훈련 중에 잠깐 휴가를 얻었는데, 우릴 보러 오던 그 주에 나도 초음파 검사를 예약했지. 그때가 내 안에 들어 있는 너의 모습을 네 아빠가 처음으로 보게 될 날이었지.

아파트로 걸어 들어와 자기 앞에 서 있는 나를 보았을 때, 네 아빠는 마치 쓰다듬고 싶긴 하지만 만지면 부서질까 두려운 희귀한 꽃이라도 되는 듯 뚫어지게 바라만 보았어. 내가 웃음을 터뜨리며 그 사람의 두 손을 끌어 잡고는 내 배

위에다 올려놓았지. 그러자 네 아빠는 무릎을 꿇더니 배꼽 바로 아래쪽에다 입을 맞추곤 머리를 가만히 얹었어.

"정말 아름답군요, 산모님."

고개를 들어 나를 올려다보며 네 아빠가 그렇게 말했지.

함께 초음파 사진을 보고 있는데 마술에 걸린 것 같았어. 그때까지 난 진료를 하러 의사를 찾아갈 때마다 늘 혼자였거든. 임산부와 함께 온 남자들을 볼 때마다 일어나는 슬픔을 꾹꾹 눌러 앉히느라 무던히도 애를 썼었지. 마침내 내 곁에도 내 남자가 있었어.

초음파 기사가 우리를 검사실로 불렀지. 내가 테이블 위로 몸을 일으킨 뒤 셔츠를 걷자 그녀가 내 배 위에다 차가운 젤을 문질렀어. 그녀는 찰스를 위해 내 곁에다 의자를 끌어다 놓고는 막대 모양의 진단기로 내 복부 전체를 훑기 시작했지. 그러자 화면에 머리와 척추, 조그만 손가락들이 나타났어. 찰스가 숨을 몰아쉬더니 일어나 내게로 몸을 기울였지. 그리곤 사랑이 가득 담긴 눈으로 내게 키스를 했어. 기사가 조그만 심장과 두 개의 작은 발을 가리켰을 때 네 아빠는 주춤거리며 뒤로 물러났지. 그녀가 다시 막대 모양의 검진기를 움직이자 이번엔 그 조그만 생명이 양수를 마시고 한 손을 들어 귀 가까이로 들어 올리는 공연을 시작했어.

배 속의 아기가 남자아이인지 여자아이인지도 궁금했었

는데, 네 아빠가 이라크로 떠나기 전에 확인할 수 있었지. 서로 말한 적은 없지만 네가 아들이란 걸 알고 난 뒤에야 둘 다 아들을 바라고 있었다는 걸 알았지.

난 늘 내게 아들이 있었으면 했어. 넌 기적의 아이야. 더 이상의 아이를 갖기엔 너무 늦었다고 생각했었으니까. 그런데 네 엄마가 내 생각을 바꾸어 버렸지. 그리고 내 바람이 불가능하지 않았다는 걸 알게 해 줬어.

우린 우리에게 찾아온 행운에 사로잡힌 채 화면에서 눈을 떼지 못했지.

그러다가 초음파 기사가 "어, 오." 하고 말했어.

"뭐가 잘못됐나요?" 하고 내가 물었지.

그녀와 찰스가 동시에 웃음을 터뜨렸어.

"전혀요. 사내애가 확실하군요."

"무슨 뜻이에요?"

"저 친구가 자기가 남자란 사실을 발견했어." 하고 찰스가 말했지.

"뭐라고요!"

넌 화면을 더 잘 볼 수 있도록 몸을 좀 더 일으켰어.

"정말이에요?"

두 사람이 다시 나를 보며 웃기 시작했지.

"어머, 저 친구가 자신의 몸을 확인하고 있어요."

기사가 그렇게 말했어.

"음, 저건 사진으로 찍지 말아 주세요." 하고 내가 말했지.

그 소중한 주에 우린 가능한 모든 것을 준비했어. 아기 침대를 보러 다닐 땐 시간 가는 줄을 몰랐지. 난 매끈한 라인의 검은색 원목에 메모리폼 매트리스를 추가하기로 정했어.

"메모리폼?"

찰스가 이마에 주름을 잡으며 물었지.

"아기한테 메모리폼 매트리스까지 필요할까요?"

난 금방 풀이 죽어 버렸어. 그건 아기한테 기저귀가 왜 필요한지를 묻는 거랑 다를 바가 없었지.

"찰스, 아기는 머리도 조그맣고 등도 조그마할 텐데 탱탱하게 받쳐 주는 게 좋죠."

네 아빠 생각은 좀 달랐어.

"이걸 사려면 일을 하나 더 해야 할지도 모르겠네요. 하지만 뭐, 당신이 이걸 원한다면, 그렇게 해요." 하고 말한 걸 보면 말이야.

난 아기 침대 옆에 부착할 수 있도록 된 CD플레이어에 짐짓 관심을 돌렸지.

"와, 자장가 들려줄 때 이게 필요하겠다."

네 아빠가 반대하기 전에 얼른 말했지.

물휴지를 따뜻하게 해 주는 기구를 봤을 땐 다시 보러 와야겠다고 속으로만 생각해 두었어.

카시트를 마련하고 식탁을 바꾸는 건 너무 이른 감이 있었지만, 어쨌든 우린 단행했지. 가능한 한 네 아빠가 있을 때 더 많은 걸 마련해 두어야겠다 싶어서 말이야. 무엇보다 '기적의 아이'를 위한 쇼핑을 기억 속에 꼭꼭 간직할 수 있도록. 그리고 보니, 그 한 주 동안 찰스는 마치 나에 대한 모든 것을 기억에 담아 두려 하는 것처럼 보였어. 네 아빠는 내가 불룩한 배를 안고서 걷는 모습을 유심히 지켜보고, 요리하러 부엌으로 갈 땐 졸졸 따라오기도 했지. 심지어 화장할 때는 욕실 거울에 비친 내 모습을 들여다보기도 했어.

그 주의 어느 날 밤, 그 사람의 팔에 안긴 채 누워 있었는데, 배가 가볍게 꿈틀거리는 게 느껴져서 얼른 네 아빠의 손을 그러잡았지.

"여길 만져 봐요."

그 사람의 손을 배 위에다 올려놓으며 내가 말했어. 하지만 네 아빠는 움직임을 감지할 수가 없었지.

"조금만 있어 봐요."

그리곤 덧붙였어.

"곧 뭔가 느껴지는 게 있을 거예요."

난 네 아빠가 떠나기 전에 너의 작은 발차기를 꼭 느껴 볼 수 있기를 간절히 원했어.

휴가가 끝난 뒤, 네 아빠는 그러지 않아도 보호하려는 마음을 더더욱 갖게 되었는데, 당연히 고마운 마음이 들었지만 또한 당연히 내 인내심을 테스트하는 시간이기도 했지. 이라크로 떠나는 날이 가까워지자 우린 하루하루가 벼랑에 선 기분이었어.

"뭘 하고 계시나요, 임산부님?"

어느 날 저녁 네 아빠가 전화를 걸어서 묻더군.

"차를 마시고 있죠."

"그런데요, 컵은 낮은 곳에다 둬요. 머리 위로 손을 들어 올리지 않도록요."

"무슨 얘기예요?"

"우리 엄마가 그러셨는데, 임신했을 때 손을 머리 위로 뻗치게 되면 탯줄이 아기의 목을 감아 버려서 숨이 막힐 수도 있대요."

"찰스, 그건 옛날 사람들의 미신 같은 거예요."

"안 그래요. 우리 엄마가 간호사셨잖아요. 사실을 얘기한 거라고요."

네 아빠는 끝까지 생각을 굽히지 않았지.

"다시 말하는데요, 그건 사실이 아닙니다요. 더구나 어머니는 산부인과에서 간호사 일을 하신 적이 없었죠."

"우리 엄마 얘긴 안 했으면 좋겠네요."

네 아빠가 부루퉁하게 툭 던졌지.

"뭐라고요? 당신 어머니 얘길 하는 게 아니잖아요. 차 한 잔 마시는 게 아기를 죽게 만들지는 않는다, 그 얘기를 하고 있다고요. 아기한테 해가 되는 건 스트레스인데, 당신은 지금 저한테 엄청난 스트레스를 주고 있다는 거 알아요? 이제 이 얘긴 그만해요."

"나도 당신한테 할 얘기 없네요."

네 아빠는 그렇게 툭 쏘아붙였고, 우린 홧김에 누가 먼저랄 것 없이 전화를 끊어 버렸지.

다음 날 아침 전화를 받았을 때, 맨 먼저 들려온 건 찰스의 웃음소리였어. 나도 따라 웃을 수밖에 없었지.

"어제 우리한테 무슨 일 있었어요?" 하고 찰스가 물었어.

"산전 불안증, 뭐 그런 거겠죠."

"우리 아기는 틀림없이 '오, 하느님, 어찌 저에게 이런 부모를 주셨나이까.' 하고 생각하고 있을 거 같아요."

우린 아기용품을 고르며 몇 시간을 보내긴 했지만, 정

작 결혼식을 언제 할 것인지에 대해서는 차일피일 미루고 있었지.

"당신이 떠나기 전에 주말 유람선을 탈 수 있을 텐데, 거기서 결혼식을 할 수도 있을 것 같아요."

네 아빠는 아무 말도 하지 않았어. 나는 그 사람의 침묵을 통해 짐작했어. 전쟁에 임할 준비를 하고 있는 상황에서 유람선에 오른다는 게 네 아빠에겐 꽤나 부담이 될 거라는 걸. 결혼도 마찬가지일 거란 생각이 들었지. 나 자신에 대해서도 궁금하긴 했어. 그가 죽을 수도 있다는 두려움 때문에 결혼을 서두르고 있는 게 아닐까 싶은.

그런 생각을 애써 걷어 내며 내가 물었어.

"결혼하기 위해 당신이 올 때까지 기다려야 하는 거, 그러는 게 맞는 일일까요? 그러는 건 우리 일생을 몇 달 안에 욱여넣으려고 애쓰는 것 같아요."

기사도 정신이 투철했던 네 아빠는 내가 원하는 것이면 무엇이든 자신도 원한다고 말했지. 난 알고 있었어. 네 아빠는 절대 마음이 바뀌지 않았고, 그런 마음을 내가 알아주기를 그 사람이 원하고 있다는 걸 말이야. 그래서 내가 전화를 걸어서 그랬지. "우리 기다려요."라고. 네 아빠가 배속될 때까지 남은 시간은 겨우 6주 밖에 되질 않았고, 결혼식을 계획할 만큼의 시간도 에너지도 우리에겐 없었어. 그래서 우린 공식적인 가족이 되기 위한 도박을 감행했지.

바로 찰스와 관련된 일들을 정리하는 거였어. 믿음만으로는 부족한 무엇—그래서 도박이었던 거지.

우리 앞에 놓인 으스스한 업무를 진행하기엔 안성맞춤인 11월 초의 어느 차가운 잿빛 오후, 우린 식탁에 앉아 산더미처럼 쌓인 서류들을 들춰 보고 있었어. 네 아빠는 매달 자신의 계좌에서 돈이 인출될 수 있도록 수표 뭉치에 서명을 했지. 또 군에서 지급되는 국가 보조금의 경우는 아빠를 대신해 내가 서명을 할 수 있도록 변호사로부터 공증도 받아 놓았지. 그리고 전투 수당이 언제 지급되는지, 자신이 떠나 있는 동안 뉴욕의 더 큰 아파트를 구입하는 데 필요한 자금과 전처에게서 낳은 딸 크리스티나의 대학 교육을 위해 저금하게 될 금액이 얼마인지도 내게 정확히 말해 줬어.

"거기 가서 내가 쓰는 건 얼마 되지 않을 테니, 꽤 많은 돈을 모을 수가 있을 거요."

네 아빠는 자랑스럽게 말하곤, 내게 서류 하나를 건네주며 당부하듯 말했어.

"이걸 안전한 곳에다 둬요. 당신이 필요할 때를 대비해서."

고개를 숙여 서류를 보는데 거기에 내 이름이 적혀 있더군. 생명 보험의 수령인을 명시해 놓은 양식의 복사본이었어.

애기를 그만 끝내고 싶었지만 아직 남은 게 적지가 않았지.

"찰스."

왠지 목소리가 갈라져 나왔어.

"만약, 아, 생각하고 싶지 않은데, 그런데 만약, 당신이 거기서 좋지 않은 일이 생기면, 장례를 지냈으면 싶은 곳이 있어요?"

그 사람의 표정에 난처함이 가득했어. 하지만 나는 다시 물었어. 네 아빠의 고향과 워싱턴 D.C. 교외에 있는 알링턴 국립묘지 중에 어떤 곳이 좋은지.

"알링턴이 좋을 것 같아요. 사람들이 날 찾아오기가 편할 테니까요."

그 애기를 들으니 목이 꽉 메더라. 난 자리에서 일어나 거실 창문 쪽으로 걸음을 옮겼어. 그리곤 고개를 돌려 네 아빠를 보았지.

"당신, 만약 잘못되면, 제가 뭘 해드릴까요?"

묻고 싶지 않았지만 내 입에서 그런 물음이 간신히 비어져 나왔어.

"전혀, 아무것도 없어요."

네 아빠는 단호하게 고개를 저으며 말했어.

"내게 만약 무슨 일이 일어난다면, 우리 아들을 잘 보살펴 주는 것, 그것뿐이오."

두 눈에 눈물이 가득 고였어.

"제가 혼자서 잘 키울 수 있을까, 걱정되나요?"

"전혀."

네 아빠의 목소리는 아주 단호했어.

"다나, 내 인생에서 누구보다 믿음을 주는 사람은 당신이요. 당신은 훌륭한 어머니가 될 거요."

"뭐 하나 물어봐도 되나요?"

내 말에 그 사람은 마치 내가 허락하지 않으면 숨조차 쉬어서는 안 되는 듯한 표정을 지었지. 그리곤 미소를 지으며 되물었어.

"임산부님, 제가 한 번이라도 당신의 인터뷰를 막은 적이 있었던가요?"

"전 인터뷰를 하는 게 아니에요. 정말이지 궁금한 게 있어서 그래요."

"그게 뭘까요?"

"전쟁에 나간 사람들은, 섹스를 어떻게 하죠?"

찰스는 내가 던지는 엉뚱한 질문들에 어지간히 익숙해져 있었지만, 이 질문만큼은 나에게조차 낯설었지. 아주 잠깐 멍한 표정을 짓고 있던 네 아빠는 내가 진지하다는 걸 알아채고는 사려 깊은 대답을 해 주려 애썼어.

"음, 당신이 그곳엘 가게 된다면 아마도 너무도 겁이 나서 섹스 같은 건 전혀 생각나지 않을 겁니다. 당신은 오직 살아남는 데만 신경을 쓸 테고, 당신이 처한 상황과 당신의 귀에 들려오는 소리들에만 온통 집중하게 될 테니까요. 그러다가 얼마큼 익숙해지면, 몇몇 병사들은 관계를 가지게 되지요. 실제로 그래요."

"누구랑요?" 하고 내가 물었어.

"그걸 왜 알고 싶은 겁니까?"

"전 그냥 당신이 이라크에서 섹스가 필요하다면, 제 말은 그러니까, 당신에게 닥치게 될 상황들을 헤쳐 나가는 데 섹스가 도움이 된다면 말이에요, 그러면 제가 허락을 하고 싶다는 거예요."

네 아빠가 나를 바라보는 게 마치 내가 산전 망상產前 妄想 같은 거라도 갖고 있다는 듯한 표정이었지. 임신부가 아이를 낳기 전에 스트레스로 인해 보통은 생각하기 힘든 상상에 사로잡히는 그런 증세 말이야.

"지금 제정신으로 하는 얘기요?"

"그럼요. 전 완전히 멀쩡해요. 제게 전쟁이란 건 대체 어떤 것일지 상상조차 할 수가 없어요. 그래서 그런 환경에서 당신이 어떻게 대처하는지를 모르겠어요. 만약 거기서 당신을 붙잡아 줄, 문제를 헤쳐 나가게 해 줄, 누군가를 찾게 된다면, 그렇게 하라고 말해 주고 싶은 거예요. 죄책감 같은 걸 가지지 말라고요. 전투가 벌어지는 곳에선 제가 당신을 잡아 줄 수가 없잖아요. 당신 스스로 지킬 수밖에요. 꼭 그렇게 해 줘요."

찰스는 여전히 어리둥절한 표정을 감추지 못했어.

그러고 얼마 있지 않아 내가 점심을 차리고 있을 때 네 아빠가 주방으로 오더니 나를 가만히 감싸 안고는 배에다 손바닥을 올렸지.

"당신은 내 아기를 가지고 있어요."

그리곤 덧붙였어.

"난 절대 그런 짓을 하지 않을 거요. 그건 당신을 모욕하는 일이니까요. 정말이지 당신은 못 말릴 여자예요."

전쟁에 대한 것, 죽음에 대한 것, 마지막 소원까지 모두 얘기를 나누었지만, 아직 하나가 남아 있었지. 네 아빠를 위해 준비한 선물—문구점을 지나다 내 눈을 사로잡았던 그것.

그건 바로 일기장이었어.

하지만 그냥 아무것도 쓰여 있지 않은 공책이 아니라, 모든 페이지의 맨 위쪽에 질문이 하나씩 붙어 있는, '아버지들을 위한' 일기장이었지. 내가 펼쳐 본 첫 장에는 "당신의 어린 시절에 대해 묘사한다면?"이라는 질문이 적혀 있었어. 어쩌면 이 일기장은 찰스에게 영감을 줄는지도 모른다는 생각이 들었어. 아직 만나지 못한 아들을 위해 어떤 생각들을 적어 놓을 수 있도록 말이야.

네 아빠는 말없이 침대 가에 앉아 페이지들을 넘겨 보았지. 거의 한 시간이나 지난 뒤, 난 그 사람이 거기 그대로 앉아 있는 걸 발견했는데, 뭔가를 쓰고 있었어. 밤중에까지 그러더니, 그다음 날에도 많은 시간을 그렇게 보냈지. 네 아빠는 일기장에 완전히 빠져 있었어. 그걸 화장실에도 가져가고, 먹을 때도 거기에다 뭔가를 쓰고, 침대에까지 가지고 왔으니까.

넌 여자를 어떻게 대하니? 조던, 네가 여기까지 읽었다면, 여자를 어떻게 대해야 하는지를 확실히 알고 있겠구나. 존중하는 마음으로 모든 여자를 대하도록 해. 데이트를 한다면, 그녀를 여왕처럼 대하렴. 아빠가 장담하는데, 더 이상 그녀와 데이트를 하지 못하게 되더라도 그녀에게 넌 영원히 잊히지 않는 인상을 심어 주게 될 거야.

여자에게 손찌검을 하는 남자는 진정한 남자가 아니라는 걸 명심해. 절대 여자를 때려선 안 돼. 항상 서로의 자리를 지키는 것도 잊지 마. 존중은 혼자서 하는 게 아니니까…… 여성은 특별한 존재야. 그들에게서 배울 수 있는 건 무엇이든 배우도록 해.

찰스의 파병이 무서운 속도로 가까이 다가왔을 때, 나는 그가 떠난다는 사실을 받아들이기 시작했지. 임신 5개월 때인 추수 감사절 무렵, 네 아빠는 뉴욕으로 마지막 휴가를 나왔고 나도 일주일 동안 일에서 떠났어. 낙관적으로 되려고 결심은 했지만 온전하게 낙관적으로 될 수만은 없었지. 네 아빠가 무시로 팔을 비틀거나 깜짝깜짝 놀라곤 했으니까. 접종해야 할 백신이 많아서 한꺼번에 맞다 보니까 쓰라려서 그런 거라고 설명을 듣고도 화가 풀리진 않았어. 아빠는 임신한 여성과 접촉할 가능성이 있는 사람에게는 접종하지 않도록 권장한다는 탄저균에 대한 백신만 제외하곤 모두 접종한 상태였지.

"그래도 맞아야 하는 거 아닌가요?"

내가 걱정이 되어 물었어.

"당신이나 우리 아기를 상하게 할 수 있는 건 절대 안

해요."

그날 저녁 내내 난 네 아빠가 탄저균 공격에서 살아남을 수 있을까, 그 걱정만 했었지. 내가 백신에 대해 꼬치꼬치 캐묻자, 네 아빠는 화제를 바꾸려고 했지. 이튿날 특별히 사고 싶은 게 있다는 말을 꺼내면서 드디어 내 관심을 흩트려 놓는 데 성공했어.

다음 날 오후, 네 아빠와 난 어린이용품만 파는 대형 슈퍼 입구에 우두커니 서 있었는데, 마치 나사NASA 본부에 들어섰다가 길을 잃은 기분이었어. 플로어마다 아기용품들로 가득했는데, 자궁에서 들리는 소리를 만들어 내는 테디 베어, 말하는 변기, 진동하며 튀어 오르기도 하는 의자—우리 엄마는 이런 것들 없이 어떻게 엄마 노릇을 했을까 의문이 들 지경이었지.

우리가 처음으로 들른 데는 찰스가 특별히 사고 싶어 한, 신생아용 옷을 파는 곳이었어. 네 아빠는 혹시라도 내가 일찍 조기 출산을 하게 될 경우, 자신이 고른 옷을 입히고 싶어 한 거였지. 물론, 예정일대로 네가 태어난다면, 네 아빠가 우리와 함께할 수 있겠지만 말이야. 찰스는 원래 정해진 것보다 2주일 일찍 휴가를 나오기로 되어 있었는데, 의사는 우리의 스케줄에 맞춰 출산 예정일보다 일주일 정도 이르게 분만을 유도하도록 도와줄 수 있다고 했거든.

찰스가 옷이 걸려 있는 진열대를 열심히 뒤지고 옷감을 만져 보면서 가장 부드러운 걸 고르는 모습을 보니 절로 웃음이 나더군. 고심 끝에 네 아빠는 재킷에 미식축구팀 엠블럼이 새겨져 있고 후드가 달린 푸른색 양털 추리닝 한 벌을 골랐어. 갓난아기한테는 너무 크지 않나 싶었지만, 그걸 들고 환하게 미소 짓는 모습을 보는 순간 평생 잊히지 않을 한 장면으로 내 머릿속에 각인되었지.

"나 혼자 골라서 당신 삐졌죠? 안 그래요?"

찰스가 웃음을 터뜨리며 말했어.

잘했다고, 네 아빠가 꼭 골랐으면 좋겠다고 생각했었다는 말을 해 주었지.

"우리 아들에게 어서 보여 주고 싶네요. 네가 병원에서 집으로 올 때 입히려고 네 아빠가 그걸 골랐다는 말도 해 주고요."

그리곤 덧붙였다.

"나중에 제 아들에게 물려줄지도 모르겠어요."

그때 보았던 네 아빠의 모습보다 더 행복한 남자를 난 본 적이 없어. 하지만 그때 뭔가가 쓱 떠올랐지. 그걸 감추지 못하고 불쑥 말해 버렸어. 크리스마스를 외롭게 위험 속에서 보내게 될 네 아빠를 생각하니 견딜 수 없다고. 하지만 아빠가 말했지. 이미 무엇보다 귀한 크리스마스 선물을 받왔다고 말이야.

내게 최고의 크리스마스 선물은 곧 내 아들이 태어날 거라는 사실을 알고 있다는 것이야. 내 말을 믿어도 돼. 난 내 딸도 사랑하지만, 아들을 가진다는 건 내 인생에 경이로움을 가져다주는 일이야. 이라크에 있는 동안, 네가 멋진 가족의 일원이 될 거라는 걸 생각하면 하늘에서 축복이 내려오는 느낌이 들어.

배는 무겁고 등은 아팠지만, 네 아빠가 전쟁에서 돌아올 때까지 함께 할 수 있는 마지막 휴가 음식은 내가 요리를 해야겠다고 결심했어.

내가 이라크로 떠나오기 전 네 엄마와 함께 보냈던 추수감사절은 늘 가장 즐거운 기억으로 남아 있을 거야. 네 엄마는 배 속에 널 갖고 있었는데, 몸이 무거우니 요리를 하지 말라고 했지만 고집을 꺾지 않았지. 정말 멋진 주였어. 우린 널 위해 쇼핑을 하고, 함께 지내고, 요긴한 휴식을 취하면서 사흘을 꼬박 썼지.

만찬은 훌륭했어. 네 엄마는 콘월 암탉 요리에 드레싱, 월귤 샐러드, 으깬 토마토에 깍지 콩을 얹어 내왔지. 우리가 함께 보낸 최고의 시간들 중 하나였어. 너무도 감사한 일이지.

추수 감사절 날, 침실에서 찰스의 곁을 지나가는데 문 득 생각이 들었지. 한 해 뒤의 오늘 우린 어떻게 지내고 있 을까.

"내년 추수 감사절 때는 더 많이 감사하겠구나, 그런 생 각이 드네요."

그리곤 덧붙였지.

"당신은 더 이상 떠나지 않아도 되고, 우리 꼬마 소년이 우리랑 여기 함께 있을 테니까요."

찰스는 아무 말도 하지 않는 채로 내게 커다란 액자 그 림을 하나 건네주었어. 그가 잘 그리던 천사의 그림이었지. 네 아빠는 한 해 전에 천사 시리즈를 그려서 암 생존자들을 위한 기금을 마련하는 곳에 기증을 했었더랬어. 내게 준 그 림에는 등에 너무도 아름다운 거대한 한 쌍의 날개를 단, 몸 의 윤곽이 또렷한 남자가 그려져 있었지. 그 남자는 고개를 숙인 채 기도를 올리고 있었는데, 신에게 그 자신을 명확히 드러내 보이는 듯했어.

"전 이거 안 받을래요."

내가 그림을 찰스에게로 밀치며 말했지.

"이거 도로 가져가요. 이건 당신을 그린 거잖아요. 당신을 천사로 그려 놓은 그림을 제게 주지 말아요. 당신이 집으로 오면 돼요."

찰스는 천사의 이미지로부터 위안을 얻길 바랐지만, 난 몸이 너무나 떨려 주저앉을 수밖에 없었어. 난 그 하루를, 보통의 부부들이 추수 감사절을 즐기듯 그렇게 지내려 무척이나 애를 썼지만, 그 천사가 내게서 나의 바람을 앗아가 버렸던 거야.

네 아빠는 말없이 그 그림을 옷장 안에 넣었어. 이라크로 떠나기 전 그 사람은 똑같은 그림을 네 할머니와 친한 친구 여럿에게 나눠 주었다는 걸 나중에 알게 되었지.

그림을 옷장에 넣은 뒤 네 아빠는 창가에 앉아 일기장에다 뭔가를 쓰다가 이따금 펜을 떼고는 깊이 생각에 잠겼다가 다시 쓰기를 계속했어. 재미난 건 일기장 맨 위쪽에 적혀 있던 원래의 질문을 네 아빠가 바꾼 뒤에 거기에 맞춰 써 나갔다는 거야. 가령, 이런 식으로.

"사막의 폭풍 작전 동안 당신이 겪는 가장 고통스러운 경험은?"

사막의 폭풍 작전이 진행되던 동안 난 젊은 하사관으로 사막의 폭풍 작전에 참여했었어. 나는 기갑 소대 중사로 사수였지. 우리 소대엔 멋진 탱크 지휘관이 있었는데, 이름이 SSG였어. 성은 서머올Summerall. 그는 스스로 목표를 세우는 일에 대해 늘 적절한 조언을 해 주는 사람이었지. 그가 입에 달고 사는 말은 남들이 하는 말에 괜히 걱정 같은 걸 하지 말라는 거였어. 네가 생각하는 게 옳으면 그렇게 해, 라고 말이야. 내 성격이 조용해서 어지간해서는 불만이 있어도 입 밖으로 드러내지 않았는데, 왠지 그는 잘 알고 있는 것 같았지.

어느 날 우리 소대에 경계 임무가 떨어졌는데, 그날 SSG 서머올이 소형 폭발물을 밟아 버렸어. 의무병들을 비롯해 의무진은 할 수 있는 치료를 다 했지만 그날 밤 그가 죽었다는 소식을 들었지. 하지만 우린 경계 임무를 계속해 나갔어. 같은 소대원들이 죽어 가는 데도 계속 임무를 수행해야 하는 건 여간 힘든 일이 아니야. 아, 서머올에게 신의 은총이⋯⋯.

찰스가 떠나기 전에 이런 얘기들을 읽지 않았던 건 다행스러운 일이었을 거야. 만약 읽었다면 네 아빠와 작별할 때 더 힘들었을 테니까.

종일 일기장을 끼고 있는 네 아빠에게 내가 말했어. 그걸 금방 다 채우려고 진을 빼지 말라고. 가지고 가면 될 텐데 말이야.

"그렇지 않아요."

네 아빠는 고개를 저으며 덧붙였지.

"떠나기 전에 이걸 끝내야 해요."

아침에 욕실로 들어갔는데, 네 아빠가 변기 위에 걸터앉아 그걸 쓰고 있는 거야. 샤워를 하던 중이었는데 말이야. 그래서 내가 한마디 했지.

"찰스, 정말 이렇게까지 해야만 하나요?"

그러자 네 아빠가 쓰기를 멈추고 생각하더니 말했어.

"그래요, 아무래도 가지고 가야겠어요."

그렇게 말하곤 비로소 일기장을 내려놓더니 다시 샤워를 하기 시작했지. 그때 난 알았어. 네 아빠는 이라크로 떠날 마음의 준비가 되어 있다는 걸.

네 아빠가 포트 후드로 돌아가기 전날 저녁 스테이크 하우스로 외식을 하러 갔는데, 난 메뉴 중에서 가장 큰 스테이크를 주문하라고 했어. 우리는 손을 그러잡고 방에 놓아둔 아기 침대가 얼마나 예쁜지에 대해 얘기를 주고받고 있었지. 찰스는 내게 겨울철 눈이나 얼음판에선 조심해서 걷고, 신문사에선 프로젝트도 너무 많이 맡지 말라고 신신당부를 했지. 그리곤 내가 출산을 할 땐 무슨 일이 있어도 집으로 올 거라고 약속했어. 난 네 아빠의 팔을 문지르며 "당신이 돌아올 때까지 잘 지낼게요." 하고 말했지. 태아 상태도 아주 좋고, 무엇보다 내 주변에 친구들이랑 동료들이 많이 있다는 걸 새삼 상기시켜 주었어.

저녁을 먹고 나왔을 땐 날이 많이 쌀쌀했지. 우리는 종종걸음을 치며 걷는 사람들에 아랑곳하지 않고 천천히 걸음을 옮겼어. 그날이 지나면 아주 오랫동안 떨어져 지내야 한다는 생각에 우린 가능한 한 천천히 날이 저물고, 밤도 천천히 지나가길 바랐지. 네가 태어나기 전에 할 수 있는 마지막 데이트를 기념해서 영화를 보기로 한 우리는 고등학교 시절에 홀딱 반해 버린 여자로부터 사랑을 얻어 내기 위해 고군분투하는 독신 남자가 주인공인 그렇고 그런 로맨틱 코미디를 끝까지 봤어. 여느 때 같았으면 평범하기 그지없는 대사에 짜증이 났을 테지만 환하게 웃는 찰스를 보는 게 좋았어. 영화를 보는 내내 난 네 아빠의 어깨에 머리를 기대었고, 간간이 우린 키스를 나누기도 했지.

어둠은 너무 빨리 새벽으로 바뀌었어. 이제 우린 마음의 긴장을 풀고 힘겹겠지만 다가올 아침을 기꺼이 맞이할 시간이란 걸 알았지. 찰스가 샤워하는 동안 난 편지를 써서 그의 가방에다 몰래 집어넣었어. 그런데 네 아빠가 짐을 싸다가

봉투를 발견해 버렸지. 그래서 난 비행기가 이라크로 떠나기 전까지는 열어 보지 말라고 부탁했어. 찰스를 공항으로 데려갈 자동차를 불렀었는데 막 도착했다는 전갈이 도어맨으로부터 왔을 때, 난 더 이상 버텨 내지 못했어.

찰스는 아파트 출입구 곁에 선 채로 몸을 떨며 흐느끼고 있던 내게로 다가와 불룩한 배에다 키스를 했어. 그 사람도 괴로운 듯 두 손바닥을 내 배 위에다 올려놓고는 나직이 한숨을 내쉬더군. 난 그의 얼굴을 내게로 끌어당겼어. 둘 다 가능한 한 오래, 그렇게 하나가 되어 있었지. 그리곤 네 아빠가 몸을 일으켜 내 눈물을 닦아 주고는 부드러운 목소리로 사랑한다고 말했어. 낮게 속삭이는 것밖에는 할 수 있는 게 더 이상 없다는 것을, 난 네 아빠의 표정에서 읽어 냈지. 그리고 네 아빠는 떠났어.

나는 더 이상 그 사람에게 내 울음소리를 듣게 하고 싶지 않아서 네 아빠가 엘리베이터에 완전히 탈 때까지, 그걸 확연히 알 수 있을 때까지 기다렸지. 그리곤 머리가 깨질 듯 아파 오고 눈뿌리가 뽑힐 것처럼 아파 올 때까지 울고 또 울었어. 침대로 돌아가 잠이 들 때까지 난 울음을 그치지 못했지.

몇 시간 뒤 찰스는 텍사스에서 전화를 했는데, 공항에서 기지로 차를 운전하는 중이었어. 난 그 사람의 집중력에 이미 변화가 일어나기 시작했다는 걸 직감했지. 네 아빠는 내가 자신의 그림을 보내는 것에 대해, 그리고 자신의 트럭을 보관할 곳에 대해 얘기를 했어. 그만 휴대폰을 끊고 약국으로 가서 안약을 사서 챙겨 둬야 할 필요가 있었고, 앞으로 며칠 동안 잠을 잘 곳도 문제였지. 네 아빠는 뉴욕으로 날아오기 전날 자신의 아파트에서 짐을 빼내 가구들을 모두 위탁 저장소에다 옮겨 놓았는데, 파병까지는 아직 일주일이 남은 상태였거든. 난 찾을 수 있는 한 가장 좋은 호텔에 체크인을 하고, 룸서비스도 받고 유료 영화도 보라고 얘기해 줬지. 하지만 네 아빠가 어떤 사람이니. 그냥 영내 부사관실에 조그만 침대가 하나 있으니 거기서 자면 된다는 거야.

"찰스, 이 나라에서 마지막 며칠을 사무실에서 잔다는 건 아닌 것 같네요. 당신은 존중받아도 될 만한 사람이에요. 호텔에 묵도록 해요. 숙박비는 제가 지급할게요."

"호텔까지는 필요가 없어요."

"그럼 샤워는 어디서 해요?"

"막사에서 하면 됩니다요."

"찰스, 제발. 왜 그래요?"

네 아빠가 머뭇거리며 잠자코 있다가 입을 열었어.

"호텔에서 돈을 쓰고 싶진 않아요. 우리 아기를 위해 저축해 두자고요."

한 주 내내 밤마다 네 아빠는 부사관 실에서 전화를 했고, 그때마다 난 호텔에 가서 자라고 애원을 했지. 네 아빠 중대에 케니 모리스라는 병사가 있었는데 그의 아내인 도나가 자기네 집에 방이 하나 비어 있다고 네 아빠한테 거기서 지내라고 했었나 봐. 하지만 네 아빠가 거절했지. 도나가 들려준 얘기에 의하면, 아마도 네 아빠가 그들 가족의 사적인 마지막 며칠을 방해하고 싶지 않았던 것 같았어.

그 주가 끝나갈 무렵, 난 침대의 안락함을 포기한 게 단지 돈을 아끼려는 것만이 아니란 생각이 들었어. 그건 어쩌면 내가 알고 있던 남자에서 내가 미처 알지 못한 전사戰士로의 정신적인 변환 같은 게 아니었을까 싶어. 뉴욕의 아파트 현관을 걸어 나가는 순간, 그 사람은 더 이상 단지 내 남자도, 내 아이의 아버지도, 아니었던 거지. 그는 전쟁터로 향해 나아가는 한 사람의 군인이었던 거야.

떠나기 전날 밤, 찰스는 간이침대에 걸터앉아 내게 마지막으로 전화를 했어. 자기는 걱정하지 말라고, 내 몸과 마음을 잘 돌보라고, 말했지. 거기 가면 가능한 한 빨리 연락을 하겠다고도 했어. 난 당신이 자랑스럽다고, 더욱 강해질 거라고 말했지.

"찰스, 뭐 하나 물어봐도 돼요?"

"당연하죠, 임산부님. 뭔데요?"

"혹시 우리가 얘길 나누지 않은 게 있나요? 마음에 남겨 둔 말이 있어요?"

잠깐 생각에 잠겼다가 네 아빠가 말했어. 그런 건 없다고.

"그래요, 맞아요. 서로에게 얘기하지 않은 게 없다는 건, 참 감사한 일인 것 같아요. 그렇죠? 이런 게 축복이지 않을까요?"

"그래요. 축복이죠."

네 아빠의 단호하면서도 부드러운 목소리가 귓속으로 밀려들어 왔어.

"사랑해요, 찰스."

"나도 사랑해요, 다나."

네 아빠는 내가 쓴 편지를 기내용 가방에다 넣었다며 비행기에 타는 대로 읽어 볼 거라고 말했어. 그 편지가 앞으로의 긴 여행에 자신을 지탱해 줄 거라고도 했지. 내가 편지에다 쓴 어떤 말보다 자신을 지탱해 줄 거라는 네 아빠의 그 말이 너 소중했어.

내 사랑 찰스,

당신이 준 마음의 선물에 감사해요. 당신의 사랑을 받을 만한 자격이 제게 있는지 도무지 모르겠지만, 매일 신께 감사를 드려요.

저에게 당신을 보내 주신 그 자비로운 일에 대해서요.

내 용감한 남자, 내 아기의 아버지인 당신을 존경해요. 당신이 너무도 자랑스러워요.

임무를 완수하는 날, 부디 무사히 우리들 곁으로 돌아와 주세요. 당신의 아내로 남은 생을 보내고 싶어요. 그러고 싶어 참을 수가 없어요.

우리들 걱정은 말고요, 당신 자신을 지키는 데 집중해 줘요. 저도 저와 당신의 아들을 잘 지키고 있을게요.

제가 존재하는 한, 언제나 당신을 사랑해요.

다나

제2부

9

사랑하는 조던,

네가 세상에 태어나기 몇 달 전, 내게는 두 개의 심장이 뛰고 있었지. 그런데 나의 찰스가 전쟁터로 떠나는 순간부터 그중의 하나가 부서져 버렸어.

그 사람은 우리가 쓰던 침대에 자신의 향기를 남겨 놓았지. 그리고 내 머리맡에는 자신이 그린 천사가 인쇄된 카드를 놓아두었는데, 거기엔 이런 내용이 적혀 있었어.

햇볕과도 같은, 나의 다나에게

이미 알고는 있었지만, 작별 인사를 하는 건 참 어려운 일이었어요. 그래서 기도했어요. 다시 돌아올 수 있기를, 당신과 함께 조던을 키울 수 있게 되기를. 조던은 당신에게 큰 축복이 될 것이고, 그 아이가 만나는 모든 이들에게도 그럴 거요. 그리고 소중한 아이로 자라날 거란 걸 알아요. 그 조그맣고 어린 기적을 우리에게 주신 신께 감사를 드립니다.

내가 이 쪽지를 남기는 건, 그래야 당신의 편지를 아무 때나 꺼내 읽을 수 있을 것 같아서였어요. 당신이 내게 가르쳐 준 모든 것에 감사합니다. 우리가 함께 한 모든 시간들에도 감사합니다. 나의 가장 친한 벗이 되어 주어서, 늘 정직하고 사랑하고 보살펴 주는 친구가 되어 주어서 고마워요. 무엇보다 우리의 아들 조던의 엄마가 되어 준 것에 감사를 드립니다.

내가 곤궁에 처했을 때 카운슬러가 되어 주고 내 곁에 있어 주어서 고마워요. 내게 손을 내밀어 준 당신, 있는 그대로의 나를 사랑해 준 당신, 그 모든 걸 내게 보여 준 당신께 감사를 드립니다.

당신에게 아픔을 준 것에 대해 용서를 구합니다. 당신을 많이 사랑합니다. 당신이 그리울 겁니다. 당신과 조던을 많이 생각하게 될 겁니다.

당신을 사랑하는, 찰스

네 아빠의 말들이 위로가 되고, 내 안에서 자라고 있는 너의 몸무게와 이따금 내 옆구리를 발로 찌르는 느낌들이 주는 즐거움에도 불구하고, 걱정이 완전히 떨쳐 버려지진 않았어.

그 사람이 없는 첫 일주일이 가장 힘겨웠지. 내겐 찰스에게 연락할 수 있는 전화번호가 없었고, 그 사람은 아주 가끔씩 이메일을 확인할 수 있었을 뿐이니까. 일부러라도 난 일에 빠져들어 갔어. 그리고 네 아빠가 2005년 12월 초까지는 국경 너머로 들어가지 않고 쿠웨이트에서 훈련만 하고 있다는 사실이 그나마 위안이 되었지. 아무래도 덜 위험한 지역이었을 테니까 말이야. 하지만 어둠이 내린 뒤에 전화벨이 울릴 때면 가슴이 철렁 내려앉곤 했어. 찰스에게 말했었거든. 뭔가 안 좋은 일이 생기면, 직장이나 휴대폰으로 하지 말고 꼭 집으로 전화를 걸라고. 그렇게 말했을 때 네 아빠는 내 뺨에다 키스하고는 말했었지. 최악의 상황이 발생하면, 전화가 아니라 군의 명을 받은 사람들이 직접 방문을 할 거라고. 그리곤 안 좋은 소식들이 생기면 자신의 가족들 집으로 전화를 해 달라고 부탁했었지.

네 아빠 없이 몇 주가 지나가는 동안 마음 편히 있는 게 점점 더 힘들어졌어. 보도국 곳곳에 놓인 텔레비전은 항상 뉴스 채널에 맞춰져 있었는데, 내가 전국적인 뉴스의 속보를 담당하고 있던 탓에 그 텔레비전들 중 하나는 내 책상 앞에 정면으로 놓여 있었지. 종종 '뉴스 속보'라는 커다란 배너가 화면에 떠오르면 고개가 절로 돌아가곤 했어. 애틀랜타에서 일어났던 법정 총기 난동 사건이나 포트 로더데일 기지에서 발생한 스쿨버스 사고 같은 건 내가 취재해서 보도해야 할 사건들이었으니까 고개가 돌아갈 수밖에 없었지. 어쩌면 훨씬 더 사적인 이유 때문이었을지도 몰라. 이라크에서 미군 사상자가 증가하고 있다는 것 같은.

"그런 거 보지 마."

책상 뒤편에서 그런 소리가 들려올 때도 있었지. 때로 유난히 암울한 보도가 나오면, 내가 못 보도록 시야를 가리거나 텔레비전을 아예 꺼 버리는 경우도 있었고. 하지만 뭔가 자꾸만 떠올리게 만드는 것들은 그냥 흘려보내기가 너무 힘들었어. 건너편 자리의 편집자가 이라크에서 발생하는 미군 사상자들의 동향을 담당하고 있었는데, 군 본부에서 새로운 숫자가 발표될 때마다 그녀는 컴퓨터 너머로 고개를 빼 들고는 집계 담당자한테 "여기 사상자 추가요!" 하면서 큰 소리로 외치곤 했어. 그 소리에 움찔하는 사람은 나 빼고는 없는 것 같았어. 그녀에게 다른 방식으로 알릴 순 없겠냐고 말할 용기가 나질 않더군. 나를 찢어발기는 것 같던 그녀의 태도에 대해 뭐라고 얘기하는 순간 내가 무너져 버릴 것 같아 두려웠어.

내 신경을 다른 데로 돌려놓을 수 있었던 건 뭔가 도전적인 뉴스거리뿐이었지. 그래서 난 겨우내 열 시간이나 그런 걸 찾는 일에 매달렸고, 그때쯤 배는 더 불러 와서 매일 아침 출근 때 지하철을 타면 자리를 양보하는 사람들이 더 많아졌어. 출산 예정일은 3월 25일이었는데, 1월 중순쯤이 되자 언제쯤 아기를 낳느냐고 묻는 동료들이 부쩍 늘어났지.

"오늘도야?"

아침에 출근하면 누군가 나무라듯 그렇게 묻기도 했어. 어떤 편집자는 내가 며칠에 출산하는지를 두고 내기를 시작했는데, 어느새 200달러까지 올라 있었지. 동료 기자 하나는 자신이 고른 날에 아기를 낳아 주면 당첨금의 일부를 나눠 주겠다는 제안까지 했었지. 제일 먼 날짜를 고른 여기자한테는 내가 그랬지.

"네가 내기에 졌으면 좋겠어. 부디 하루라도 빨리 낳고 싶어."

전국 각지에서 날아온 친구들은 날 룸이 딸린 맛집으로 데려가서는 '베이비 샤워'출산을 앞둔 임신부에게 아기용 선물을 주는 파티'를 시켜 주기도 했어. 동료 기자들로부터 또 다른 '샤워'를 받았는데, 그땐 통유리 밖으로 타임 스퀘어가 훤히 내려다 보이는 간부의 커다란 리셉션실에서였지. 내 직속 상관은 네가 탈 유모차 기금을 모으기도 했어. 사상자 집계를 담당하던 편집자는 노란색과 푸른색 실로 뜬 스웨터를 선물해 줬는데 손수 뜨개질을 한 거였지. 주방에서 자잘한 방울 무늬가 들어간 쿠키를 굽고 있는 혈기왕성한 기자를 상상할 수 있겠니? 발행인은 나를 꼭 안아 주면서 "그대 인생의 가장 중차대한 임무를 위해서라도 마감 시간은 꼭 지켜 주게."라고 농담을 던졌지.

물론 언론인들답게 선물만이 아니라 송곳 같은 질문들로 '샤워'를 해 주었더랬지. 배가 지나치게 불룩한 건 아니냐? 하반신 마취는 할 계획이냐? 등등.

자궁 상태를 묻는 질문들에는 대답을 피했지만, 이렇게는 말했어.

"필요하면 의사들이 처방을 해 주겠죠."

찰스가 출산일에 맞춰서 귀국을 할 수 있는지를 물어 오는 사람도 있었어.

"그럴 거예요, 감사하게도요. 그 사람 없이 해낸다는 건 상상할 수가 없어요."

그리곤 덧붙였지.

"무엇보다 아이와 만난다는 건 집으로 돌아올 때까지 그 사람의 사기를 북돋워 주는 일이 되겠죠."

그 생각을 하고 있으면 기분이 달뜰 정도로 좋아져서 대부분의 날들을 견뎌 내게 해 주었어. 찰스에게서 전화가 오고 다음 전화가 올 때까지 한참을 기다려야 할 때도 말이야. 아기 침대가 배송되어 오던 날은 좀 아니었어. 배달을 온 사람들이 침대를 직접 조립했는데, 내 머릿속에 간직하고 있던 네 아빠가 침대를 조립하고 있는 모습을 지워야만 했으니까. 물론 내가 상상하던 그 일이 실제로 일어났다면, 우린 분명 스프링을 어디다 어떻게 부착해야 하는지를 놓고 말다툼을 벌였을 거야. 네 아빠는 나한테 도면을 내놓아 보라고 씩씩거리며 말했을 테고, 난 또 나대로 더 이상 아무 소리 않은 채 팔짱을 끼고 지켜보다가 네 아빠의 잘못이 적나라하게 드러나는 순간 그 보란 듯 속사포를 쏘아 댔을 테지.

　　그런데 그 말다툼조차도 너무나 하고 싶었던 거 있지.

　　배달원들이 아기 침대를 조립하는 동안, 난 찰스에게 보내는 편지를 쓰면서 마음을 달랬어. 그 편지에다 유쾌한 내 친구 치로가 '샤워' 때 선물로 준, 아무것도 걸치지 않은 내 불룩한 배를 찍은 사진을 넣었지. 편지는 자주 주고받았지만, 찰스와 내가 전화로 얘기를 나누는 건 몇 주에 한 번씩 뿐이었어. 네 아빠의 목소리가 몹시도 그리웠어. 네가 배 속에서 차거나 찌르는 빈도가 훨씬 잦아졌다는 얘기며, 그럴 때면 팔꿈치로 찌르는지 발로 차는지를 거의 구분할 수 있다는 얘기를 해 주고 싶어 미칠 것 같았지.

2월 초에 드디어 전화가 왔어. 책을 읽으며 누워 있었는데, 난 얼른 수화기를 배 위에다 올려놨지. 너랑 통화할 수 있도록 말이야.

"방금 발로 찼어요."

수화기에다 대고 내가 흥분하며 말했지.

"얘가 당신 목소리를 들을 수 있나 봐요."

자부심으로 가득한 찰스의 얼굴을 상상해 보려 애썼지만, 수화기로 들려오는 그 사람의 목소리엔 지친 기색만 역력할 뿐이었지.

"어떠신가요, 임산부님?"

난 다 괜찮다고, 당신 걱정뿐이라고 말했어. 네 아빠는 자기도 괜찮다면서, '확실히 돈벌이가 되는 일자리'라고 덧붙였지. 그리곤 으레 하던 "아무 걱정하지 말아요."라는 말이 들려왔어.

대화에 불안한 기운이 묻어나진 않았지만, 알 수 없는 뭔가가 날 불편하게 만들었어. 네 아빠는 어디에 주둔하고 있는지, 어떤 임무를 담당하고 있는지에 대해선 아무 말도 하지 않았지. 군이 우리의 통화를 모니터하고 있으니 나도 말을 조심해서 하라는 내용이 네 아빠 편지에 쓰여 있었지만, 화가 치미는 건 어쩔 수가 없었어. 아기가 태어나면 포경 수술을 해 줘야 하나를 두고 펼치는 갑론을박까지 듣고 있을 거란 생각을 하면 어이가 없었지.

나중에 네 아빠의 일기를 읽게 되었을 때, 난 이라크에서 그 사람이 정말 '잘 지내고' 있었던 걸까, 의문이 들었어. 하지만 자유롭게 통화를 할 수 있었다고 해도 크게 다르진 않았을 거야. 임신 막바지에 이른 내 상태가 걱정되어서라도 네 아빠는 걱정될 만한 얘기들은 절대로 하지 않았을 테니까. 그 사람은 자기 일만 빼고는 뭐든 말하고 싶어 하는 것 같았지.

"임산부님은 정말이지 아름다워요."

어느 토요일 저녁 통화에서 네 아빠가 불쑥 그렇게 말했어. 사진을 동봉한 편지를 본 뒤였지.

"당신의 불룩한 배를 사랑합니다."

그래서 내가 말했지.

"당신이 이 친구를 배에 넣고 돌아다녀 보면 얘기가 달라질걸!"

그리곤 덧붙였어.

"이 친구가 나타날 때까지 기다릴 수가 없어요. 전 이미 만날 준비가 되어 있는데 말이에요. 아기 침대가 제때 도착해 줘서 얼마나 다행인지 몰라요."

네 아빠는 아기 침대가 방에 어떻게 놓여 있는지를 물었어. 그래서 내가 설명을 했지. 밝은 청색 시트랑 퀼트 이불, 그 위에 매달려 흔들리고 있는 테디 베어 모빌까지. 친구가 6개월 치 기저귀를 선물해 준 거랑 유모차 두 대가 생겼다는 얘기도 해 줬지. 그리고 엄마 거랑 아빠 거랑 합쳐 놓은 것보다 네 옷이 더 많아졌다는 것도.

"당신이 이 많은 걸 모두 봐야 할 텐데."

그렇게 말하곤 덧붙였어.

"그러고 보니 생각났는데, 당신이 언제쯤 오게 되는지 늦지 않게 알아야 할 것 같아요. 그래야 거기에 맞춰서 유도 분만 날짜를 잡을 수가 있어서 말이에요."

"음, 지금으로선 알 수가 없어요, 임산부님."

찰스는 불확실하게 대답했지.

"그러지 말고 좀 확실히 해요. 아직 휴가 신청을 안 한 거예요?"

"그래요, 아직."

"대체 뭘 더 기다려요? 말 없는 사람 모드로 계속 갈 거예요?"

"아직은 모른다니까요, 임산부님."

"도대체 뭘 모른다는 거예요?"

네 아빠는 입을 다물어 버렸어.

"찰스?"

"무슨 얘길 하려는 거요?"

"얘기는 당신이 해야 하는 거 아닌가요?"

다시 찾아든 침묵이 한참을 이어졌지.

"집에 오지 않을 생각이군요, 그렇죠?"

참다못해 내가 물었어.

"임산부님, 부디 이해해 줘요. 이제 막 여기 친구들이 자리를 잡기 시작했어요. 그러니 아직은 내가 있어야 해요. 그 친구들한테는 내가 필요해요. 미안한 얘기인데, 휴가는 내가 제일 나중에 나갈 생각입니다."

네 아빠는 이미 결정을 내린 상태였지. 그러니 내가 아무리 말을 해도 바뀔 리가 없었지. 그럼에도 불구하고 난 간곡하게 청을 했어.

"그럼 누가 제 손을 잡아 줘요? 당신 없이 전 할 수가 없어요."

난 흐느끼기 시작했어. 네 아빠가 임무를 시작한 지 채 3개월이 되지 않았다는 걸 알고 있었지만, 군인보다는 아버지가 먼저라는 생각을 난 양보할 수가 없었어. 그리고 떠나면서 약속을 했었잖아. 반드시 내 곁에 있겠다고 말이야.

"다나, 당신이 선임 하사관의 임무를 이해하지 못해서 그래요. 난 중대 전체 병사들을 책임지고 있고, 그 친구들 대부분은 정말이지 어리다고 해야 할 정도로 젊어요. 전투에 나서는 것도 이제 막 적응하기 시작했고요. 만약 내가 떠나 있는 동안 그 친구들 중 하나라도 부상을 당하거나 사살을 당하게 된다면 난 나 자신을 용서할 수가 없어요."

마음의 상처가 분노로 바뀌었어. 난 수화기를 더욱 단단히 끌어 잡아야 했지. 두 손이 마구 떨렸으니까. 숨을 쉬는 것조차 힘이 들었어. 하지만 평정심을 찾아야 했어.

"당신이 거기 있든 없든, 그들은 언제나 다칠 수도 있고 죽을 수도 있어요. 제가 지금 당신한테 유람선을 타라고 하는 게 아니잖아요. 우린 당신의 가족이에요. 제 배 속에 있는 아기랑 저는, 당신의 가족이라고요. 우린 그 사람들보다 당신을 더 많이 필요로 해요. 우리 아들을 만나게 될 때 함께였으면 좋겠어요. 저 혼자는 싫어요. 우리 아기가 태어날 때 아빠, 엄마의 얼굴을 모두 보여 주고 싶어요. 제발 그렇게 해 줘요."

"미안해요, 다나. 난 갈 수가 없어요."

네 아빠는 낮지만 단호한 목소리로 덧붙였지.

"부디 내 마음을 이해해 줘요."

내가 이해하지 않을 거라고 말하자, 네 아빠는 한숨을 푹 내쉬더군. 가슴이 쓰리다는 게 그대로 느껴졌어.

난 절대로 용서하지 않을 거라고 말해 주고 싶었지. 이제껏 느꼈던 그 사람에 대한 사랑이 내게서 모조리 빠져나가 버리는 것 같다고 말하고 싶었어. 이제 우리 사이에 사랑 따위는 존재하지 않는다고, 다시는 목소리를 듣고 싶지 않다고 말해 버리고 싶었어. 지옥에나 떨어져 버리라고 말하고 싶었어.

하지만 그 말들이 네 아빠가 내게서 듣게 될 마지막 말이라면 어떻게 하지? 그런 생각이 스치며 지나갔어. 그런 위험한 짓은 할 수가 없었어. 난 그냥 피곤하다고, 잠을 좀 자 둬야겠다고만 말했지.

"그래요, 나중에 또 전화할게요."

그 사람은 힘 빠진 목소리를 남긴 채 전화를 끊었어.

난 네 아빠가 그려 준 그림 액자를 벽에다 집어 던져 버렸고, 유리가 박살이 나 버렸어. 그리곤 네 아빠의 사진들을 죄다 그러모아 서랍에다 처박아 버렸지. 울면서 이리저리 서성거렸어. 그러다가 무릎이 푹 꺾였고, 배를 끌어안은 채로 몸을 흔들며 다시 울음을 터뜨리기 시작했지. 네 아빠가 미웠어.

수시로 화장실을 들락거린 데다 네 아빠의 결정에 대한 불만이 겹친 탓에 그날 밤 난 휴식을 제대로 취하질 못했지. 새벽녘에야 겨우 잠이 들었던 난 네가 유난히 꿈틀거린다는 느낌이 들어 잠에서 깨어났는데, 일요일 오전이 꽤 지나 있더군.

"어떤 분 배가 몹시 고프시구먼."

난 배를 톡톡 두드리며 그렇게 말했지.

음악을 틀어 놓고는 딸기잼을 바른 토스트 몇 조각과 차를 한 잔 준비했어. 그리곤 미리엄에게 전화를 걸었지. 그녀는 임신으로 인해 감정의 기복이 심해지고 있던 나를 무던히도 견뎌 주었어. 지난번 응급실 신세를 지고 난 뒤, 그녀는 찰스가 제때 집으로 오지 못하면 자기가 나랑 분만 교실에도 같이 다니고 출산 땐 곁에서 지켜 주겠다는 약속도 했더랬어. 평정심이 남달랐던 그녀는 출산의 고통을 겪을 때 누구보다 필요한 존재였지. 그렇게 될 경우 그녀는 오히려 자기가 영광이라고, 아기가 태어나는 장면을 지켜본다고 생각하면 흥분이 된다고 얘기해 줬어.

한 주 사이에 미리엄 말고도 내가 무척이나 좋아한 두 명의 여성이 출산 때 나와 함께 있겠다고 선언을 했지. 네 외할머니는 출산 2주 전에 비행기를 타고 뉴욕으로 오셔서 내가 퇴원해서 집으로 돌아갈 때까지 계시기로 했고, 담대하기로는 이제껏 내가 만난 자유로운 영혼의 소유자들 가운데 둘째가라면 서러워할 내 작가 친구 카티도 함께 하길 원했지.

"저를 믿으세요. 어쨌든 여성이 남성보다는 출산에 더 많은 도움을 주잖아요."

유도 분만을 할 필요가 없을 것 같다는 내 말에 주치의가 그렇게 말하더군. 그녀는 내 어깨에 한 손을 올리고는 내가 출산을 할 때는 '여자들만' 있게 될 거라고 말했지. 결국 출산할 때 찰스가 함께하지 못할 거란 사실을 받아들였어. 일단 그렇게 생각하자 마음이 느긋해지면서, 네가 이 세상에 모습을 드러내는 순간부터 널 사랑하고 지켜 줄 세 명의 여자가 새 생명을 얻은 널 축복해 준다는 생각을 하니 마음이 따뜻해지더라.

하지만 미리엄과 내가 처음 분만 교실로 들어섰을 때 모든 사람들이 쳐다보는 것 같은 느낌이 들었을 땐 나 자신에 대한 연민 같은 게 주체할 수 없을 정도로 밀려들었어. 강사가 우리더러 가져가라고 한 인형 하나를 집어 들고 교실 뒤쪽으로 뒤뚱거리며 걸어가면서 난 나 자신에게 말했지. 사람들이 우리를 동성연애자라고 생각하더라도 개의치 않을 거라고 말이야. 그저 남자 없이 아이를 임신한 흑인 여자라고 생각하지 않기만 바랄 뿐이었지. 강사가 우리를 반갑게 맞아 준 뒤 난 철제 의자에 앉아 귀를 기울이고 있었는데, 문득 느껴지는 게 있었어. 분만 교실에 참석하는 것조차 귀찮아하는 못된 남자의 아이를 가졌다고 생각하는 사람이 아무도 없도록 분명히 해야겠다고 말이야. 그래서 자기소개를 할 차례가 왔을 때, 난 당당하게 말했어. 내 이름은 다나고,

아기 아빠가 이라크에 참전해 있는 탓에 내 친구 미리엄이 이 영광스러운 자리를 대신하고 있다고.

그러고 나자 졸지에 난 분만 교실의 스타가 되었지. 호흡 운동이 끝나고 바닥에서 일어날 땐 남편들 여러 명이 날 도와주겠다고 나섰고, 어떤 예비 엄마는 내 의지가 존경스럽다는 말을 해 주기도 했지. 하지만 안심이 되었다기보다는 바보가 된 느낌이었어. 몇 주만 지나면 다시는 보지 않을 사람들한테 괜히 내 속내를 드러내 보였다는 생각이 든 거지. 내가 나를 방어하려고 드는 동안, 그들은 자신의 배 속에 든 아이에 집중하고 있었을 테니까. 그래도 어쩔 수 없는 일이었어. 내 아이의 아버지가 존경받을 가치가 있는 사람이란 걸 그들이 알아주었으면 싶었어. 그 사람은 나를 버린 게 아니라, 자신이 지켜야 할 사람들을 지키고 있을 뿐이었지. 그들을 지키기 위해 자신의 아이가 태어나는 순간을 놓치게 될 뿐이었던 거야. 그 사람은 그들을 위해 자신의 생명을 걸었고, 난 그런 그 사람과 함께 어려움을 헤쳐 나가고 있었던 거였어.

그러는 동안, 찰스는 자신의 결정이 결코 가볍게 이루어진 게 아니란 걸 내게 이해시키려고 애를 쓰고 있었어. 네 아빠는 내가 임신하는 동안 대부분을 나와 함께 하지 못한다는 걸 알고 있었고, 또 네가 태어나고 한동안도 너와 함께

할 수 없다는 걸 알고 있었지. 그럼에도 불구하고 우리의 아기를 가지기로 결심했던 건, 나를 네 엄마로 만들지 않고선 이 땅을 떠나고 싶지 않았기 때문이었어. 그 사람은 그렇게 자신의 행복을 유예시킨 거야. 우리와 함께하지 못할 거란 사실을 알면서도, 우리가 가족이 될 수 있게 한 거지. 그걸 생각하는 순간 난 네 아빠를 사랑하지 않을 수 없었고, 용서하는 마음이 점점 더 커질 수밖에 없었어.

그해 밸런타인데이 때는 맹렬하게 눈보라가 불어 닥쳤지. 거실에서 음악을 들으며 설렁설렁 거닐고 있을 때 도어맨이 인터폰을 했었어. 장미에 백합에 데이지가 엄청나게 큰 화병에 수북이 꽂힌 채 배달되어 왔다고. 테디 베어가 화병을 껴안고 풍선들이 그 위에 떠 있었지.

카드를 열었어.

"행복한 밸런타인데이 되셔요, 임산부님."

그리고 그 아래에 이렇게 적혀 있었지.

"당신을 사랑하는, 찰스가."

깜짝 놀랐어. 난 어마어마한 꽃병을 들고 온 불쌍한 배달원에게 말했지. 약혼자가 이라크에서 꽃을 주문할 수 있을 정도라면, 지구상의 어떤 남자도 자신의 아내나 여자 친구에게 밸런타인데이를 빠트려 먹는 일은 일어날 수 없을 거라고 말이야. 난 정말, 찰스가 입버릇처럼 얘기했던 여왕이 된 기분이었어.

2월이 끝나 갈 즈음, 찰스는 거의 이틀에 한 번꼴로 전화를 걸었어. 그렇게 최선을 다하는 모습을 보여 주었지만, 우린 '군인 부인회'에 명단을 올려놓아야 했어. 진통이 심해져 분만에 들어가면 네 아빠에게 소식을 대신 전할 방법이 필요했으니까. 그 사람들이라면 어렵지 않게 네 아빠를 찾을 수 있으리라고 생각했지. 그들은 군인 남편들, 혹은 아내들이 집을 떠나 있는 동안 자녀들의 숙제를 봐 주거나 자동차 정비 같은 자잘한 업무들이 계속 돌아가도록 해 주는 거의 유일한 조직의 용감한 멤버들이었어. 한때 나는 그들의 일원이 되는 것에 저항감을 갖고 있었다는 게 부끄러웠어.

"귀요미 씨, 때가 되면 알려 줘요. 댁의 남편을 찾아드릴게요."

케네스 R. 모리스 중사의 아내인 도나 모리스가 안심을 시켜 주더군. 그녀의 남편은 찰스와 같은 부대원이자 친구였어. 계획은 이랬어. 내가 진통에 들어갔다는 걸 도나에게 알려 주면 그녀가 곧바로 찰스가 속한 중대원의 아내들에게 전화를 하고 이메일을 보내는 거지. 만약 그들 중에 누군가가 그날 남편과 통화를 하게 되면 "찰스 부사관을 찾아 달라."고 전하는 거야. 물론 긴급 이메일을 보내서 똑같은 지시 사항을 남편들에게 전하는 것 역시 부인회 사람들의 역할이고.

2월 27일 저녁, 그날 바로 그런 일이 벌어졌어.

그날 네 외할머니와 난 단어 맞추기 게임을 엄청나게 했는데 마지막 라운드를 끝냈을 때 내가 거의 100점이나 앞선 상태였지. 그 무렵 배에 가해지는 통증을 더 이상 무시할 수가 없겠다는 생각이 들었어.

"주치의한테 전화해 봐야겠어."

내가 그렇게 말했지만 네 외할머니는 태풍의 눈처럼 고요히 앉아 계셨지. 그런데 주치의가 병원으로 오라고 하기 전에 샤워도 하고 머리도 감고 화장도 해야겠다고 말하자 벼락을 맞은 듯한 표정을 지으셨어.

"이런 꼴로 우리 아기랑 첫 대면을 할 순 없잖아. 엄마의 첫인상을 제대로 심어 줘야지. 아기를 놀라게 하면 어떡해."

따뜻한 물줄기가 배에 닿자 진통이 수그러드는 것 같았지만 자두색 아이섀도랑 검정 마스카라를 막 칠할 즈음 다시 시작되었지. 난 세면대를 붙든 채로 욕실 거울을 응시했어. 누군가 내 복부를 젖은 수건인 줄 착각해서 마구 쥐어짜는 것 같았지. 토할 것 같은 느낌도 들었어. 그때쯤 외할머니의 얼굴은 공포에 질려 있었지. 연락을 받고 집에 도착한 미리엄이 내 등 뒤에서 계속 호흡을 하라고 일러 주었어.

"그 말 좀 그만해!"

그리곤 투덜거렸지.

"나도 해 봤는데, 소용이 없어. 빌어먹을 분만 교실에다 얘기해서 수강료를 돌려받아야겠어."

택시를 타고 병원으로 가는 데도 문제가 생겼어. 하필이면 맨해튼에서 가장 유명한 간선 도로인 브로드웨이도 제대로 찾지 못하는 운전기사가 모는 택시를 탄 거였지.

"지금 놀리는 거예요?"

길을 잘못 든 기사에게 내가 고함을 질렀을 때는 진통이 한창일 때였어. 외할머니는 운전기사의 억양을 듣고는 어느 나라에서 왔냐고 물었지.

"그게 뭐 중요해? 어디서 왔든, 중요한 건 어디로 가는지 제대로 알아야 한다는 거야."

미리엄은 나를 진정시켜 보려고 당나귀 울음소리를 닮은 '히이 힝hee hew' 호흡을 계속하라고 부드럽게 달랬어.

"그런 거 안 한다고 그랬잖아."

내 입에서 톡 쏘아붙이는 소리가 튀어나왔지.

어쩌면 찰스가 그 자리에 없었다는 게 다행이었을지도 몰라. 내 고약한 성질머리를 고스란히 받아 줘야 했을 테니까.

택시가 마침내 컬럼비아 장로교 병원에 닿았을 때, 다시

'착한 다나'로 돌아온 나는 운전기사에게 사과했어. 진통이 심해진 바람에 짜증을 부린 거라고.

하지만 그런 좋은 분위기는 이어지질 못했지. 손톱에 현란한 무늬가 그려진 접수계 직원은 사적인 통화를 끊지 않은 채 껌을 짝짝 씹어 댔고, 뭐가 좋은지 즐거운 표정의 레지던트는 서둘러야 하니 어서 분만실로 가라고 주문하기에 바빴으니까. 사실 난 통증을 참아 내는 데는 젬병이었어. 치과 치료를 받을 때도 마취제를 듬뿍 놔 주지 않으면 무슨 일이 벌어질지 모를 정도였으니까. 난 자연 분만을 당연한 것처럼 받아들이는 그런 유형의 여성을 고집해 본 적은 없었지. 자연 분만에 대해 이러쿵저러쿵하는 건 내 속마음을 갖고 줄다리기를 하는 것 같았어. 그래서 병원에 도착하자마자 난 하반신 마취제를 놔 달라고 호소하기 시작했지.

일단 내가 분만실에 자리를 잡자, 미리엄은 잠시 내 손을 놓았어. 분만 때 진통이 일어나는 동안 어떤 물체에 집중하면 마음을 가라앉히는 데 도움을 준다고 분만 교실 수업 때 배웠던, 그걸 제자리에 놓기 위해서였지. 그 물체를 '초점물focal point'이라고 불렀는데, 내 '초점물'은 날 보며 환하게 웃고 있는 조카딸 캐머런의 귀여운 학창 시절 사진이었어. 그 사진을 내 배 속을 꽉 조이고 있는 공이라고 생각하고 초점을 맞추는 거지.

사진 속의 캐머런에게 미소를 보냈을 때, 문득, 아기 낳는다는 게 비로소 실감이 났어. 하지만 그런 느낌은 오래가지 못했지. 난 다시 하반신 마취제를 구걸하기 시작했으니까.

외할머니가 내 등을 쓸어 주시는데, 그 마음을 읽을 수가 있더라. 외할머니는 급히 담배 한 대를 피우고 싶어 하셨어. 난 외할머니의 공로를 인정해 주어야 했는데, 받아들이지 않으시더군.

담당 간호사를 찾으러 간 미리엄이 돌아왔을 때 하반신 마취제의 천사가 주사와 튜브가 담긴 카트를 밀고 병실로 들어왔지. 그는 동의서를 넘겨 보고 있었지만, 난 빨리 약을 놔 주길 바랐어. 그가 들고 있던 동의서를 낚아채며 내가 말했지.

"좋아요. 저한테 마취제만 놔 준다면 다 용서할게요. 어디에 사인을 하는지 알려 주기만 해요."

난 내 이름 비슷하게 보이는 이름을 하나 휘갈겨 쓰고는 휙 던져 버렸어.

그리곤, 마침내, 하반신 마취가 진행됐지. 조이는 느낌, 누르는 느낌, 그리곤 진짜 즐거움이 밀려들었어. 정말이지 찰스조차도 그렇게 기분 좋게 해 주진 못했을 거야. 내 등이 말랐다고 의사가 말했을 때 내 입에서 웃음이 터져 나왔지.

내 인생에서 그때만큼 웃기는 얘기를 들어 본 적이 없었으니까. 미리엄과 네 외할머니가 돌아왔을 때 '착한 다나'가 다시 나타났지. 난 그녀를 힘껏 끌어안고는 함께 잠이 들었어.

하지만 얼마 지나지 않아 삐삐거리는 소리가 계속 들려 잠에서 깨어났어. 그 낙관적이던 담당 간호사가 무거운 표정으로 스크린을 응시하고 있었지. 그녀는 가운 주머니에서 휴대폰을 꺼내 버튼을 눌렀어. 그리고 나서 거의 금방, 하반신 마취제의 천사가 나타났고, 내 정맥에다 바늘을 꽂았지.

"뭔 일 있나요?" 하고 내가 물었어.

"태아의 심장 박동이 떨어졌어요."

간호사는 그렇게 말하고는 덧붙였지.

"조절 가능한 수치니까 걱정하지 마세요."

새벽 다섯 시에 내 팔을 톡톡 치는 게 느껴졌는데 주치의였어. 그녀는 네 심장이 불규칙하게 뛰고 있다고 설명한 뒤, 분만을 촉진하기 위해 피토신Pitocin이라는 약을 쓰겠다고 말했지. 하지만 진통은 멈춘 상태지만, 양수가 빠져나간 상태인데도 자궁이 겨우 4센티미터밖에 열리지 않았다고 하면서, 최종 선언을 하듯 말했지.

"제왕 절개 수술을 해야겠습니다."

그때 네 외할머니의 휴대폰이 울렸고, 병실을 나갔어.

"찰스가 이라크에서 전화했었어."

병실로 돌아온 외할머니가 그렇게 말씀하셨어.

"부인회 한 사람이 남편이랑 연락이 됐는데, 그 남편이 네가 병원에 있다는 걸 찰스한테 알렸다는구나."

"엄마, 근데 왜 안 바꿔 준 거야?"

난 하마터면 소리를 지를 뻔했지.

"의사분이랑 얘기 중이었잖니. 다시 전화한다고 했으니까 걱정하지 마."

의사와 간호사들이 수술 준비를 위해 병실로 들어왔고, 외할머니는 다시 병실에서 얼른 나가셨지. 의료팀이 침대를 밀며 막 병실을 나가려고 할 때 외할머니가 돌아오셨는데 담배 냄새가 확 풍겼어. 태어날 아기가 담배 냄새를 맡을 거란 생각이 들면서, 수술실에 한 사람만 들어올 수 있으니 나보고 선택하라고 했던 의사의 말이 떠올랐어. 갑자기 찰스가 너무 보고 싶은 거야. 환자 이송용 침대에 실려서 복도를 갈 때도, 카나리아색 노란 벽과 클래식 음악이 부드럽게 흘러나오는 수술실에서도 내 곁에 있는 사람이 찰스였으면 얼마나 좋을까, 그 생각만 나는 거야. 내 가슴 쪽에 드리워진 푸른색 커튼 뒤편에서 의사들이 내 배를 자르고 잡아당기고 하는 동안 내 곁에 앉아 있는 게 그 사람이었으면 얼마나 좋을까, 그 생각뿐이었어.

콧구멍이랑 연결된 튜브로 산소를 깊이 들이마시면서

여유를 찾으려 애쓰던 나는 문득 궁금했어. 지금 이 순간 찰스가 우리를 생각하고 있는지. 사막을 천천히 거닐고 있는 그 사람을 상상해 보았지.

마침 들려온 의사의 목소리와 내 몸 중앙부를 힘차게 잡아당기는 느낌이 연민에 빠지려는 나를 다른 데로 돌려 놓았지.

"산모님의 아기와 만날 준비가 되셨나요?"

의사가 그렇게 묻고는 덧붙였어.

"이름은 지어 놓으셨던가요?"

"조던이에요."

"반갑구나, 조던."

그녀가 그렇게 말하고는 밝은 목소리로 말했지.

"생일 축하해!"

네가 우리 가족을 완성하는 순간이었어.

난 아기 새가 지저귀는 것 같은 가녀린 울음소리를 들었어. 이제껏 내가 들어 본 가장 사랑스러운 소리였어. 그리곤 내 가슴에 드리워져 있던 푸른색 커튼이 걷히고 네가, 모래 빛깔의 갈색이랑 황금색이 섞인 풍성한 머리카락을 가진 작고 빨간 너의 얼굴이 나타났어. 너의 기다란 다리가 꼬물거리고, 자그마한 손가락들도 움직이고 있었지.

난 숨을 몰아쉬며 울음을 터뜨리기 시작했어. 외할머니

의 숨을 몰아쉬는 소리도 들렸지. 넌 정말이지 아름다웠어.

난 여전히 침대에 묶인 상태였지만 간신히 몸을 일으켜 네 보드라운 얼굴과 입술에 키스했어. 너의 그 달콤한 기적의 향기를, 들이마셨어.

네가 태어날 때 아빠는 너와 함께할 수 없었지만, 태어난 순간의 넌 강한 여성들에게 둘러싸여 있었지. 그 여성들 모두는, 여성에게 무례한 행동을 하거나 폭력을 행사하는 것 같은, 네가 절대로 해서는 안 되는 일들을 가르쳐 주는 상징적인 존재들이야. 네게 말하고, 걷고, 신사가 되는 것을 가르쳐 준 사람들이 누구였는지를 기억해. 그들이 너의 첫 번째 스승들이란다, 나의 어린 왕자님. 그들을 지켜드리고, 그들을 안아드리고, 그들을 항상 여왕처럼 대접해드리도록 해. 외형적인 아름다움을 가진 여성들은 많아. 하지만 더 큰 의미를 가진 것은 충직한 고결과 신뢰를 가진 여성, 너를 진정으로 돌봐 주는 여성이지. 귀를 기울여야 할 곳은 네 친구들의 말이 아니라 너의 가슴에서 울려 나오는 소리야. 그 소리에 따라 행동하고, 여성이 지닌 힘을 절대 외면하지 마.

간호사가 나를 휠체어에 태워 회복실로 갔을 때 미리엄과 카티가 기다리고 있었어. 네가 젖을 먹고 있는 동안 난 그 친구들에게 신이 나서 자랑했지. 네 아프가_{Apgar, 출산 직후} _{신생아의 건강 상태를 진단하는 테스트} 점수가 9.9라고.

"얼마나 잽싸게 달라붙는지 봤지? 적응하는 속도가 엄청나."

한 시간 뒤쯤 우린 개인 병실로 옮겨 갔어. 거기서 난 담요에 싸인 너를 꺼냈지. 너의 기다란 팔과 막대기처럼 가느다란 다리에 놀라긴 했지만, 날 충격에 빠트린 건 너의 그 놀라운 푸른색 눈동자였어. 이제껏 그런 눈을 본 적이 없었거든.

"어머, 이 파란색 눈 좀 봐. 당신은 어디서 오셨나요, 어린 왕자님?"

더할 나위 없이 빛나는 네 모습은 내가 상상한 것과 전혀 달랐어. 몇 달 동안 내 머릿속을 맴돌던 너의 모습은 검은 눈동자에 곱슬곱슬한 머리카락을 가진 사과잼 빛깔의 아기였으니까. 하지만 실제의 넌 피부는 완전 분홍색이었고, 머리카락에도 금발이 섞여 있었지. 아마도 네 피부는 할머니한테서 받았을 테고, 아빠의 삼촌이 푸른 눈동자를 가지셨던 것 같아. 그런 것들이 드물게 나타나는 열성 유전자의 특징이라는 했지만, 분명한 건 그런 것들이 너만의 그 천사 같은 모습을 만들어 냈다는 사실이지.

그런데 궁금한 게 있었어. 언젠가 진료받을 때 들었던,

네가 다운 증후군을 가지고 있을지도 모른다는 얘기가 생각난 거야. 그래서 난 너를 분만한 의사뿐만 아니라 두 명의 간호사랑 소아과 의사에게까지 물어봤지. 그분들은 하나같이 아니라고 하셨지.

"뭐 알고 싶은 게 있니, 조던? 엄마는 40년이나 살았지만, 지금 이 순간이 내 인생에서 최고의 날이야. 아빠가 널 보러 여기 와 주셨으면 좋겠어. 하지만 아빠도 널 사랑하고 있다는 걸 네가 알아줬으면 좋겠어."

난 너를 다시 담요로 감싸고 머리에도 조그만 모자를 씌웠지. 세균에 감염이 될까 봐 걱정되긴 했지만, 입맞춤을 멈출 수가 없었어. 그때 네 외할머니가 병실로 들어오셨는데, 손에 쥐고 있던 휴대폰을 내게 건네줬지.

"안녕하신가요, 부인."

네 아빠였어.

"축하드립니다요."

그런데 목소리가 너무 멀었어.

"아, 찰스. 귀한 아들, 제 눈엔 더없이 완벽한 아들이에요."

아빠는 네가 어떻게 생겼는지를 알고 싶어 했어. 그래서 난 키가 크고, 말랐고, 푸른 눈동자를 가졌다고 말해 줬지.

"눈이 파랗다고요? 정말?"

찰스가 놀라며 물었어. 그래서 내가 대답했지.

"여기서 직접 보고 있지 않았다면, 저도 믿지 못했을 거예요."

"와우! 당신도 알죠? 우리 삼촌 눈도 파란색이었다는 거요. 혹시 나중에 바뀌게 될까요? 조그만 비스킷이 갈색으로."

네 아빠가 말을 하는 동안 내 눈길은 너한테서 떠나지 못했지. 우리 조그만 비스킷.

"당신이 자랑스러워요, 부인."

내 애칭은 '임산부님'에서 '부인'으로 바뀌었단다.

"정말 큰일을 했어요. 기분이 어때요?"

"완전히 지쳤지만, 너무 흥분해서 잠을 잘 수가 없어요. 병원에서 얼마나 좋은 약을 줬는지 감각 기관이 모두 마비되어 버린 것 같아요."

의사가 너를 꺼냈을 때 탯줄이 팔을 감고 있었다는 얘기는 하지 않았어. 그랬다면 네 아빠는 분명히 몇 달 전 일을 꺼내면서 날 나무랐을 테니까. 찻잔을 머리 위로 들어 올리지 말라고 했던 그것.

그제야 난 네 아빠에게 사랑한다는 말을 했지. 네가 출산할 때 함께 할 수 없다는 문제를 두고 언쟁을 벌인 이후에 사랑을 전한 건 그게 처음이었어. 지난 일들이 빠르게 스쳐 갔지. 하지만 그때 내 눈에 보이는 건 가만가만 움직이는 너의 작은 발가락들, 하품할 때면 엄청나게 벌어지는 네 조그만 입뿐이었어. 꽃과 카드에 둘러싸인 조그만 신생아용 카트 안에서 잠든 너를 보고 있으면, 이제껏 맛본 적 없는 평화로움이 밀려들었지.

그리고 얼마 뒤 병원 사무장이 찾아왔어.

"카네디 씨, 친부 확인에 문제가 있네요."

그녀는 출입구를 통과해 들어온 뒤 그렇게 말했는데, 목소리에 뭔가 탐탁지 않은 기운이 묻어났어.

"아기가 태어나기 전에 아빠가 확인서에 서명하셨는데, 그러면 효력이 없거든요."

"그건 행정적인 문제잖아요. 친부 문제가 아니라요. 아빠 쪽에 문제가 있는 것처럼 들리는 말은 삼가 주시면 고맙겠네요."

한 달 전이었지. 병원을 미리 둘러보면서 알게 된 건데, 아빠가 출산에 참여하지 못할 경우 출생증명서에 아빠의 이름이 기록될 수 있으려면 친부 확인서에 아빠가 서명해야 한다는 거였어. 이라크로 보낸 서류에 아빠가 서명해서 다시 보낸 게 2주 전이었지.

"부모 두 분께서 서명한 날짜가 동일해야 합니다."

병원 사무장은 완강했어.

"이보세요, 아기 아빠는 군인입니다. 이라크에 파병된 상태라고요."

내가 설명을 했지. 하지만 그녀는 요지부동이었어. 어쨌든 잘못을 했으니, 출생증명서에 아기 부친의 이름이 비어 있는 거란 거야.

"지금 장난하는 겁니까?"

"결혼을 하셨다면 이런 문제는 발생하지 않았을 겁니다."

그녀의 대답은 그랬어. 그리곤 덧붙이더군.

"어쨌든 지금 제게 필요한 건, 산모의 결혼 증명서입니다."

"제 결혼 상태는 사무장님이 관여할 일이 아니죠. 사무장님은 지금 산모에 대한 배려는 고사하고 공격적으로 대하시는군요. 책임자한테 데려다주세요."

난 그때 분노에 휩싸여 있었어. 신 외에 그 누구에게도 우리가 택한 결정을 심판할 권리가 없었으니까.

얼마 지나지 않아 감독관이 내 병실에 들렀어. 그녀 역시 사무장의 태도에 대해선 사과하지 않았지만, 돕겠다고 약속은 했어.

"최악의 경우입니다만, 나중에 아기 아빠께서 돌아오시면 그때 부친의 성함을 추가하실 수도 있습니다."

지금 그 사람이 디즈니랜드에 있는 게 아니잖아요, 하고 소리를 지르고 싶은 심정이었지. 그 사람은 지금 전쟁에 나가 있고, 돌아오지 못할는지도 모른다고.

"전 수정된 출생증명서를 원치 않아요."

난 굽히지 않고 덧붙였어.

"우리 아들의 출생 증명에서 그 사람의 이름이 그대로 들어 있어야 해요. 분명히 말씀드리는데, 전 그 사람이 이라크에 있는 동안 이 문제를 전혀 알리고 싶지 않아요."

감독관은 내 집 전화번호를 달라고 한 뒤 내게 다시 연락하겠다고 했지만, 그런 일은 일어나지 않았어.

그다음에 닥친 위기는 그나마 울음을 터뜨리게 만들진 않았지. 차라리 웃음을 터뜨리고 싶게 만들었어.

병원에 입원한 지 사흘째 되는 날이었는데, 난 의자에 앉아서 널 돌보고 있었지. 갑자기 경보가 울리더니 간호사실 부근에서 사람들의 종종걸음 치는 소리가 들려왔어. 그리고 얼마쯤 뒤 사람들이 달려오는 소리가 점점 가까이 들리더니 간호사 하나와 경비원 둘이 내 병실로 뛰어 들어왔어.

"부인, 부인 아기 맞나요?"

간호사가 그렇게 물었지.

"네, 맞아요. 왜 그래요?"

당황한 나는 본능적으로 널 바짝 끌어안으며 되물었지.

"지금 아기한테서 경보가 울리고 있어요. 아기를 이리 줘 보세요."

"뭐라고요?"

간호사가 내 가슴에서 널 낚아채 가는 순간 난 네 발목에 채워진 전자 보안 장치로 눈길을 돌렸어. 경비원들이 번갈아 나를 힐끔거리더니 바닥으로 눈길을 깔더군. 뭔가 아직 미심쩍은 게 남은 것 같았어.

"무슨 일이에요?"

네 발찌에 적힌 사항들이 내 것이랑 일치하는지를 확인하던 간호사에게 내가 물었지.

그때 나는 배에서 액체 같은 게 흘러내리는 게 느껴졌는데, 그게 문제를 일으켰을지도 모른다는 생각이 들었어. 네게 젖을 먹일 때 한쪽 젖을 덮개로 가려 놓아야 하는데 그 생각을 못 했던 거야. 거기서 모유가 흘러나와 네 다리의 경보 장치에 오작동을 일으킨 거지. 간호사가 네 다리에 흘러내린 모유를 닦는 동안 난 가슴을 쓸어내렸어. 경비원들이 눈치 빠르게 얼른 고개를 돌리더군.

경보 장치를 교체하기 위해 간호사랑 내가 유아실로 가고 있었어. 그녀는 네가 탄 카트를 밀고, 난 수술 자리 때문에 느릿느릿 걷고 있었지. 그런데 커다란 웃음소리가 들리는 거야. 사고 보고서를 쓰러 가던 길에 그 경비원들이 참지 못하고 웃음을 터뜨린 거지.

"당신이 모유로 경보를 울렸다 이 말이죠?"

그날 전화를 걸어 온 찰스가 얘기를 듣고는 믿을 수가 없다는 듯 그렇게 말했어. 네 아빠가 얼마나 크게 웃는지, 그렇게 심하게 웃는 소리는 난생처음 들어 봤단다.

드디어 네 아빠가 집에 갈 때 입히라며 골랐던 청색 운동복을 입고 집으로 가는 날, 내 귀엔 여전히 그 사람의 웃음소리가 들렸어. 그 소리를 묵묵히 감상하면서 네 아빠를 떠올렸어. 그 사람이 있는 곳을. 그렇게 크게는 웃지 않을 그 사람의 모습을.

10

사랑하는 조던,

어떤 친구가 내게 말해 준 적이 있었지. 아이를 가진다
는 건 인간이 된다는 것이 무엇을 의미하는지에 대한 전혀
새로운 차원을 발견하는 일이라고. 그녀가 옳았어. 네가 태
어나고, 갑자기 다른 한 생명이 나 자신보다 내게 더 의미
있다는 사실을 발견하게 되었을 때 그걸 알았지.

카티가 차를 가지고 병원으로 와서 외할머니랑 너와 나
를 집까지 데려다주었는데, 그날 넌 처음으로 교통 체증이
란 걸 겪었지. 네가 잠들어 있는 카시트 너머로 보니 모든
자동차들이 너무 가까이 있는 것 같았어. 체증에서 간신히
빠져나와 집으로 돌아온 뒤, 이번엔 옷을 너무 덥게 입힌 건
지 춥게 입힌 건지 그게 걱정이 되는 거야. 그리곤 모유를

먹이고 목욕을 시켰는데, 네가 우는 거 있지. 네가 우니까 정신이 하나도 없는데, 뭘 잘못한 건지 도무지 모르겠더라고.

네 외할머니는 처음 얼마 동안은 잠을 잘 자지 못할 거라며 모든 걸 도와주셨고, 친구들은 내가 혼자가 아니라는 사실을 여실히 증명해 줬지. 하지만 내게 가장 필요한 한 사람, 네 아빠를 대신해 줄 수 있는 사람도, 그런 방법도, 없었어. 네 아빠와 난 힘겨운 날들을 함께 즐겁게 헤쳐 나갔을 거야. 네 아빠 유아 돌연사 증후군으로 혹시나 네가 잘못될까 봐 자는 너의 숨소리에 귀를 기울였을 테고, 필요 없을 것처럼 생각했던 유축기를 사러 달려 나갔을 테지. 유축기는 수술 부위 때문에 새벽 네 시에 일어나 젖을 먹이는 게 너무 힘들어서 모유를 미리 짜 두는 데 필요했어. 하지만 내가 간절히 원했던 건 그렇게 돌봐 주는 일만이 아니었다는 거 알지? 내가 본 걸 찰스도 봤으면 좋겠다는 생각이 간절했어. 잠을 자면서 네가 어떻게 미소를 짓는지 (난 절대 네가 방귀를 뀐 거라고 생각하진 않았어), 목욕을 시켜 주고 나면 냄새를 맡겠다고 네가 어떻게 코를 발름거리는지, 네가 엄마의 목에다 얼굴을 어떻게 갖다 붙이는지—그 모든 걸 말이야. 그 모든 순간들이 그 사람의 순간들이었어야 했어. 그건 너도 마찬가지였지. 너 또한 네 아빠와 함께하는 순간이었어야 했으니까.

첫 한 달 동안 네 아빠는 우리의 안부를 확인하기 위해 매주 한 번씩 전화를 했는데, 그럴 때마다 자신의 '비스킷'에 대한 모든 새로운 정보를 듣고 싶어 했지.

> 나의 조그만 비스킷,
>
> 오늘 네 엄마가 너의 사진들을 더 보내 줬어. 모두 잘 나왔더구나. 넌 이미 제법 뚜렷한 개성을 지닌 잘생긴 녀석이더 군. 사람들이 하도 키스 세례를 퍼부어서 네 볼이 남아나질 않을 것 같으니, 네 볼에다 입술이라도 맞춰 보려면 아무래도 내가 곧 집으로 가야 할 것 같아. 곧 만나러 갈게, 내 조 그만 비스킷.

찰스의 목소리에는 전에 없던 가벼움이 스며들고, 웃음 소리엔 뭔가 조화로운 기운이 새롭게 깃들어 있는 듯했어.

"잘 지내셨나요, 부인? 저를 그리워할 짬조차 없었을 것 같은 불길한 예감이 드네요."

"당연히 제가 그리운 건 당신이죠."

농담을 받아 주지 않고 내가 말을 이었지.

"조던을 볼 때마다 당신을 함께 봐요. 당신 아들은 너무

너무 잘 지내고 있으니, 진짜 걱정해야 할 사람은 바로 저라고요."

그러자 네 아빠가 걱정거리가 뭐냐고 묻더군.

"공원에 데려갔는데 이번에도 또 누가 저더러 조던의 유모냐고 그러는 거 있죠."

그리곤 덧붙였지.

"너무 멀쩡하게 생겨서 그런가, 조던을 백인이라고 생각하는 사람들도 있다고요. 그래서 그렇게 얘기한 부부 앞에서 보란 듯이 가슴을 열고 모유를 먹였답니다."

"그럼 조그만 비스킷한테 햇볕을 많이 쬐어 줘요. 갈색으로 잘 그을릴 테니까."

몇 주가 지나면서 우린 일상에 안착했어. 네 울음소리를 들으면 뭐가 필요한지도, 두 시간에 한 번씩 네가 깨어난다는 사실도, 알게 되었지. (그래서 언제 내가 샤워를 하고, 낮잠을 자고, 전화 통화를 하는 게 좋은지까지 모두 체크를 했단다.) 하지만 온전히 엄마 노릇을 하는 사람이 되진 못했어. 그래서 툭하면 소아과 의사한테 전화를 걸어 새내기 엄마가 되기 위해 필요한 질문들을 쏟아부었는데, 틀림없이 내가 제정신이 아니라고 생각했을 거야. 퇴원하면서 받아온 너의 육아 책자는 페이지마다 온갖 질문들로 가득 차 있었지.

"아기 머리가 큰 것 같지 않나요?"

"색맹이 아닌 게 확실한가요?"

"빨간 반점은 뭐죠?"

에델스타인 박사는 믿을 수 없을 정도의 참을성을 가진 분이셨는데, 또한 그날은 질문의 수가 한 자릿수로 줄어든 기념비적인 날이었지. 박사님도 내게 꽤 만족하셨으리라는 생각이 들어. 어쩌면 스마일 스티커를 주시고 싶지 않았을까 몰라.

네가 태어난 지 3개월이 되었을 때, 로스앤젤레스에 사는 두 이모 킴과 린넷에게 널 데려갔어. 네게 유아 세례를 받게 하려고 말이야. 킴은 레버렌드 하워드 돗슨Reverend Howard Dodson이라는 젊은 백인 목사가 이끄는 조그만 다문화 장로교회에 다니고 있었어. 돗슨 목사는 내가 존경하는 목사님이기도 했는데, 아직 세례를 집도한 적이 없어서 네가 그분의 첫 세례자였지.

어느 날 저녁 네 이모들과 난 이탈리아 레스토랑에서 식사를 하고 있었어. 네가 내는 이상한 소리에 대해 다들 한마디씩 했는데, 린넷 이모가 고개를 갸웃하며 물었어.

"숨 쉬는 게 좀 불편한 거 아니야?"

내가 보기에 넌 멀쩡한 것 같았어. 네 주치의 선생님께 전화하면 또 성가시게 구는 것 같아 망설이고 있는데, 린넷 이모가 '간호사의 전화dial-a-nurse' 서비스를 해 보라고 권했지. 내가 든 보험 회사에서 제공하는 서비스였거든. 자동차로 네 이모 집으로 가는 동안 내가 휴대폰으로 간호사에게 전화를 걸어 네 증세를 설명했지.

"뭔가 문제가 있긴 하네요."

그렇게 운을 떼고는 그녀가 덧붙였어.

"부인의 설명 그대로라면 호흡 곤란일는지도 모르겠습니다."

'곤란'이란 단어가 유난히 또렷하게 귓속으로 빨려 들어왔지. 곧바로 린넷과 난 고속 도로를 내달려 가장 가까운 응급실로 향했어. 우리가 동요하고 있는 걸 알아챘는지, 넌 울기 시작했지.

"고속 도로 순찰대에 전화해서 에스코트해 달라고 해야 할 거 같아."

내가 울부짖으며 말하자, 린넷 이모가 차선을 바꾸며 운전하는 대신 연신 상향등을 번쩍거리면서 말했어.

"고작 3킬로미터 남짓밖에 안 남았어!"

우린 응급실 출입문을 박차고 들어가 호흡 곤란에 빠진 아이가 있다고 소리를 질렀지. 그러자 초진 간호사가 너의 **활력 징후**vital sign, 사람이 살아 있음을 보여 주는 호흡·체온·심장 박동 등의 측정치를 확인했는데, 정상이었어. 의사는 너를 진찰하고 몇 가지 검사도 했지. 난 의사가 결과지를 갖고 올 때까지 너를 걱정스럽게 안은 채로 흔들었어.

"부인, 이 아이한테는 아무런 이상이 없습니다. 배에 가스가 찼네요."

그는 내게 유아의 배앓이와 관련된 책자를 주고는 수납 창구로 보냈지. 그리고 난 네 이모와 내가 지금도 '가스 요금'이라고 부르는 걸 납부했단다.

"뭘 했다고요?"

며칠 뒤 네 아빠가 내 휴대폰으로 전화를 걸어 왔을 때 그 정신없던 응급실 사건 얘기를 해 주자 그 사람이 그렇게 묻더군. 한숨 소리가 들리는 것 같았어.

"불쌍한 내 아들, 아무래도 아빠가 얼른 집에 가서 널 구해 와야겠다."

"간호사가 분명히 '곤란'이란 말을 썼다고요. 미안한 것보다는 안전한 게 낫지 않아요?"

"당연하죠, 부인. 그렇지만 트림을 할 때마다 응급실로 데려갈 필요는 없지 않겠습니까?"

"알았어요, 다음엔 아파도 그냥 놔둘 테니까."

내가 빈정거리자, 찰스가 웃음을 터뜨렸지.

"아이쿠, 제발 그러진 마세요."

그날 난 귀여운 흰색 견직 반바지에 나비넥타이, 옷깃에 비둘기들이 수놓아진 세례 복장을 착용한 네 사진들을 보내 주겠다고 약속했어.

네 아빠는 아빠 없이 네가 세례를 받는 걸 이상하게 생각하진 않았던 것 같아. 아마도 세례의 의미를 아빠는 알고 있었을 거야. 전투 중에 네 아빠가 잘못될 수 있다는 데 대한 나의 두려움이 서둘러 너에게 세례를 받게 했다는 거지. 만에 하나 너와 아빠가 세상에서 만날 수 없게 되었을 때, 언젠가 하늘나라에서라도 두 사람이 만날 수 있으려면 네가 세례를 받아야 했으니까.

세례를 받기 전날 밤. 돗슨 목사님이 전화를 주셨어. 계획에 변화가 있다고 했는데, 이유가 세례 자체에만 있었던 건 아닌 듯했어. 그 주에 세간의 주목을 받던 갱들이 상대 갱단의 조직원들에 총기를 난사했는데 10대 소녀와 소년이 사망한 사건이 있었던 모양이야. 돗슨 목사는 사망한 아이들의 가족을 위해 급히 화해를 위한 의식을 치러야 했는데 그 날짜가 너의 세례식과 겹치게 된 거였지. (시 행정부가 관여된 일이라 교회로서도 어쩔 수 없었던 것 같아.) 우리로서도 달리 방법이 없었어. 월요일에는 뉴욕으로 돌아가야 했고, 다시 세례 날짜를 잡을 순 없었으니까.

생각하면 좀 으스스해지긴 했지만, 돗슨 목사님이 그러셨어. 죽은 10대 아이들의 영혼을 하늘로 보내는 날, 또 다른 새 생명에 축복을 내리는 것도 의미 있는 일이라고 말이야.

내키진 않았지만, 난 동의했어.

우리가 도착했을 때, 교회 밖에는 텔레비전 제작진들이랑 경찰차 여섯 대가 주차되어 있더군. 그리고 무장한 경관들이 교회 잔디밭에 서 있었고. 평소에 널찍하던 성스러운 공간이 사람들로 가득 찼었지. 그런 상황에서 네가 세례를 받는다는 데 동의한 내가 문득 의아해지더라. 그 아이들을 죽인 갱단의 상대 조직원들이 교회를 지나가며 총을 쏴 버리기라도 한다면?

난 여전히 뭔가 예기치 못한 일이 일어났을 때 빠져나올 것인지 말 것인지를 결정하려고 애를 쓰고 있었지. 난 슬픔에 싸인 부모들을 보았고, 그 순간 우리가 서 있는 그곳이 성스러운 공간이란 걸 깨달았어. 내가 할 수 있는 어떤 방법으로든 그들의 고통을 덜어 주고 싶더라.

마침내 우리는 예배소 앞으로 걸어갔어. 난 너를 팔에 안은 채 가만히 흔들었고, 목사님이 너의 이마에 한 손을 얹고는 눈을 감은 채 기도하셨지. 난 죽은 갱단 조직원의 어머니를 보았는데, 증오와 폭력에 물들기 전 자신의 아이를 떠올리고 있을지도 모르겠다는 생각이 들었어.

돗슨 목사님은 세례를 하던 중에 내게 말씀하셨어. 교

회의 신도들에 너를 말 그대로 완전히 내맡겨야 한다고, 그래야 그들이 너를 교회의 일원으로 참되게 받아들일 거라고. 그래야 할 때가 왔을 때, 난 본능적으로 너를 죽은 아이의 어머니에게 내맡겼지. 그녀는 너를 가슴에 꼭 끌어안고는 가만히 흔들며 눈물을 흘렸어. 희생자들 중 한 사람의 남동생으로 보이는 열여섯 살쯤 된 소년이 너의 머리를 쓸고 볼에 입을 맞추었지. 그렇게 갑작스레 인연을 맺게 된 많은 낯선 사람들이 너를 스쳐 갔고, 누군가 내 팔에 너를 되돌려 주었어. 네가 교회로부터 참되게 환영을 받고 신의 자녀로 세례를 받는 동안 저절로 눈물이 흘러내렸어.

넌 목사님이 네 얼굴에 물을 뿌릴 때만 잠깐 움찔거렸을 뿐 소리를 내지도 움직이지도 않았지. 그러고 난 뒤 신도들이 네 아빠의 안전과 너의 건강을 기원하는 기도를 올렸어.

예배가 끝나자 너무도 많은 사람들이 우리에게 인사를 건네고 싶어 했는데, 포옹과 덕담을 해 주는 기다란 줄이 느닷없이 만들어졌지. 안토니오 비야라이고사Antonio Villaraigosa 시장은 네 손을 잡고 사진을 찍기도 했어. 주름진 얼굴에 백발인 나이 든 아시아 남자 한 분이 줄 맨 끝에 서 계셨는데, 불편한 걸음으로 다가온 그분은 내 손을 꼭 잡으며 미소를 지으셨어.

"신께서 기뻐하실 겁니다."

지친 기운이 역력한 눈길로 나를 바라보며 그렇게 말하고는 예의 불편한 걸음으로 돌아가셨지.

구원이란 단어가 스쳐 갔어.

너는 상처 입은 사람들에게 치유를 전해 주었고, 그건 네가 태어난 뒤 네 아빠가 보낸 편지 속 한 문장에 담겨 있던 의미와 전혀 다르지 않았어.

난 우리의 아이가 만나는 모든 사람에게 축복이 되리란 걸 압니다.

왜 그랬는지는 명확히 모르겠지만, 너의 세례식 전에 치러진 화해 의식에 대해선 네 아빠한테 전혀 알리지 않았어. 아마도 난 그 사건을 삶과 죽음이 연약한 실로 연결되어 있음을 상징적으로 드러내 보인다는 생각이 들었고, 그런 상징성을 외면하고 싶었던 것 같아. 네 아빠가 집으로 돌아올 수 있을 때까지 가능하면 너의 삶이 평화로운 이미지를 만들어 낼 수 있도록 노력했어. 그러면 그게 네 아빠에게 고스란히 영향을 미치게 되는지도 모르니까.

로스앤젤레스 여행을 마치고 몇 주 뒤, 우린 다시 비행기를 타고 켄터키로 날아가 네 외할머니, 외할아버지와 주

말을 보냈어. 네가 두 분을 만나는 것도 중요했지만, 네가 두 분과 함께 찍은 사진을 아빠가 보게 되는 것 역시 중요했지. 엄마가 되어 처음으로 고향에 돌아왔다는 사실에 무척이나 감상적으로 변하는 나 자신을 보고 깜짝 놀랐어. 내게 래드클리프는 남다른 곳이긴 했지. 거기서 철이 들었고, 첫 남자 친구와 키스했고, 그곳 도로에서 운전을 배웠으니까. 내가 여성으로 자랐던, 그리고 네 아빠를 만났던 그 집에서 이제 내 아들이 잠을 자고 있었지.

그날 넌 나의 아버지와 만났어. 아버지는 널 번쩍 안아 들고는 잿빛 턱수염으로 네 얼굴을 간질이며 장난을 치셨지. 나를 기묘하게 성장시켰던 그 공포스러운 사내가 더 이상 아니었지.

저녁을 먹기 전에 사탕을 나눠 주고 전동 휠체어 뒤에다 태워 주는, 그저 온화하고 뚱뚱한 할아버지셨어. 관절염이 그의 몸을 주저앉히고, 세월이 그의 가슴을 부드럽게 녹여 낸 거지. 하지만 아버지의 설교는 여전했고, 정리 멘트는 당신의 몫이었지. 하지만 손주들이 얘기할 땐 그렇진 않더군. 너로 인해 뭔가 또 다른 변화가 일어날는지도 몰랐지.

널 데리고 앞마당으로 가서는 내가 운전을 배울 때 넘어뜨린, 어릴 때 사방치기를 하며 놀았던 덤불도 보여 줬어. 그리곤 소녀 시절 너무도 사랑했던 높다란 떡갈나무 아래를 걸었지. 그 나무는 바로 네 아빠랑 만났던 날 함께 거닐었던 곳이었어.

다음 날 아침엔 킹 집안사람들을 맞으러 너와 함께 현관에 앉아 있었지. 킹 할머니는 길 먼 곳에서부터 널 안을 듯 팔을 쭉 뻗은 채 걸어오셨어.

"아휴, 이 아기 좀 봐요."

할머니는 뺨을 네 볼에다 비비며 감탄을 터뜨리셨지. 두 집안이 마침내 한데 모였어. 심지어 성격이 불같은 변호사로 소문난 40대 중반의 게일 고모도 너를 안을 때는 한없이 부드러웠지. 난 네 고모를 잘 알진 못했지만, 우린 둘 다 투지 넘치고 강한 논점을 가진 전문가 여성이었지. 모르긴 해도 찰스가 내게 매력을 느꼈던 건 그런 점들 때문이었을 거야.

이틀이 지나고 네 아빠네 집안사람들이 떠날 땐, 방 하나를 가득 채우고도 남을 만큼의 사진을 찍고 또 찍은 뒤였어. 너한테 퍼부은 키스로도 또 다른 방 하나를 채웠을 거야. 그리고도 난 네 아빠에게 보내려고 사진을 열 장 넘게 찍었어. 아빠는 그 사진들을 받고 무척이나 행복해했어. 킹 할머니와 할아버지의 품에 안긴 네 사진들이 특히나 더 그랬다고 하더군. 그 사진들을 병사들에게도 보여 준 건 당연한 일이고.

네 아빠는 사진 속에 네가 입고 있는 폴로셔츠랑 반바지를 어디서 샀는지, 네 몸무게는 얼마나 늘었는지 알고 싶어 했지. 네가 자주 잠에서 깬다는 건 어떤지, 잠자는 시간이 조금씩 길어지고 있는지, 내가 매일 네게 책을 읽어 주는 건 계속하고 있는지도 물었어. 아빠의 말소리를 들을 수 있도록 전화기를 네게로 옮겨 주면 넌 아빠 목소리가 들리는 쪽으로 고개를 돌리는 것 같았어. 그럴 때면 네 아빠는 저 먼 전쟁터에 참전한 군인이 아니라, 그저 자식에게 푹 빠진 한 사람의 아버지일 뿐이었지.

11

사랑하는 조던,

2006년 봄, 너의 첫 번째 미소와 목욕하고 났을 때 네 보들보들한 살에서 풍기는 향기에 대해 편지를 쓰고 있을 때, 네 아빠는 먹을 것을 찾아 쓰레기 더미를 헤치는 이라크 아이들에 대해 쓰고 있었어. 그 사람은 자신이 훈련한 미국 젊은이들을 지켜보는 게 얼마나 자랑스러운 일인지에 대해서도 썼지만, 이라크 거리 곳곳에서 낭자하게 피를 쏟으며 죽어 가는 이라크 젊은이들을 바라보는 참담함에 대해서도 썼지.

쿠웨이트에서 이라크로 건너간 뒤, 네 아빠는 이라크 해방 작전이 자신이 알고 있던 여느 전투들과 다르다는 사실을 인식한 것 같아. 해상의 함선에서 미사일을 쏘고 탱크에서 포탄을 퍼붓는 식의 원거리 전투 대신, 미군은 좁고 낯선 거리들에 은닉하고 있는 적들과 교전을 벌여야 했으니까. 네 아빠는 주간에 이라크 병사들을 훈련하고 있다는 얘기를 편지에다 썼는데, 밤이 되면 그들이 반군에 참여할는지도 모른다는 사실을 까맣게 모르고 있었지.

당신은 광기와 증오에 넌덜머리를 내죠. 당신은 당신을 날려 버리려고 기를 쓰는 인간들에 정말 진저리를 치지요. 여보, 한 해가 참 가네요. 우리 대대에서만 열 명의 병사를 잃었어요. 온종일, 쉼 없이 기도를 합니다.

난 혼란스러웠어. 언제든 보이지 않는 적이 쏜 총에 맞을 수 있다는 사실을 알고 있는 한 남자가 과연 무사히 이 세상으로 귀환할 수 있을지에 대해서 말이야. 2주간의 휴가를 나오려면 아직 여러 달이 남아 있었지만, 그때까지 어떻게든 그 사람의 마음을 지켜 주는 데 집중하려 애썼어. 참치, 훈제 견과류, 쌀 과자 간식, 헬스 잡지 같은 네 아빠가 좋아하는 것들로 선물 꾸러미를 만들어 보냈지. 거기에다 내가 쓰는 향수를 뿌린 카드를 함께 넣었는데, 네 아빠를 여전히 사랑하고 있다는 내 마음을 상기시키려는 나만의 방식이라고나 할까.

내 선물 꾸러미가 오히려 곤란을 일으킬 때도 있었는가 봐. 네 아빠의 어떤 편지들에는 자신이 놓친 것들이 얼마나 많은지, 그렇게 살아온 시간들이 얼마나 길었는지를 내가 보낸 사진이나 카드들을 통해 새삼스럽게 느꼈다고 썼거든.

조던이 태어날 때 당신 곁에 있지 못했던 것, 아쉽고 미안해요. 특별한 순간을 놓쳐 버렸어요. 조던을 볼 때면 어느새 생후 6개월이 되어 있겠네요. 조던의 사진들을 주머니에 넣고 다니면서 수시로 꺼내 자랑하곤 하지요. 항상 집중해야 하는 터라 그리 좋은 일은 아니지만요.

시간이 제법 지나면서 이라크에서 네 아빠가 어떻게 지내는지를 조금은 자세한 것까지 알게 됐어. 찰스가 '죽음의 배달부Death Dealer'라는 사실도. 그 사람이 속한 중重전차 부대, 기갑 부대, 보병 대대 수천 명의 전사들이 스스로를 그렇게 불렀으니까. 그런 점에서, 네 아빠의 생존은 우리에 대한 생각을 얼마나 잘 떨쳐 내는가, 그 능력에 달려 있었지. 공식적으로 알려진 바에 따르면, 텍사스 포트 후드에서 파병된 제4보병사단, 제2여단, 제67기갑연대, 제1대대는 바그다드 남쪽으로 약 50킬로미터 떨어진 지역에서 활동했는데, 그곳은 수니파와 시아파가 교차하는 가장 위험한 지역

가운데 하나였어. '배달부'들이 줄여서 FOB라고도 하는, 전초 작전 기지forward operating base를 운영하고 있던 이스칸다리야Iskandariyah는 무려 7천km² 1,849km² 인 제주도의 네 배 가까이나 넓다가 넘는 도시였어. 반군들이 도처에 널린 그곳을 군에서는 '죽음의 삼각 지대Triangle of Death'라 불렀지.

계급 때문에 병사들로부터 '탑Top'이라 불리던 킹 상사는 찰리 중대 '105마리의 육식 동물'들을 책임지고 있었지. 네 아빠가 속한 중대의 지휘관은 육군 사관 학교 출신의 스테판 맥팔랜드라는 젊은 장교였는데, 아빠만큼이나 야심이 대단했지. 미식축구 선수를 지낸 맥팔랜드 대위는 텍사스주 캐롤튼 출신의 키가 큰 백인에 동안의 소유자였어. 그는 스물아홉 살에 불과했지만 상당한 전투 경험을 가졌다고 하더군. 쿠웨이트에서 근무한 적이 있던 그는, 이전에 이미 이라크에서 근무한 적이 있어서 두 번째라고 했어.

그의 이력과 전투에서의 명성을 감안했을 때, 맥팔랜드는 결코 물러서는 법 없는 전형적인 지휘관의 운명을 가진 사람인 듯했지. 찰스는 때로 맥팔랜드를 '골든 보이Golden Boy'라고 놀리듯 부르곤 했지만, 지휘관으로서의 그의 능력에 대한 존경은 어김이 없었어.

두 사람이 만약 서로 다른 중대에서 지휘관으로 있었다면, 그들이 이끌던 예하 부대에 대한 애정이 부대 전체에 사이좋게 공유되었을 거야. 찰스는 군 복무 기간이 더 많아서 경험이 풍부했지만 젊은 장교를 자신의 높은 기준들을 나눌 수 있는 유능한 지도자로 인정했고, 그런 두 사람의 지휘 아래 그들 중대는 어려운 임무들을 흔쾌히 수행한 것으로 알려져 있었지.

"우리가 좀 유명하긴 했죠."

자랑스러운 '육식 동물' 해럴드 그라시아 상병은 이렇게 덧붙였어.

"찰리 중대는 한 마디로 개쩔었죠."

부사관으로서 찰스는 맥팔랜드 대위의 열렬한 지지자였어. 부대가 배치되기 전, 찰스는 중대원들로 하여금 전장을 누비며 정교한 무기들을 자유자재로 다룰 수 있도록 실전 훈련을 감독하는 역할을 맡고 있었어. 또 한 가지 네 아빠가 확실히 하려 했던 건 중대원들이 이라크의 이슬람 문화에 대한 지식을 갖추도록 하는 거였는데, 방어적인 이유만이 아니라 공격을 피하는 데도 효과를 발휘하기 때문이었지.

찰스는 그들의 건강과 체력을 증강하기 위해 몸이 가장 약한 병사들과 운동을 함께 하기도 했어.

"중대 구보를 할 때, 때론 상사님이 우리랑 같이 뛰고 담배도 피우곤 하셨죠."

스물아홉 살의 탱크병 아담 마르티네즈 병장이 회고한

이야기야.

"주임 부사관이 우리랑 맨땅을 함께 뛴다, 그런 장면을 보는 것만으로도 병사들에겐 힘이 나는 일이죠."

젊은 병사들을 이끈다는 건 찰스의 부성애를 자극하는 것이어서, 마치 그들 한 사람 한 사람을 책임져야 할 의무가 자신에게 있는 듯 느끼게 만들었지. 심지어 그 사람은 가장 어린 병사들에게는 처음 번 돈을 함부로 쓰지 말고 꼭 저축해야 한다고 상담까지 해 줬다고 해. 그들의 인종, 자라온 환경, 종교, 정치 성향은 그 사람에겐 중요하지 않았어. 그들 모두는 살아서 돌아가야 할 가족을 갖고 있는 존재였지. 그래서 그는 그들의 생존에 그토록 헌신했던 거야.

상사라는 계급, 주임 부사관이라는 자리에서 내가 어떻게 행동하는 것이 옳을지에 대해 의문이 많았는데, 신이 내 기도에 아주 큰 응답을 해 주셨지. 중대장과 난 모든 병사들과 만나 보자는 결정을 내렸어. 이라크로 떠나기 전 우린 함께 모여 술을 한잔할 수 있는 곳에서 시간을 갖기로 했지. 중대의 모든 병사들이 내게로 와서 자신들의 주임 부사관이 되어 준 것에 대해 감사한다는 얘기를 해 주더군. 신께 감사드렸지. 그 얘기 간절히 듣고 싶었거든.

네 아빠가 떠나기 전에 내가 부탁했더랬어. 이라크에서의 일상이 어떤지를 묘사해 달라고 말이야. 그러니까 이렇게 얘기했어.

"일상이라……병사들이 우편물을 수령하는 것에서부터 그들의 시신을 수습하는 것까지, 모두."

집에서 보여 준 네 아빠의 온화함을 생각하면 야전에서의 모습은 듣는 것만으로도 놀랄 일이었지. 내가 들은 주임 부사관은 사랑스럽고 수줍음 많은 내 약혼자랑은 다른 사람이었어.

"상사님은 바깥으로 나가시더니 우리에게 아주 큰 소리로 고함을 치셨죠."

마르티네즈 병장의 회고담이야.

"우리가 일을 망쳐 버리면 뽑아 버리기라도 할 듯 저희들 머리를 움켜잡고는 발을 쿵쾅거리셨죠. 하지만 그러고 나면 '너희들이 위기에 빠지면 난 한밤중이라도 달려간다.' 라고 말씀하셨죠."

찰스가 누군가의 머리를 뽑아 버릴 듯 움켜잡고 있는 장면을 상상해 보려 애썼어.

병사들의 리더로서 네 아빠는 임무를 수행하러 나가기 전 "살아남아라, 그리고 똥을 쓸어 버려라!"라고 병사들에게 외치도록 주문했고, 그것이 찰리 중대의 전투 구호가 되었지. 그때까지 난 찰스가 맹세 비슷한 거라도 하는 걸 들어 본 적이 없었어.

마르티네즈 병장은 이렇게도 얘기했지.

"제가 생각하기에 상사님은 '스위치를 켜고 *끄는*' 걸 정말 잘하셨지 말입니다."

하지만 찰스가 고함을 지르는 건 달리 믿을 데가 없다고 스스로 판단되었을 때뿐이었어. 병사든 상관이든 네 아빠와 시간을 함께했던 사람들 대부분이 그렇게 기억하고 있었지.

"그 친구는 놀라울 정도로 조용하고 사려 깊은 지휘관이었습니다."

찰스의 부대가 속한 대대장 패트릭 도너호 중령이 해 준 말이야.

"그리스 조각상처럼 생긴 남자였어요. 당당한 체격을 갖고 있어서 굳이 큰 소리를 낼 필요가 없었죠. 뭐, 사내들한테 늘 소리를 지를 필요도 없지만요. 어떤 식이었냐면, 병사들이 반응할 때에만 비로소 반응하는 친절하고 침착한 태도를 갖고 있었습니다."

찰리 중대가 대대에서 전투 행동을 가장 많이 보여 준 것은 찰스와 맥팔랜드라는 비교 불가의 지휘관들을 갖고 있었기 때문이라는 데는 이설이 없어.

"저는 사람들에게 얘기해요. 우리가 이라크에서 했던 가장 어려운 임무들에 그들이 있었고, 우리가 이라크에서 처했던 가장 위험한 지역에 그들이 있었다는 사실이, 그들의 가치와 의미를 말해 준다고요."

도나호 중령은 이렇게 덧붙였어.

"그들은 말 그대로 전사들이었습니다. 그들은 똑같은 상황이라면 다른 중대들이 하지 않을 때에 목적을 달성할 수 있는 방법을 알아내는 사람들이었어요. 만약 누군가를 그곳에 보내야 한다면, 저는 결집력이 충분히 갖춰진 부대를 보내야 했죠. 그렇게 해야, 사상자를 수습해 올 수도 있고 매일 변함없이 임무를 수행해 낼 수 있기 때문입니다. 대대장으로서 저는 개개 병사들이 저마다 리더십을 갖춘 부대를 만들어 내야 했고요."

'죽음을 배달하는 사람'들의 임무는 저항 세력의 위치를 파악해 괴멸시키고, 현지의 군과 유엔 안전 보장군을 훈련하고, 해당 지역을 이라크의 통제하로 전환하는 일을 돕는 것이었어. 그 목적을 달성하려면 군비만큼이나 외교가 중요하게 작용했지. 그래서 '배달부'들은 수니파와 시아파 사이의 평화적 협상을 중개하는 일에 열성을 기울였어. 그들은 기지가 있는 주르프 알사카르Jurf Al Sakhar, 바그다드 남쪽에서 수니파들이 살고 있는 몇 안 되는 도시 중 하나로, 알 카에다와 ISIS의 거점으로 악명 높았다.에서 15킬로미터 남짓밖에 떨어지지 않은, 곧 뭔가 일어날 것 같은 불안한 소도시에 새로 경찰서를 짓는 건설 현장을 지키고 있었지. 반군들이 가장 최근의 경찰서를 날려 버린 거야. '배달부'들은 학교를 백색 도료로 칠하고, 정수 시스템 설치를 감독하고, 지역의 상인들이 자신들의 상품을 거래할 수 있도록 장터를 지어 주었어. 찰리 중대는 대대가 관리와 호의적인 노력에 착수하기 전에 그들과는 비교할 수 없을 만큼 힘든 과제를 수행하여 토대를 다져 놓는 거였지.

"우리가 오기 전에 끔찍한 살인들이 자행됐었지요."

도나호 중령은 고개를 슬슬 흔들며 덧붙였어.

"그런데 찰리 중대가 백병전을 통해 깊이 뿌리박힌 반군들의 테러를 통째로 뽑아내고 있는 중이었습니다."

'육식 동물 팀'이 도착하고 한 달이 채 되지 않아 그곳 민간인들과 반군들 모두에게 확실하게 존재감을 심어 주었지. 병사들은 다수의 무기 은닉처와 '육식 동물의 섬'이라고 불리던 적의 야영지를 점령했는데, 그 섬은 물이 아니라 사막으로 둘러싸인 단층의 콘크리트 집이었어. 멀지 않은 곳에 유프라테스강이 있긴 했지만, 고립이 되어 있어서 '섬'이라는 이름이 붙었던 거야.

육식 동물들이 섬을 어떻게 바꾸어 놓았는지에 대한 얘기들이 현지인들 사이에서 빠르게 퍼져 나갔지. 그들이 인수하기 전의 그곳은 《뉴욕 타임스》가 '비밀 법정'이라 부르던, 이라크 경찰의 진술에 따르면, '반군으로 꾸려진 판사들에 의해 재판이 진행되고, 고문과 집행이 행해진' 곳이었다고 해. 이후 그곳은 정찰 기지가 되었는데, 중대가 그 지역을 감시하고 반군 세력에 대한 공격을 개시하는 거점 역할을 했어.

"그곳은 우리가 수천 파운드의 폭발물을 발견한, 적에게는 성소와 같은 곳이었습니다."

맥팔랜드 대위가 해 준 말이야. 그는 이런 말을 덧붙였어.

"그 집을 접수할 당시 우린 그들의 뒤편에 있었어요. 덩치 크고 못된 미국인들이 거길 점령한 지금, 적은 우리랑 얼굴을 맞대고 있을 수밖에 없게 됐죠."

위치도 미군들이 현지 주민들과 소통하기에 좋은 곳이었지. 수니파와 시아파가 서로 싸우며 상인들의 물품을 약탈하고 조준경에 잡히면 바로 사살해 버리던, 끊임없이 전투가 벌어지는 그 지역에서 병사들은 안전 수단들을 강화해 나갔어.

하지만 그곳을 중대의 정찰 기지로 만들어 가는 데는 한자기 전략적 단점이 있었지. 이스칸다리야에 있는 대대 전초 작전 기지와 섬 사이에 놓인 15킬로미터 남짓한 길이었어. 루트 패티Route Patty로 불리던 그 길은 매우 위험한 아스팔트 덩어리였는데, 도로 폭도 두 차선이 제대로 되지 않은 데다 IED improvised explosive devices라는 치명적인 '급조 폭발물'들이 사방에 흩어져 있었지.

"거기가 IED가 깔린 골목이라는 걸 누구나 알고 있었어요."

마르티네즈 병장은 그렇게 말해 줬어.

찰스도 그곳을 "우리가 확보한 것 중에서 가장 위험한 도로 중의 하나였어요."라고 말한 적이 있었지.

네 아빠는 이라크에서 침대를 나란히 쓰던 '단짝' 아렌테니스 '토니' 젠킨스 상사와 위험 사항들에 대해 토론을 벌이기까지 했었어. 젠킨스 상사는 다른 중대의 선임 부사관으로 있었지.

"그 도로에 대해선 모두가 께름칙한 느낌을 갖고 있었어요."

젠킨스 상사가 내게 해 준 말이야.

"나무 덤불이 있는 굴곡진 길들에는 사각지대가 너무 많았는데, 우리가 찾고 있었던 건 길 바깥쪽에 있는 나무였죠. 어느 날, 일주일 전에 있던 나무가 없어진 걸 보고 호송차를 멈추었어요."

종종 나무에는 위장 인계 철선으로 연결된 기폭 장치가 숨겨져 있곤 했거든. 철선을 나뭇가지로 오인을 하게 되면 치명상을 입을 수가 있었지.

미군들이 걸려들길 기다리고 있던 폭발물들은 조잡한 만큼이나 치명적이었어. 크기는 탄산음료 캔에 숨겨진 건 믿을 수 없을 만큼 작았지만, 길가에 버려진 상자처럼 큰 것도 있었다고 해. 그것들은 프로판 가스통 안에 들어 있을 수도 있고, 쓰레기로 위장하거나 버려진 차 안의 서류 가방에 넣어져 있기도 했었지. 폭탄은 창의적이고 대담했어. 때론 조롱하는 듯하기도 했지. 심지어 폐기된 MRE_{meals ready to eat, 전투 식량} 안에까지 숨겨져 있기도 했다더라.

IED를 만드는 건 폭발물에 대한 아주 기초적인 지식만 있으면 가능했지. 반군들에게 필요한 건 가연성 물질(대개는 화약과 다이너마이트, 혹은 과산화 수소·가솔린·질산염이 섞인 혼합물)과 좁은 용기에다 쑤셔 넣을 수 있는 못이나 금속, 유리나 자갈 같은 것들이었지. 폭발물 제조자들은 종종 동력원으로 9볼트짜리 건전지를 쓰기도 했고, 일반 전자 제품에서 기폭 장치가 될 만한 걸 추출해서 사용하기도 했어. 휴대폰이나 자동차 알람 장치, 심지어 장난감 무선 조종기도 기폭 장치로 쓰이곤 했지.

때로 반군은 어둠을 틈타 도로에 구덩이를 파고는 그 안에 폭발물을 넣은 뒤 다시 아스팔트로 덮어 버렸어. 그런 다음 주변의 흙을 뿌려 놓으면 도로는 감쪽같아졌는데, 탱크에선 더욱이나 구별할 수가 없었지. 게다가 적들은 개나 동물들의 사체에다 폭발물을 감춰 놓고는 도롯가에 놓아두기도 했어.

찰스가 살펴야 했던 건 위험천만한 '루트 패티'에 숨겨진 폭발물만이 아니라 미군 호송차들을 보며 환호성을 지르는, 도롯가에 늘어서 있는 이라크 어린이들이었지.

"그 친구는 '아이들이 밖에 있어?'라고 사수에게 묻곤 했었죠."

젠킨스 상사는 그때를 회상했어.

"항상 그곳 아이들에게 사탕을 주곤 했어요. 그 친구 생각은, 사탕을 던져 주는 것만으로도 변화를 만들어 낼 수 있고 누군가의 얼굴에 미소를 만들어 줄 수 있다면 당연히 해야 한다는 거죠. 그 친구는 여느 병사들이랑 관점이 달랐어요. 이라크의 저 아이들이 결국은 미국인들에게 총을 겨누는 이라크 성인으로 자랄 거라는 시선과는 뭔가 다르게 본 거죠."

하지만 찰리 중대 역시 루트 패티에서 최악의 패배를 경험하게 돼.

5월의 첫날, 우린 처음으로 병사를 잃었어. 너무나도 슬펐어. 모두가 로비 라이트 상병을 생각했어. 추모식 전날 밤 모임을 가졌는데, 그의 삶에 대해 돌아가며 얘기할 기회가 주어졌어. 병사들은 로비에 관한 숨겨진 얘기들을 제법 갖고 있더군. 그 친구가 우리를 웃기려고 했던 우스꽝스러운 짓들을 떠올리면서 우린 웃음을 터뜨리기도 하고 슬그머니 미소를 짓기도 했어. 그날은 우리 곁을 떠나간 병사에 대한 작별의 밤이자, 치유의 밤이었지. 웃음은 과연 상처 난 영혼에는 더할 수 없는 특효약이야.

로비 라이트 상병은 나이가 고작 스물한 살이었어. 그의 아내는 첫 아이를 임신한 상태였는데, 딸이었어.

로비의 시신을 수습한 뒤 심하게 흔들린 찰스는 돌아갈 수 없을지도 모른다는 생각에 아직 열 페이지 남짓 비어 있던 자신의 일기를 우편으로 보내왔어. 네 아빠도 로비의 죽음에 대해 내게 말해 줄 필요가 있는 듯했어. 일기에 동봉한 편지에는 이렇게 씌어 있었어.

안 좋은 소식들을 듣고 있으리란 걸 알아요. 내가 겪지 않기를 바랐던 그런 것들이죠. 힘겨운 두 달을 보냈는데, 이번 주가 가장 고통스럽네요. 어떤 말부터 해야 할지 모르겠어요. 오늘은 우리 중대에는 힘겨운 하루였어요. 작전 중에 전사한 병사들 중 한 명을 추도하는 날이었거든요. 내가 담당했는데, 당신도 자랑스러워할 것 같네요. 이런 얘긴 전화로 하기 힘들죠. 이런저런 제약이 있어서 모든 걸 옮길 수가 없을 테니까요.

그래요, 최근 우린 적잖은 고통을 받고 있어요. 대대의 모든 인원들이 지원을 아끼지 않고 있지요. 이번 주가 끝나면 숨통이 트일 것 같네요.

문제는 내가 감당할 수 있을까였죠. 하지만 걱정하지 말아요, 부인님. 난 그 이상을 해 왔어요. 추도식이 가장 힘들었지만, 우린 해냈고, 세상을 떠난 동료를 좋은 마음으로 보내 줬어요.

내 걱정은 말아요, 부인님. 우리 중대는 아주 좋아요. 우린 우리와 함께한 동료를 우리의 임무가 끝날 때까지 기억할 겁니다.

평소였다면 이 모든 이야기들을 전화로 했을 테지만, 군은 우리가 나눌 수 있는 범위를 제한해 놓았어. 한번은 제대가 임박한 병사들의 복무 기간을 한 차례 더 연장하는 정부의 '손절매損切賣' 정책의 시행에 대해 내가 말하고 있는데, 갑자기 전화 회선이 끊어져 버리는 거 있지. 다시 전화를 걸어 온 네 아빠는 그런 말을 하지 말라며, 그렇지 않으면 다시 전화가 끊길 거라고 했었지.

로비 상병에 관해 쓴 편지를 보면서 네 아빠의 괴로움을 느낄 수 있었지만, 그 사람을 가까이에서 위로해 줄 수 없다는 사실이 나를 힘들게 했어. 괴로움이 가라앉을 때까지 네 아빠를 안아 줄 수도 위로의 말을 속삭여 줄 수도 없는 상황이 안타까울 뿐이었어. 기운을 주고 싶어도 전화를 걸 수가 없었고, 편지를 써도 그 사람에게 닿으려면 몇 주나 걸렸지.

104명의 남은 부하들은 그 스산한 날들을 보내며 찰스에게서 힘을 끌어가지만, 정작 네 아빠에게 힘을 끌어다 주는 사람은 있을까 궁금했어. 그때 천사의 문양이 기억났지. 아빠의 '비스킷'이 그 사람을 지탱시키듯, 그 사람의 믿음이 어려움을 지나가게 할 거라는 생각이 들더군.

"아, 그게 그의 삶이었어요. 바로 거기서의 삶 말입니다."

가르시아가 내게 그렇게 말해 줬지.

"그 친구는 저 어린 소년을 유난히 좋아했어요. 그가 갖고 있던 이 책에다 늘 그림으로 옮겨 놨었죠."

네 아빠의 '단짝'이었던 토니 젠킨스 상사는 종종 찰스가 밤늦게까지 불을 켜고 있는 걸 확인하곤 했는데, 그럴 때면 널 위해 일기장에다 뭔가를 쓰고 있구나, 하고 생각했었다고 해.

토니와 찰스는 흑인 주임 부사관으로 한 부대에 배속되기 전에 우연히 서로를 알게 되었다더군. 하지만 두 사람에게 엄청난 공통점이 있다는 사실을 발견한 건 이라크로 건너온 뒤 콘크리트와 나무와 캔버스 천으로 된 막사에서 함께 기거하면서였지. 둘 다 앨라배마주 모바일에서 살았고, 육상 선수였고, 달리기를 좋아했고, 이번 임무가 끝나면 결혼을 할 약혼자가 있었어.

"우린 주임 부사관이라 계급이 낮은 사병들과 허물없이 지내기도 그렇고, 장교들과 친하게 지내기도 쉽지 않고, 그래서 그저 상사끼리만 친해질 수밖에 없었죠."

호리호리한 몸매에 에너지 넘치는 마흔여섯 살의 토니 젠킨스 상사는 멋쩍게 웃으며 말했지.

찰스와 그의 단짝은 서로를 보살폈어. 한 사람이 임무가 늦게 끝나 식당이 문을 닫게 되면, 다른 한 사람이 미리 먹을 걸 챙겨 놓는 식으로 말이야. 한 사람이 전투에서 부상을 당하면 다른 한 사람은 무슨 일이 있어도 반드시 구출해 오기로 약속을 했었지. 그건 그들이 한 수많은 약속들 가운데 하나에 불과했어. 나머지 얘기는 나중에 네게 해 줄게.

네 아빠는 다른 친구들에게도 우리 둘과 함께 살아갈 계획들을 털어놓았었나 봐. 친구인 헬더 캐머러 중사는 포트 라일리에서 기갑 부대원으로 함께 근무할 때부터 우리의 관계를 알고 있었는데, 네 아빠가 근무하던 주의 마지막 날이면 어디로 갈 거냐고 귀찮게 물어 댔다더군. 그러면 찰스는 이렇게 대답했다지.

"내 여자 보러 날아간다."

찰스는 이라크의 다른 지역에 근무하고 있던 캐머러에게 이메일을 보내 결혼 소식을 전했는데, 친구가 충격을 받았다고 해.

"포트 라일리에서 그 친구가 그랬거든요. 자기는 절대로 다시 결혼하지 않을 거라고요."

캐머러가 내게 해 준 말이야.

그는 축하한다는 답장을 찰스에게 보내면서 자신은 가정에 문제가 있다고 털어놨어. 찰스는 그에게 이렇게 답장을 했다더라.

"네가 군대를 사랑한다는 걸 난 알아. 하지만 언젠가 넌 제대를 할 거고, 터널의 끝에서 널 기다리는 사람은 너의 가족일 거야."

찰스와 난 결혼에 대한 얘기를 나눴더랬어. 임무를 끝내고 귀국하면 몇 달쯤 지난 뒤 카리브해 크루즈에서 양쪽 집안사람들이랑 친구들 몇 명만 초대해서 식을 올리자고 말이야. 그 사람이 파병을 가고 몇 주 동안 내 머릿속을 맴돈 건, 결혼에 대한 계획이 그로 하여금 무사 귀환에 집중할 수 있게 해 주는 이상적인 방법이 될 거라는 사실이었어. 난 상상해 보곤 했었지. 옷감 견본이랑 초대장 샘플을 네 아빠에게 보내고 있는 내 모습을. 신부 잡지를 설렁설렁 넘겨 보면서 하얗지 않은, 심플하면서도 우아한, 몸에 꼭 맞는 가운을 그려 보기도 했고. 당연히, 날씬하겠지. 열대 지역의 꽃들로 만든 부케를 들고 있을 테고. 댄스 수업을 좀 받아 보라는 얘기는 어떻게 할까 고민이 되네. 난 뭐 춤엔 소질이 없고, 네 아빠 리듬감은 바닥이니까. 케이크 샘플도 이라크로 보낼 수 있을까?

하지만 난 계획을 멀리까지는 진척시키지 못했어. 모든 게 잘못되었다는, 심지어 적절하지도 않다는 느낌이 든 거지. 내 남자가 여전히 위험한 상황에 처해 있는데, 행사 음식 업체와 꽃집을 알아볼 수는 없는 일이었으니까. 그래서 난 생각 자체를 몇 달 뒤로 유보해 버렸어.

대신 난 결혼식을 위해 임신과 출산으로 불어난 체중을 줄이는 데 집중했지. 내 운동법의 대부분은 가능하면 오래 유모차를 끌고 가는 거였어. 아파트 건물 내에 있는 체육관으로 불어난 살을 안고 가는 건 도저히 용납이 안 되더군.

네 아빠를 생각하면 참 의아했어. 이라크에서도 하루를 체육관에서 시작하는 그 불굴의 용기가 대체 어디서 생겨나는지. 부하들조차 그 사람의 혹독한 훈련에 혀를 내둘렀다잖아.

"거기는 되게 힘들거든요. 진짜로요."

부하 중 한 명인, 케니 모리스 중사의 얘기야.

"9일 중에 6일은 영외에서 보내는데, 그러니 영내에서 보내는 2일이나 3일을 체육관에서 보내는 건 엄청난 낭비인 거죠. 전 절대로 그렇게 하질 않았어요. 전 그저 늘어져 있었죠. 하지만 상사님은 딱 봐도 완벽한 몸인데 계속 그 몸을 만들어 가는 게 일종의 자부심이었어요. 뛰기도 엄청나게 뛰었고요."

찰스가 운동을 하는 건 외형적인 것만이 아니었어. 그건 일종의 치유였지. 직무를 수행하는 데 필요한 체력을 길러 주는 것이기도 했고. 아빠 부대의 포병이었던 쇼안 모하메드 병장은 건조하고 더운 날씨에 완전 군장을 하고 찰스와 수 킬로미터를 걸었던 일을 회상하며, 차량 접근이 용이하지 않은 곳에서 무기와 전투원을 찾아 나섰던 얘기를 들려줬어. 병사들이 휴식을 취하기 위해 앉았을 때, 찰스가 늘 맨 먼저 일어났다고 말이야.

"나이 든 부사관이 할 수 있다면 젊은 저희들은 당연히 할 수 있다, 그런 걸 저희한테 알려 주는 것 같았어요."

도나호 중령은 십여 명이 탈수 증세를 일으켰던 한 임무를 떠올리며 이렇게 얘기했어.

"찔 듯이 더운 날이었어요. 그때 아마 50개에서 70개의 링거를 놨을 겁니다."

네 아빠는 맞지 않았다고 하시면서 이렇게 덧붙였어.

"찰스 상사는 링거를 맞으라는 데 응하지 않았어요. 주임 부사관이 링거를 맞고 있는 모습을 병사들에게 보이는 건, 그 사람에겐 절대 용납할 수 없는 일이었죠."

아빠는 부대원들에게 모범이 되어야 한다는 게 너무도 확고해서 종종 이등병이나 계급이 낮은 병사들에게 맡겨지는 일들을 떠맡곤 했는데, 그래서 부하들을 경악에 빠뜨리곤 했었지. 어느 날, 반군들에 대한 정찰 임무를 마친 모하메드 병장이 모래로 둘러싸인 '어딘지 알 수 없는 곳'에 있었는데 탱크 한 대가 다가오는 걸 보았다고 해. 탱크 위쪽에 타고 있는 사수는 하급자가 맡기 마련인데, 바로 그 사수가 모하메드 병장에게 다가오라고 손짓을 하더라는 거야.

"전 아무 생각 없이 가운뎃손가락을 올렸죠. 그것밖에 해 줄 게 없다는 듯이요."

모하메드 병장은 순순히 털어놨어.

"그랬더니 사수가 탱크에서 뛰어내렸어요. 말 그대로,

해치에서 바닥까지 점프를 한 겁니다. 그러더니 제게로 미친 듯 다가오는 겁니다. 저도 다가가기 시작했는데, 어느 순간 보니까 킹 상사님인 거 있죠. '제기랄, 내가 뭔 짓을 한 거지?' 등줄기로 땀이 쫙 흘러내리더라고요. 저는 170에 평균 체중, 상사님은 188에 130킬로. 걸을 때마다 60센티미터씩 모래 속으로 푹푹 빠져들더군요."

모하메드 병장 앞에 다다랐을 때 네 아빠가 인상을 쓰면서 그러셨대.

"손가락 다시 한번 올려 봐 주겠나?"

하지만 네 아빠는 금방 냉정을 되찾았지. 모하메드가 자신을 알아보기엔 거리가 너무 멀었다는 걸 아신 거야. 그리고 주임 부사관이 사수 임무를 맡고 있다는 걸 짐작이라도 했겠니?

"밑바닥 업무를 수행하려면 늘 스스로를 낮출 수 있어야 한다—상사님이 제게 해 주신 얘깁니다."

그리곤 모하메드 병장이 덧붙였어.

"제가 그분을 존경한 건, 상사라는 계급이나 위상 때문이 아니었습니다. 저는 한 인간으로서 그분을 존경했습니다. 그분에겐 이타심이 있었습니다."

찰스는 스스로 설정한 기준을 항상 자신의 병사들에게 적용한 건 아니었어. 네 아빠한테는 부드러운 구석이 많았지. 아빠 부하의 아내인 발레리 라우어는 남편인 티모시와 함께 이사를 가기 전 남성용 막사에서 여러 날 밤을 보낸 적이 있는데, 그때 찰스가 모른 척해 준 일을 떠올리며 이런 얘기를 들려줬어.

"심지어 탱크 안에까지 올라가 봤어요."

어떤 병사는 찰스가 전투 훈련 중에 시간을 빼내 막 출산한 아내에게 갈 수 있도록 해 준 일을 얘기해 줬지.

"상사님은 제가 나갈 수 있을 거라고 말씀해 주셨고, 약속을 지키셨어요. 아내가 제왕 절개 수술을 하는 바람에 병원에 사흘을 머물러야 했는데, 상사님은 언제 돌아올 거냐고 단 한 번도 묻질 않으셨죠."

이런 이야기들은 듣고 있기가 힘들었어. 한편으론, 질투심이 일었으니까. 찰스는 자신의 부하들에게 한 만큼 우리에게도 관대했던 건 아니었지. 다른 한편으론, 자신을 멀찍이 내려놓는 방식으로 자신의 책임을 다한 그 사람을 더욱 사랑할 수밖에 없었으니까. 사병으로 입대한 사람들 가운데 10퍼센트 정도만이 상사로까지 진급한다고 하더군. 실제 전투 현장의 지휘관을 맡는 건 더 적고. 찰스는 전투에서 '적과의 교전'을 한 공로로 전투 교전 기장Combat Action Badge을 받기도 했었지. 이 기장을 받게 된 전투는 아빠가 이라크에 도착한 지 채 3개월이 지나지 않았을 때 일어났다고 하더군. 다른 중대원 몇 명이 매복 공격을 당했을 때 네 아빠가 아수라장 속으로 탱크를 몰고 들어가 부상을 당한 병사들을 안전한 곳으로 구출해 낸 거야.

아빠가 받은 배지에는 이런 말이 적혀 있어.

"귀관은 자신의 안전은 고려하지 않고 타 병사들을 신속하고 안전하게 대피시키기 위해 위험 지역kill zone에 남아 있었다."

찰스는 메달이나 상을 얼마나 많이 받느냐에는 관심이 없었지. 그 사람의 관심사는 여성이든 남성이든 군복을 입은 사람에 대한 존중, 그것뿐이었어.

18일은 길고 침통한 밤이었어. 조잡하게 만들어진 폭발물로 전사한 타 중대 병사 두 명의 추도식이 있었는데, 부하들은 아무도 참석하지 않았지. 우울해서 가고 싶지 않다고 그들은 변명했지만, 난 조국을 위해 자신의 생명을 아낌없이 바친 두 병사를 추모하지 않는 건 이기적인 행동이라고 얘기해 줬어.

모든 게 늘 편하고 즐거울 수만은 없어. 그게 인생이야. 하지만 사람들이 제마다 살아가고 그들이 추구하는 방식을 존중해 줘야 한단다. 그렇게 하는 것이 명예로운 일이야.

휴가를 나오기 직전의 몇 주 동안 찰스가 보낸 편지를 통해서 나는 전투로 인한 트라우마가 그 사람에게 생겨나고 있다는 걸 알 수 있었어. 어느새 네 아빠가 집을 떠나 있었던 게 거의 8개월이 되었더군. 난 아빠가 집으로 돌아왔을 때 어떻게 보낼지에 대한 계획을 세우기 시작했지. 아빠가 기저귀 가방으로 쓸 검은색 백팩을 구입했고, 그 사람이 가장 좋아하는 맥주들로 냉장실을 채웠어. 내 노력들이 도움이 될는지는 알 수 없었지만, 아빠의 편지를 읽으며 느꼈던 고통들을 삭여 줄 수 있는 것이면 무엇이든 하고 싶었어.

아빠가 이곳에서 겪은 어떤 경험들은 여기에 쓸 수가 없구나. 때론 내게 무슨 일이 있는지, 혹은 어떤 일이 일어날 수 있는지, 그것조차 무감각해져 버리는 것 같아. 갑갑한 낮과 두려운 밤들이 지나고 나면, 집으로 돌아가면, 모든 게 끝나겠지. 조던, 너무 빨리 자라 버리지는 마. 아빠가 곧 집으로 돌아갈 거니까.

12

사랑하는 조던,

난 거의 한 해 내내 너와 떨어지지 않은 채 정성껏 돌보았어. 한밤중에 일어나 네 숨소리를 확인하곤 했었지. 네가 울면 널 쓰다듬고, 트림을 시키고, 널 흔들어 주고, 노래를 불러 주었어. 8월의 어느 날, 마침내 아빠가 현관으로 걸어 들어왔어. 그건 그 사람이 해야 할 전부였지. 그리고 그 순간부터 넌 그 사람을 사랑했어.

네 아빠는 무척 걱정하셨어. 얼굴이 낯설어서 자기랑 친숙해지는 데 2주일은 걸려야 할 거라고. 하지만 너랑 아빠가 함께하는 시간이 길지 않다는 걸 신은 아셨던 것 같아.

내가 궁금해한 건 찰스 상사님이 조던의 아버지로 얼마나 바뀔 수 있을까, 그거였어. 난 너무도 오랜 여행에서 돌아온 그의 귀환이 완벽하기를 바랐어. 그래서 아빠가 도착하기 전날, 네가 자는 동안 난 음식을 만들었어. 일기에서 읽어서 알아낸 아빠의 '최애 음식'을 만든 거지.

솔직히 내가 가장 좋아하는 음식은 닭고기야. 튀긴 것이든 구운 것이든. 설탕에 절인 참마랑 채소나 깍지콩, 옥수수빵과 곁들이면 금상첨화지. 그 음식을 생각하면 늘 이소가 떠올라.

네 할머니랑 할아버지는 남부 출신이신데, 그래서 나도 남부식 입맛을 가졌나 봐. 킹 할머니의 어머니는 세상에서 최고로 맛있는 고구마파이를 만들 줄 아셨지. 그녀는 레시피를 가지고 세상을 떠나셨지만, 난 아직 그게 얼마나 맛있었는지 또렷하게 기억하고 있단다.

참마를 준비하기까지는 네 외할머니께 대여섯 번이나 전화를 드려야 했고, 채소는 네 이모랑 두 번이나 통화를 한 뒤에야 자신감을 얻었지. 하지만 닭은 완전히 다른 '영역'이었어.

15년 동안이나 채식주의자로 살아온 내게 죽은 조류를 말끔히 씻어 내는 일은 입에다 재갈을 물리는 일이었지. 지난 추수 감사절 때 찰스를 위해 콘월 암닭으로 요리를 한 적이 있지만, 그건 그다지 준비할 것도 없는 아주 간단한 일이었지. 그러나 이번 닭은 물컹물컹한 데다 빛깔도 병이 든 듯 누런색이었어. 그걸 찌르고 굴리고 하긴 했지만, 그건 실제로 '다룬다'고 할 수가 없었어. 아, 청소 도우미 샤이카가 없었다면! 거실에서 놀란 눈으로 날 지켜보고 있던 그녀가 내가 곤경에 처한 걸 알아챈 거야.

"뭐 좀 도와드려?"

카리브해 억양으로 그녀가 물었지.

"아뇨, 괜찮아요."

난 거짓말을 했어.

"정말요?"

"그럼, 음, 마음이 내키시면. 제가 닭을 잘라 본 적이 없어서요."

그녀는 싱크대에 물을 흘려보내고는 닭을 조각내더군. 그리곤 내가 만든 양념장을 뒤적거려 보더니 팬에다 식초와 물을 채우고는 조각낸 닭들을 넣었어. 난 가슴살을 적신 뒤에 다리를 밀가루가 담긴 통에다 집어넣는 걸 지켜보았지. 그녀는 냄비에 담긴 튀김용 기름을 데우고는 거기다 조각들을 넣었어.

"이 음식이 제게 얼마나 큰 의미가 있는지 모르실 거예요."

내가 그녀에게 말했지.

그녀는 자신도 '나의 군인'을 위한 마음으로 하겠다고 말했지. 그리곤 혹시 네가 깨어날지도 모르니 내가 음식을 다 마련하고 샤워할 때까지 기다려 주겠다고 했어. 나는 오븐에서 옥수수빵을 꺼내 놓고 채소들을 뒤적거린 뒤, 재빨리 욕실로 들어가 샤워를 하고는 나왔지.

임신으로 불어난 몸은 출산 후에 꽤 회복되었지만, 청바지에 엉덩이와 두 다리를 쥐어짜 넣으려면 여전히 한바탕 전투를 벌여야 했어. 블라우스는 검정 레이스가 달린 장밋빛으로 골랐는데, 널 낳고 난 뒤에 예전과 달라진 가슴이 잘 드러나 보였지. 재빨리 화장하고 향수를 뿌린 뒤, 음식 세팅을 하고는 비로소 샤이카를 돌려보냈어. 힘껏 끌어안아 준 뒤에. 찰스가 탄 비행기는 30분쯤 뒤에 도착할 예정이었지. 그때 마침 네가 잠에서 깨어났고, 위아래가 붙어 있는 줄무늬 청색 옷을 입고는 무릎에 앉아 아빠를 기다렸어.

그런데 두 시간이 지났는데도 아빠가 오지 않는 거야. 완전히 넋이 나가 버렸지. 무심코 이라크 시각으로 비행기 도착 시각을 알려 준 건 아닐까? 그랬었구나, 싶더라. 그렇다면 그건 아빠가 다음 날에도 집에 없다는 걸 의미했지. 울고 싶은 심정이었어.

더 이상 아파트에 앉아 있을 수가 없더군. 그래서 음식을 냉장고에 넣어 놓고는 널 유모차에 태웠지. 그리고 엄마 인생에서 가장 긴 하루에 가장 긴 산책을 했어.

다음 날 아침 아직 햇살이 비쳐 들기 전, 찰스가 애틀랜타에서 전화를 걸어 왔을 때, 난 깊이 숨을 쉴 수가 있었지. 그 사람이, 드디어, 미국에 있었어.

내가 전날 혼란에 빠진 상황을 말해 주자 아빠는 어쩔 줄을 몰라 했지.

"당신 잘못이 아니에요."

그리곤 내가 덧붙였지.

"그저 하루 지난 닭고기 요리라도 괜찮기만 바랄 뿐이에요."

너랑 난 공원에서 오후를 보냈어. 그리고 거기서 유모차를 밀고 그네를 태워 주는 수많은 아빠들을 지켜보았지. 참 오랫동안 기다렸었어. 네가 그들 사이에 있는 모습을.

드디어 라과디아 공항에서 아빠가 전화를 걸어 왔어. 그 사람이 집으로 오고 있었어. 난 미리 아파트 경비원에게 찰스가 엘리베이터를 타면 연락을 해 달라고 말해 놨었는데, 연락이 오는 순간, 갑자기 정신이 아득해지더군. 머리와 옷을 매만지고는 현관문 안쪽에 서 있었어.

문이 열리고 찰스가 우리를 향해 걸어오는데 한동안 숨을 쉴 수가 없었어. 그 사람이 활짝 웃으며 더플백을 내려놓았지.

"안녕하세요, 우리 아들의 아빠님."

너를 아빠의 팔에 안겨 주며 내가 말했어. 그 장면은 영원히 잊히지 않을 거야. 아빠는 숨을 막아 버릴 듯 너를 가슴 깊이 안더니 한쪽 팔을 내게로 뻗어 끌어당겼지. 아빠가 내게 입을 맞추고는 우리를 더욱, 쥐어짤 듯이 끌어안았어. 우리가 웃음을 터뜨리자 넌 놀란 것 같았어.

그리곤 아빠는 네 얼굴과 손을 곰곰이 뜯어보고 눈동자를 들여다보았는데, 그러는 모습이 마치 6개월 전 내가 한 것과 똑같았지. 아빠는 널 바짝 끌어당겨서는 킁킁거리며 냄새를 맡았어. 그것 역시 내가 한 그대로였지.

"아름다워."

꼼지락거리는 너를 보며 찰스가 말했어.

처음 널 보았을 때, 네 모든 게 엄마가 묘사한 그대로였단다. 네 그 파란 눈은 틀림없이 사람들을 매료시킬 거야.

아들, 넌 미국의 흑인이야. 그 사실에 항상 자부심을 가져. 너의 피부와 눈동자의 색 때문에 넌 도전을 받게 될 거야. 네가 무슨 일을 하든 그 모든 일에 너의 인격과 행동이 빛을 발하도록 해.

겉으로 보기에 찰스는, 조금 더 야위고 피부의 갈색이 조금 더 짙어졌을 뿐, 내가 마지막으로 본 그 사람과 다르지 않았어. 머리를 바짝 밀고 내가 끔찍이 좋아했던 콧수염도 사라졌지만, 미소는 여전히 아름다웠고, 반짝이는 눈도 마찬가지였지.

난 네 아빠가 세상에서 가장 놀라운 것을 보는 듯 너를 응시하는 모습을 지켜보았어. 그 사람은 너의 부드러운 머리를 매만지고는 가방을 달라고 했단다. 선물을 가져왔다고 하면서. 네 선물은 봉제 낙타, 내 선물은 돌을 깎아 만든 모자상母子像이었어.

찰스는 너를 안고 침실로 들어가서는 침대에 등을 대고 누워 너를 배 위에 올려놓았지. 넌 마치 전에도 그렇게 놀았던 것처럼 깔깔대며 웃었어. 그 웃음소리는 네 아빠도 웃게 만들었어. 두 사람의 아름다운 목소리는 달콤한 음악처럼 조화를 이뤘어. 난 침대 발치에 팔짱을 낀 채로 잠자코 서 있었지. 내 기분을 드러낼 수 있는 단어들이야 얼마든 있었지만, 꺼내 봐 봤자 두 사람을 방해할 뿐이었으니까.

마침내, 네 아빠가 떠난 후로 나를 묵직하게 누르던 짐으로부터 벗어날 수 있었어. 전화벨이 울릴 때마다 느껴지던 칼로 찌르는 것 같던 아픔을 더 이상 소화 불량인 척할 필요가 없었고, 가장 최근에 찍은 네 사진을 제때 받지 못할까 봐 걱정할 필요도 없었고, 잠결에 네 아빠에게로 손을 뻗으며 괴로워하다가 깨어나던 밤을 더 이상 두려워하지 않아도 되었으니까.

찰스가 무얼 느끼고 있는지, 전쟁이 그 사람에게 어떤 영향을 미쳤는지에 대해 말하기엔 아직 일렀어. 그때 우리에게 중요한 것은 작지만 안전한 공간에 우리가 평화롭게 존재한다는 사실뿐. 난 네 아빠와 함께할 모든 내일들을 생각했어. 14일의 첫날에서 시작해, 평생토록 이어지는 그 수많은 내일들 말이야. 모래성을 만들고, 크리스마스트리를 세우고, 이빨 요정밤에 어린 아이의 침대맡에 빠진 이를 놓아두면 그걸 가져가는 대신 동전을 놓아둔다는 상상 속의 존재. 놀이를 하고, 축구공을 던지는 동안 몇 년은 훌쩍 지나가겠지. 욕심이란 참 한이 없나봐. 난 일 초가 한 시간이 되고, 한 시간이 하루가 되기를, 바라고 있었어.

찰스도 시간의 덫에 채인 것처럼 보였는데, 갑자기 널 안고 침대에서 일어나더니 거실로 나왔지. 기분이 바뀐 것 같았어. 불안한 듯, 얼굴 가득 당황한 표정이 깃들어 있었지. 그리곤 배가 아프다면서 제산제가 있는지 묻더니 가방을 뒤져 흡입기를 찾았어.

병이 난 걸까? 아니면 불안해서 생겨난 현상이었을까? 난 침착하게 너를 아빠의 품에서 꺼낸 뒤, 제산제를 주었어.

흡입기에서 나오는 기체를 들이마시는 동안 난 욕조에 따뜻한 물을 받았지. 긴장을 푸는 데 도움이 될 것 같아서 맥주도 가져다줬어. 찰스에게 어패류 알레르기가 있다는 건 알았지만, 호흡기 질환이 있다는 건 까맣게 몰랐지. 난 네 아빠가 욕조 안으로 들어가 앉는 걸 지켜보면서, 생각했어. 저 사람에게 호흡 곤란을 일으킨 게 무얼까?

"자기야, 우리도 당신이랑 여기 같이 있을게."

너를 안고 뚜껑이 닫힌 변기 위에 걸터앉았지.

"가라앉혀요. 몸도, 마음도."

찰스는 숨을 깊이 내쉬고는 맥주를 쭉 들이켜더니 눈을 감았어. 음악을 틀까 생각했지만, 소리나 갑작스러운 움직임이 그 사람을 놀라게 할지도 모르겠다는 생각이 들었어. 대신 아빠가 눈을 떠 우리를 올려다볼 때, 난 그저 조용히 앉아 있었지. 아빠는 두 손에 물을 가득 담아 얼굴과 가슴에 떨어뜨렸어.

"흡입기는 어떻게 된 거야?"

내가 부드럽게 물었어.

"아, 천식."

아빠가 대답했어.

"얼마나 됐어요?"

"우린 발전소 옆에 살았어. 그래서 생긴 것 같아."

두 가지 사실이 충격을 줬어. 하나는, 네 아빠가 말한, 발전소 옆에 '살았다'는 표현이었는데, 그건 마치 이라크 현지 시각으로 비행기 도착 시각을 알려 준 것과 마찬가지였지. 마음이란 게 희한해서, 어디든 익숙해지면 '집'처럼 생각하게 되는가 봐. 거기가 세상에서 가장 위험한 지역이라도 말이야. 낯선 환경에서 살아남으려면 결국 자기 자신에게 의지할 수밖에 없고, 그래서 두려움으로 인해, 혹은 향수병으로 인해 옴짝달싹 못 하는 상황을 아예 만들지 않게 되는 거지.

다른 하나는, 그 사람이 천식에 걸렸다는 확신이었어. 발전소 가까이에서 뭔가를 들이마신 것 때문일 수도 있겠지만, 아빠의 호흡 곤란은 전투로부터 받은 스트레스에 대한 반응으로 느껴졌어. 지휘관이었으니, 두려움을 표현할 기회가 거의 없었을 테고, 강도가 너무 높아져서 어떻게든 풀어내야 할 때까지 가슴 안에 차곡차곡 쌓아 두기만 했을 테니까.

난 그 사람에게 군의관들이 실제로 천식 진단을 내렸는지를 물었는데, 네 아빠는 그렇다고 대답했어. 그래서 내게 진단이 다르게 나올 수도 있으니 이곳 의사에게도 가 보자고 제안을 했어.

"난 괜찮아요, 부인님. 흡입기 효과를 보고 있거든."

네 아빠를 화나게 하고 싶지 않아서, 그래 기다리자, 나중에 이라크 복무가 끝나면 다시 얘기해 보자, 하고 마음을 먹었지.

찰스는 한결 여유로운 모습으로 욕실에서 나오더니 다시 침대에 누웠어. 난 음식 준비를 하러 주방으로 나왔는데, 음식 냄새를 맡았던가 봐. 널 안고 거실로 나온 찰스가 음식이 넘어갈 것 같지 않다고 말했지. 몹시 지쳐 보였어.

"그럼 좀 쉬어요. 난 아기 데리고 잠깐 산책하고 올게요."

그리곤 덧붙였어.

"그래도, 옥수수빵은 좀 먹지 그래요? 닭 국수 수프도."

조금 전 문 앞에서 만난 남자가 몇 달 전 그 문을 걸어 나갔던 남자와 일정 부분 다를 거라는 사실은 충분히 예상한 일이었어. 하지만 그의 고통이 그렇게나 빨리 나타나리라고는 예상하지 못했지. 그가 그곳에서 무엇을 보고, 무엇을 했는지, 나로선 상상조차 할 수 없었어. 하지만 생명을 빼앗거나 구하는 게 일상인 세계를 벗어날 수 있는 방법 또한 있을 리 없잖아. 난 네 아빠가 집에 있는 동안 그를 짓누르는 짐을 덜어 주려 노력할 테지. 하지만 다시 그곳으로 돌아갔을 때 아빠는, 이제껏 자신이 겪은 것 이상을 견뎌 내야 하지 않을까.

우리가 그날 오후 늦은 산책을 마치고 집으로 돌아왔을 때 네 아빠는 아직 자고 계셨어. 넌 포근한 유모차에서 낮잠을 즐기고. 널 거실에 둔 채로 난 살금살금 침실로 들어갔지. 늘 그랬듯, 난 서랍장 위에 올려진 양초 받침대를 넘어뜨렸고, 아빠는 퉁기듯 일어났어.

"다나, 괜찮아?"

찰스가 큰 소리로 물었어.

난 네 아빠를 팔로 감싸며 지그시 두 눈을 바라보았어.

"저도 괜찮고, 당신도 괜찮아요. 여긴 집이에요. 안전한 집."

아빠가 도착하고 처음으로 우린 탐욕스럽게 키스를 나누었지. 연애 시절로 돌아간 것처럼.

"당신은 절 위해 거기 있었어요. 제게 그럴 만한 가치가 있는지 모르겠지만요. 이제 제가 당신을 돌볼 차례예요."

난 부드러운 목소리로 말했어.

"사랑해, 자기."

네 아빠는 아픔이 느껴질 만큼 세차게 껴안았지. 그리곤 날 놓아주고는 내 얼굴을 빤히 들여다봤어.

"나도 사랑해, 다나."

그 사람이 한 말은 그것뿐이었지.

아빠는 옥수수빵 몇 입이랑 수프 한두 모금 이상은 먹지 않았어. 내가 너를 목욕시킬 거니까 도와 달라고 하자, 아빠가 네 옷을 벗겼어. 네 무릎이 토실토실하고 발이 길다고 하면서 너의 통통한 작은 몸을 유심히 살펴보더군. 내가 주방 조리대에 놓인 조그만 파란색 욕조에 물을 반쯤 채운 뒤 거기에 너를 넣자, 팔다리를 쭉 펴기 전에 잠시 놀란 표정을 짓는 너를 아빠는 신기하게 바라보았어. 내가 얼굴을 씻기고 머리를 감길 때 네가 몸을 꿈틀대는 것도 유심히 지켜봤지. 내가 수건으로 물기를 닦아 내자 아빠가 로션을 발랐어. 그리곤 노란 잠옷을 입힌 뒤에 거실 의자에 앉아 젖을 먹였지. 네 아빠는 그 모든 걸 넋을 잃고 바라보았어. 그렇게 아빠의 치유가 시작되었지.

따뜻한 물에 목욕을 하고 배까지 채우고 나자 넌 슬금슬금 졸음이 밀려들었지. 너를 침대로 데려가 우리 사이에 뉘었지. 넌 고개를 들고는 아빠를 쳐다보았는데, 활짝 웃던 네 모습을 절대 잊지 못할 거야. 그리곤 넌 곧 잠에 빠져들어 갔지.

찰스는 네 작은 손을 자신의 손에 넣고는 문질렀어. 네 머리를 쓰다듬었고, 볼에다 입을 맞추었고, 한순간이라도 놓칠까 봐 눈조차 깜빡이지 않은 채 널 뚫어지게 바라보았지.

샤워를 마친 나는 몸에다 베이비오일을 바르고 향수를

뿌렸어. 그리곤 분홍색 잠옷으로 갈아입었지. 그 밤이 어떻게 지나갈지 알 수는 없었지만, 어쨌든 네 아빠의 품에서 부드럽고 섹시하게 느껴졌으면 하는 마음뿐이었어.

널 아기 침대로 옮겨 놓은 뒤에 난 찰스 곁에 누웠지. 네 아빠는 나를 끌어안더니 거칠게 입을 맞추었어. 그리곤 잠옷을 머리 위로 벗기고는 내 몸을 새롭게 발견해 나갔지. 그러더니 깜짝 놀랄 힘으로 나를 사랑하기 시작했어. 부드러워지려 애를 썼지만 날것 그대로의 그리움이 아빠를 완전히 지배하고 있는 것 같았어. 마치 내게로 돌아와 모두 풀어놓으려고 자신의 고통들을 차곡차곡 쌓아 놓기라도 했다는 듯.

그날 밤늦게 네가 잠에서 깨어 어둠 속에서 울고 있을 때, 우린 잠이 들어 있었는데도 여전히 서로를 꼭 끌어안고 있었지. 네 아빠는 곧장 침대에서 일어나 기저귀를 갈고 나서 널 내게 건네주었어. 달빛이 환히 비쳐 드는 방에서 네게 젖을 먹이는 내 모습을 그 사람은 묵묵히 지켜보았지. 네가 다시 잠이 들자 아빠는 너를 내 품에서 꺼내 볼에다 입을 맞춘 뒤 다시 아기 침대에 내려놓았어. 그리곤 나의 찰스는 침대로 돌아왔지.

"나도, 배가 고프네."

아빠가 내 귓속에다 조그만 소리로 말했지.

언젠가 해 질 녘이었는데, 내가 눈을 떴는데, 찰스가 나를 그윽이 내려다보고 있었어.

"왜 그렇게 보고 있어요?"

내가 묻자 그 사람이 이렇게 대답했지.

"난 일어나서 당신이 자고 있는 걸 보는 게 좋아. 늘 그랬어."

난 너무도 빨리 다시 떠날 그 남자에게 주체할 수 없는 열정이 느껴졌어. 난 그를 힘껏 껴안았지. 내 가슴에서 젖이 흘러나와 그 사람의 가슴을 적시고 있다는 걸 알았어. 네 아빠도 아픔이 느껴질 정도로 꽉 끌어안았지. 하지만 아무리 끌어안아도 여전히 충분히 가깝다는 생각이 들지 않았어. 난 숨을 거의 쉴 수 없었지만 신경 쓰지 않았어. 내 남자는 집에 있고, 안전하게 내 품에 안겨 있다—그 생각뿐이었어.

우린 다음 날 아침 천천히 잠에서 깨어 침대 위에서 커피를 마시며 빈둥거렸지. 평범한 가족의 평범한 일요일. 그날 찰스의 세계에선 폭탄이 터지는 일은 없었어.

아빠가 침대에서 네게 책을 읽어 주는 동안 난 평생 이렇게 오랫동안 해 본 적이 있나 싶을 만큼 긴 샤워를 했지. 물에 불은 손가락 지문이 얼마나 반갑던지. 타월을 몸에 감고 침실로 돌아왔을 때 넌 여전히 아빠 곁에 만족한 표정을 지으며 누워 있더군.

"이봐요, 신사 클럽 명예 회원증 좀 주시면 안 될까요?"

내가 농담을 던지며 덧붙였지.

"그 꼬마 신사를 이렇게나 빨리 당신한테 빼앗길 줄은 꿈에도 생각지 못했어. 대체 내가 기저귀를 얼마나 많이 갈 아 줬는데, 내 몸에서 얼마나 많은 젖을 뽑아내 배를 채워 줬는데."

"이봐 친구, 자네 생각은 어때? 저 여성분을 우리 클럽에 들어오게 해도 될까?"

찰스가 장난스럽게 네게 물었지.

정오가 다 되어서야 우린 집을 나섰단다. 내가 간이식당 에 들러 아침을 먹자고 찰스를 설득했지. "최소한 토스트라 도." 하고 간청했지만 네 아빠 여전히 식욕이 없다고만 할 뿐이었어.

우리는 이스트강이 내다보이는 공원을 거닐었지. 찰스 는 네가 탄 유모차를 밀면서 내 손을 끌어다 자신의 등에다 문질렀어. 그리곤 몇 분에 한 번씩 유모차의 햇빛 가리개가 네 얼굴을 잘 가리고 있는지 확인하기 위해 멈추곤 했지. 우 린 벤치에 앉아 사람들이 조깅을 하고, 개를 산책시키고, 프 리스비_{플라스틱 원반}를 던지는 걸 지켜보았어. 평화로운 곳에 서 사람들이 하는 일들.

헬리콥터 한 대가 머리 위로 지나가자 그 소리에 찰스는 몸을 움찔거렸어. 그리곤 호흡기를 꺼내 들이마셨지. 난 그 사람이 뭔가 말할 때까지 기다렸어.

"내가 방금 무슨 생각을 한 줄 알아요?"

이윽고 네 아빠의 입이 열렸지.

"자신의 아이들이 자라는 걸 지켜보지 못하는 군인들."

"우리에게 내리는 축복들을 헤아려야 해요. 그건 당신이 거기에 속하지 않는다는 증거죠."

다시 이라크로 돌아가고 6주 후면 아빠는 영원히 집에 있게 될 터였어.

"찰스, 이 끝을 통과하기만 하면 돼요. 거의 끝났어요. 그리고 여기 조그만 친구에겐 아빠가 필요해요."

그 사람이 널 보며 환하게 웃었어.

"제게도 당신이 필요해요."

내 말에 그 사람이 "알아." 하고 대답하고는 덧붙였어.

"그럼, 크리스마스엔 뭘 하고 싶으신가요, 부인님?"

"당신이랑 집에 있는 거."

"뭐 좀 특별한 걸 말해 봐요. 조던이 맞는 첫 번째 크리스마스잖아. 당신도 편히 쉴 수 있었으면 좋겠어. 센트럴 파크에서 마차를 타는 건 어때?"

"데이트?"

그 주가 지나자 내가 알고 있던 부드러운 남자가 나타나는 걸 볼 수 있었지. 그는 더 이상 갑작스러운 소음에도 놀라지 않았고, 껍데기를 벗긴 닭고기와 샐러드를 먹기 시작했지. 그리고 여전히 너를 내려놓지 않았고.

우린 지하철로 향했어. 우리가 해결해야 할 목록 가운데 유일하게 남아 있던 일―바로 너의 출생증명서를 수정하는 거였지. 찰스는 병원에서 내가 벌였던 한바탕 소동 얘기를 침착하게 듣고는 고칠 필요가 있다는 데 동의했지. 하지만 필수 기록 관리 사무실Office of Vital Records로 들어갔을 때, 의기소침해지고 말았어. 십여 명이나 되는 사람들이 은행 창구처럼 생긴 유리 칸막이 뒤편의 직원들에게 다가가기 위해 줄지어 기다리고 있었으니까. 우린 기다리는 동안 양식의 빈칸들을 채우고는, 줄에 서 있는 낯선 사람들에게 증인으로 서명을 부탁했지. 드디어 우리 차례가 왔을 때, 내가 우리의 상황을 직원에게 설명했어.

"저기 틈으로 양식을 넣어 주세요."

젊은 여자가 뻣뻣한 목소리로 말하더군. 그녀는 마치 친부를 확인시키는 온갖 종류의 이야기들을 들어 온 터라 그저 끝나기만 기다렸다는 듯 심드렁한 표정을 짓고 있었지.

"우리 얘기를 들어 줄 사람이 따로 없나요? 애 아빠가 곧 이라크로 돌아가야 하거든요."

"없습니다. 매니저는 비번입니다."

그녀가 퉁명스럽게 대답했어.

난 포기하고는 최선의 결과가 나오길 기대하면서 우리가 작성한 양식을 빈틈으로 밀어 넣었지. 창구에서 물러나면서 네 아빠에게 조금만 있다가 가자고 말했어.

"찰스, 이 일이 잘 처리되길 바라지만, 만약 잘 안 된다면, 조던의 출생증명서에 당신 이름이 꼭 추가되게 할 거야. 맹세해. 원본에 없다는 게 너무 아쉬워."

"고마워요, 부인님. 당신이 알아서 잘 할 거란 걸 알아."

건물에서 나온 뒤, 찰스는 시내 거리를 즐겁게 걸었지만 난 치미는 화에 기분을 잡치고 싶지 않았어. 하지만 속은 부글부글 끓었지. 어떻게 아무도 나서질 않는 걸까? 의회도, 군도, 병원도. 군인 아빠들이 전쟁에 참여하고 아내들이 홀로 아이를 낳았는데, 그 아이의 출생 증명에 빠져 있는 아빠의 이름을 채우는 게 그렇게 부당한 일인가? 그 문제를 해결할 수 있는 유일한 방법이 혼인 증명서라니! 자존심이 상해 견디기 힘들었어. 무엇보다 최악은, 누구도 이런 일에 관심을 갖고 있지 않은 것 같다는 거였지.

그날 저녁에 네 아빠를 위한 '베이비 샤워'를 하기로 했는데, 오후 내내 빈둥거렸지. 네가 낮잠을 자는 동안에도 대부분은 완전히 늘어져 시간을 보냈고. 어느새 시계가 오후 4시를 가리키고 있었지. 5시 30분이면 손님들이 올 텐데,

난 음식 준비는 고사하고 식료품을 사러 나가지도 못한 상태였지. 그래서 네게 젖을 먹이고 목욕을 시키는 동안 찰스가 식료품점으로 뛰쳐나갔고, 주방에서 한창 일을 하던 난아기 놀이울 위에 걸린 음악 모빌이 멈춰 네가 울기 시작하면 또 그걸 봐 주느라 정신이 없었지. 식품을 사러 나갔던아빠가 돌아왔을 때도 난 여전히 땀에 전 바지랑 티셔츠 차림이었는데, 마침 셔츠에 묻은 걸 닦아 내고 있는 중이었지. 그때 네 아빠가 미소를 지으며 내 입술을 지그시 바라보는거야. 내가 너무도 잘 아는, 애정이 이글이글 타오르는 그눈빛으로.

"뭐야, 찰스, 또? 장난 그만하시죠? 9개월 동안 사막에서지냈다는 건 잘 알지만, 한 시간도 안 돼서 손님들이 닥칠거라고요!"

첫 손님들—나를 많이 도와주었던 라라와 찰스를 짝사랑한 내 이탈리아인 게이 친구 치로가 도착했을 때, 우린 그나마 옷은 걸치고 있었어. 둘은 나를 밀어내고는 네 아빠한테로 가더니 와락 껴안으며 좋아 보인다고 호들갑을 떨더군. 속속 들어선 손님들도 마찬가지였어. 네 아빠랑 오랫동안 따뜻하게 포옹을 나누는 모습들이 보기 좋았어. 사람들은 사진을 찍고, 낄낄대고, 널 안고 있는 그 사람을 웃으며바라보았지. 그날 저녁 난 손님을 섬기는 건 포기했어. 그러다 괜히 정신만 빠지겠다 싶었던 거지. 요리를 포기하고 난 피자를 주문했지.

그날은, 어쨌든, '베이비 샤워'였으니, 누군가 찰스에게 거실 한가운데에 놓아둔 의자에 앉아 선물을 열어 보라고 주문을 했어. 아빠가 당황하고 있다는 걸 난 알 수 있었지. 그 사람이 널 내게 건넸는데, 그날 저녁 처음으로 네가 아빠의 팔에서 떠나는 순간이었지. 아빠는 아버지의 역할에 관한 몇 권의 책이랑 욕조 장난감 세트, 그리고 이라크로 가져갈 수 있도록 휴가 때의 사진들로 채워진 작은 사진첩을 풀었어. 그리고 마지막으로 내 선물을 열었지. 네 아빠가 가장 좋아하는 너의 사진이 찍힌 커피 머그잔과 기저귀랑 물티슈랑 고무로 된 공갈 젖꼭지랑 트림할 때 어깨에 대는 천이 들어 있는 검은색 가죽 백팩.

찰스는 연설가 타입은 확실히 아니었지만, 좋은 시간이 될 수 있도록 하겠다고 다짐을 하더군. 그리고 네 아빠는 꽤 여러 번 부하들에 대해 얘기해 줬어.

"제가 돌아갔을 때 모두들 무사하길 바랄 뿐입니다. 다들 알고 있죠. 집으로 돌아갈 때가 거의 다 되었다는 걸요. 그래서 전 그 친구들을 지켜 주는 데 더 열심히 집중해야 합니다."

라라와 미리엄은 전쟁의 정치학에 관한 얘기를 나눠 보

고 싶어 했지만, 찰스는 대부분 미소를 지으며 듣기만 했지. 카티는 네 아빠의 뺨에 입을 맞추고 기도를 하면서 그를 북돋우려 애썼어.

"가족들은 걱정하지 말아요. 제가 도와줄게요."

웃음소리도 크게 들리고 배도 고팠던 모양인지 해 질 녘에 잠이 들었던 넌 몇 시간쯤 뒤에 깨어났어. 나는 너를 안은 채로 손님들이 둘러앉은 창가 자리에 앉아 있었지. 아빠는 거실 가장자리에 서 있었는데, 생각에 잠긴 것 같았어. 마침 눈이 마주치자 내 곁에 앉으라고 손짓을 했는데도, 아빠는 그냥 서서 거실을 가득 채운 사람들을 음미하듯 바라보았어. 그 밤은 아빠가 아주 돌아올 때 모두 모여 더 큰 축하 파티를 열자는 약속으로 끝이 났어. 자정쯤 마지막 손님이 떠나고 네 아빠와 난 서로를 안은 채로 창밖을 오래오래 바라보았어.

그날 밤 침대에 누웠을 때 문득 생각나는 거야. 그날 하루는 찰스가 흡입기를 전혀 사용하지 않았다는 걸. 아빠는 점점 식사량이 늘어났고, 아침이면 내 옷들을 다림질하기 시작했지.

"내일은 엄마의 날로 해야겠어."

내가 아빠의 팔을 베고 눕자 그렇게 말하더군. 그래서 내가 그랬지.

"안 될 말씀. 잊었어요? 내가 당신을 돌본다고 했잖아요."

찰스가 몸을 벌떡 일으켰어.

"조던이랑 내가 당신을 데리고 마사지 숍으로 갈 거야. 그리고 둘이서 시간을 보낼 거야."

"시간을 보낸다고? 어디서요?"

"공원이랑, 서점이랑. 모유도 충분히 넣어 줘. 기저귀도."

난 마지못해 그러겠다고 했어. 그리곤 명령하듯 말했지.

"하지만 휴대폰을 가까이에 둘 테니까, 무슨 일이 있으면 바로 연락해요."

한밤중에 가슴에 젖이 가득 차올라서 잠에서 깨어난 나는 욕실로 들어가 부자간의 첫 나들이를 위해 필요한 모유를 짜냈지. 찰스가 함께 있겠다고 해서 곁에 앉도록 했지. 그리곤 우리의 '귀하신 아드님'에 대해 이야기꽃을 피웠지.

"아무래도 당신을 닮은 것 같아."

찰스의 그 말에 내가 고개를 저으며 대답했어.

"조던을 보고 있으면 당신 얼굴이 보여요."

"다나, 이 아이는 만나는 사람들마다 축복이 될 거야. 특별한 존재야. 내 말 꼭 기억해."

우린 아기 침대에서 들려오는 네 숨소리를 들으며 잠에

빠져들어 갔어.

다음 날 아침, 보슬비가 내리고 있었는데, 잠자기 딱 좋은 날씨였지.

네 엄마와 함께 있을 때, 뉴욕에 비가 내리면 늘 좋았어. 창을 때리는 빗물 소리를 듣고 있는 것만으로도 마음이 편해졌거든. 어디로 나갈 필요 없이 그냥 집에 있으면서, 책을 읽고, 껴안을 수 있으니까.

이른 오후가 되자 빗줄기는 안개처럼 가늘어졌어. 아빠는 너를 담요에 싸서 유모차에 넣고는 유모차를 방수 덮개로 씌웠어. 그리곤 아파트와 가까운 곳에 있는, 내가 좋아하는 스파로 갔지. 나를 따라 안으로 들어온 아빠는 프런트에 있는 여직원에게 자신의 신용 카드를 건네주면서 마사지랑 얼굴 관리, 손톱 손질은 물론이고 내가 원하는 것이면 무엇이든 다 받으라고 나를 다그쳤어.

"그냥 마사지만." 하고 내가 말했는데, 얼굴이 발갛게 달아올랐지. 두 사람이 떠나고 창문으로 고개를 돌리니까, 네 아빠가 검은색 새 백팩을 메고 유모차를 밀며 길을 내려가는 게 보이더군. 얼마쯤 뒤 난 화려한 가운에 몸을 감싼 채 레몬 조각이 들어간 물을 홀짝이고 있었는데, 마사지 치료사가 와서 나를 촛불이 켜진 방으로 안내했어. 한 시간 동안의 마사지를 받고 났을 때 피곤이 완전히 풀어졌지.

네 아빠는 오겠다고 한 시간에 정확히 도착했는데, 마치 몇 달이나 유모차를 끌어 본 사람처럼 능숙하게 조종하는 게 현관 출입문으로 훤히 보이더라. 아빠는 기저귀를 두 번 갈았고, 갖고 간 모유를 먹인 뒤에 트림도 시켰다고 말했어. 너한테 사 준 책들도 보여 주면서 네가 계산대의 여자들을 완전히 홀려 버렸다고 하더군.

"당신이 이 친구 하는 걸 봤어야 했는데. 여자들한테 추파를 던지는 걸 말이야."

찰스의 허풍은 계속됐어.

"계산대 직원들은 손님들 줄이 계속 늘어나는데도 우릴 둘러싸고 이 친구가 얼마나 귀여운지에 대해 떠들어 대고만 있는 거야. 직원 한 명은 우릴 쫓아와서는 이 친구 양말이 바닥에 떨어질 것 같다고 얘기해 주더라니까."

"내가 볼 수 없는 곳에는 다신 보내면 안 되겠군요."

대단히 관대한 여자들로 둘러싸인 내 남자들을 상상하며 농담을 던졌지.

"당신 아들 때문이지 뭐."

그날 네가 아빠랑 편하게 지내는 걸 보니 좀 대담해졌어. 그래서 내가 갖고 있던 생각을 아빠한테 할 수 있었지.

그건, 아빠가 집으로 돌아온 뒤 조기 전역을 했으면 좋겠다, 내가 일을 하는 동안 2년 정도 풀타임으로 너를 돌봐 주면 좋겠다, 그런 얘기였어. 그 사람은 내 제안에 살짝 당황한 것 같더군.

"다나, 당신도 잘 알잖아. 당신은 일하지 않는 남자와 결혼하는 타입이 아니란 걸. 나도 마찬가지야. 생계를 돌보지 않는 건 내 타입이 아니야."

그래서 내가 얘기했지. 당신이 가족을 돌보는 게 바로 생계를 돌보는 것이다, 뉴욕에서 아이를 돌보는 데는 천문학적인 비용이 들어가는 일인데 당신은 여전히 재정적으로 공헌하는 것이다, 그리고 조던이 학교에 들어가면 그림 그리는 일에 매진하거나 가르치는 일을 할 수도 있고 필요하면 부업을 가질 수도 있다, 그런 얘기 말이야.

"많은 흑인 아이들이 아버지 없이 성장해요."

그렇게 운을 떼고는 내가 덧붙였지.

"하지만 우리 가족은 아빠가 기본적인 관리자니 얼마나 멋져요? 그리고 당신의 직업의식을 따로 증명할 필요가 없잖아요."

네 아빠는 생각해 보겠다고 했지만, 난 알고 있었어. 찰스처럼 예전 사고방식을 가진 사람에게 내 제안은 매우 급진적으로 느껴질 거란 걸.

그날 난 내심 계획을 세워 놨었어. 널 베이비시터에게 맡겨 놓고 아빠랑 나랑 둘이서만 멕시코 음식점에 가서 오랜만에 만찬을 즐기자, 그렇게. 그래서 점심은 샐러드 같은 걸로 간단히 먹으려고 했었지. 그런데 네 아빠는 만찬 데이트 대신에 가족 점심을 권했지. 한시라도 널 떼어 놓고 싶지 않다는 게 이유였어. 결국 우린 택시를 불러서 함께 데이트하러 나갔지.

네가 캐리어에 앉아 옹알거리는 걸 보면서 우린 합의를 봤어. 낭만적인 재결합을 위해 우리 둘만 저녁에 따로 나갈 필요가 없다는 걸.

"문제가 참 간단하게 해결됐네요."

내가 그렇게 말하자 아빠는 겸연쩍게 미소를 지으며 토르티야 칩을 살사 소스에 듬뿍 찍어 내게 먹여 줬지. 그리곤 물었어.

"결혼식은 언제쯤으로 생각하고 있어?"

내가 기막힌 날짜를 뽑아 놨다고 말했지. 6월 9일 토요일—내 생일인 6월 8일과 네 아빠 생일인 6월 10일의 딱 중간. 네 아빠가 멋진 생각이라고 하더군.

난 우리가 원래 계획한, 가족들을 초대해 크루즈에서 식을 올리는 걸 어떻게 생각하냐고 물었지. 뉴욕으로 돌아와서는 따로 연회를 가질 수도 있었지.

"조던을 가졌듯이, 당신이 원하면 뭐든 해."

"드레스를 슬슬 찾아봐야겠네요."

"그럼 난 턱시도를 찾아보는 게 좋겠군."

"안 돼요."

내가 단호하게 말하곤 덧붙였어.

"턱시도는 누구나 다 입잖아요. 저는 군인이랑 결혼하는 건데. 군복을 입은 당신이 식장으로 들어오는 모습을 보는 것만큼 절 뿌듯하게 하는 건 없을 거예요."

찰스가 활짝 웃더군.

내가 다음 날은 뭘 하고 싶으냐고 물었더니, 네 아빠는 딱 하나밖엔 생각할 수가 없다더군. 네 겨울옷을 사는 거.

"8월에 겨울옷을 사겠다고요?"

아빠가 고개를 끄덕이는데, 난 이유를 묻지 않았어.

내가 임신을 한 뒤론 우리가 함께 쇼핑한 적이 없었지. 부모가 된 뒤에 쇼핑을 하는 게 멋진 일이다 싶은 거 있지. 겨울 상품들을 파는 가게에 도착하기 무섭게, 찰스는 양말 이랑 기저귀랑 지금 것보다 큰 아기 욕조만이 아니라, 재킷 이랑 벙어리장갑, 긴 소매 셔츠, 면 추리닝으로 카트를 가득 채웠어. 아빠는 네게 필요한 게 더 없냐고 계속 물었고, 난 더 이상 없다고 계속 말해야 했지.

저 사람은 그저 아빠의 임무에 충실할 뿐인 거야—난

그렇게 생각하기로 했어. 하지만 어쩔 수 없이 자꾸만 생각이 나는 거야. 네 아빠가 왜, 아직 많이 남은 날들을 그토록 염려하는 것인지. 혹시 본인이 없는 미래를 대비하는 건 아닐까?

집으로 돌아온 뒤 네 아빠가 나한테 말했어.

"다나, 당신한테 수표를 줬으면 싶어. 전투 수당의 반을 당신 앞으로 해 주고 싶거든."

난 거절했어. 우리한테는 아직 아빠가 준 수표가 몇 장 더 남아 있었지. 아빠는 내게 상기시켜 줬어. 내가 다시 직장으로 갈 텐데 그러면 베이비시터가 필요할 거라는 거였어.

"전 당신의 전투 수당 절반을 받지 않을 거예요."

난 내 생각을 굽히지 않았어.

"다나, 제발. 이 아인 우리의 아들이야. 그리고 당신을 위해서도 돈을 써야지."

네 아빠는 수표에 서명하고 내게 주려 했어. 난 손을 흔들어 만류했지.

"받아요, 다나."

결국 아빠의 말에 따랐어.

그러고 나서 찰스는 생명 보험에 대해 말을 하기 시작했지. 난 이리저리 서성대기 시작했고.

"찰스, 당신도 알잖아요. 만약 당신한테 무슨 일이 생긴다면, 그 돈은 조던을 위해서만 쓴다는 걸요."

아빠는 내 어깨에다 두 손을 얹었는데, 이제껏 그렇게 진지한 표정을 본 적이 없었어.

"다나, 그 돈은 당신을 위한 것이기도 해."

그리곤 똑같은 말을 반복했지.

"당신을 위한 것이기도 하다고."

거기에 대해서는 논쟁을 벌이고 싶지 않았어. 남자로부터 돈을 받는 데 익숙하지 않긴 했지만, 그런 게 나를 신경쓰이게 한 건 아니었어. 다만 아이의 겨울옷을 마련하는 데 욕심을 내고 사망 보험금 같은 것에 대해 얘기하는 찰스의 갑작스러운 태도가 나를 불안하게 만들었지. 결국 네 아빠가 집으로 돌아올 시간들을 월 단위가 아니라 주 단위로 꼽을 수밖에 없었어. 핵심은 뭐였을까?

하지만 아빠가 구입한 새 스웨터와 모자들을 함께 살펴보기 시작했을 때, 나 역시 몇 가지 엄숙한 준비를 하고 있었다는 사실을 스스로 인정해야만 했지. 찰스가 도착한 직후, 난 내가 고용한 베이비시터를 만날 수 있게 해 놓았는데, 내가 직장에 복귀한 후에 널 돌봐 줄 사람에 대해 네 아빠가 안심할 수 있길 바랐던 거야. 그리고 아빠를 담당 소아과 의사의 진료실로도 데려가서 우리가 이 도시에서 가장 좋은 소아 전문 응급실과 얼마나 가까운 곳에 살고 있는지를 직접 보여 주었지. 어느 날 오후 이스트강 근처를 산책할 때 시장의 저택을 보여 준 건, 공원이 그만큼 높은 보안 수준을 가지고 있다는 걸 알려 주기 위해서였어. 그 모든 걸 굳이 의식한 건 아니었지만, 결국 아빠가 우리와 함께 살지 못할 경우를 대비해 내가 널 안심하고 양육할 수 있는 세계에 살고 있다는 걸 확인시켜 준 것이나 다름없었던 거지.

우리의 기분은 시시각각으로 바뀌었어. 찰스가 네 사촌들이나 할머니, 할아버지와 만나는 걸 영구 귀국한 뒤로 미루기로 결정했을 때, 내게 그건 아빠가 반드시 돌아올 거라는 확신의 표시로 받아들였어. 하지만 그 사람이 아기 욕조를 닦아 내고 기저귀를 가는 걸 보면서 네 아빠의 생각은 다를 수 있겠다는 걸 깨달았지. 찰스는 거의 매일 크리스티나와 통화를 하면서 부모님과 여동생의 안부만 물었을 뿐, 휴가 2주 동안을 우리하고만 보내기로 결심한 거야. 그들은 평생을 그와 함께했었지만, 너와 아빠는 단 2주 동안만 서로를 가질 수 있다는 것을 알았던 거지.

하지만 어머니란, 뭔가, 생각이 다른 법이지. 킹 할머니는 당신의 처키를 보셔야만 했거든. 나야 모성애 클럽 회원 자격을 얻은 게 얼마 되지 않아 잘 몰랐지만, 할머니가 둘째 주 중반에 전화해서 당신의 라과디아 공항 도착 시각을 알려 주셨을 때, 난 완전히 이해했지. 바로 그날, 파란색 정장에 화려한 실크 스카프를 목에 두르고 긴 머리는 땋아서 팽팽하게 묶은 모습으로 할머니가 나타나셨어. 너도 알다시피, 킹 할머니는 애정 표현을 잘 하지 않는 내성적인 여성이잖아. 그래서 할머니가 당신의 아들을 껴안기 전에 먼저 포옹과 입맞춤으로 네 숨통을 막아 버렸을 때 난 혼자 웃음을 머금어야만 했지.

집으로 돌아오는 택시 안에서 난 앞자리에 앉아 킹 씨 3대가 함께 있는 모습을 경의에 찬 눈길로 바라보았지.

그날 오후 할머니를 모시고 점심을 먹으러 갔을 때, 네가 칭얼대자 네 아빠는 슬그머니 창가로 널 데려가려 했지. 네 아빠한테 제발 어머니와 식사를 즐기면서 시간을 좀 보내라고 설득해 봤지만, 그 사람은 듣지 않았어. 창가에 서서 널 가만가만 흔들다가 머리에 입을 맞추는 네 아빠의 모습은 자신이 필요로 하는 모든 걸 가진 것처럼 보였고, 너 또한 아빠의 품 안에 너무도 조용하고 편안하게 안겨 있었지. 두 사람의 그런 모습을 보느라 킹 할머니와 난 식사를 거의 할 수가 없었지.

그날 저녁 공항에서 킹 할머니와 아빠가 작별의 키스를 하는 걸 보는 순간, 일주일 내내 나를 괴롭혔던 행복과 슬픔이 뒤섞인 기이한 감정에 사로잡혔지. 시간이 얼마 남지 않던 거야. 찰스가 다시 이라크로 떠나기까지 고작 사흘.

남은 시간을 우리끼리만 보내고 싶었는데, 다음 날 밤 전직 직속 상사였던 제럴드 보이드와 그의 아내 로빈 스톤과 함께 저녁을 먹기로 이미 약속이 되어 있었지. 두 사람은 '베이비 샤워'에 참석할 수 없는 상황이기도 했고, 나도 몇 달이나 제럴드를 보지 못한 상태였지. 할렘에 있는 적갈색 사암으로 지은 그들의 집에 도착했을 때, 난 몹시 야위고 병색이 완연한 그의 모습에 깜짝 놀랐어. 뭔가 잘못된 게 분명했지만, 로빈과 제럴드는 찰스의 귀향에 초점을 맞추고 싶다며 말문을 막았지.

로빈이 저녁을 준비하는 동안 우린 커다란 방에 앉아 칵테일을 마셨어. 제럴드는 널 가슴에 안고 가만가만 흔들고 있는 찰스를 바라보면서 한참이나 미소를 짓다가 말했지.

"지금 보고 있는 거, 이게 전부야—가족, 그리고 그들 공동의 목표."

식사하기 위해 자리에 앉았을 때, 우린 서로 손을 잡고 기도를 했어. 제럴드는 기도하며 모든 일은 '신의 뜻에 따라' 일어날 것이라고 말했지. 전쟁터로 복귀하는 사람에게 하는 말치고는 좀 이상하다는 생각이 들었는데, 몇 주 후에야 로빈이 털어놓았어. 남편이 폐암 말기 진단을 받았다고. 그제야 난 그가 왜 체념처럼 들릴 수도 있는 말을 했는지 이해할 수 있었지.

　로빈과 제럴드 사이에는 아홉 살짜리 아들 재커리가 있었는데, 우리가 도착하기 전에 미리 저녁을 먹고 지하실로 내려가 놀고 있었어. 우리가 막 식사를 마치고 네 아빠가 디저트로 내게 파이 한 조각을 주었는데, 그때 재커리의 비명소리가 들렸지. 로빈과 찰스는 재빨리 지하실로 향했는데, 찰스는 계단을 먼저 내려갔어. 제럴드도 가능한 한 빨리 뒤따라갔고.

　로빈이 "아, 이런." 하는 소리가 들렸어.

　그러고는 "얘야, 무슨 일이니?" 하고 찰스가 묻는 소리가 이어졌지.

　재커리는 너무 심하게 울어서 대답하지 못했어.

　"지혈을 해야겠습니다." 하고 찰스가 말했지.

　네 아빠는 계단을 뛰어 올라와서 나를 지나 욕실로 가더니 수건을 몇 장 집어 들고 나왔어. 그중 하나는 물에 적셔져 있었지. 나는 그 사람의 셔츠에 핏자국이 있는 걸 보았지.

　"치아 하나가 입술에 박힌 것 같은데, 살펴보려면 먼저 지혈부터 해야 할 거 같아."

　네 아빠는 빠르게 얘기하고는 계단을 뛰어 내려갔어. 그리곤 재커리에게 말하는 소리가 들렸지. 얼굴에 수건을 대고 조금 세게 누를 거라고. 네 아빠는 로빈에게 얼음을 가져오라고 보냈어. 이윽고 재커리의 울음소리가 잦아들었고, 상처를 살펴보고 싶다는 찰스의 목소리가 들렸지. 그리곤 몇 바늘 꿰매야 할 것 같다고 말했어.

"괜찮을 거야. 입술에다 얼음만 대고 있어."

찰스가 계단을 올라가면서 지시하듯 말했지. 찰스는 충격을 받은 재커리의 부모에게 가장 가까운 응급실로 데려가라고 말하고는, 우리도 옷을 챙겼지. 택시를 타고 집으로 돌아오는 중에 찰스가 깊이 숨을 들이마셨다가 내쉬면서 내 다리를 잡아 주었어. 우린 누구도 먼저 입을 열지 않았지.

그날 밤늦게, 나는 찰스의 신음 소리를 듣고 화들짝 잠에서 깨어났어. 네 아빠는 머리를 이리저리 흔들고 있었는데, 일그러진 표정으로 숨을 가쁘게 몰아쉬었지.

나는 아빠를 놀라게 하고 싶지 않아서 부드럽게 이름을 부르면서 가만히 흔들었어.

"일어나 봐, 자기. 꿈꾸는 거야?"

"피를 너무 많이 흘렸어."

네 아빠가 반쯤 눈을 뜨고는 그렇게 말하더군.

"어디? 어디서 피가 나는데?"

"이라크."

그렇게 말하고는 덧붙였어.

"이라크 아이들."

난 눈자위에 입을 맞추고는 가볍게 아빠를 토닥거렸어.

"여긴 안전해요, 찰스."

그리곤 말했어.

"당신은 지금 저랑 조던이랑 같이 집에 있어요."

아빠는 몸을 굴려 내 위로 올라와서는 내 몸을 꽉 끌어안었어.

"피를 엄청 흘렸어."

"그래요, 알아요. 알아요. 하지만 지금은 집이에요."

나는 그렇게 누운 채로, 아빠의 숨소리가 느려지고 다시 잠에 빠져들 때까지 완전히 깨어 있었지. 아빠의 몸이 가슴을 눌러서 아팠지만, 일부러 꼼짝하지 않았어.

아침 햇살이 비쳐 들었을 때 찰스는 꿈에 대한 기억이 전혀 없는 듯 보였고, 나도 얘기를 꺼내지 않았지.

이제 우리에겐 딱 하루가 남아 있었어.

그날 밤, 우린 너를 데리고 중국 식당으로 마지막 '데이트'를 하러 갔어. 하지만 넌 몸을 자꾸 꿈틀거리며 울었고, 네 아빠는 널 밖으로 데려가야겠다고 자꾸만 고집을 부렸지.

"내가 돌아올 때까지 당신은 이렇게 한가롭게 식사할 기회가 없을 거야."

그 말을 듣고 나는 나를 위해 너무 많은 시간을 허비하고 있다고 불평을 터뜨렸지. 내가 아빠를 돌보겠다고 장담을 했지만 결국 아빠는 아무것도 얻지 못한 거야. 난 가능한 한 빨리 먹고는, 아빠 음식을 포장해 달라고 부탁했어. 식당에서 나온 우리는 구름 한 점 없이 맑은 밤, 싱그러운 저녁 공기를 즐기며 천천히 걸어서 집으로 돌아왔어.

네 아빠는 일기장의 비워 둔 곳을 채우느라 한 시간 반이나 보냈는데, 작별 인사를 하고 싶어 하는 가족이랑 친구들한테서 계속 전화가 걸려 와 연신 멈추곤 했었지. 그럴 때마다 아빠가 얼마나 좌절에 빠졌는지는 내가 생생히 봤어. 그래도 그 사람은 쓰는 일에 집중하려고 무척이나 애를 썼지. 그러고 나서 우린 새벽이 올 때까지 이야기하고, 사랑을 나눴어.

찰스가 샤워하고 가방을 싸는 동안 난 아빠가 먹을 점심으로 치킨 샌드위치를 만들었어. 그리곤 거실 소파에 누워 그 사람이 군복 입는 모습을 지켜봤어. 넌 여전히 자고 있었지. 네 아빠를 다시 침대로 데려가고 싶은 마음은 굴뚝같았지만, 남은 시간이 별로 없었어.

"군무 이탈을 해 볼 생각은 없나요? 우리랑 그냥 여기서 지내지 않을래요?"

윗도리 지퍼를 채우는 걸 보면서 내가 농담을 던졌지.

그러자 눈을 흘기며 말하더군.

"다나, 당신은 절대로 겁쟁이랑 결혼할 사람이 아니지."

"그래요, 맞아요. 이제 가요."

난 마치 일상적인 작별인 양 장난스럽게 말했어.

네 아빠는 군화의 끈을 묶고는 군모를 썼어. 그걸로 킹 상사로의 변신은 완벽하게 이루어졌지.

나는 그가 조용히 네 아기 침대로 가 안전 난간을 내리는 걸 지켜보았어. 그는 네게 가볍게 키스하고 등을 문질렀지. 네가 몸을 꿈틀거리자 그는 마지막으로 너를 바라보며 웃었어. 그리곤 부상을 당한 동료를 안전한 곳으로 데려가기 위해 총격의 현장으로 뛰어든 그의 행동에 주어진 '전투 교전 기장'을 주머니에서 꺼냈어. 그 메달을 내게 건네주며 그 사람이 말했어. 자신의 용기를 증명하기 위해 굳이 군복에 이걸 달고 다닐 필요는 없다고.

"조던을 잘 지켜 줘." 하고 네 아빠가 말했지.

나의 찰스와 나는, 문간에 서서, 키스를 나누었어. 그리고 서로를 힘껏 끌어안았어. 그가 내 머리를 쓸었어. 시간이 완전히 멈추어 버린 것 같았어.

"자, 이제 나랑 결혼하는 거, 맞지?"

그가 물었지.

"그래요. 맞죠."

목소리가 떨리지 않도록 애를 쓰며 내가 대답했어.

"당신을 사랑해요. 그리고 당신의 아내가 된 것이 영광스러워요."

"나도 당신을 사랑해, 다나. 당신은 나의 여왕이라는 것, 꼭 기억해."

난 고개를 끄덕였지만 더 이상 아무 말도 할 수가 없었어. 그 사람이 내게, 마지막으로, 키스했어.

시간이 허락하지 않아 이 세상에선 비록 결혼식을 올리지 못했지만, 그러나 그 순간 난 확신했어. 신 앞에서 우린 우리의 사랑을 선언했다고, 그래서 나는 그 사람의 아내라고.

13

사랑하는 조던,

이라크로 돌아가는 비행기 안에서 네 아빠는 열여섯 장에 이르는 긴 편지를 썼고, 거기에 그 사람이 생각하고 느꼈던 것들을 모두 쏟아 놓았단다. 아빠는 이라크에 도착하자 곧 우편으로 보냈지만, 난 그 사람이 세상을 떠나기 2주 전까지도 받지 못했어. 나만 홀로 가슴에 꼭꼭 간직하고 있는 구절들이 있어. 어떤 구절은 당혹스러울 정도로 열정적이고, 어떤 구절은 가족들 한 사람 한 사람의 감정을 지켜 주려는 그의 마음이 절실하고, 어떤 구절은 참 밋밋하고 재미없기도 해. 하지만 이 편지 전체에는 그 사람만의 특별한 정신이 너무도 많이 드러나고 있어서 나만 간직하고 있을 수가 없구나.

안녕, 나의 부인님,

내가 휴가 중에 얼마나 좋은 시간들을 보냈는지, 꼭 당신에게 편지를 써서 말하고 싶었어요. 정말 좋았어요. 너무나도 흥미로운 아들을 두다니, 우린 정말 복이 많아요. 하지만 다루기 쉬운 녀석은 아닌 것 같아요. 나는 당신이 휴식을 더 많이 가졌으면 해요. 당신은 많이 지쳐 보였어요. 그런 상태로 출근하지 않았으면 좋겠어요.

당신의 모든 친구들이 보내 준 환대와 응원에 감사한다는 말을 꼭 전해 줘요. 그들과 함께해서 즐거웠어요.

머지않아 조던도 '베이비 샤워'에서 받은 옷들, 장난감들에 고마워할 거라는 걸 알아요. 녀석이 벌써 그립네요. 곧 집으로 돌아갈게요. 그렇게 해야 하고요.

당신 시누이는 내가 집에 가는 문제를 놓고 이러쿵저러쿵 말이 많지만, 특히 추수 감사절에 말이오, 그런 일은 일어나지 않을 거요. 난 당신과 조던을 보러 갈 겁니다. 더 이상 가족과 떨어져 있고 싶지 않아요……

이라크에서 포트 후드로 돌아가면 어떤 방법들이 있을지 찾아볼게요. 여기에 대해서는 정성을 다해 기도해야겠어요. 당신과 조던이랑 정말이지 함께 있고 싶어요. 떠나 있는 시간들에 지쳤어요. 당신은 이런 나를 견뎌 낼 수 있으리라 생각해요. 그렇죠……?

편지를 쓰느라 불을 켜 놓아서 사람들을 불편하게 하고 있지만, 지금은 어쩔 수가 없네요. 생각들로 머릿속이 가득 채워져 있어요.

조던이 뉴욕에 있으니 세금 혜택이 주어지는 '529 대학 학자금 적립college savings' 계획을 시작해 보면 어떨까요? 몇몇 주에는 이런 제도가 없는 것 같던데, 나도 알아볼게요.

나는 우리의 목표에 대해 면밀히 생각해 보려 합니다. 단기적인 것, 장기적인 것, 모두. 여행 중에 기도서를 챙겨 오지 않은 건 처음이네요. 이제 그만하려는 걸까, 싶기도 해요. 때론 신의 응답을 마냥 기다리고만 있는 것 같기도 하고, 더 얼마나 강고한 인내심을 가져야 하는가, 싶을 때가 있어요. 이제껏 내가 기원한 것들에 신은 모두 응답을 해 주셨죠. 그 가운데 딱 하나, 어쩌면 여럿 중의 하나일 수도 있겠지만, 당신과 내가 아직 결혼하지 못한 것이죠...... 당신과 함께 행복한 삶을 살아가길 원해요. 부모가 되는 일에서 내가 원치 않는 한 가지는, 자식들에게 다투는 모습을 보이는 부모입니다.

이따금 몇 주씩이나 전화하지 못한 이유를 당신에게 설명해야 할 것 같아요. 내 위치에 있는 사람들 대부분이 해야만 하는 일들을 나 또한 하고 있었기 때문입니다. 그런 건 가족에 우선한 나의 업무지요. 내게는 배속이 되기 전에 꼭 완료해야 할 일들이 있고, 많은 시간들을 요하는 훈련이 있어요. 쓰라린 시간들을 보내면서 매일 당신을 생각했어요. 이곳에는 나를 필요로 하는 104명의 병사들이 있고, 그들이 완벽하게 준비할 수 있도록 도와주는 것이 내게 주어진 임무죠.

어떻게 하면 당신을 이해시킬 수 있을까요. 마치 당신이 조던을 아기 욕조에 담글 때 당신을 쳐다보는 조던처럼, 병사들은 나를 쳐다봅니다. 내가 거기에 있어야 그들이 나를 볼 수 있고, 나 또한 그들이 잘하고 있는지를 알 수가 있겠지요. 내가 거기에 있어야 그들을 지지하고 응원해 줄 수 있습니다.

임무를 완수하려면 3월까지 나는 거기에 있어야만 했어요. 당연히 보람이 있긴 했으나, 후회할 수밖에 없는 몇 가지 희생이 따랐지요. 당신의 주치의와 약속한 날에 맞출 수 없었고, 조던이 태어날 때 당신의 손을 잡아 주지도 편히 살펴 주지도 못했어요. 그걸 놓칠 수밖에 없었던 건 정말이지 실망스러운 일이었어요. 끝내 난 놓치고 말았어요.

조던이 태어나기 전에 당신을 도와 방을 꾸며 줄 수 있었다는 건 참 감사할 일입니다. 신이 도와주신 거겠죠. 조던이 이해할는지 모르겠지만, 그러길 바라봅니다.

당신도 알고 있지만, 난 당신이 우리의 아기를 안고 있는 모습을 줄곧 상상하곤 했지요. 상상 속에서 당신은 아기를 안은 채로 문을 열었고, 그때마다 아기는 당신 품에 안겨 있어서 어떻게 생겼는지는 볼 수가 없었지요. 그런데 실제로 집에 갔을 때, 상상한 것과 너무도 똑같이 당신은 아기를 안은 채로 문을 열었지요. 그런데 그 아기가 고개를 돌려 나를 바라볼 만큼 자라 있었지요. 얼마나 놀랐는지!

휴가를 나가기 전까지 나는 생계 문제에 대해 잘못 생각하고 있었던 것 같아요. 당신이랑 조던과 시간을 보내면서 그걸 깨달았어요. 내가 당신과 조던, 크리스티나와 함께 살고 있지 않다는 게 그들에게 더 나은 일이라 생각해 왔던 겁니다. 그게 경제적으로는 더 낫다고 생각한 거죠. 내가 틀렸어요.

일 얘기를 해 볼까요. 나도 당신처럼 내 일을 꽤 잘한다고 생각해요. 그리고 뭔가 옳지 않다는 생각이 들 때면 상관과 격렬한 싸움도 벌여 왔죠. 우리 부대에 계시는 원사님은 훌륭한 분입니다. 그분은 자신을 필요로 할 때 언제나 그곳에 계십니다. 로비 상병이 불의의 사고를 당해 전사했을 때 기대어 울 수 있도록 어깨를 빌려주신 것도 그분이었지요. 내가 로비의 시신을 수습해 기지로 옮길 수 있었던 것도 그분의 도움 때문이었고요. 남들과 다른 생각을 갖고 있다면, 다른 누구보다 더 낫다는 걸 스스로 증명해야만 하겠죠.

나는 내가 가진 단점들을 보완하기 위해 열심히 했어요. 침묵을 지킨 것도 그런 것 가운데 하나일 테지만, 뭔가 말해야만 할 때 내 마음을 드러내 놓으면 이곳의 누구나 다 그걸 이해하고 알아들어요.

저는 군인으로 살면서 매우 도전적이고 보람 있는 경력을 쌓아 왔습니다. 심지어 미술에 대한 내 재능을 인정해 준 곳도 군이었죠. 내가 요구할 수 있는 것 이상의 성취를 가져다주었어요.

군인과 결혼하려면 뭔가 특별한 종류의 여성이어야 할 것 같아요. 군인은 늘 어딘가로 배속되어 떠나거나 훈련을 받아야 합니다. 그래서 배우자의 출산이나 가족들의 생일을 놓치고, 일일이 거론할 수 없는 많은 특별한 날들을 놓치기 일쑤죠. 그 배우자는 스스로 동기를 부여하고 강한 의지를 가진 사람이 되어야만 합니다. 그는 빈번하게, 때로는 오래도록 떠나고, 결국 혼자 있는 시간이 많아질 수밖에 없죠. 군인의 배우자로 살아가는 것은 힘든 일입니다. 우리는 비록 서로 다른 점들을 가진 존재였지만, 당신은 늘 내가 필요로 하는 거기에 존재했어요. 당신에게 고마움을 전합니다.

나는 내 선택에 기대를 걸고 있어요. 당신과 조던이랑 함께하기 위해 이사를 가는 데 전혀 주저하지 않아요. 이제 내가 해야 할 것이 무엇인지 명확해졌어요.

함께 잘 살아갈 거란 걸 알아요. 나는 좋은 아빠가 되고 싶고,

당신이 내 머리에 왕관을 씌워 주듯 나도 당신의 머리에 왕관을 씌워 주고 싶어요. 나는 내가 알고 있는 그 어떤 사람보다 당신을 더 신뢰합니다.

당신과 함께하며 내가 배운 것은, 신은 당신을 위해 행하지 않은 게 단 하나도 없다는 것, 오직 신만이 우리를 제약할 수 있다는 것입니다. 편지를 쓰고, 기도를 하고, 그리고 믿어요. 나머지는 신이 해 주실 겁니다.

멋진 '베이비 샤워'를 해 줘서 고마워요. 나를 위해 그렇게 해 줄 사람이 누가 있을까요? 당신의 친구들을 모두 보고, 그 선의의 손길 안에 당신이 존재한다는 걸 알게 되어서 내 마음이 얼마나 좋은지 모를 겁니다.

열정만이 아니라 내가 생각하고 있는 얼마나 많은 것들이 당신에게 있는지를 말해 주고 싶어요. 당신은 엄마가 너무도 잘 맞는 사람입니다. 당신이 자랑스러워요. 이 아빠는 모든 것을 함께하기 위해 곧 돌아갈 겁니다.

당신을 사랑하는,

찰스

14

사랑하는 조던,

또렷하게 기억하는 일이 하나 있는데, 10월 12일, 목요일이었어. 네 아빠는 업무 중엔 거의 전화를 하지 않는 데다 며칠 전에 통화한 터라, 보도국의 내 책상 위에 놓인 전화기가 울리고 수화기를 들었을 때 그 사람 목소리가 들려와서 깜짝 놀랐지. 불안한 느낌이 들어 대뜸 뭐가 잘못됐냐고 물었어.

"아니, 아무것도."

그리곤 성마른 목소리로 덧붙였지.

"그냥 당신 목소리 듣고 싶어서."

그리고 나서 찰스는 자신의 '비스킷'에 대해 물었지. 그리곤 출산 휴가 뒤에 직장에 복귀한 느낌이 어떤지도 물었고. 난 너를 베이비시터한테만 맡겨 놓는 게 내키지 않는다고 네 아빠한테 말했어. 네가 아직 말을 못 하니까, 뭔가 곤란한 일이 생겨도 나한테 알려 줄 방법이 없으니까.

5분 뒤에 미팅이 있었지만, 건너뛰기로 했지.

찰스는 내게 워킹맘에 적응하려면 시간이 필요할 테니 여유를 가지라고 얘기해 줬고, 난 그러겠다고 대답했어. 그리곤 내가 물었지.

"다 잘되고 있는 거 맞죠?"

"그럼, 그렇지."

"그래요, 자기. 사랑해요."

네 아빠가 '나도 사랑해.'라고 했었는지는, 왠지 기억나질 않아.

크리스마스 때 센트럴 파크를 관통하는 마차를 타기로 약속했던 걸 상기시켜 줬어야 했을까. 계획대로 결혼식이 진행될 거라는 것도 알려 주고, 집으로 완전히 돌아오면 아이를 하나 더 가지고 싶은지에 대해서도 물어봤어야 했을까.

하지만 그렇게 했다 하더라도 무엇이 바뀌었을까? 네 아빠는 그런 달콤한 약속들 때문에 몸을 사릴 사람이 아니잖아. 다른 사람에겐 위험을 감수하라 하고 자신은 피하는 따위의 짓은 네 아빠의 방식이 아니지.

아무리 높은 지위에 오른다 하더라도 너와 함께하는 사람들만큼 열심히, 가능하다면 그들보다 더 열심히 하렴. 네가 짊어진 업무의 무게를 그들이 알아본다면, 그들로부터 존경을 받게 될 거야. 아빠는 내 장비를 가지고 병사들과 함께 있다는 것만으로도 그들로부터 존경을 받아. 나는 너를 위해서도, 네 엄마를 위해서도, 너의 누나 크리스티나를 위해서도 똑같이 할 수 있었으면 좋겠어.

아, 차라리 내게 할 수 있는 말이 아무것도 없었더라면, 그랬다면, 네 아빠를 막을 수 있지 않았을까. 그 마지막 임무를 위해 떠나던 네 아빠를, 가지 않게 할 수 있지 않았을까.

10월의 그 따뜻한 날, 넌 유모차 안에서 너무나도 평화롭게 잠들어 있었고, 난 얼굴로 쏟아지는 햇볕을 즐겼지. 우린 매디슨가에 있는 아기 양품점에 들렀다가 집으로 가는 길이었는데, 쇼핑백에는 너의 첫 겨울을 위해 40달러나 주고 구입한 양털 달린 감청색 가죽 부츠가 들어 있었지. 그걸 네아빠가 알게 되면 어떻게 말할지를 떠올리며 혼자 피식거리며 웃었어. "다나, 얼마를 줬다고? 우리 아이는 아직 걷지도 못해."

아마도 난 그랬을 거야. 네 조그만 발가락이 아직 따뜻한지 유모차 안이나 확인해 보라고. 그러면 그 사람은 머리를 슬슬 흔들었을 테고, 거의 언제나 그랬듯 내가 하는 대로 그냥 놔뒀을 테지.

그 생각을 하고 있을 때, 우린 요크가로 접어들었고, 휴대폰이 울렸어.

"어디예요?"

로빈의 전화였어.

"막 조던의 신발을 샀어요. 십 분쯤이면 집에 도착할 듯해요."

"내가 지금 집으로 바로 갈게요."

초대하지 않았는데도 집으로 방문하는 건 로빈답지 않은 일이었지만, 제럴드의 건강이 점차 악화되면서 그녀에게는 마음을 달랠 사람이 필요했지.

"하느님, 로빈의 마음을 달래 줄 수 있는 좋은 말씀을 내려 주세요."

집으로 가는 마지막 몇 블록을 유모차를 밀고 가며 기도했어.

내가 청색 재깃에서 네 팔을 빼내려고 할 때 출입문 경비원이 씩씩한 목소리로 로빈이 로비에 있다고 말해 줬지.

문을 열고 마주한 그녀의 모습을 난 결코 잊지 못할 거야. 얼굴에 깊게 드리운 피로, 이마에 깊게 파인 주름, 그리고 입을 앙다물어 팽팽해진 턱. 그녀는 갑자기 늙어 버린 듯했어. 제럴드의 상태가 생각보다 많이 나빠진 게 아닌가 걱정이 되더군. 그녀는 길고 깊은 한숨을 내쉬며 어느 때보다 훨씬 꼭 나를 껴안았지.

집으로 들어와 그녀를 의자에 앉게 한 뒤 너를 그녀의 품에 안겼지.

"녀석이 사모님 기분을 좋게 해 줄 거예요."

나는 그렇게 말하고는, 와인을 한잔하면 여유가 좀 생길 것 같다는 생각에 그녀에게 물었어. 화이트 와인, 아니면 레드 와인?

"지금 그게 문제가 아니에요."

그렇게 말하는 그녀의 표정이 정말 안 좋았어.

샤르도네 화이트 와인 한 잔을 들고 막 거실로 들어섰을 때 전화가 울렸지.

"안 받을래요."

내가 그녀를 보며 말했어.

"받아야 할 것 같아요."

로빈은 딱딱한 표정으로 말했지.

수화기를 통해 킹 할머니의 목소리가 들려오는 순간, 난 뭔가 잘못되었다는 걸 알았어. 네 고모의 목소리도 수화기에서 들려왔지. 두 사람이 왜 한꺼번에 전화를 한 걸까?

"척한테 뭔가 일이 생긴 것 같구나."

킹 할머니는 그렇게 말했지.

찰스와 나는 전투에서 부상을 입는다면 어떻게 할지에 대해 얘기를 나눈 적이 있었어. 네 아빠가, 육체적으로든 정신적으로든, 지금과 똑같은 상태로 돌아오지 못할 수도 있다는 얘기를 할 때, 우린 침대에서 부둥켜안고 있었지.

난 단호하게 말했었어.

"신이 만약 당신의 팔이나 다리를 잃게 하신다면, 당신은 우리에게 돌아올 것이고, 슬퍼할 것이고, 이곳에서 재활 치료를 받게 될 거예요. 그리곤 박차고 일어나 아기를 키우는 걸 도울 거예요. 적어도 당신은 우리와 함께 있을 테니까요. 난 당신이 너무 오랫동안 당신 자신을 불쌍히 여기도록 놔두지 않을 거예요. 당신이 어떤 몸을 하고 있든, 난 언제나 당신을 사랑할 것이고, 그래요, 난 당신과 평생 사랑을 나누고 싶어요."

"시간이 좀 걸리긴 하겠군."

찰스는 내 배를 쓸어 내며 그렇게 말했지.

"제가 만약 유방암에 걸려 가슴을 잃는다고 해도, 다르지 않겠죠."

난 그렇게 말하곤 덧붙였어.

"무슨 일이 일어나든, 우리는 언제나 한 가족이에요."

이제, 킹 할머니가 뭔가를, 네 아빠가 다쳤다는 얘기를, 하시겠구나 싶었어. 난 마음을 굳게 먹었어. 아빠가 다시 건강해지도록 간호를 하고, 여행 준비를 하고, 휴직을 준비해야 할 테니까. 찰스를 집으로 다시 데려올 수 있을 때까지는 외할머니가 널 봐 주서야 할 거야. 그리곤 궁금하고 걱정이 됐어. 아빠가 어디에 있든 진통제를 충분히 먹고 있는지, 생각이 맴돌았어. 머리에 부상을 입었을까? 두 다리를 잃은 걸까?

"많이 다쳤어요?"

내가 그렇게 물었어. 그리고 어머니의 목소리가 들렸지.

"애야, 척아, 목숨을 잃었다는구나."

내 몸이 그대로 바닥에 주저앉아 버렸어.

나는 내 입에서 비어져 나오는 소리가 정말 내게서 나오는 것인지를 인지할 수 없었어. 입 안 저 깊숙한 곳에서 뽑혀져 나오는, 꿈틀거리며 기어 나오는, 그것은 상처 입은 짐승이 황야에서 홀로 낼 수 있는 그런 소리였지. 나는 그 소리도, 내 몸도, 통제할 수 없었어. 로빈이 널 안고 있어서 얼마나 다행인지 몰라. 그러지 않았다면 난 아마 널 바닥에 떨구고 말았을 테니까.

얼마나 누워 있었을까. 5분? 15분? 가늠할 수가 없었어. 네가 우는 소리를 들었고, 로빈이 너를 거실에서 데리고 나가는 걸 보았지. 그리고, 마침내, 나는 수화기를 들어 귀에 갖다 댔어. 킹 할머니와 게일 고모가 내 이름을 애타게 부르는 소리가 들려왔어.

거짓말이야, 하고 나는 나 자신에게 말했어.

'도저히 일어날 수 없는 일인데, 어떻게 함부로 그 사람의 죽음을 말할 수 있어? 아직 아무런 '기사'도 나지 않았는데, 어떻게 할머니와 고모는 군의 말을 무조건 받아들일 수 있지?'

부정은 호된 추락을 막아 주는 강력한 스펀지였어. 하지만 그래서 바닥에 튕겨져 올라오는 것까지 막아 버렸지. 난 깊은 구덩이에 빠져 버렸고, 기어오를 수 없었어.

천천히 몸을 일으켰지. 난 여전히 심하게 몸을 떨어 댔고, 온 힘을 기울여서야 겨우 전화기를 잡을 수 있었어.

"괜찮으세요?"

이윽고 나는 수화기에다 목소리를 흘려 넣었지.

"우린, 괜찮아."

두 사람 중 누구의 목소리인지조차 구분이 되질 않았어.

"군에서 막 사람이 다녀갔어."

"착각한 걸 수도 있잖아요!"

난 그렇게 소리를 치고 싶었어.

"찰스가 호송 지프에 타고 있었는데, 길가에 매설된 폭탄이 지프 아래서 터져 버린 거래."

여전히 두 사람 중 누구인지 알 수는 없었지만, 마치 수학 교수가 공식 하나를 세 번째로 설명해 줄 때처럼 차분하고 천천히 얘기했어.

나는 나의 찰스를 만지고 싶었어. 그의 입술에 키스하고, 두 팔로 그를 안고 싶었어.

"그 사람은 어디 있어요?"

"도버로 오고 있는 중이래요."

게일 고모의 목소리였어. 도버라면, 델라웨어에 있는 공군 기지였어. 전사한 군인들이 맨 처음 닿는 곳.

"오빠랑 같은 부대원 한 사람이 동행한다고 했어요."

다행이다, 그런 생각이 들었어. 혼자가 아니야.

"군에서 너를 만나러 사람을 보낸다고 했어."

이번엔 킹 할머니의 목소리였어.

"아, 크리스티나는요?"

"이미 다녀갔다더구나."

그런 뒤 킹 할머니가 덧붙이셨어.

"맨 먼저 그곳으로 통보가 갔어. 크리스티나가 울면서 전화를 했었지. 제 엄마랑 같이 있었다더라."

로빈이 너를 안고 거실로 돌아왔어. 넌 울음은 그쳤지만 놀란 듯 보였지.

'이제, 로빈을 어떻게 도와주지?'

갑자기 그 걱정이 되더군.

하지만 로빈이 온 건 제럴드의 건강 때문이 아니었어. 킹 할머니로부터 전화를 받고 소식을 알게 된 외할머니가 로빈에게 전화를 걸어 나랑 함께 있어 달라고 부탁을 한 거였지. 그러니까 집으로 들어올 때 로빈은 이미 찰스가 죽었다는 걸 알고 있었던 거야. 그녀는 여전히 내게는 내 남자가 있고 네게도 여전히 아빠가 있는 것처럼 와인을 따르고 수다를 떨도록 내버려 둔 거였어. 순간적으로 이성을 잃은 나는 화를 냈지만, 그녀가 얼마나 난처한 상황에 처했는지를 이내 깨달았지.

그때, 로빈의 목소리가 내 귓속으로 밀려들어 왔어.

"다나, 조던을 위해서라도 당신을 끌어 올려야 해요."

난 속으로 중얼거렸어.

'그녀는 못 본 걸까? 내 안에 남아 있던 힘을 모두 그러모아 거실 바닥에서 몸을 끌어 올리려고 버둥거리던 나를.'

이후 몇 시간 동안 나는 거실을 불안하게 서성이며 네 외할머니에게 전화하고, 가장 가까운 친구들에게 전화하고, 신문사 사무실로 전화하고, 베이비시터에게 전화를 걸었지.

그리곤 찰스의 시계를 손목에다 찼고, 그의 옷 냄새를 맡았어. 이라크로 떠나기 전에 세탁소에다 옷들을 맡겨 버린 게 너무 화가 났어. 사라져 버린 그의 향기가, 마치 그의 깊은 본성까지 씻겨 버린 것 같았어. 난 그의 검은색 정장 구두를 집어 들었어. 그가 남겨 둔 양말 속에 아직도 냄새가 남아 있기를 얼마나 바랐는지 몰라. 내가 맡을 수 있는 건 가죽 냄새뿐이었어.

나의 신문사 직속상관은 바베큐 갈비와 으깬 감자와 아스파라거스가 담긴 봉지를 들고 한달음에 달려왔어. 너무도 많은 이웃과 친구들이, 우리 가족들이 도착할 때까지 우리랑 함께 있기 위해 온 거야. 출입문 경비원은 그들의 출입을 막지도 않았고, 내게 알리지도 않았어. 사람들이 번갈아 가며 널 안아 주었는데, 떼를 쓰는 널 보고서야 난 네가 배가 고프다는 걸 알아차렸지.

널 끌어안고는 젖을 물렸어. 넌 마치 내 따뜻한 모유가 너의 아픈 영혼을 치유하는 보약이라도 되는 듯 게걸스럽게 젖을 빨기 시작했지. 그리곤 내 품에서 잠들었고, 나도 널 따라가고 싶었어. 피로가 고통을 밀어내기 시작하더군.

널 아기 침대에 뉘어 놓고 방을 빠져나가려는데 나지막이 주고받는 소리가 거실에서 들려왔지. 내가 무슨 생각을 하고 있는지를 서로에게 묻거나 믿기지 않는다는 듯 고개를 가로젓는 그들의 모습이 떠올랐어. 난 너의 등을 손으로 쓸며 어둠 속에서 들려오는 너의 숨소리에 귀를 기울였어. 네 아빠는 네가 나를 닮았다고 맹세하듯 말했지만, 그때 네 얼굴에서 내가 볼 수 있는 건 그 사람뿐이었어.

혼자 있는 게 좋겠다고 사람들을 설득해서 돌려보내고, 아무 소리도 들리지 않는 거실에 홀로 우두커니 서 있었을 때는 어느새 자정이 훨씬 지나 있었지. 그러다 네가 울기 시작했고, 나는 처음으로 희망이 꿈틀거리는 느낌이었어. 그건 마치 네 아빠가 내게 말해 주는 것 같았어. 너의 생명과 너의 목소리가 자신을 대신하는 거라고.

난 모유가 잘 나올 수 있도록 억지로 물을 마시고 비타민도 먹었지. 군에서 보냈다는 장교들은 올 기미도 없었어. 난 찰스의 셔츠 하나를 입고는 수화기도 내리고 불도 모두 끈 채로 너랑 나란히 누웠지. 네가 숨을 쉬는 리듬에 스르르 잠이 들었지만 눈이 금방 떠졌어. 네 머리를 쓰다듬는데, 뭔가 덩어리 같은 게 느껴지더군. 종양인가 했어. 난 아마 15분 정도는 계속 그곳을 문질렀던 것 같아. 신은 네 아빠를 우리에게서 데려갔으니 너를 암에 걸리도록 내버려 두시진 않을 테지 싶었어. 그래도 CT는 찍어 보고 혈액 검사도 받아 봐야겠다는 생각을 하면서 그 자리를 문질렀는데 네가 몸을 움찔거렸지. 예민해졌던 신경을 가라앉혀 주려고 내 귀에다 속삭이는 찰스의 목소리가 들려왔어.

'여보, 이건 그냥 지나갈 슬픔일 뿐이야. 당신은 지금 예민하고 피곤한 상태야. 잠을 좀 자 두자. 내가 두 사람을 지켜보고 있어.'

난 그 사람을 느낄 수 있었어. 분명히 그랬어.

아침 햇살이 블라인드 사이로 살그머니 비쳐 들었고, 나는 눈을 떴어. 놀라울 정도로 차분했어. 꿈이었을까? 그때 수많은 것들 가운데 맨 먼저, 침실용 탁자 위에 사별死別의 하얀 꽃들이 놓여 있는 걸 보았지. 이제 더는 찰스와 내 사이에 널 뉘어 놓을 순 없겠구나, 그 사람의 입술이 내 입술에 닿는 일은 없겠구나, 그 생각이 들었어.

수화기를 전화기에 올려놓자마자 기다렸다는 듯 벨이 울렸지. 린넷 이모가 로스앤젤레스에서 도착했다는 얘길 전했어. 점심시간이 되었는데도 난 아직 아무것도 먹질 않은 상태였지. 친구 도로시가 와서 날 데리고 길 아래 일식집으로 데려갔어. 난 녹차를 마시며 또 울기 시작했지.

"5년 전에 그 사람이랑 결혼을 했어야 했어. 난 너무 거만했고, 어른스럽지 못했어."

도로시는 우리가 가족이라고, 무엇보다 그게 중요한 거라고 말해 줬지.

그녀가 옳다는 걸 알았지만, 우리에겐 제단에서 키스하

는 사진도, 첫 번째 춤을 추는 사진도 없었어. 도로시는 내게 추억이 있다는 사실을 상기시켜 주었지. 사진 액자에 담을 수 없는 이미지들.

"죽어 가면서, 그 사람은 내가 어디 있는지 궁금했을까? 겁이 났을까?"

린넷 이모한테서 전화가 왔어. 군에서 나온 두 사람이 거실에 앉아 있다고 전해 줬어.

내겐 그들에게 쏟아부을 온갖 질문들이 준비되어 있었지만, 현관문을 열고 안으로 들어가서 두 명의 군인을 보는 순간 구역질이 솟구쳤어. 찰스의 죽음이 돌이킬 수 없는 사실이 되는 순간이었지.

서로를 소개하고, 악수를 나누었어. 그리곤 마이클 다미티오 상사는 자신의 공식적인 임무를 시작했지.

"본인은 미 육군성 장관을 대신하여 부인의 약혼자인 찰스 먼로 킹 상사가 10월 14일 바그다드 인근에서 급조된 폭발물이 킹 상사가 탑승한 장갑차 가까이에서 폭발해 사망한 것에 대하여 깊은 유감의 뜻을 전하는 바입니다. 더불어 장관님은 부인의 비극적인 상실에 대하여 부인과 부인의 아드님에게 깊은 조의를 표했음을 알려 드립니다."

다미티오 상사는 감정이 배제된 어조로 말했어.

그는 네 아빠가 사망할 당시 전신 보호 장구를 착용하

고 있었다는 사실을 내게 확인시켜 주었지. 그 얘기를 듣고 난 하마터면 큰 소리로 웃을 뻔했어. 그건 마치 찰스가 익사할 때 구명조끼를 입고 있었다고 말하는 거랑 같았으니까. 대체 뭘 상상해야 하는 거지? 보호 장구라는 건 폭발로 인해 흉곽이 무너지거나 두개골이 골절되는 걸 막아 주는 거 아닌가? 내가 기자로 그곳에 가서 인터뷰를 했다면, 당연히 물었을 거야. "그 장비들이란 게 정확히 뭘 보호하는 겁니까?"라고 물었을 거야. 그리곤 다시 물었겠지. "슬픔에 싸인 어머니와 배우자한테 뭐라고 설명을 하실 건가요? 전신 보호 장구를 착용했음에도 불구하고 사랑하는 사람이 죽었다는 걸 어떻게 받아들여야 하죠? 그런 걸 생각해 본 적이 있나요?"

그와 동시에 나는 다미티오 상사에게 연민을 느꼈어. 그는 어쩌면 우리 집 거실이 아닌 다른 곳에 있기를 바랐을지도 모르니까. 그는 네 아빠의 명예롭고 용감한 행위에 대해 말을 이어 갔는데, 일단 그가 자신의 논점을 가지고 업무를 수행하고 있다는 사실을 깨닫고 나자, 더 이상 그를 탓할 수가 없었어.

모든 절차가 끝났을 때 내가 물었어.

"고통스러웠겠죠?"

"부인, 저는 모릅니다."

"장갑차에서 그 사람을 꺼냈을 때 의식이 있었나요?"

"다시 말씀드리지만, 저는 알지 못합니다."

"그 사람 사진을 좀 보여 드려도 될까요?"

"그러십시오."

너를 처음 안아 보았을 때 찍은 네 아빠 사진을 보여 주자 다미티오 상사와 침묵을 지키고 있던 그의 동료는 만족스러운 듯 고개를 끄덕였어. 난 그들이 자신들의 의무를 다하고 있을 뿐이라는 사실엔 조금도 신경을 쓰지 않았지. 나를 받아 줄 수 있는 사람이라면 누구에게라도 나의 찰스에 대해 말할 필요가 있었으니까.

난 그 사람이 화가이며, 아름다운 딸과 새로 태어난 아들이 있는데 그들을 너무나도 자랑스러워한다고, 나와 결혼을 하고 네가 자라는 걸 지켜보기 위해 제대를 하고 집으로 돌아오기로 했다고 말했어. 그들은 적절한 때에 맞추어 미소를 지으며 고개를 좀 더 끄덕이고는 기다렸어.

나는 금방이라도 쓰러질 것 같아 말을 멈추었는데, 다미티오 상사가 그 틈에 얘기했지.

"부인, 몇 가지 정보가 필요한데 협조를 해 주셨으면 합니다."

그의 목소리는 너무도 낮아서 거의 알아들을 수기 없었지.

"아드님의 사회 보장 번호와 출생증명서 사본이 필요합니다."

그거였어. 그들은 정보를 수집하기 위해 우리 집에 있었던 거야. 정보를 주려는 게 아니라. 나는 상상했어. 사망 통보 훈련을 받을 때 그들은 배웠겠지. 너무 빨리 서류를 요구하지는 말라고.

다행히 네 아빠의 이름이 적힌, 늘 보관해 놓아야 할 너의 수정된 출생증명서를 이틀 전에 받았었지. 난 뉴욕과 바그다드의 시차를 계산해 보고는, 네 아빠가 이 세상을 떠나던 무렵이란 걸 알았어. 이젠 그 사람에게 출생증명서를 받았다는 얘기를 전해 줄 기회가 더 이상 없었어.

나는 요청한 서류들을 다미티오 상사에게 건네주고는 어려운 일을 맡으셨다고 말해 주었어. 그리곤 그에게, 그리고 아무 말도 하진 않았지만 엄숙함이 몸에 밴 것 같아 보이는 그의 동료에게 감사를 전했지. 두 사람은 충분히 친절했지만, 비명을 지르기 전에 그들이 어서 집을 나가 주기를 바랐어.

그들 뒤편에서 문이 닫혔고, 난 넋이 나간 채 앉아 있었어. 다미티오 상사의 완벽하게 닦인 에나멜가죽 구두와 자로 잰 듯 치켜 깎은 머리, 그리고 빳빳하게 다린 제복을 생각했어. 찰스가 내게 다림질을 허락하지 않는 건 당연한 일이었어. 대체 누가 저토록 구김 하나 없는 옷을 입을 수 있을까?

다미티오 상사의 흐트러지지 않은 제복, 말하는 동안 등을 꼿꼿이 세운 자세, 로봇처럼 정확한 전달은 마치 나를 속인 것처럼 느껴졌어. 그는 널 안고 있는 사진 속에서 찰스의 얼굴에 환히 번져 오른 미소는 보았을까? 그에게서 유일하게 감정을 느낄 수 있었던 건 담배 냄새였어. 그건 그가 집으로 들어오기 전 마음을 진정시키려고 노력했을지도 모른다는 사실을 말해 주었지. 난 왜 낯선 사람의 태도에 그토록 신경을 썼는지 생각했어. 그리곤 결론을 내렸지. 다미티오 상사는 네 아빠가 군인이었다는 사실을 확정해 주는, 그래서 나와 나의 전사戰士를 이어 주기 위해 필요한 사람이었다고.

'그 사람은 찰스가 어떻게 죽었는지에 대해 내게 말해 준 것 이상의 뭔가를 알고 있었을까?'

난 더 이상 군인들과도, 요식적인 행위와도, 관련되지 않기를 바랐어. 하지만 그건 시작일 뿐이었지.

며칠 뒤, 다미티오 상사와 침묵의 동행자는 우리를 차에 태워 브루클린에 있는 포트 해밀턴으로 데려다주었어. 육군은 찰스의 부양가족으로서 내가 받게 될 혜택들에 대해 내게 설명할 필요가 있었던 거지. 그리고 그들은 네게 새로운 군인 신분증이 필요하다고 말했어. 그게 왜 필요한지 모르겠더군.

어떤 여자가 네 정보를 컴퓨터에 입력하고 카드에 담을 네 사진을 찍는 동안 우린 사무실에 앉아 있었지. 그녀가 찍은 사진을 보았는데 3개월 전에 내가 찍었던 거랑 크게 다르지 않았어. 그리고 뭔가를 발견했어. 후원하는 군인의 지위를 나타내는 네모 칸 안의 내용이 바뀌어 있었지. 현역으로 복무 중이라는 뜻의 'ACTIVE DUTY' 대신 사망했다는 뜻의 'DEC'로. 갑자기 속이 울렁거렸어.

곧 우리는 날카로운 눈매를 가진, 다미티오 상사의 그것을 한낱 과장스러운 태도에 불과한 것으로 만들어 버린, 뚱뚱한 남자의 또 다른 사무실로 들어갔지. 그는 '퇴직 담당 공무원'이라고 적힌 명함을 건넸어. 나는 널 꼭 안은 채 의자에 앉아 그 남자가 생존 유가족이 받게 될 혜택과 경제적 어려움에 처한 유가족들을 지원하는 일회성 긴급 보조금에 대해 이야기하는 걸 들었어. 그런 다음 그는 네가 '혼인 외의 자식'이기 때문에 온전한 혜택을 받는 데 제약이 따를 수도 있다고 말해 주더군.

그에게 맞설 힘이 내겐 남아 있지 않았어. 대신, 내 입에선 한숨이 비어져 나왔고, 눈물이 볼을 타고 흘러내렸지.

"아, 찰스. 우린 어쩌다 여기까지 온 걸까요?"

난 혼잣말로 중얼거렸어.

그러자 남자가 뭐라고 말했는데, 성난 목소리로 차렷이라고 말하는 것 같았어.

"자, 좋아요. 긴장된 건 압니다만, 진정하세요."

그건 불과 몇 분 만에 당하는 두 번째 모욕이었어. 처음에 그는 죽은 남자의 돈을 찾으러 아기를 둘러업고 온 머리 빈 여자처럼 나를 대했었어. 그리고 이젠 대담하게도 내 슬픔을 어떻게 표현해야 하는지를 내게 가르치고 있었지. 거기 앉아 있는 동안 난 심하게 울지 않았지만, 설사 울었다 하더라도, 그 남자에겐 나더러 진정하라고 말할 권리가 없었어. 난 화가 치밀어 머리가 터져 버릴 것 같았어.

난 의자를 박차고 일어나 겁을 집어먹지 않았다는 걸 남자에게 알리기 위해 그의 눈을 정면으로 보았어.

"우선, 전 긴장하지 않아요."

그리곤 덧붙였어.

"몹시 아프군요. 당신에게 찰스는 그저 파일 속의 숫자일 뿐일지 모르지만, 그 사람은 제가 사랑했던 사람이고, 제 아이의 아빠였어요. 우린 이 아기를 계획해서 낳았고, 당신에겐 그걸 평가할 권리가 없어요."

난 네 아빠와 내가 크루즈 여행에서 찍은 사진을 지갑에서 꺼내 남자 쪽으로 밀었지.

"이걸 봐요."

난 굽히지 않고 말했어.

"그리고 꼭 기억하세요. 다음에 저 같은 누군가가 당신 앞에 앉게 된다면, 그들이 사랑한 사람이 숫자가 아니라 인간이었다는 사실을요."

난 다미티오 상사에게로 돌아섰어.

"저분은 덜떨어진 사람이네요. 제겐 더 이상 여기 있을 이유가 없어요."

그렇게 말한 뒤 나는 너를 안고 건물 밖으로 햇빛 속으로 걸어갔지. 내가 군사 규정 같은 걸 위반했을 거란 생각은 들었지만, 공무원들이 나를 불쾌하게 만들도록 내버려 두고 싶진 않았어. 찰스도 비굴한 나를 기대하진 않을 거란 확신이 들더군.

우리가 집으로 돌아왔을 때, 자동 응답기에 메시지가 들어와 있음을 알리는 불빛이 깜박거리고 있었지. 가족들이랑 친구, 동료들로부터 온 수십 통의 메시지 가운데 낯선 목소리가 끼어 있었어. 멀리서 들려오는 꽉 잠긴 남자의 목소리엔 괴로움이 가득 담겨 있었어.

"웨슬리 상사라고 합니다."

그는 자신을 그렇게 밝히고는 말을 이었어.

"이라크에서 전화하는 겁니다. 킹 상사와 저는 친구였고, 우린 그를 매우 사랑했어요. 이미 무슨 일이 일어난 건지 알고 계실 것 같군요. 부인의 전화번호는 킹 상사가 가르쳐 주었습니다. 그 친구에게 무슨 일이 생기면 부인에게 연락해서 안부를 확인하라고 했었죠. 몇 주 후에 미국으로 돌아가는데, 다시 전화를 걸도록 하겠습니다."

힘이 솟더라. 이 세상 사람이 아닌 상황에서도 찰스가 우리를 지켜 주고 있다는 걸 어떻게든 내게 알리고 있다는 느낌이 든 거야. 그 순간에는, 어쨌든, 그 사람이 나를 꼭 안아 주는 것 같았어.

웨슬리 상사는 다시 전화하지는 않았지만, 그가 남긴 메시지는 목적을 충분히 달성한 셈이었지. 완전히 바닥으로 가라앉았다 싶을 때면 난 그걸 돌려 가며 듣고 또 들었어.

어느 날 오후, 우리 집에 들른 경비원 세자르가 가슴에 모자를 얹고는 얘기 하나를 들려줬지. 휴가를 마치고 떠나던 그날 아침, 엘리베이터를 빠져나온 찰스가 울고 있는 걸 봤다고 말이야. 네 아빠는 세자르에게 손짓으로 가까이 오라고 했다더군.

"가족들을 떠나야 하니 어떻게 하죠? 시간이 더 필요한데 말입니다."

부드러운 목소리로 그렇게 말하고는 찰스가 당부의 말

을 남겼다는 거야.

"저의 아내와 아들을 잘 돌봐 주세요."

세자르는 아빠와 포옹하면서 그러겠다고 약속했어. 찰스가 시간이 없어서 더 이상의 말은 하질 못했다더군. 더플백을 집어 든 아빠는 곧 거길 떠났다고 해.

세자르 아저씨의 이야기를 듣는데 눈물이 마구 쏟아졌어. 내게 작별 키스를 하던 찰스는 더없이 강했고, 의기소침한 모습은 어디에서도 찾아볼 수 없었지. 아빠는 나를 지켜주려고 끝내 눈물을 참았던 거야. 만약 눈물을 보였다면, 아빠를 내 곁에 두려고 내가 무슨 짓이든 하려고 덤벼들었을지 모르잖아.

그로부터 며칠 뒤, 전화벨이 울렸는데 또 다른 낯선 목소리가 나를 찾았어. 찰스의 전 부인인 세실리아였지. 난 네 아빠가 전사한 소식을 들은 다음 날 크리스티나 누나랑 얘기를 나누긴 했지만, 크리스티나의 엄마와 대화를 할 수 있을 거라곤 기대하지 않았었지.

"다나, 미안하다는 말을 전하고 싶어서 그냥 전화했어요."

그렇게 인사를 건네고는 세실리아가 말을 이었어.

"당신을 위로할 수 있는 말이 무엇일까, 생각만 많이 했어요. 척은, 당신과 조던을 무척 사랑했어요. 그리고 이 애기를 하고 싶어요. 크리스티나가 아빠의 자질을 갖고 자라는 걸 지켜볼 기회가 제게 있듯이, 당신에게도 조던이 그럴 거라고요."

난 흐느끼기 시작했어.

"세실리아, 정말 고마워요."

눈물을 그칠 수가 없었어. 그래도 덧붙여 말했어.

"당신도 마음이 많이 아프다는 걸 알아요. 무슨 말씀을 드려야 할지 모르겠어요."

그녀는 크리스티나를 위해 버티겠다고, 강해지도록 애쓸 거라고 말했어. 그녀는 자신이 할 수 있는 일이 있다면 무엇이든 하겠다며, 전화하라고 했어. 난 그녀의 정중하고 따뜻한 마음을 결코 잊지 못할 거야. 그녀의 전화 한 통은, 잠깐이었지만, 내게서 아픔을 씻어 내 주었어.

온통 찰스에 대한 생각으로 그립고 괴로웠지만, 우리를 두고 떠나 버린 것에 대한 분노가 슬금슬금 밀려들기 시작했어. 네 아빠가 이라크로 떠나기 직전, 우린 언젠가 네게 어떤 종류의 개를 사 줄지를 놓고 장난스럽게 말다툼을 벌였었지. 찰스는 털이 짧고 덩치가 아주 큰 그레이트데인이나 독일산 셰퍼드를 원했지만, 내가 원한 건 '찻잔'만 한 조그만 개였지

"쥐보다 조금밖에 안 큰 개를 어다다 써먹어."

네 아빠 질색을 했지. 그래서 내가 쏴붙였지.

"누가 말려. 당신이 만약 날 두고 가 버리면, 내 뜻대로 할 테니 그렇게 알아요. 지갑에다 넣고 다닐 수 있을 만큼 조그만 개를 사야지."

이제 그는 가 버리고 없었어. 미치도록 말다툼을 벌이고 싶었어. 개를 두고, 네 신발을 사는 데 얼마가 들었는지를 두고, 몇 년 뒤에 너를 어떻게 교육할 것인지를 두고. (아, 못 말릴 교육 주의자 찰스!) 우리를 떠나 버린 그를, 단단히 주먹을 그러쥐고 때려 주고 싶었어. 침대로 기어 들어가 이불을 뒤집어쓴 채 언제까지고 거기에 그냥 있고 싶었어.

하지만 네가 있었어. 찰스가 내게 준 값진 선물. 너만은 슬픔과 회한 안에 둘 수 없었어. 네겐 강한 엄마가 필요했어. 걱정투성이이지만, 강한 엄마가.

그날 아침 난 미래의 일을 생각하고 있었지만, 그때는 그리 멀리까지 내다볼 순 없었지. 아빠의 장례식 정도만 겨우. 그리고 길고 혹독한 겨울이 우리 앞에 불쑥 다가와 있었지.

15

사랑하는 조던,

이제 네 아빠가 어떻게 돌아가셨는지에 대해 말할 때가
되었구나. 이건 이제껏 내가 쓴 것 가운데 가장 고통스러운
얘기가 될 테지. 또한 네가 읽게 될 것 가운데 가장 힘든 이
야기가 될 테고. 하지만 엄마는 그 끔찍한 날에 대해, 할 수
있는 한 가장 정확한 설명을 네게 해 주고 싶어. 그건 일종
의 의무라고도 할 수 있겠지.

네 아빠가 기자와 사랑에 빠진 건 분명 신의 뜻이었을
거야. 찰스의 마지막 날을 재현하기 위해 난 거의 20년 동안
취재를 하면서 배운 모든 기술을 활용했기 때문이지. 그걸
그렇게 써먹게 될 거리곤 꿈에도 생각하지 못했지만. 때로
난 영상으로 보듯 생생하게 그때의 이야기를 들려주는 사람

들과 인터뷰를 한 뒤엔 한바탕 울고 나서야 잠이 들곤 했었지. 하지만 그 일이 너무나 괴로웠기 때문에라도, 진실을 알기 전에는 그만둘 수가 없었어.

시작은 거의 십여 명에 이르는, 네 아빠와 같은 부대의 사람들과 이야기를 나누는 것이었지. 그들이 임무를 마친 때와 네가 잠이 든 때를 맞추려면 종종 한밤중에 통화하기도 했지. 인터뷰한 사람 중에는 아빠와 호송차에 함께 타고 있던 사람들과 사고 현장에 있던 의료진도 포함되었지. 그리고 아빠의 중대, 대대, 여단의 책임자들, 아빠의 '전투 단짝', 그리고 사고 당시 아빠와 함께 전사한 군인의 부인도 있었어. 또한 찰스가 사망하던 날 바그다드의 병원에 근무 중이던 의사와 아빠의 시신을 공식적으로 확인하고 종부 성사終傅 聖事를 집전한 군목으로 지켜보았던 장교와도 얘기를 나누었어.

나는 폭발이 일어난 그날 현장과 가까운 곳에 있었던 병사들의 진술과 지휘관들의 기록, 대대 작전 보고서를 요약한 문서들을 자세히 살펴보았어. 그리고 반군들과 전투를 벌이고 사제폭탄을 감시하는 데 관한 군 내부의 문헌들도 유심히 살폈어. 또한 국방부 육군 담당 대변인 네이선 뱅크스 소령과 열 차례 이상 인터뷰를 가졌지. 네 아빠의 사건을 검토한 그는 중요한 세부 사항들을 기입하고 정보의 검증을 가능하게 하는, 그리고 네 아빠가 사망한 날 군사 작전이 어떻게 진행되었고 무슨 일이 있었는지에 대한 좀 더 큰 그림을 내게 줄 수 있는 사람이었지. 내가 네게 알려 줄 수 있는 건 이런 거야:

2006년 10월 14일, 토요일, 바그다드 시간으로 09시 46분. 네 아빠와 여섯 대로 이루어진 호송 차량이 전방 작전 기지를 벗어나 유프라테스강을 건너기 전 남쪽으로 향하다가 루트 패치에서 '사막의 섬'으로 가기 위해 북쪽으로 방향을 틀었어. 그들은 그 '섬'에서 경계와 기습 작전을 펼치는 약 60명의 부대원들에게 식량과 물, 탄약과 배터리, 기타 필수품들을 전달하는 일상적인 보급 임무를 수행하고 있었지. 호송 차량은 전방과 후방에 한 대씩의 탱크와 완전 무장한 기동 보병 수송차 두 대, 험비_{사륜구동 군용 지프} 한 대, 그리고 총 5톤의 식량을 운반할 수 있는 보급 트럭이 하나의 그룹을 이루었어.

10시 38분, 호송대는 이라크인들이 아침 장을 보는 주르프 알 사크히르 마을을 통과하고 있었는데, 문을 연 것처럼 보이긴 한데 이상하게 주인도 손님도 없는 대추야자 가게를 병사 몇이 발견하긴 했지만 대열을 멈출 만큼 걱정하지는 않았지. 호송 자량이 '섬'에서 3킬로미터쯤 떨어진 대추야지 가게를 지나는 순간 반군들이 대형 IED_{사제 폭탄}를 터뜨린 거야. 나무들 사이로 연결해 놓은 인계 철선을 이용해서. 호송 대열의 가운데에 있던 험비는 바닥이 완전히 찢어진 화염에 휩싸였어. 윌리엄 레코드 병장은 얼굴과 팔에 치명적인 화상을 입었고, 티모시 라우어 상병과 조셉 케인 하사, 찰스 킹 상사가 사망했어. 공식 보고에 따르면, 아빠의 사망 시각은 10시 39분이었어.

이 얘기들은, 적어도 군 당국에 따르면, 있는 그대로의 사실이지만, 지난 일 년이 넘도록 난 훨씬 많은 것들을 알게 되었지.

네 아빠를 사망에 이르게 한 폭발이 일어난 직후, 막 도착한 저격 팀은 두 명의 민간인이 근처 판잣집 방향으로 도망치는 것을 발견했지만 용의자들은 달아나 버렸어. 그때 갑자기 흰색 미니밴 한 대가 그들을 향해 돌진했지. 운전자에게 차를 멈추라는 수신호를 보내고 아랍어와 영어로 경고를 했지만 무시한 채 계속 달려왔어. 저격수들은 허공으로 경고 사격을 한 뒤 밴의 엔진 룸으로 몇 발을 쏘았지만, 차량은 여전히 멈추지 않고 내달려 왔어. 차가 멈출 때까지 저격수들의 M14 소총에서 탄환이 쏟아져 나왔지. 남자 둘이 차에서 빠져나와 도망치는 걸 발견한 저격수들은 그들을 사살했어. 그리곤 계기판 너머로 연신 훔쳐보다가 아래로 몸을 숨기는 남자 하나를 포함해 더 많은 사람들이 차에 타고 있는 걸 발견했어. 차를 향해 추가 사격을 가한 뒤 군인들은 남자 하나와 네 명의 여자가 차에 타고 있는 건 발견했지만, 끝내 무기나 폭발물은 발견되지 않았어.

차에 타고 있던 여자들 중 한 사람은 임신 5개월이었다고 해. 그녀는 살아 있긴 했지만 복부에 총을 맞은 상태였지. 병사들은 즉시 의료진에게 도움을 청했다고 하는데, 난 그녀의 생사를 확인할 수 없었어. 남자아이였는지 여자아이였는지, 세상에 태어나기도 전에 총상을 입고 죽어 가던 그 아이에 대한 생각이 나를 괴롭혔어. 태어났다면 이제 돌이 되었을 테지.

아빠의 동료들 중 몇몇은 아빠가 돌아가신 후 며칠 동안 "우리가 놈들을 해치웠다."는 말을 퍼뜨리며 위로로 삼았지. '죽음의 배달부'들이 이라크에서 연 추도식에서 대대장인 패트릭 도나호 중령은 자신의 부하들에게 적의 비열한 공격으로 "우리의 동료들이 죽었고, 용의자 둘을 우리가 쏘아 죽인 14일을 기억해야 한다."고 말했다고 하더군.

최근 나는 도나호 중령에게, 어떻게 용의자로 확신하는지를 물었어. 그의 대답은 불안했어.

"솔직히 말하면, 완전히 확신하진 않아요."

그리곤 덧붙였어.

"그날 우린 그곳 차량 한 대에서 두 명을 사살했습니다.

난 그들이 분명 폭발과 연관이 있다고 믿고 싶지만, 실제적이고 확실한 직접적 증거를 가지고 있진 않아요."

두 남자와 밴에 타고 있던 승객들은 가족과 함께 도망치던 반군이었을 수도 있고, 미군들이 공격당할 때 공황 상태에 빠진 민간인들이었을 수도 있었지.

도나호 중령이 언급하지 않은 것은 살해가 여러 면에서 편리했다는 사실이었지. 그들은, 군사적으로, 덮어 버릴 수 있었으니까. 그리고 그들은 그런 식으로 '배달부'들, 특히 '육식 동물'들에게 분노를 표출할 수 있는 공간을 제공했지.

군 당국의 조사 결과 저격수들의 행동은 정당한 것으로 판명되었어. 나도 그 결론에 이의를 제기하진 않아. 내가 아는 한, 저격수들은 보복하기 위해 총을 쏜 게 아니었고, 총격을 가하기 전 여러 차례에 걸쳐 이라크인들에게 차량을 멈추고 밴에서 내릴 수 있는 기회를 주었으니까.

내가 그토록 마음이 불편했던 건 그들을 사살한 행위를 네 아빠의 죽음에 대한 보상으로 삼았다는 사실이었어.

찰스가 세상을 떠난 지 2주쯤 지난 뒤, 도나호 중령으로부터 애도의 편지를 받았어. 편지엔 이렇게 적혀 있었지.

"강력한 폭발물이 킹 상사가 타고 있던 지프의 바닥을 찢었고, 우리는 그가, 즉시 사망했다고 믿습니다. 우리는 이제 무거운 마음으로 유프라테스강의 그곳을 향해 나아갑니다. 우리의 임무는 이곳에서 계속될 것입니다."

군의 공식적인 입장은, 편지에 명확히 밝혀진 것처럼, 찰스가 즉사했다는 것이었어. 당시 난 그것을 사실로 받아들였지. 대부분의 사람들은 전사자에 대한 군의 공식적인 설명을 받아들일 거라는 생각이 들어. 하지만 내가 알아낸 것에 의하면, 군은 종종 진실을 세탁한다는 거야. 그리고 그 사실들이 뭔가 다른 이야기를 하려 할 때 어떤 군인이 즉사했다고 말하는 것은 공식적인 논의의 시작에 불과하다는 거지.

메릴랜드주 애버딘 소재 애버딘 병기 시험장Aberdeen Proving Ground에는 잘 알려지지 않은 사무실이 하나 있는데, 거기엔 스무 명 이상의 군 직원들과 민간 계약직 노동자들이 사망한 군인들의 소지품을 일일이 뒤지며 민감한 사안이나 스캔들을 찾아내는 일을 하고 있지. 그들은 군인들의 편지를 읽고 이메일을 확인해. 그들은 군인들이 듣던 음악을 듣고, DVD를 봐. 카메라와 동영상 녹화 장치 안의 내용도 살펴보지. 말하자면 그들은 군인들의 더러운 세탁물을 뒤지는 거야.

조사라고 불리는 그 때밀이 작업은 주로 군인이 소지하고 있던 기밀 정보나 민감한 자료를 확인하고 압수하기 위해 행해져. 때밀이들이 제대로 역할을 하게 되면 가족들은 사망하거나 피범벅이 된 포로들의 사진, 혹은 비밀 군사 시설을 정확히 표시한 지도 따위는 결코 볼 수가 없게 되지.

하지만 이렇게 하는 데는 또 다른 이유가 존재해.

군은 군인의 소지품을 세탁하는 일을 자국 군인을 보호하기 위한 최종적인 행위로 간주하고 있지. 그래서, 해당 군인과 전투에 함께 참가했던 '단짝'들과 입을 맞춰 군을 대표하는 사람들은 때로 그 물건들이 말하는 이야기를 바꾸기 위해 때밀이들에게 아예 맡겨 버리기도 해. 그들은 그 군인의 일기장에서 유서를 찢어 낼 것이고, 그의 아내가 보지 못하게 여자 친구의 노골적인 편지를 파기할 것이고, 옷가지를 부친에게 돌려주기 전에 핏자국을 제거할 것이고, 망가진 결혼반지를 보석상에게 보내 말끔하게 수리한 뒤 슬픔에 빠진 배우자에게 돌려줄 테지.

이 시스템을 신뢰하는 군 고위 관리들에 의해 내게 공개된 이런 사실들은, 내 세계를 완전히 뒤집어 버렸어. 나는 찰스를 믿었고, 어떤 의미에서는, 그의 '더러운 세탁물'을 보고 싶지 않았지. 하지만 난 그의 죽음에 얽힌 진실을 알아내기로 결심했어.

공식적인 버전에는, 그는 폭발로 살아남지 못했고, 과자처럼 뼈가 으스러지는 극심한 고통은 느끼지 않은 걸로 되어 있지. 내 생각에, 찰스는 지상에서 천상의 세계로, 거의 혹은 전혀 지체 없이 가 버렸어. 그건 받아들일 수 있었지. 하지만 아빠의 부대원들과 이야기를 나눈 뒤, 나는 더 이상 그것이 일어난 일의 전부라고 믿지 않게 되었어.

나는 찰리의 중대가 포트 후드로 복귀하고 반년쯤 지난 뒤, 제이슨 임호프 상병을 여러 차례 인터뷰했었지. 사고가 있던 그날에 대한 그의 설명은 근본적으로 달랐어. 그날 아침 FOB전방 작전 기지에서 출발할 때 임호프는 IED사제 폭탄를 탐지하는 임무를 맡고 있던 맨 앞쪽 탱크의 포격수였어.

"저와 전차장戰車長님은 도롯가의 폭발물들이 살상 무기로 작동하기 전에 꽤 잘 찾아내는 편이었어요."

임호프 상병은 그렇게 운을 떼고는 말을 이었지.

"저의 주된 업무는 제 시야에 들어오는 모든 것들이 바뀌지 않고 제대로 되어 있는지를 계속 확인하는 거였습니다."

그러다가 갑자기 의기가 꺾였어.

"아무리 생각해도 제 불찰이었어요."

그리곤 덧붙였지.

"제가 그분의 기대를 저버린 겁니다."

하지만 정상을 참작해야만 할 상황들이 있었지. 그날 아침 일찍 비바람이 몰아쳐서 도로가 젖어 있었는데, 그래서 폭탄이 숨겨진 구덩이 위를 새로 포장하고 위장용으로 뿌려

놓은 새 흙을 미처 감지할 수 없게 된 거지. 삼각 지대는 원래 식별이 잘 안 되는 곳인데, 그래서 병사 몇 명이 근처 운하의 흙더미 위쪽 그가 있던 위치에서 폭발물을 터뜨리는 데 사용하던 인계 철선을 따라간 거야.

나는 임호프 상병에게, 찰스는 IED를 탐지하지 못한 것에 대해 책망하는 걸 원치 않을 것이라 확신한다는 말을 해 줬어. 하지만 내 말은 별로 효과가 없었지. 그의 이어지는 말은 이랬어.

"저는 계속 도로를 살펴보고 있었고, 우린 거의 '섬'에 다다랐어요. 그때 전차장이 'IED다, IED야!' 하고 말하기 시작했죠."

수 킬로미터 안에 있던 군인과 민간인들은 너무도 익숙한 폭발음을 인지했지. 문장의 끝에 찍힌 마침표처럼, 그건 모든 말문을 막아 버리는 소리였어. 폭발의 현장만 제외하고.

"우린 기관총을 쏘아 대기 시작했어요. 놈들이 은닉할 수 있는 지역에는 풀숲이 많았죠."

임호프 상병의 말은 계속 이어졌어.

"무전기에서 다급하고 혼란스러운 말들이 쏟아져 나왔어요. 누가 다쳤는지에 대한 정보를 내보내고 있었죠. 저는 후방에 있던 탱크와 교신을 시도했는데, 사상자를 수습해

MEDEVAC헬기 수송 지대로 데려간다는 얘기가 들려왔어요."

그리고, 마침내, 폭발이 일어난 차량이 찰스가 탄 지프였다는 말이 그의 입에서 나왔지.

"문자와 숫자로 된, 전투 근무자 번호가 흘러나왔죠. 우린 그게 누구를 말하는지 알았어요."

임호프 상병은 참담한 목소리로 한 마디를 뱉어 냈어.

"눈물이 쏟아졌어요."

그 공격은 군인들이 목격한 최악의 장면 가운데 하나였지. FOB로 철수한 뒤, 찰스의 룸메이트인 토니 상사가 소동을 알아차렸어. 누군가가 그에게 찰리 중대가 공격을 당했다고 말해 줬어. 호송 지프에 탑 킹이 타고 있었냐고 그가 물었지. 아무도 대답하지 않자 그는 친구를 찾아 현장으로 달려갔어. 그는 자신이 보고 있는 걸 믿을 수가 없었어.

"이렇게 말씀드리죠. 제가 험비 지프를 봤을 때, 알았어요."

토니 상사는 그렇게 표현했지.

그 폭발물은 차량 가운데에서 폭발해 공중으로 2미터쯤 솟아올라 문짝만 아니라 작은 폭스바겐 크기의 거대한 포탑도 날려 버렸어. 크레인이 아니면 그걸 옮길 수도 없는 상태였지. 그 폭발로 깊이 2미터가량에 폭이 3미터가 넘는 구덩이가 생길 정도였어. 탑승자 4명은 차량 밖으로 튕겨져 나갔고.

반군들은 치밀한 계획하에 대열의 한가운데를 겨냥해 폭발물을 터뜨렸을 가능성이 높았어. 그들은 미군 고위급들이 결코 뒤쪽에서 움직이지 않는다는 걸 알 만큼 오랫동안 미군과 싸워 왔던 거야. 미 군대 문화에서 흔히 얘기하는, 겁쟁이처럼 뒤쪽에 붙어 이동하며 전투를 벌이는 방식이지. 그들은 또 전형적으로 호송 대열의 중앙에 지휘관의 차량이 배치된다는 것도 알고 있었어. 그 위치는 지휘관이 앞쪽과 뒤쪽에서 일어나는 일을 가장 잘 볼 수 있는, 전투에서 최적의 '상황 파악'을 제공하는 곳이니까.

"누군가 부인께 이 얘기를 전했는지 모르겠습니다만."

임호프 상병은 거기서, 마치 내가 계속하라는 신호를 보내 주기를 기다리는 것처럼 잠시 말을 멈추었어. 나는 그에게 계속하라고 말했어.

"폭발이 있고 난 뒤에도 상사님은 아직 살아 계셨어요. 뭐라고 계속 말씀을 하면서요."

그는 찰스가 충격과 고통 속에서 죽어 가면서도 자신의 부하들을 생각하고 있었다고 말했어.

"상사님은 다른 병사들에 대해 물었어요."

그때 난 이기적인 생각을 떨쳐 버리려 애썼지만 성공하지 못했어.

"그 사람은 우리에 대해서도 생각했을까요?"

나는 상병에게 그렇게 물었어. 그건, 기자의 질문이 아니었지. 대답은 없었어. 그건 전쟁에서 남편을 잃은 여자의 질문이었고, 내가 그렇게 물어보는 건 온당하지 않았어.

임호프 상병은 내게 확신을 주었지. 나의 전사였다면, 그런 상황에서도 분명히 그렇게 생각했을 거라고. 네 아빠는 또 뭐라고 말했을까?

임호프 상병의 진술이 사실이라면, 찰스는 폭발이 있은 뒤에도 살아 있었을 뿐 아니라 말을 할 수도 있었을 거야. 그 사람이 말을 할 수 있었다면, 느낄 수도 있었을 테지. 장기가 파열되는 고통을 느꼈을지도 몰라. 숨을 쉬기가 힘겨웠을 수도 있고, 정신이 혼미해 내가 왜 함께 있지 않은 건지 의아해했을지도 모르지. 어떤 경우든, 그것은 내가 상상했던, 지체 없이 죽음을 맞이한 자비로운 상황은 아니었어.

나는 아파트 안을 서성이며 임호프 상병이 들려준 이야기들을 정리하려 애썼어. 흐느낌이 멈추지 않을 때도 있었지. 난 몇 주나 악몽에 시달렸고, 그 악몽 속에서 나와 내가 사랑하는 사람들이 공격을 당했지. 총알이 쉬익 소리를 내며 머리를 스쳐 지나가기도 했어. 한 번은 테러리스트들이 쏜 포탄에 내가 타고 가던 비행기가 밎기도 헀지. 꿈에서 깰 때면 어김없이 벌떡 몸을 일으켰고, 호흡이 가빠 가슴을 움켜줘었어. 하지만 난 취재를 멈출 수 없었어.

2007년이 시작된 어느 겨울밤, 네가 잠을 자고 있는 동안 난 아담 마르티네즈 병장에게 전화를 걸었어. 그는 그날 호송 대열에서 맨 뒤쪽 탱크에 타고 있었고, 현장에서 찰스에게 맨 처음 다다른 병사였지.

"저는 험비 지프가 360도 회전하는 걸 봤어요. 마치 화염에 휩싸인 채 빙글빙글 도는 것 같았죠."

그리곤 마르티네즈 병장이 말을 이었어.

"운전을 한 레커드 병장을 봤는데, 불길에 휩싸인 채 땅바닥에 주저앉아 비명을 지르고 있었어요."

레커드 병장은 심각한 화상을 입었지만 살아남았어.

"킹 상사님은 이미 험비에서 빠져나와 도로 한복판에 똑바로 서 계셨어요."

마르티네즈 병장의 말에 따르면, 찰스는 30초가량 그렇게 서 있다가, 얼굴을 모랫바닥으로 향한 채 앞으로 무너졌어.

"전 먼저 험비로 달려갔어요. 불에 탄 사람이 있는지 확인을 하기 위해서요. 그러고 나서 '킹 상사님, 제 말 들리세요?' 하고 물었죠."

그는 찰스가 신음 소리를 냈다고 말했어. 마르티네즈 병장은 찰스가 자신의 말을 들을 수 있는지 다시 물어보았고 이해를 한다면 소리를 내 보라고 말했대. 그리고 찰스는 다시 신음 소리를 냈다더군.

"총격이 멈추질 않았어요. 그래서 전 상사님을 거기서 옮기려 했는데, 움직이지 못하셨죠. 그 순간 전 상사님을 붙잡은 채로 있는 힘껏 당겼어요. 아드레날린이 솟구치는 것 같았어요. 저는 계속 상사님을 끌고 도랑까지 갔죠. 일단 몸을 숨겨야 했는데, 그러기엔 딱 좋은 곳이었어요."

찰스가 그를 그윽이 바라보았다고, 마르티네즈 병장은 말했어. 그 얘기를 듣는데 가슴이 너무 아팠어.

"상사님의 입과 코에서 피가 흘러내리는 걸 봤어요. 두 눈의 가장자리는 벌겋게 충혈되어 있었고요. 응급 처치를 시작했지만, 실제로 제가 할 수 있는 일은 아무것도 없었습니다. 상사님은 깊게 숨을 들이마셨다가, 한숨을 내쉬었어요. 마침 그때 '닥'이 도착해서 상사님을 넘겨드렸어요. 그리고 전 탱크로 돌아갔습니다. 총격을 가하고 있는 동료들을 위해 머리 위쪽으로 엄호 사격을 해야 했거든요."

마르티네즈 병장이 한 것은 찰스가 그토록 가르쳤던, 안전해질 때까지 '킬 존kill zone, 많은 사람들이 살해된 군사 교전 지역'으로 들어가지 말라는 규정을 무시하는 행위였지. 사실 마르티네즈 병장이 진술은, 내가 그의 말들을 디이핑하고 있을 때도 여전히 이라크와 아프가니스탄에서 수천 명의 남녀 군인들이 행하고 있는, 아무런 찬사도 받지 못하면서도 동료를 구하기 위해 어떻게 자기 보존 본능을 버릴 수 있는지를 이해하는 데 도움을 주었어.

"부인께선 아마도 생각조차 해 보지 않으셨을 일일 겁니다."

마르티네즈 병장은, 찰스를 구하기 위해 위험 속으로 뛰어든 그날 자신의 행동에 대해 그렇게 말하고는 덧붙였지.

"동료들을 그대로 두고 떠난다는 건 용납할 수 없는 일이죠."

나는 내 남자가 어떻게 죽어 갔는지에 대한 이야기를 얼마나 더 들을 수 있을지 확신할 수 없었지만, 얘기를 나누어야 할 사람이 한 명 더 있었어. 폭발이 일어난 후 찰스를 치료했던 의무병 해롤드 '닥' 가르시아 상병이었지.

그날 닥은 호송 대열의 두 번째 차량에 탑승하고 있었어. 찰스에게 갔을 때 심장이 뛰고 있는 징후를 찾을 수 없었다고 그는 내게 말해 줬지.

"아무런 것도 느껴지지 않았습니다. 맥박도 없었고요. 총알이 날아다니는, '젠장맞을' 상황, 아시죠?"

총격에 노출되어 있는 위험 상황인 데다, 찰스가 이미 죽었을지도 몰랐지만, 닥은 CPR심폐 소생술을 시행했다더군.

"저는 숨을 한 번 불어넣은 뒤 흉부 압박을 시행했어요.

하지만 누르자마자 알았어요. 흉강이 무너져 버렸다는 걸요. 세상을 떠나셨구나, 생각했습니다."

마르티네즈 병장과 마찬가지로 닥 역시, '킬 존'을 벗어나 있어야 한다는 수칙을 위반한 거였어. 탑 킹을 구하겠다는 생각을 포기할 마음의 준비가 아직 되어 있지 않았기 때문이었지.

"우린 킹 상사님이 세상을 떠났다는 걸 안 뒤에도, 마치 희망이 있는 듯 그분을 대했어요. 상사님이 죽었다는 사실을 믿을 수가 없었으니까요."

사람들은 네 아빠를 들것에 싣고는 팔에다 링거를 꽂았다고, 닥 상병이 내게 말해 줬어.

"우리는 상사님을 탱크 위에 싣고 길을 내려가고 있었는데, 우리가 한 건 믿을 수 없는 일이었어요. 또 다른 폭발물이 터질지도 몰랐기 때문에 바깥으로 몰고 갈 수가 없는 상황이었죠. 우린 단지 킹 상사님을 새에게 데려가고 싶을 뿐이었습니다."

그가 말한 '새'는 부상자를 수송하는 MEDEVAC 헬리콥터를 말한 거였지. 그리곤 닥이 말했어.

"우린 그렇게, 말도 안 되는 짓을 벌인 겁니다."

닥 상병은, 찰스였다고 해도 똑같이 했을 거라고 말했어.

"킹 상사님은 절대로, 누구도 남겨 놓아서는 안 된다는 말씀을 입에 달고 사셨어요."

그리곤 말을 이었지.

"절대 임무에 나서지 않는 상사들, 절대 FOB 밖으로 나가지 않는 상사들을 알아요. 킹 상사님은 제가 본, 아 빌어먹을, 최고의 상사였어요."

찰리 중대 병사들은 하나같이 찰스의 죽음에 엄청난 충격을 받았지만, 숀 모하메드 병장은 그 이상의 충격에 휩싸였던 것 같아.

"킹 상사님이 타신 호송 차량에는 계속 제가 타고 있었습니다. 거기에 있어야 할 사람은 바로 저였어요."

그날 찰스는 모하메드 병장에게, 서류 작업을 위해 기지에 남아 있어도 된다고 했다는 거야.

"실제로 그 일이 일어났다는 게 믿어지지 않았습니다."

모하메드 병장은 나직하게 말을 이었어.

"킹 상사님은 체격이 우람하고 힘이 장사였어요. 크고 강하다는 건 체력적인 것만 가리키는 건 아니었죠. 누구도, 그분에게 해악이 닥칠 거라고 생각하지 못했어요. 그분은 우리 중대의 바위였어요. 아무도 상사님 같은 분을 대신할 순 없어요. 우린 어떻게 대처해야 할지 갈피를 잡지 못했어요."

모하메드 병장은, 찰스가 사망하고 몇 시간 동안 몇몇 장교들까지도 무릎을 꿇은 채 눈물을 흘렸다고 말해 줬어. 다른 병사들은 먹거나 잠을 잘 수 없었다고 했지.

"우리가 그 일에 대해 실제로 말할 수 있기까지는, 아무 말도 하지 않은 채 며칠이 지나야 했습니다. 그런 다음에 지휘관이 우리를 하나로 결합시켰어요. 우리는 전사한 다른 동료들에게 했던 것처럼 추도식을 올렸어요. 그분에게 경례하고 경의를 표하면서 마침내 마음이 가라앉기 시작했는데, 우리에게 가장 큰 도움이 된 건 킹 상사를 위해 밤새워 기도하고, 그분이 우리에게 어떤 의미였는지를 표현했을 때였죠."

아빠의 부하 세 명이 증언한 바에 따르면 처음 폭발에서 찰스는 살아 있었어. 아빠가 돌아가시던 날 바그다드의 병원에서 근무하고 있었던 군의관 스티븐 테일러 소령에게 전화를 걸었어. 그 사람이라면 아빠의 부하들이 병원으로 데려왔을 때 아빠가 살아 있었는지 내게 말해 줄 수 있을 터였지. 테일러의 반응은 날 소름이 돋게 만들었지.

"부인, 죄송합니다. 솔직히 그 사람을 기억하지 못하겠네요."

테일러 소령은 이라크에서 가장 큰 전투 지원 병원에서 근무하고 있었으며, 자신을 비롯해 두 명의 의사가 1년을 복무하는 동안 대략 15,000명의 미군 병사를 담당했다고 설명했어. 나의 전사에 대해 특별히 눈에 띄는 건 아무것도 없다더군. 나의 찰스를 기억하지 못한다고? 그건 상사와 같은 계급이 높은 부사관이 왜 보급 임무를 수행한 건지 여전히 알 수 없었던 것처럼 나로선 상상하기 힘든 일이었지. 이 부분은 찰리 중대의 복잡 미묘한 문화와 관련이 있는 것 같았어. 모하메드 병장은 찰스가 자신의 책임에 대해 독특한 견해를 가졌었다고 생각했는데, 나는 중대장인 맥팔랜드 대위가 강력히 장려한 것이라고 믿고 있었지.

"상사의 업무는 기지 밖으로 나가는 것도 아니고, 매일 위험한 노선들을 오르락내리락하는 것도 아니었어요."

모하메드 병장은 그렇게 말하곤 덧붙였어.

"안전 구역 밖으로 나갈 필요가 없다는 겁니다. 하지만 킹 상사님은 의지만이 아니라 실제로 매일 기지 밖으로 나가셨어요."

지휘관 경험을 가진 장교에게 찰스가 가진 견해에 대해 물어봤지. 찰스가 한 결정은 칭찬받을 만한 것이었는지, 아니면 무모한 것이었는지? 맥팔랜드 대위보다 경험이 많은 장교는 자신의 선임 부사관을 더 전략적으로 사용하고 있을까?

그 장교는 깜짝 놀라더군. 그는 조종사를 조종석 밖으로 내보내 음료를 대접하게 하는 것에 비유했지.

"당신은 탑 플레이어를 골라인 밖에다 놔두는 걸 장려하는 거라고 할 수 있나요?"

장교는 그렇게 되물으며 덧붙였지.

"만약 당신이 지휘관이라면, 그는 당신의 생명줄입니다. 그런 그를 교통 체증이 일어나는 곳에다 밀어 넣고는 플레이를 하라고 할 수 있습니까?"

그의 말은, 군인의 생명이 가진 가치는 어떤 식으로든 그의 계급과 관련이 있다는 뜻이었을까?

그 장교는, 그렇다고 대답했어. 그에게 손실은 개인적인 고통이 아니라 군사적 필요에 의해 결정된다는 말이었지. 그것은 전쟁의 냉혹한 현실이었지.

"잔인하게 들릴 수도 있겠지만, 운전병을 대신할 군인은 구할 수 있어요. 하지만 리더십은 대체할 수가 없어요. 거기엔 수년이라는 시간과 경험이 필요한 일이니까요. 상사가 쓰러지면 작전에 큰 공백이 생깁니다. 보통의 사망 사건이 아닙니다. 상사 한 사람이 모두를 지휘해요. 반군들은 그날 우리에게서 19년의 경험을 앗아간 겁니다."

마지막으로 헤어질 때, 찰스는 내게 약속했었지. 불필요한 위험을 감수하는 일은 하지 않겠다고. 내가 모르는 뭔가가 있었던 걸까? 그날 기지 밖으로 나가야 할 특별한 이유라도 있었던 걸까?

찰스의 '단짝'이었던 토니 상사는, 찰스가 세상을 떠나던 그 주 내내 우울한 상태에 있었다는 걸 눈치챘다더군.

"화요일 밤인가 수요일 밤부터 시작됐어요."

토니 상사가 내게 말했지.

"제가 '킹, 뭐 안 좋은 일이라도 있나?' 하고 물었어요. 그러자 그 친구가 '응, 중대장이 열받게 하네.'라고 하더군요. 킹은 중대장이 FOB 내 근무자들을 'FOBettes'라고 부르는 걸 또 들은 겁니다. 그건 폭발물의 인계 철선을 급습해 제거하지도, 기지 밖으로 나가지도 않는다는 걸 뜻했지요."

중대장이 기지 내 근무자들을 지칭한 FOBettes는 '군악대'를 가리키는 majorettes와 '치어리더 같은 사내놈'이란 뜻의 cheer-leaders-sissies를 빗댄 말이었어. 찰스는 맥팔랜드 대위로부터 조롱 섞인 말을 들었던 거야.

"전선을 끊을 건가요, 아니면 다른 FOBettes들이랑 남아 있을 건가요?"

토니 상사는 그 후 이틀 동안 찰스의 사기를 북돋우려고 애를 썼어. 그리고 그는 그들이 맺은 협정을 상기시켜 줬다더군.

"휴가에서 복귀하면, 더 이상 기지 밖으로 나갈 필요가 없다는 협정을 맺은 상태였습니다."

그렇게 말한 뒤 토니 상사는 이렇게 덧붙였어.

"병사들을 미 본토의 기지들로 전환 배치하기 위해 영내에서 할 일이 많았어요. 그게 우리의 임무였죠. 제가 말했어요. '그 녀석은 지옥에나 가라 그래. 자넨 전선 제거하러 기지 밖으로 나갈 필요가 없어. 이미 얘기가 끝났잖아, 킹. 자넨 여기 있는 누구보다 기지 밖으로 나간 사람이야.' 하지만 짓눌린 그 친구의 마음은 편해지질 않았어요. 금요일에 다시 나갈 거라고 그러더라고요."

토니 상사는, 찰스에겐 더 이상 증명해야 할 게 아무것도 없었다는 말을 되풀이했어. 그는 찰스가 계속 가겠다고 고집을 부리면 다음 날 계획된 임무에 자신도 동행하겠다고 제안을 했다더군.

"그 친구가 '좋아.', 그렇게만 말하더군요."

나는 찰스가 마지막 임무를 수행함으로써 부하들로부터 존경을 얻게 될 뿐 아니라 중대장에게 다시 한번 깊은 인상을 남겨 주려 했다고 믿어져. 네 아빠는 제대하기 전에 사병으로서 오를 수 있는 가장 높은 계급인 원사가 되고 싶었지. 맥팔랜드 대위는 찰스가 그 자리에 오를 자격을 갖추었는지를 평가하는 사람이었고.

초송대에 합류하기로 마음을 굳힌 찰스는 작전을 수행하기 며칠 전에 신문사로 전화를 걸었는데, 그때는 토니가 네 아빠에게 기지에 남으라고 마지막으로 호소했을 무렵이 었던 것 같아. 두 사람이 마지막으로 대화를 나눈 이튿날 동이 트기 전, 찰스는 '단짝'이 깨지 않게 조심하며 방을 빠져나왔어.

"전 그날 아침 그 친구한테서 아무 얘기도 못 들었어요."

토니는 그렇게 회상하며 말을 이었어.

"그건 그 친구답지 않았어요. 보통은 '나, 간다.' 그런 식으로 말했거든요. 그러면 제가 '그래. 나도 물건 좀 챙겨서 곧 갈게.' 하는 식으로 대답하죠."

찰스는 협정을 깨려면 싸울 수밖에 없다는 걸 알고 있었던 거라고, 토니 상사가 내게 말했어.

"전 그 친구랑 가려고 했지만, 그 친구는 제가 가는 걸 원치 않았어요."

그리곤 안타까움이 밀려드는 듯 그때를 이렇게 회상했어.

"그 친구는 알고 있었어요. 만약 저한테 '나, 간다.'라고 말하면 틀림없이 제가 가지 못하도록 말렸을 거라는 걸요."

아무도 찰스를 막을 순 없었어. 그건 자신의 명예를 지키기 위해 네 아빠가 스스로에게 내린 고독한 임무었어. 아빠의 일기를 보면, 자신의 존엄성을 지키기 위해 그 사람이 얼마나 명확하게 결단을 내리는지 알 수 있단다. 아빠는 해야 한다고 생각하는 것이면 무엇이든 하는 사람이었어.

  아들아, 아무리 생각해 봐도 도무지 이해가 안 가지만, 어떤 사람들은 늘 기회를 엿보며 네 기분을 상하게 하거나 너를 무력하게 만들 거야. 이따금 맹렬한 전사가 되어야 하지만, 무슨 일에든 헌신하면 존경은 따라오게 되어 있어. 그리고 역경은, 네가 만약 그것을 기꺼이 수용하거나 허락한다면, 너를 더 강하게 만들 거야. 네게 반감을 가진 사람에게 화내지 말고, 그들의 잘못을 증명하는 것으로 되돌려 주도록 해. 자신을 큰 목소리로 드러내는 감정적인 사람들은 에너지를 낭비하는 것일 뿐이야.

  아빠의 중대가 속해 있던 여단의 책임자였던 존 툴리 대령의 명령으로 아빠가 세상을 떠나고 며칠 안에 루트 패티와 '섬'은 버려졌어. 나는 그 길이 몇 달 동안 문제가 되어 왔다는 사실을 알게 되었지. 여단장 툴리 대령의 상관인 제임스 서먼 사단장은 병사들이 루트 패티 항로를 통해 '섬'으로 안전하게 이동할 수 있도록 위험물들을 제거하는 적절한 개척 장비가 갖추어져 있지 않다는 걸 인지했지만, 부하 장교들의 의견에 따르고 말았던 거야.

  "정찰 기지인 '섬'에 대한 폐쇄는 찰스와 케인과 라우어가 전사한 후 제가 내린 결정이었습니다."

툴리 여단장은 그렇게 말하곤 이렇게 덧붙였어.

"제 결정은, 정찰 기지를 운영해서 얻는 이득보다 비용이 훨씬 더 큰 지점에 도달했기 때문입니다."

여단장의 결정이 더 빨리 실행되었다면. 맥팔랜드 대위가, 그리고 찰스가, 위험에도 불구하고 '섬'을 지키려는 작전에 나설 것인가를 두고 몇 달씩 논쟁을 벌이기 전에 실행이 이루어졌다면.

서면 장군은 네 아빠의 장례식에 참석하기 위해 워싱턴에서 클리블랜드로 날아왔고, 식이 끝난 뒤 내게로 와 악수를 청했지. 그는 네 등을 토닥이며, 아빠와 남편을 잃은 것에 대해 위로의 말을 해 주었어. 난 그를 신뢰했고, 그가 거기에 있는 것에 감사했지. 비록 몇 달 뒤 내가 청한 인터뷰를 대변인을 통해 거절했지만, 난 여전히 멈추지 않았어. 그는 또한, 왜 육군이 '섬'을 이용했는지, 그리고 군인들이 거의 보호받지 못한 채 남겨진 작고 고립된 기지에 대한 서면 질문에도 답변하기를 거부했지.

나는 맥팔랜드 대위에게 물어볼 것들이 있었지만, 일 년의 거의 대부분을 보낸 뒤에야 그에게 전화할 힘을 얻을 수 있었어. 나는 그가 무슨 말을 할지, 나는 또 그에게 무슨 말을 할지, 모든 게 두려웠어. 그리고 2007년 겨울, 마침내 그에게 전화를 걸던 내 손이 후들후들 떨리더군.

그때까지 그는 실전을 위한 사무직으로 일하고 있었는데, 보직은 텍사스 대학의 군사학 조교수였어. 여전히 현역이긴 했지만 교관으로서 재배치의 자격은 갖추지 않은 상태였지. 그 역시 내게 전화를 걸어야 하는데 계속 미루었다고 하더군. 우리에겐 뭔가 공통점이 있었던 거지.

대화는 어색했어. 내게 그는, 군 자체를 옹호하기 위해, 내 아이의 아버지를 훔쳐 간 인간미라곤 없는 시스템을 고수하기 위해 온 사람 같았지. 하지만 내가 그에게 얼마나 쓰디쓴 감정을 품고 있는지를 그가 알게 된다면, 마음을 열지 않을까 봐 두려웠어. 그래서 나는 예전, 구타 사건으로 사망한 시체가 발치에 놓여 있는 상태에서 어느 경찰관을 취재하던 풋내기 기자 시절의 냉정한 태도로 그를 인터뷰하기로 했지.

나는 맥팔랜드 대위에게 상사의 직무를 어떻게 이해하는지 물었어.

"상사는 중대 수준에서 진가를 시험하는 자립니다."

그렇게 시작한 대위의 말은 이렇게 이어졌지.

"킹 상사는 가장 우월한 승자였어요. 그는 모든 기준들 그 자체였고, 규율을 강조하는 사람이었고, 주제 전문가_{지식·} 기능·태도의 측면에서 해당 직무나 과제를 가장 잘 알고 잘 수행하는 사람였습니다. 그는 병사들을 먹이고, 고충을 해결해 주고, 훈련을 시 컸습니다."

맥팔랜드 대위는 찰스는 자신이 보아 왔던 어떤 상사들 과도 달랐다고 말했어.

"우린 둘 다 싸움꾼이었요."

그렇게 말하고는 덧붙였지.

"둘 다 중대에서 평판이 좋았던 건 그 때문이었습니다. 킹 상사는 탱크에 탑승하는 게 일상과 같았죠. 휴가를 나간 병사들이 있거나 인원이 부족하면 킹 상사가 기지 밖으로 도우러 나가곤 했습니다. 그날 FOB를 떠난 것도 그런 이유 였지요. '섬'의 병사들은 2주 동안 나가서 힘겹게 임무를 해 내고 있었고, 킹 상사는 그들에게 며칠 만에 따뜻한 음식을 먹이고, 필요한 연료와 탄환을 공급하길 원했었죠."

돌이켜 봤을 때, 찰스가 과연 전통적인 상사의 역할에서 벗어난 사람이었는지, 맥팔랜드 대위의 생각을 알고 싶었 어. 거기에 대해 그는 이렇게 설명했지.

"킹 상사는 그런 지휘관이었기 때문에, 그게 자신의 책 임이라고 느꼈습니다. 저 역시도 그게 옳다고 생각했고요. 다른 상사들이 기지 밖으로 나가는 건 1/10밖에 안 됐습니 다. 킹 상사는 모든 걸 주었고, 중대원들도 그렇게 말했어 요. 그리고 그 일이 일어난 겁니다."

중대장과 상사의 관계는 무엇이었을까?

"남편과 아내 같은 거죠."

둘 사이에 밀고 당기는 긴장감은 있었을까?

"우린 죽이 잘 맞았어요. 말 그대로 손에 손을 잡고 함께 나아갔죠."

중대장의 말은 이렇게 이어졌어.

"다른 점도 있었어요. 그래서 우린 정말 많은 밤들을 논쟁하며 보냈습니다. 그리고 무엇이 잘 되고 무엇이 잘못되어 가고 있는지를 알아냈죠. 사실 킹 상사와 저는 매우 비슷했어요. 우린 임무에 돌입하면 그 일에 전념했어요. 제게는 두 명의 아이가 있고, 세 번째 아이가 예정되어 있습니다. 하지만 아침에 상황실로 들어서면 저한테는 돌보고 사랑하고 양육할 109명의 아이들이 생겨납니다. 그들은 고향에 있는 우리 아이들보다 훨씬 나쁜 상황에 놓여 있어요. 그러다가 제가 집으로 가서 문을 열고 들어서면, 킹 상사도 마찬가지였겠지만, 무엇보다 중요한 게 가족이란 사실을 알게 되죠."

내가 본능적으로 알 수 있었던 건, 맥팔랜드 대위는 결코 감정을 잘 드러내 놓는 사람은 아니란 사실이었지. 하지만 이야기를 나눌수록 그는 정서적인 측면을 점점 강하게 드러냈지. 그는 아내가 아들을 임신하고 있는데, 찰스라는 이름을 지을 계획이라고 내게 말했어. 감동도 받았지만, 질투도 났어. 나와 찰스 사이에 더 이상 아이가 생길 수 없다는 사실을 생각하지 않을 수 없었던 거야.

"그는 제가 아는 가장 위대한 인간 중의 한 명입니다."

대위는 그렇게 던져 놓고 말을 이었어.

"그 사람은 모든 것을 내주었어요. 전 그 남자를 사랑합니다. 아, 남자에 대한 사랑으로 저는 그 이상을 가져 본 적이 없어요. 이것이 제가 그 사람에게 드릴 수 있는 최고의 찬사입니다."

나는 맥팔랜드 대위가 폭발 현장에 대해 내게 말해 준 모든 것을 쓰지는 않을 거야. 그 얘기 중의 어떤 건 너무 섬뜩하기 때문에 그래. 때로 그는 찰스가 내 약혼자라는 사실을 잊은 듯 견디기 힘들 정도로 솔직했어.

"제가 처음 현장에서 본 건 말도 안 되는 장면이었어요. 그렇게 엉망이 된 험비를 전에는 본 적이 없었죠. 의무병 닥과 얘기를 나눴습니다. 닥은 킹 탑에게 달려가 흉부 압박을 시도했고, 그 사람의 귀와 입, 사지에서 피가 흘러나오는 걸 봤다며, 뇌진탕으로 즉사했다고 말해 줬습니다."

나는 폭발이 일어난 후 찰스가 의식이 있었고 말도 했다는 상반된 보고에 대해 물어봤어. 맥팔랜드 대위는 냉혹한 이론을 제시하더군.

"제가 상상할 수 있는 유일한 것은, 킹 상사가 눈을 뜨고 있어서 병사들은 그 사람이 살아 있다고 생각했을 거라는 겁니다. 그리고 그 사람이 자신의 병사들에 대해 물어봤다는 것도 좋게 생각했을 거고요. 이런 상황이라면 몇 가지 서로 다른 이야기가 전개될 수도 있겠죠. 그 사람의 죽음은 '군인의 죽음'입니다. 저는 암이든, 아니면 다른 뭔가로, 언젠가는 썩어 갈 테지요. 그 사람은 신과 국가를 위해 위대한 일을 하다가 명예로운 군인으로 죽었습니다. 조던은 거기에 자부심을 가져야 하고, 그 자부심으로 살 수 있어야 합니다."

조던, 나는 그에게 네 눈을 똑바로 보라고 소리치고 싶었고, 네 아빠의 '영광스러운' 죽음에 대해 말하고 싶었어. 하지만 그가 말을 계속하게 할 필요가 있었기 때문에 난 아무 말도 하지 않았지. 사실, 난 내게 가장 중요한 것에 대해 묻기 위해 한 시간 이상을 기다렸어. 기자로서 나는 얘기의 주제에 대한 신뢰를 확보하기 위해, 가장 어려운 질문을 맨 마지막에 던지려고 아껴 두는 것이 종종 최선이라는 걸 알고 있었거든.

"이제 어려운 질문을 하나 드리겠습니다."

나는 차분한 목소리로 말은 했지만, 온몸은 긴장에 싸여 있었어.

"제가 알기로는, 중대장님과 찰스 사이에 얼마간 신경전이 있었어요. 중대장님이 그 사람을 조롱하는 말을 던진 것이 그 사람으로 하여금 그날 그 임무를 수행하게 했을지 모른다는 얘기를 들었거든요. 제가 들은 바로는, 중대장님이 그 사람을 FOBette라고 불렀다는 겁니다. 거기에 관해 중대장님께서 제게 해 줄 수 있는 말, 저는 그게 뭔지 알고 싶습니다."

맥팔랜드 대위는 대답을 조금도 지체하지 않았어.

"아닙니다. 전 그렇게 말하지 않았어요. 저는 킹 상사를 FOBette라고 부른 적이 한 번도 없습니다. 그렇게 부르기엔, 그 사람에 대한 존경심이 너무 컸으니까요."

"알겠습니다. 중대장님께서 그게 사실이 아니라고 말씀하시니, 제게는 그것으로 충분합니다."

난 내가 한 말의 진심을 확신할 수 없었지만, 맥팔랜드 대위에 대해서는 미안함을 느꼈어. 그 사람 또한 찰스의 죽음을 슬퍼하고 있었으니까.

다른 뭔가에 대해 얘기하기 시작했을 때, 맥팔랜드 대위가 나를 제지했어.

"아, 잠깐만요."

그러곤 그가 말을 이었지.

"솔직히, 거기에 대해 생각해 보면, 아마도 얼마큼은 사실일 겁니다. 제게는 그때 그 얘기를 나눴다는 기억이 없습니다만, 충분히 가능하다는 얘깁니다. 사실일 수도 있어요. 킹 상사는, 마치 제가 의아해하는 것처럼 느꼈을 수도 있다는 겁니다. '당신이 왜 기지 안에 있는 겁니까?' 이렇게요. 충분히 가능합니다. 잠깐 생각을 좀 해 봐야겠어요. 임무가 끝나 갈 무렵이 되면 많은 사람들이 기지 밖으로 나가고 싶어 하지 않았어요. 터널 끝에는 빛이 있었고, 그 빛은 매우 밝았죠."

맥팔랜드 대위와 만난 이후, 며칠 동안 나는 잠을 이룰 수가 없었어. 찰스의 마지막 모습들로 머릿속이 가득 채워져 있었지. 나는 생각하고 또 생각했어. 맥팔랜드가 "충분히 가능하다."고 시인했던 그 말. 찰스를 기지 밖으로 나가도록 몰아세웠던 그 말.

시간이 지나면 결국 나도 알게 될 테지. 내가 일으킨 분노가 적절하지 않았다는 걸. 나를 가장 화나게 했던 건 네가 아빠를 갖지 못할 거라는, 내가 다시는 멋진 남자를 갖지 못할 거라는 사실이었어. 여전히 그 사람들에 대한 분노에 사로잡히는 날이 있을 테지만, 궁극적으로 그건 맥팔랜드 대위의 잘못도, 찰스의 잘못도 아니었어.

어쩌면 그거, 슬픔에 싸인 내가 네 아빠와 중대장이 내린 결정을 결과론에 입각해 만들어 낸 것일지도 몰랐지. 비숫한 상황에서 사망한 주임 부사관이 있어서 내가 기자로서 그 사건을 취재한다면, 지금과 똑같은 질문을 할 수 있었을지 궁금했어. 그리고 전쟁 경험이 전혀 없는 민간인으로서, 그들이 내린 결정에 의문을 제기할 권리가 내게 있었을까?

어쩌면 전쟁이 가하는 압박 하에서 남성다움을 보여주고 싶었던 거라면, 농담조차 흘려버릴 수 없게 만들었을지도 모르지. 네 아빠의 경우, 그건, 불운한 호송 대열에 합류하도록 부추긴 것이고. 그게 어떤 것이든, 네 차례나 전투 현장에서 복무했고, 헌신과 용기로 50개 이상의 훈장을 받았으며, 의무에 충실했기 때문에 너의 출생을 놓쳤던 찰스 킹 먼로 상사는, 그렇게 마지막으로 자신을 증명해 낸 거였어.

나는 찰스가 즉사했다는 맥팔랜드의 주장을 믿지 않지만, 이런 상황에서는 보통 "몇 가지 서로 다른 이야기들이 가능하다."고 말할 때의 그는 진실했어. 아빠가 세상을 떠나간 상황들에 대한 서로 다른 이야기들은, 저마다 나름의 의미들을 갖고 있을 거야. 현장에서 대피했다가 나중에 도착한 군인들은 전해 들은 정보를 가지고 이야기했을 것이고, 어떤 병사들은 그들이 사랑했던 킹 탑의 영웅적 행위를 강화하기 위해 노력했을 테지. 그리고 어떤 사람들은 그들 자신의 얘기를 '세탁'했을지도 모르고. 나로선, 대학살의 암울한 세부 사항들을 공개해서 내 슬픔을 가중하고 싶지는 않았어.

어떤 이야기의 진실을 파헤치는 것이 내가 하는 일이야. 이것 역시 다르지 않았어. 나의 전사, 너의 아빠가, 어떻게 세상을 떠나게 되었는지에 대해, 지금 내가 신뢰하는 이야기는 어떤 것일까.

나는, 10월의 그날, 찰스는 폭발물이 터진 후에도 살아 있었고, 숨이 붙은 채로 10분에서 20분 동안 피를 흘렸으며, 말을 하려고 했지만 할 수 없었고, 쇼크가 왔고, 그다지 많은 고통은 받지 않았다고, 그리고는 자신이 그렸던 천사의 날개가 그 사람의 영혼을 폭발물도 없고 비정한 국경도 없는 곳으로 데려갔을 거라고, 믿어.

16

사랑하는 조던,

네 아빠를 땅에 묻던 날을 기억하기엔 네가 너무 어렸다는 걸 다행스럽게 생각해야 하는지, 아니면 네가 아빠랑 작별 인사를 나눌 수 없었다는 걸 안타까워해야 하는지 잘 모르겠어.

10월의 어느 흐리고 쌀쌀한 오후, 우린 클리블랜드행 비행기를 탔어. 비행기가 하강하기 시작했을 때 시야에 들어오는 풍경들을 지켜보았지. 층층나무와 사과나무는 여전히 금빛과 노란색, 녹이 슨 것 같은 빛깔의 이파리들을 달고 있었지만, 내게 떠오르는 건 이제 곧 잎들이 모두 떨어져 빈 가지들만 덩그러니 남을 거라는 생각뿐이었어.

비행기가 활주로에 닿았을 때 난 널 꼭 붙들고 있었지.

너는 나의 수호자고, 가장 잔혹할 때조차도 삶은 기적이라는 사실을 일깨워 주는 존재니까. 남은 이틀 내내 난 그렇게 널 붙잡고 있을 거야, 하고 나는 네게 속삭였어.

우리가 호텔에 도착했을 때, 두 할머니는 나를 부드럽게 달래셨지. 널 할머니들께 맡겨 놓고 찰스의 시신이 옮겨져 있는 장례식장으로 가서 둘만의 시간을 보내라고 말이야. 난 알고 있었지. 아빠도 네가 거기 있는 걸 원치 않을 거라고.

나는 그 사람이 누워 있을 강철로 된 차가운 관이 성조기 아래 덮개가 굳게 닫힌 채 놓여 있는 커다란 방으로 천천히 걸어 들어갔어. 직원들은 부드러운 음악, 낮은 조명, 밝은 꽃들로 방을 온화하게 하려 애썼지만, 내 몸은 여전히 추운 듯 떨어 댔지. 난 그의 머리와 가슴이 있을 것 같은 곳에 손을 얹고, 쓰다듬고, 이마를 대었어. 우리 둘만이 홀로 있는 순간은, 그것이 마지막이었어. 나는 장례 감독관에게 네 아빠의 얼굴에 입을 맞출 수 있게 관을 열어 달라고 부탁을 할까, 잠깐 생각해 봤어. 그리곤 생각했지. 그는 얼마나 차갑고 딱딱할까. 나의 찰스답지 않게.

난 오래오래 네 아빠와 함께 거기에 앉아, 사랑한다고 말하고, 네가 잘 지내고 있다고 말하고, 가장 친한 친구는 잃어버렸지만 나도 잘 버티고 있다고 말했어. 밤새 그렇게 그 사람 곁에 머물까 생각했지만, 너랑 떨어져 장례식장에서 밤을 보내는 걸 그 사람이 원하지 않을 거란 생각이 들었어. 그래서 나는 자리에서 일어나 마지막으로 그 사람에게 얘기했어.

사랑하는 당신, 이제 편히 쉬어요. 이곳에서 당신의 임무는 끝났어요. 우리가 시작했던 일을 마무리할 수 있도록 제게 힘을 줘요.

우리의 아들을 있게 해 준 당신에게 감사하고 싶어요. 저는 그 아이를 당신과 같은 사람으로 키울 거예요. 당신의 일기가 저를 도울 것이고, 일기를 남겨 주어서 너무도 고마워요.

시간이 지나면 아픔도 잦아들겠지만, 당신에 대한 내 사랑도 그렇게 잦아들 거라고 생각하진 않았으면 좋겠어요. 결코 그런 일은 없을 거예요. 그리고 약속할게요. 조던이 당신을 알게 될 거라고요. 누구도 당신을 대신할 수 없을 거라고요.

진정한 사랑이 어떤 모습을 하고 있는지, 어떤 느낌인지를 제게 보여 주어서 고마워요. 이제 좀 쉬어요. 당신을 많이 많이 사랑해요.

네 아빠가 누운 관에 가볍게 입을 맞추었어. 눈물이 거기에 떨어졌어.

나는 식장 바깥에 있던 장례 감독관에게 관 속에 꾸러미

하나를 넣어 달라고 부탁했어. 꾸러미 안에는 '아빠를 사랑해요'라고 적힌 청백색 공갈 젖꼭지와 네가 입던 위장복 무늬 원지_{onesie, 위아래가 붙은 유아복}, 그리고 내가 찰스에게 보낸 메모가 뒷면에 적혀 있는 우리 셋이 환하게 미소를 짓는 사진이 들어 있었어.

꾸러미를 받아 들며 감독관이 말했어.

"이걸 그의 심장과 나란히 놓아두겠습니다."

그 모습을 생각하자 미소가 떠올랐어. 그러다 내 안의 기자 정신이 발동했지. 저 사람은 장례 감독관으로 일하면서 슬픔에 빠진 어머니와 아내에게, 혹은 연인에게, 내게 한 것과 같은 약속을 얼마나 많이 했을까, 문득 궁금했어. 나는 나 자신에게 말했어. 이제 찰스의 심장은 저 관 속이 아니라 나와 함께 있다고. 하지만, 꾸러미가 그의 가슴과 나란히 놓여 있다는 걸 생각하면 위안이 되었어. 내 안의 그곳에도 똑같이 놓여 있을 테니까.

한 달, 그 한 달만 무사히 지났더라면, 하고 나는 생각했어. 한 달만 아무 일 없이 지났더라면 그 사람은 우리와 함께 집에 있었을 텐데…….

전국 각지에서 조문객들이 속속 호텔에 도착했어. 연회실에서 그들을 맞이할 때, 문득 찰스가 자신의 아들을 친구들과 친척들에게 소개하고 싶어 할 거란 생각이 들었지. 그리고 또 무얼 하고 싶어 했을까. 폭탄이 터질 때, 그 사람은 보고 있지 않았을까. 첫 크리스마스를 맞은 네가 포장지를 벗겨 내려고 사투를 벌이는 모습을.

내게 가장 큰 두려움은 너랑 크리스티나가 자라는 걸 지켜볼 수 없을지도 모른다는 거야. 네가 걷는 법을 배우는 것만이라도 지켜봐야 할 텐데. 아빠의 인생에서 지금 당장의 가장 큰 기쁨은 네가 태어날 거란 사실을 알고 있다는 거야.

　　많은 사람들이 네 이마에 입을 맞추고 머리를 문지르는 동안, 나는 마음을 추스르기 위해 너를 다시 안아 줄 필요가 있었어. 파란색 스웨터에 황갈색 바지를 입은 넌 피곤해 보였지만 그리 까다롭게 굴진 않았지. 난 사람들이 왜 널 만지고 싶어 하는지 알고 있었지만, 나는 예의로 가장하는 짓을 포기하고 누가 너를 안겠다고 했을 때 단호하게 아니라고 말했어. 내 품에 안겨 있는 넌, 네 아빠의 일부이기도 했으니까.

　　이후 한 시간가량은 내가 알지 못하는 사람들과 너를 낳을 때 했던 제왕 절개 수술에 대해 이야기하고, 너의 눈동자와 키와 머리 모양이 친가 쪽 피를 물려받은 거라는 킹 할머니의 그렇다는 얘기에 아무런 제동도 걸지 않았지. 할머니가 왜 너를 당신 쪽 사람으로 만들고 싶어 하는지를 이해할 수 있었으니까.

넌 그날, 너의 누나를 만났어. 그런 상황을 바란 건 아니었지만, 네 아빠가 참으로 바랐던 순간이었지. 크리스티나는 내 품에 안긴 너를 바라보았고, 내가 그녀의 팔에 너를 안기자 슬픔에 잠겨 있던 소녀의 어두운 눈이 환하게 밝아졌어. 너를 건네준 건 오직 크리스티나뿐이었어.

"아빠를 닮았어요."

그녀는 그 말을 몇 번이나 반복했어.

아빠는 네가 누나를 알게 되기를 간절히 원했고, 네가 그녀를 사랑하고 존중해 주길 바란다고 일기에 쓰기도 했었지. 크리스티나가 농구를 하고, 얼마나 예쁜지, 어릴 때 있었던 재미난 얘기들도 틈만 나면 들려주었지.

네 누나가 세 살쯤 되었을 때, 크리스티나는 부지런한 작은 벌이었어. 아빠는 그때 포트 후드에 배치되어 비행장 경계 임무를 맡고 있었지. 어느 날 아침 일찍 근무를 마치고 초콜릿 우유 한 상자를 들고 집으로 왔었단다. 그리곤 상자째로 냉장고에 넣어 놓고 눈을 붙였지.

몇 시간 후에 일어나서 초콜릿 우유를 가지러 냉장고로 갔는데, 놀랍게도 크리스티나가 포장을 벗기고 상자에서 24개의 우유를 모두 꺼내 우유마다 빨대를 하나씩 꽂아 놓은 거야. 그저 웃을 수밖에 없었지.

대개는 훈련 일정 때문이었지만, 네 아빠는 이혼한 뒤로는 원하는 만큼 네 누나를 볼 수가 없었어. 나를 만나고 있던 때라 크리스티나에게만 시간을 할애할 수도 없었으니까. 여름이면 그녀와 함께 몇 주를 보내고, 망원경에서 새 옷까지 선물도 보냈지만, 아빠는 그녀의 어린 시절을 너무 많이 놓쳤다고 마음 아파했었어.

크리스티나는 1990년 8월 29일, 독일에서 태어났는데, 태어난 지 3개월 후에 아빠는 이라크에 파병되었지. 6개월 후 돌아왔을 때, 크리스티나는 이미 걷고 있었어. 나는 걸음마를 떼어 놓는 크리스티나를 결국 놓치고 말았지.

크리스티나와 함께 우리가 자리를 빠져나온 건, 네 손과 뺨을 액체 소독제로 닦아 내지 않고는 일 분도 지체할 수 없을 때였지. 네 아빠의 왕고모들이며 사촌의 아내들이 연신 네 손가락과 얼굴에 키스를 퍼부었기 때문에 하는 수가 없었어. 그래서 내가 핑계를 댔지. 네가 배도 고프고, 잠잘 시간도 지났다고.

마침내 방으로 돌아왔을 때, 네 누나는 네게 먹을 걸 주고 싶어 했어. 그 광경을 네 아빠가 보았다면 얼마나 소중히 간직했을까. 넌 당근과 사과를 대부분 뱉어 냈는데, 그걸 보고 크리스티나가 함박웃음을 터뜨렸지. 우리가 함께한 이틀 동안 그녀의 웃음소리를 들은 유일한 시간이었어. 나는 크리스티나를 전에 딱 한 번 만났었어. 이제 그녀는 우리의 가족이었고, 나는 상처받은 열여섯 살 소녀의 새엄마가 할 수 있는 거라면 무슨 방법으로든 그녀를 위로해 주고 싶었어.

"잘 지내고 있니?"

당근을 먹여 보려고 계속 너랑 씨름하고 있던 크리스티나에게 내가 물었어.

"별로 좋진 않아요."

그녀가 어깨를 으쓱하며 대답했어. 그녀는 아빠의 딸답게, 유쾌하면서도 조용했어. 그래서 걱정이 되더군. 난 그녀가 자신의 엄마와 고모에게 속마음을 터놓았으면 하고 바랐지.

"네 아빠가 널 많이 사랑했다는 건, 너도 알고 있을

거야."

나는 그렇게 말문을 열고는 덧붙였어.

"아빠는, 미국으로 돌아오면 너랑 더 많은 시간을 보내고 싶어 했어. 넌 그 사람에게 언제나 첫 번째 아이야."

크리스티나는 알고 있다고 말하고는, 하지만 자신이 관심을 가지고 있는 건 바로 너라고 했어.

"조던은 아빠의 머리랑 똑같아요."

그녀가 활짝 웃으며 말했지.

뒤늦게 온 집안사람들과 친구들이 도착해 우리를 따뜻하게 둘러싸고 있을 때, 자꾸만 강철 상자 안에 홀로 누워 있을 찰스가 얼마나 추울까, 그 생각만 떠올랐어. 나는 그의 몸이 도톰한 플러시 천으로 싸여 있는 걸 상상했고, 그가 군복을 입고 있다는 걸 기억했어. 그러면서 그 사람은 따뜻하다, 그 사람은 편안하다, 그렇게 생각하려고 애썼어. 놀라운 일이지 않니? 그 이미지는, 슬픔이 밀려들 때 네가 마음속으로 붙잡고 싶어 하는 바로 그거잖아.

나는 너를 호텔에서 제공한 금속으로 된 아기 요람 대신 침대에 뉘었지. 내 곁에 나란히. 차마 너를 금속 요람에 눕힐 수가 없었단다. 넌 내게 조금씩 더 가까이 다가왔고, 우리가 잠에 빠져들 때까지 나는 콧노래를 흥얼거렸지.

다음 날 아침, 먹구름이 위협하듯 밀려들었는데, 네 아빠가 행복해하겠다는 생각이 들었어. 그 사람은 비 오는 걸 좋아했었지. 너를 안고 창가에 서서 생각했어. 장례식에 비가 내리는 걸. 찰스의 귀향은 신에게 맡기자, 그런 생각이 스쳤어.

난 네게 검은색 옷을 입힐 수가 없었어. 네 아빠가 원하지 않을 것 같았어. 넌 우리의 희망이자 약속이고, 살아 있는 그 사람의 일부니까. 조그만 남색 줄무늬 정장과 넥타이를 맨 채 창밖으로 흔들리는 나뭇가지를 바라보던 넌 너무도 멋있었어.

나는 검은색 치마를 매만지고, 코트를 입었어. 네 아빠를 배웅할 시간이었지.

찰스가 어린 시절에 다니던 교회에 우리가 도착했을 땐 이미 조문객들로 가득 차 있었어. 네 아빠가 사랑한 5학년 때 선생님, 어릴 때 친구들, 소녀 시절 찰스를 짝사랑했던 여자분도.

이기적이게도, 난 마지막으로 네 아빠랑만 있고 싶었지만, 아빠의 가족들과 친구들 또한 나만큼이나 아빠와 작별을 고할 권리를 갖고 있었지. 킹 할머니에게는 더더욱 그랬고. 나는 교회 뒤편에 진을 치고 있는 신문과 텔레비전 기자들, 나의 전사를 조금도 알지 못하는 그 방해꾼들에게 내 짜증을 집중시켰어. 그 순간 기억 하나가 떠올랐지. 신문 기자로서 수많은 교회에 지금과 똑같은 자리를 차지하고 앉아 있던 내 모습을. 내가 취재했던 가족들이 나를 어떻게 느꼈을까, 하는 생각이 처음으로 들었어.

한 달……한 달만 있었으면 아빠가 집에 있었을 거란 생각이 다시 떠올랐어.

찰스의 관 옆 이젤에 놓인 천사의 그림을 보며 몸을 떨지 않으려고 애썼어. 그 사람이 세상을 떠난 뒤에 옷장에서 꺼내 네 침대 위에 걸어 놓았던 것과 같은 초상화였지. 아빠가 그걸 내게 주었을 때처럼 불안하긴 했지만, 지금 그의 곁에 놓인 걸 보니 오히려 마음이 편해졌어. 그건 찰스가 수없이 해 왔던 일을 마무리하는, 그만의 방식이었지. 그를 필요로 하는 모든 사람들을 위로하는.

오르간이 시작되었을 때, 내 마음은 어딘가로 돌아갔어. 처음 그 사람의 미소를 보았을 때로, 처음 사랑을 나누었던 밤으로, 그리고 내가 너를 그 사람의 품에 안겼을 때로. 슬픔 속으로 외로움이 밀려왔고, 묵직하게 어깨를 누르는 수많은 영혼들에 둘러싸여 있었어. 그리고 복도 쪽으로 눈길을 들었을 때, 게일 고모의 흐느끼는 모습이, 제 엄마의 팔에 머리를 기댄 크리스티나의 눈물 번진 얼굴이 보였어. 킹 할아버지는 숨을 쉬는 것조차 힘든 것 같았어. 할아버지의 눈은 바짝 말라 있었지만, 주름진 이마와 떨리는 턱은 고뇌를 그대로 드러내고 있었어. 네 할머니는 당신의 아들이 잠들어 있는 관을 침울하게 바라보며 눈가의 물기를 닦아 내고 계셨어.

할머니의 손톱에 막 칠한 듯 보이는 자홍색 매니큐어를 보자, 조금은 힘이 났지. 하나뿐인 아들을 잃는 건 힘든 일이었지만, 그 빛깔은 당신이 결코 고통에 굴복하지 않을 거란 걸 암시하는 듯했어. 만약 한 여성이 극심한 고통 속에서도 자신의 손톱에 신경을 쓸 수 있다면, 그녀가 삶을 쉽게 포기하는 일은 결코 일어나지 않을 거야.

하지만 찰스는 자신에게 쏟아지는 너무 많은 슬픔이 불편했을 거야. 자신의 인격과 업적에 비추어진 스포트라이트에는 당황스러웠을 테고. 어떤 조문객들은 두 개의 청동성장靑銅星章, 공중전 이외의 용감한 행위를 한 군인에게 수여하는 훈장과 퍼플하트 훈장전투 중에 부상을 입은 군인에게 주는 훈장, 열한 개의 육군 공로 훈장이 포함된, 그가 받은 쉰여섯 개에 이르는 기다란 훈장 목록을 일일이 거론하기도 했지.

난 그 훈장들에 대해 아는 게 없었어. 찰스도 그것들에 대해 나머지 가족들에겐 얘기한 적이 없었지. 왜 그랬는지 이해가 갔어.

네가 하는 일에 자부심을 갖는 것은 부끄러운 일이 아니란다. 늘 겸손해야 한다는 사실을 기억해. 비록 네가 최고의 트로피를 거머쥐게 되더라도, 너보다 더 크고 더 나은 사람이 있기 마련이니까. 네가 이룬 모든 성취에 감사하는 마음을 가져야 해.

신께서 너에게 축복으로 내리신 재능을 사용하지 않는다면, 그것은 끝내 사라지게 될 거야. 하지만 네가 받은 그 선물들을 항상 다른 사람들과 나누도록 해. 그 사람들은 너를 베푸는 자로 기억하게 될 거야. 이것이 어김없는 사실이란다.

네 아빠가 돌아가신 후 그 사람이 얼마나 많은 훈장의 보유자인지를 알게 된 것은 참으로 우연한 일이었지. 게일 고모와 나는 이라크에서 이송되어 온 그 사람의 시신이 여러 날 동안 도버에 머물러 있다는 사실에 낙심하고 있었지. 그러다가 고모가 장례식에 운구가 늦어지는 진짜 이유를 알고 싶어 군 당국에 전화를 했어. 그들의 대답은 군 장례식이기 때문에 그 사람에게 군복을 입혀야 하고 거기에 훈장도 달아야 하는데, 아빠가 받은 너무도 많은 훈장들이 도버에 모두 비치되어 있지 않아 빠진 훈장들이 도착하기를 기다려야 한다는 거였지.

내 마음이 자랑스러움으로 가득 찬 것은, 이라크에서 아빠와 함께 싸우기도 했고 아빠의 시신을 본토로 이송하는 데에도 참여한 대위 한 분이 그 사람을 자신의 부하들을 사랑한 사람으로 칭송하며 '그가 하지 않았을 어떤 일도 그들이 하지 못하게 할 것'이라고 말했을 때였어.

추도사들은 아빠가 훈장을 받게 된 모든 사건들을 언급하진 않았지만, 많은 사람들이 킹 상사가 임했던 전투에 초점을 맞추어서 찰스의 삶에서 가장 잘 몰랐던 부분들—그 사람이 의도적으로 내게 숨겼던 부분들을 생생히 보여 주었지. 처음의 그는, 본인의 입으로 자신의 용감한 행동들을 읊어 대기에는 너무도 겸손했었고, 나중의 그는, 너를 임신하고 있던 나를 불안하게 할 수도 있다는 생각에 군대에서건 전쟁에서건 자신이 맡았던 역할에 대해서는 거의 말해 주지 않았던 거야.

찰스가 어릴 때 다녔던 교회의 번 밀러 목사님은 교회 일을 도왔던 소년을 떠올리셨어. 어느 날 한 신도의 집에 담을 쌓는 일을 하고 있었는데 벽돌을 들기엔 너무 어렸던 네 아빠는 벽돌 대신 일을 하는 사람들에게 일일이 물을 가져다주었다더군.

목사님은 지금은 반체제 인사의 말처럼 들릴 수 있는 얘기로 마무리를 하셨지.

"처키는 정부란 신뢰를 줄 수 있어야 한다고 젊은 사람들이 믿던 시기에 성년이 되어 있었지요. 그때가 그런 때였고, 지금이 바로 그때입니다."

네 아빠를 교회 밖으로 데려가기 위해 기수단이 행진해 들어왔을 때, 자리에서 일어나는데 넘어질 듯 다리가 휘청거렸어.

"안 돼."

나는 그렇게 소리를 치고 싶었어.

"그 사람한테서 떨어져. 그는 나랑 함께 이 땅에 있어야 해. 여기 있어야 한다고. 우리 아이한테는 그 사람이 필요해. 아, 신이여, 꿈이게 해 주세요. 제발, 제발 깨어나지 않게 해 주세요."

하지만 고통은 너무나 생생해서, 우린 눈발이 우리를 감싸며 흩날리는 동안 묘지까지 네 아빠를 따라갈 수밖에 없었어. 난 녹색 천막 아래에서 네 누나랑 조부모님들과 함께 앉아 있었는데, 세 발의 예포가 쏘아질 때마다 몸을 떨어 댔지. 그리곤 멀리서 나팔수가 홀로 연주하는 '위령의 나팔'이 들려왔어.

기수단은 장례식이 끝날 무렵 찰스의 관에 덮여 있던 성조기를 들어 올려 별들만 보이도록 아주 정확하게 삼각형 모양으로 접었어. 군의 전통에 따르면, 일단 삼각형으로 접히면 성조기도 군인도 퇴역하는 거라더라. 찰스의 경력도 공식적으로 그렇게 끝이 났어.

한 병사가 심장이 쿵쿵 뛰듯 성조기를 들고는 천천히 나를 지나 킹 할머니와 할아버지에게로 걸어갔어. 그는 한쪽 무릎을 꿇고 그분들에게 "이 깃발은 여러분이 사랑한 사람의 명예롭고 충직한 봉사에 대한 감사의 표시로 국가와 미군을 대표하여 드리는 것입니다."라는 공식적인 의례의 말을 전했어. 그리곤 그분들께 두 번째 것을 건넸지.

'비공식' 미망인이었던 나는, 성조기도, 대통령의 위로 편지도, 전사자의 친족에게 주어지는 자황색紫黃色 옷깃 핀도, 네가 갖길 바란다고 아빠가 말씀하셨던 훈장들도 받을 자격이 없었지. 거기에 대해선 물론, 나 자신 말고는 누구도 탓할 사람이 없었어. 오랫동안 난 네 아빠와의 결혼을 거부했었으니까. 우리가 평생을 '공식적인' 가족으로 살아가는 것을 두고 도박을 했었으니까. 내가 틀렸어.

그리고 난, 가진다는 사실은 중요하지 않다고, 그 사람이 이미 내게 가장 소중한 것을 가지게 했다는 사실을 떠올렸지.

하지만 계속 머릿속에 남아 괴롭히는 게 있었어. 알링턴 국립묘지에 묻히고 싶어 한 네 아빠의 소망을 이루어 주지 못한 거였지. 찰스의 장례식을 계획할 무렵, 킹 씨 집안은 그 사람이 어린 시절을 보낸 집 가까운 공동묘지의 소나무 근처 조용한 곳을 골랐어. 킹 할머니는 당신이 찾아갈 수 있도록 가까운 곳에 그 사람이 있기를 원하셨고, 거기엔 논쟁의 여지가 없었어. 킹 집안은 때가 되면 네 아버지 곁에 묻힐 계획이었어. 그분들의 결정은 이해했지만, 네 아빠와 나를 생각하면 많이 슬펐어. 우리가 나란히 묻히지 못한다면 우린 어떻게 서로에게로 돌아갈 수 있을까? 찰스가 나를 찾아 줄까? 그래, 내 영혼이 그를 찾아가면 돼.

네 외할머니가 내 등에다 손을 얹고는 나를 다독이셨지. 넌 외투와 담요에 둘러싸인 채 그때까지 내 품에 가만히 앉아 있었어. 마치 그 순간의 무게를 이해한 것처럼, 그리고 아빠에게 자부심을 드리고 싶어 하는 것처럼.

사람들은 각자의 차로 돌아가기 시작했지. 나는 어떻게 찰스의 곁에서 떠날 수 있을지 궁금했어. 나는 너를 안고 아빠가 누워 있는 관으로 가 그 위에 손을 얹었어. 그리곤 너를 외할머니께 건네고 차가운 철관에 입을 맞추기 위해 허리를 굽혔지. 장례식장에서보다 차가운 냉기가 입술에 닿았어. 가야 할 시간이었지만, 난 움직일 수가 없었어. 그때 외할머니의 손이 다시 내 등에 닿는 게 느껴졌어. 온기를 찾는 듯 할머니의 품에서 꿈틀거리는 네가 보였을 때, 네 아버지의 명령하는 소리가 들리는 것 같았어. 너를 추위에서 구해 주라는. 마침내 그곳을 떠날 수 있도록 내게 힘을 준 것은, 아빠의 명령하는 목소리, 그리고 온기를 찾는 너였어.

집으로 돌아오기까지 몇 주가 걸렸지만, 우린 다시 한번 일상 속으로 들어갔지. 아침에 갖는 이야기 시간, 정오 무렵 너의 낮잠, 오후 여섯 시의 목욕, 잠들기 전의 동화 들려주기. 그런 다음 나는, 눈물을 흘리며 잠에 들거나 절망에 빠져 배를 움켜쥐고는 네 아빠가 떠나기 전에 거기에 또 다른 생명을 심어 주었어야 했다는 불가능한 꿈에 젖어 들었지.

그 무렵 킹 할머니로부터 전화가 걸려 왔어. 텍사스주 킬린에 있는 포트 후드에서 네 아빠의 동료들이 추도식을 갖기로 했다는 소식이었지. 내겐 그곳까지 갈 힘이 남아 있지 않았지만, 너를 동료들과 만나게 해 주고 싶어 하는 그 사람의 마음이 읽혔어.

포트 후드는 10월에 발생한 사상자 21명을 위한 합동 추도식을 준비하고 있었지.

킬린에 도착한 뒤, 아스팔트로 포장된 공항 도로를 지나 천장이 개방된 이층 버스로 옮겨 탈 때 네가 잠에서 깨어났어. 차가운 저녁 공기가 엄습했지. 그런데 버스를 타자마자 우린 느닷없이 우주가 잔인한 장난을 치는 것 같은 장면과 마주쳤어. 이라크에서 귀환하는 사랑하는 사람들과의 재회에 들뜬 군인 가족들이 명랑한 여행객처럼 우리를 둘러싼 거야. 청바지 차림의 어떤 아버지는 '환영, 귀환!'이라는 쓴 팻말을 움켜쥐고 있었고, 어떤 아내는 입술에 신선한 빛깔의 립스틱을 바르고 있었지. 우린 그들이 버스에서 모두 내릴 때까지 가만히 기다렸어.

중앙 홀로 통하는 복도 끝에서 어머니와 아버지들, 아내들, 연인들, 형제와 자매들이 그들의 영웅을 향해 성조기를 흔들며 환호성과 괴성을 질러 댔어. 그리곤 서로 껴안고, 울고, 쓰러졌지. 나도 그들을 위해선 행복한 눈물을, 우리의 영웅을 위해선 슬픈 눈물을 흘렸지.

한 장교가 중앙 홀에서 우리를 맞아 주었는데, 아빠의 '전투 단짝'이었던 분의 아내인 도나 모리스와 함께였어. 그녀가 두 팔로 힘껏 우리를 감싸자 내 눈에선 더욱 세차게 눈물이 쏟아지기 시작했어. 팻말을 든 사람들과 귀환병들을 지나갈 때, 고통이, 결코 이룰 수 없는 재회의 고통이 스르르 풀려나갔어.

도나는 너를 내 품에서 꺼내 자신의 온기로 감싸 주며 놀란 목소리로 말했지.

"세상에, 킹 상사님을 먹고 토해 놨네요."

울다가 웃으면 어떻게 된다지만, 웃음이 절로 터졌지.

안타깝게도 그때 우린 가방을 잃어버렸어. 한 시간이나 실속 없이 기다린 뒤, 우리를 맞았던 그 장교가 나중에 꼭 되찾아 주겠다고 하고는 우리를 피셔 하우스Fisher House로 데려갔지. 그곳은 위로와 치유의 공간이었어. 그때까지 난 그곳을 운영하는 피셔 재단Fisher Foundation이라는 자선 단체에 대해 들어 본 적이 없었지. 부상당한 군인들이 입원해 있는 동안 부상병의 친족들이 머물 수 있는 피셔 하우스는, 추도식에 참석한 가족들을 위해 예약이 되어 있었어.

다음 날 아침에도 여전히 잃어버린 가방을 찾지 못해 기저귀도 이유식도 없는 상태였어. 그래서 사과주스라도 찾아보려고 공동 주방으로 갔었지. 꽃무늬 드레스를 입은 슬픈 눈빛의 어떤 여자가 커피를 마시고 있었어. 식당으로 들어갔는데, 손을 마주 잡고 있던 중년의 부부가 고개를 까닥이며 인사를 건넸어. 어떤 사람들은 여기저기 돌아다니며 베이컨을 원하는 사람이나 따뜻한 커피가 필요한 사람을 찾았는데, 그렇게 말문을 트기 시작했지. 하지만 어색한 잡담이 사라지는 데는 오래 걸리지 않았어. 얼마 있지 않아, 건강해 보이는 얼굴과는 달리 불안하게 손을 떨고 있던 어떤 여자가 주위를 걷고 있었는데, 그녀의 손에는 이삼 년 전의 고등학교 졸업식 사진이 들려 있었지. 그녀의 사랑하는 아들이 미소를 짓고 있는 사진이었어. 나는 그녀의 곁에 앉아 얘기를 들었어. 상냥한 소년이었던 그녀의 아들은 입대하고 어른이 되어 9천 5백 킬로미터나 떨어진 곳에서 죽었다고 했어.

다시 주방으로 돌아온 나는 거기서 이제껏 본 사람 중에 가장 친절한 얼굴을 하고 있는 남자로부터 인사를 받았어. 아이작 하워드라는 분으로, 피서 하우스의 관리인이셨지. 중년을 훨씬 넘긴 흑인이었는데, 남부 억양에 인사를 건넬 땐 챙이 달린 밀짚모자를 쓰고 있었어. 하워드 씨는 내가 뭔가 필요한 게 있어서 찬장 안을 살펴보고 있다는 걸 눈치채고는 펜과 종이를 들고 내 쪽으로 걸어왔어.

"여기다 필요한 걸 적어 보시구려."

"아, 네. 기저귀도 다 떨어지고, 유기농 이유식도 바닥이 났네요. 잃어버린 가방을 마냥 기다리고 있는 중인데, 찾는 게 어렵지 않았으면 좋겠어요."

"부인, 필요한 걸 그냥 적어 주세요. 그게 낫겠어요."

나는 미소를 건네며 그에게 감사의 말을 전했는데, 아니나 다를까, 그는 한 시간 안에 내가 부탁한 것들을 가지고 돌아왔지.

난 아침 식사를 준비하면서 네가 마룻바닥을 기어 다니는 걸 지켜보았지. 아들을 잃고 간신히 버티고 있는 듯 보이던 러스라는 남자가 식당으로 천천히 걸어 들어가더군. 넌 이내 그 남자에게 끌렸지. 느닷없이, 너의 팔과 다리가 낼 수 있는 최대한의 속도로 너를 그 남자가 있는 곳으로 데려갔지. 물론 기어서. 그리곤 넌 남자의 바지를 잡고는 그를 향해 손을 뻗는 자세를 취했어. 네 안의 뭔가가 그를 필요로 하게 만든 듯.

러스는 너를 두 팔로 번쩍 들어 올리더니 얼굴과 가슴으로 안았어. 남자는 눈을 감은 채로 너와 함께 몸을 흔들거렸고, 넌 가만히 그의 얼굴을 쓰다듬었어. 나는 아득해졌어. 러스가 눈물을 닦아 냈어. 그는 자신의 아들이 너처럼 자그마했을 때를 기억한다며 너를 더 꼭 안았어.

피서 하우스는 그런 순간들이 일어나는 공간이었지. 가장 극심한 고통을 겪고 있는 사람들이 비슷한 슬픔을 가진 낯선 사람들과 함께 모이는 곳. 무거웠던 마음이 가벼워지고, 기적이 일어났지. 우린 방금 그 장면을 목격한 거였어.

전사한 군인의 가족들은 트림하는 소리를 내는 녹색 장난감 쓰레기 수거 트럭을 가지고 바닥을 기어 다니며 놀고 있는 너를 바라보며 미소를 지었지. 어떤 여자가 너를 안아 볼 수 있냐고 물었고, 내 대답은 "물론이죠." 외엔 없었어. 사람들 사이에 더 많은 사진들이 오갔고, 차를 마시며 나누는 이야기 소리가 소록소록 피어올랐지.

오후가 시작되면서 분위기가 많이 가라앉았어. 우린 추도식에 잠가하기 위해 옷을 갈아입으러 저마다 빙으로 돌아갔지. 그리고 얼마 있지 않아 사람들이 모두 거실에 모여 군용 승합차를 기다리는 동안 넥타이를 똑바로 매고, 머리를 매만지고, 화장을 고치곤 했어. 부산스럽긴 했지만 긴장감이 어려 있었지. 이야기 소리는 거의 들리지 않았어. 한 남자는 죽은 자신의 형제를 기리기 위해 옷깃에 꽂으려 했던 핀을 잊어버려 속상한 듯했어. 남자의 부모는 그를 진정시키려고 애쓰더군. 킹 집안사람들은 늘 그랬듯 위엄을 지키며 허리를 꼿꼿하게 세운 채로 조용히 입구 쪽으로 눈길을 돌렸지.

그러다가 우리는 안전한 '누에고치'에서 벗어나 승합차 안으로 들어갔고, 태양은 우리의 슬픔은 아랑곳하지 않은 채 느닷없이, 상실한 모든 영혼들 위로 빛줄기를 쏟아부었어.

가족마다 한 명씩의 병사가 배치되어 각자의 자리로 호위해 주었는데, 어떻게 된 건지 우리는 행렬의 맨 뒤쪽에 떨어져 홀로 들어갔어. 난 중요한 것이 무엇인지에만 집중하려고 애썼어. 그런 의식이 결국 산 사람들을 위한 것이라 하더라도, 우리는 찰스의 넋을 기리기 위해 그곳에 있었으니까.

크리스티나 누나는 우리가 들어갔을 때 이미 앞줄에 그녀의 어머니랑 친척들과 함께 앉아 있었는데, 너를 보자 그녀의 얼굴이 환하게 밝아지더군.

"동생을 안아 보고 싶은 거야?"

내가 묻자 그녀가 들뜬 표정으로 고개를 끄덕이고 팔을 내밀었어. 넌 누나한테 꼭 붙어 있다가 몸을 버둥거리기 시작했지. 나는 크리스티나한테 자리를 옮기고 싶은지, 킹 씨 집안사람들이랑 같이 있어야 하는지, 물어봐야 하나 고민했지만, 언제 어디에 앉든 그런 걸 문제 삼지 않는 게 최선이란 생각이 들었어.

몇몇 가족들은 이미 울고 있었지. 나는 한 장교가 전사자의 이름을 부르기 시작할 때까지 어떻게든 간신히 버텨 냈어. 식이 어떻게 진행될지를 알고 있던 나는 마음을 다잡으려 애썼어.

"찰스 먼로 킹 상사."

장교의 목소리가 높게 솟구쳤어. 그리곤 그는 "네, 여기 있습니다." 하는 네 아빠의 대답이 들려와야 할 곳을 말없이 바라보았지.

아픔이 밀려들었어. 난 걷잡을 수 없이 떨며, 흐느꼈어. 그리고 널 보았어. 그리곤 생각했지. 앞으로 우린 어떻게 살아가게 될까를.

"조던에겐 아빠가 필요해요."

네 아빠의 여동생인 게일 고모가 내 팔짱을 끼었을 때, 나는 신음처럼 그렇게 웅얼거렸어.

"이제 어떻게 해요? 조던에겐 아빠가 필요한데."

내가 마음을 진정시키려 애쓸 때 게일 고모의 남자 친구가 너를 데려가 안아 주었어. 네게 남자가 되는 법은 누가 가르쳐 주지? 네가 그의 넥타이를 만지작거리는 걸 보며 속으로 그렇게 물었지. 찰스가 한 것처럼 나를 이해해 줄 사람이 있을까? 살이 찌든 빠지든, 머리를 자르든 기르든, 입 냄새가 나든 민트 향기가 나든, 날 그토록 열정적으로 바라볼 사람은 아무도 없을 거야. 아무도 내 비밀을 모를 테고, 그 사람처럼 키스하지 않을 테고, 그 사람의 향기를 가진 사람도 없을 테지.

그토록 강렬한 사랑을 찾는 데는 오랜 시간이 걸렸고, 내가 찾은 그것에 감사하는 데는 더 오랜 시간이 걸렸지. 그것이 눈보라가 휘몰아친 뒤에 나타나는 무지개만큼이나 희귀하다는, 그리고 다시는 만날 수 없을 거라는 사실이, 확신처럼 일어났어.

추도식은 외로운 나팔수의 '위령곡' 연주로 끝이 났어. 그 자리를 떠나고 싶었지만, 많은 사람들이 널 만나고 싶어 했어. 주차장에 있던 30대로 보이는 어떤 백인 여자가 내게로 다가왔어.

"안녕하세요, 저는 발레리 라우어라고 합니다."

그녀는 자신을 소개하고는 말을 이었어.

"제 남편이 말해 줬어요. 남편이 모셨던 최고의 상관이었다고요. 이 얘기를 전하고 싶었습니다. 남편은 킹 상사님을 정말 존경했어요."

나는 그녀에게 포옹하고 감사의 말을 전했어. 그녀는 보통의 포옹보다 더 오래 나를 안아 주었어.

그녀가 떠난 뒤에야 난 그녀가 누구인지를 깨달았지. 그녀는 네 아빠와 함께 험비 지프에서 사망한 병사의 아내였어. 나는 그녀를 찾아 주차장 주위를 빠르게 둘러보았어. 하지만 그날 더는 그녀를 볼 수 없었는데, 그녀에게 조의를 표하지 못한 나 자신이 너무도 화가 났어.

식이 모두 끝나고 피셔 하우스에 돌아왔을 때, 더러는 이미 체크아웃을 했고, 다른 사람들은 각자의 방으로 돌아갔어. 그날 저녁의 넌, 크리스티나와 할머니, 할아버지, 그리고 내게 필요했던 밝은 영혼이 되어 주었지. 우리는 거실을 거의 독차지하고 있었는데, 네가 걸음을 떼려고 비틀대거나 방에 있던 조화들을 넋이 나간 듯 보고 있는 모습을 보며 다들 웃음을 터뜨렸지. 게일 고모는 네 아빠가 기지 근처의 보관소에 두고 간 물건들을 살펴보고 싶어 했지만 널 두고 가는 것도 싫었고, 또 어떤 날것 그대로의 슬픔이 밀려들지 몰라, 엄두가 나질 않았어. 결국 게일은 나를 두고 갈 수밖에 없었지.

낮 동안 지칠 대로 지쳐 버린 우리는 그날 밤 업어 가도 모를 정도로 잠에 빠져들었지. 아침이 찾아왔고, 나는 많은 것들을 나누었던 사람들과 작별 인사를 나누었어. 그들을 다시 만나지 못할 거라는 생각과 그들의 얼굴을 결코 잊지 못할 거란 생각이 겹쳐지더군.

공식적인 애도는 끝이 났지만, 저마다의 고통은 이제 막 시작되고 있었지. 훗날 네 유치원 지원서를 쓰게 될 때도 그러겠지. 아빠의 이름을 써야 할 곳에 '사망'이라고 쓰게 될 테니까. 찰스가 나를 감싸 안고 있는 꿈에서 깨어날 때도, 택시 기사가 내게 결혼을 했냐고 물을 때도, 내가 아니라고 대답할 때도, 아픔은 여전하겠지. 언제나, 그렇게, 다시 시작하겠지.

17

사랑하는 조던,

토요일 오전이 가장 힘들어.

2007년 늦은 가을, 아빠가 돌아가신 지 겨우 일 년이 지나고 있군. 오후 낮잠을 재우기 전에 널 공원에 데려가는데, 거기 가면 엄마는 나밖에 없어. 왜 그런지 알아내기까지는 시간이 좀 걸렸어. 토요일은 아빠의 날이었지. 엄마들은 여전히 침대에 있거나, 신문을 읽고 있을 거야. 라테를 마시고 있을지도 몰라. 꼬리에 꼬리를 물고 있는 아빠들의 유모차 행렬에 왠지 우린 어울리지 않는 듯해. 내가 그냥 그렇게 느끼는 건지도 모르지만.

네가 새를 쫓거나 손에 든 나뭇잎을 오독오독 씹는 걸 보는 것만큼 토요일 오전의 시간들을 흐뭇하게 만들어 주는 건 달리 없지만, 아빠들의 유모차 행렬을 보며 아빠의 부재를 상기하는 일은 고통스러울 수밖에 없었지. 한번은 널 그네에 올려놓고는 내가 너무 심하게 흐느껴 울어서 널 깜짝 놀라게 한 적이 있었어. 내가 그렇게 슬픔을 숨기지 않은 건, 빗물이 흙을 씻어 내듯 눈물이 영혼을 깨끗이 씻어 낸다는 걸, 때가 되면 너도 이해할 거란 걸 알았기 때문이야.

때가 되면, 엄마가 그토록 괴로워한 이유를 말해 줄게. 그리고 네 아빠를 떠올리게 만드는 무수한 방법들도 다 알려 줄게. 세상을 떠난 후 아빠의 이름을 'FOB 킹'으로 바꾸게 만든 모하비 사막의 육군 훈련 기지부터, 내게는 낯설지만 아빠의 명예를 누구보다 소중히 생각한 두 사람이 한 땀 한 땀 손으로 누벼 만들어 준 네 퀼트 이불까지.

아직은, 내가 네게 바라는 건 아이답게 자라는 일뿐이야. 지금껏 우리의 세계는 어린이집과 거품 목욕, 끊이지 않고 노래가 들려 나오는 '휠즈 온 더 버스Wheels on the Bus'를 중심으로 돌아가고 있어. 네 아빠는 내가 일어나는 걸 지켜보는 건 레몬을 빨아 먹은 아기를 보는 것 같다고 놀려 댔었지만, 지금의 난 네가 일어나는 여섯 시가 되면 어김없이 일어나.

휴가 때도 어지간히 잔인해. 우리가 맞은 첫 번째 '아버지의 날'도 그렇긴 했지만, 아빠가 돌아가시고 맞았던 첫 겨울은 참으로 혹독했었지. 아빠가 살아계셨다면 그건 우리 가족이 맞이하는 첫 휴가 시즌이었겠지. 추수 감사절엔, 찰스는 내 손을 잡고 콘월 암탉과 설탕에 절인 참마를 먹으며 기도했을 거야. 그는 한 해 동안 우리에게 얼마나 많은 감사해야 할 일들이 있었는지를 신에게 얘기했을 테지. 크리스마스엔, 약속대로 우리를 센트럴 파크로 데려갔을 것이고, 집으로 돌아온 나는 휴가 음악을 틀고 따뜻한 사과주스를 만들고 있겠지.

우리가 지금 하고 있을 일을 이젠 결코 할 수 없다는 것에 대한 깊은 슬픔에도 불구하고, 난 네가 맞이한 첫 크리스마스를 소홀하게 넘길 순 없었지.

그래서 아빠가 돌아가신 지 두 달이 되던 2006년 크리스마스 아침, 네가 뮤직 박스와 장난감 동물들에는 거의 관심을 기울이지 않은 채 포장지와 활을 가지고 노는 걸 지켜보던 나는 양털 방한복을 입히고는 널 센트럴 파크로 데리고 갔지. 우린 담요 안에 꼭 붙은 채로 말 한 마리가 끄는 마차를 탔지. 그리곤 마부 아저씨가 뉴욕의 랜드마크들을 가리키면 난 억지로 미소를 지으려 애썼어. 하지만 계속 그렇게 할 순 없었지. 마부 아저씨는 내가 왜 크리스마스에 아기랑 혼자 마차를 타고는 울고 있는지에 대해 혼란스러워하는 것 같았어. 그래서 그분에게 이야기했지.

산책로 끝에서 마차를 세운 뒤, 마부 아저씨는 우리가 내릴 수 있게 도와주고는 말했지.

"무료입니다."

외로움을 증폭시키는 온갖 방법들을 가진 도시에서, 그분은, 내가 결코 잊을 수 없는 친절을 보여 주신 거야.

몇 달 전이었지. 네가 한 살 반쯤 되었을 때, 넌 아빠의 사진을 가리키기 시작했고, "Daddy아빠."라고 말하기 시작했어. 네가 처음 그 말을 했을 때는 흥분에 휩싸였지만, 그리곤 곧 슬픔이 밀려왔어. 네 입에서 그런 아름다운 말이 비어져 나오는 걸 네 아빠가 듣지 못한다는 사실이 너무도 안타까웠어. 네가 다시는 그 사람의 품에서 잠들지 못하고, 공원의 그네를 탈 때 네 등에 닿는 그 사람의 손길을 느낄 수 없고, 그 사람이 면도하는 것을 볼 수 없다는 것이, 너무 슬펐어.

하지만 네겐 그가 남긴 일기가 있지. 그건 어쩌면 네게, 많은 사람들이 자신의 아버지들을 알고 있는 것보다 더 친밀하게 아버지를 알게 할는지도 몰라. 네 아버지는 너에게 보내는 편지를 일기의 마지막 페이지에 써 놓았어. 내게 그렇듯, 너도 그걸 보물처럼 소중히 간직했으면 좋겠어.

사랑하는 아들,

이 일기가 너에게 도움이 되기를 바란다. 글씨도, 문장도, 서투른 건 용서해 줘. 이라크로 파병되기 전에 네게 특별한 뭔가가 되기를 바라면서 이 일기를 끝내려고 애썼지만 완전히 마치진 못했어. 그래서 미국에서, 쿠웨이트에서, 그리고 이라크에서, 틈날 때마다 썼어.

너와 네 엄마가 아빠를 자랑스러워할 수 있도록 최선을 다할게. 난 항상 네가 자랑스러울 거야, 아들아.

약해지지 말고, 항상 가족을 돌보고, 보람 있는 인생을 살아라. 아빠는 너를 사랑하고, 너의 엄마를 사랑한다. 신의 가호가 있기를.

너의 아빠,

찰스 킹

내가 바라는 또 한 가지는, 엄마가 쓴 글이 아빠와 내가 나눈 사랑을 이해하는 데 도움이 되었으면 하는 거야. 너도 그런 사랑을 가졌으면 좋겠어, 조던. 늘 완벽한 건 아니었지만, 미친 듯 관계를 가지려는 그런 건 아니었어. 가끔은 그렇기도 했지만. 그래, 그것보다 더 중요한 것이 있었어.

그건, 결혼식장을 환히 밝히는 젊은 여자의 얼굴만이 아니라 나이 들어 주름진 여자의 얼굴이 지닌 아름다움을 볼 줄 아는 것이 사랑이란 걸 네게 가르쳐 줄 거야. 사랑은 그녀에게 다른 누군가가 되기를 요구하지 않는 것이고, 그녀 또한 네게 다른 누군가가 되기를 요구하지 않는 것이지.

그녀가 만약 오래 살지 못한다면, 그 사랑이 너로 하여금 계속 살아가도록 할 거야. 너는 고통을 견디며 얘기할 것이고, 비명을 지를 것이고, 어쩌면 그걸 쓰게 될지도 모르지. 왜냐하면 그녀 역시 너만큼이나 그렇게 하기를 바랐을 테니까.

이 모든 걸 하나하나 예를 들어 가며 알려 주는 건 쉽지 않은 일이지. 슬픔에 빠지는 것은 생명을 유지하기 위해 심장이 뛰는 것처럼 당연한 일이지만, 견뎌 낼 수 있는 용기를 찾는 것은 삶이 얼마나 경이로운지를 알려 주는 일이야.

찰스를 잃기 전까지 난, 기자로서 취재하며 마주친 것 외에 죽음을 경험해 본 적이 없었어. 난 늘 생각했었지. 가까운 사람이 죽게 되면 신에게 화가 날 거라고. 그런데 정반대의 일이 일어났어. 기억하는 일과 기도만이 고통에 빠진 나를 구제해 준 날들이 있었지. 하지만 전혀 예기치 못한 일들로 인해 세상이 밝아지는 거야. 몇 년 동안 소식이 없던 친구로부터 쪽지와 함께 허브차가 오고, 십 년도 더 전에 클리블랜드에서 일했던 여자는 크리스마스 시즌에 들으면 도움이 될 거라며 캐럴 앨범을 보내 주고, 우리 아파트에 사는 전업주부 한 분은 도움이 필요하면 언제든 너를 돌봐 주겠다는 쪽지를 우리 집 문 아래에다 슬그머니 넣어 주었지. 우리가 겪은 상실의 아픔을 글로 읽은 낯선 사람들이 카드와 책들을 보내오고, 속을 단단히 채운 장난감 동물들을 보내 주었지. 코네티컷의 고등학생들은 네게 쓴 편지들을 보내 주었는데, 엄마가 그걸 특별한 상자에다 모두 모아 놓았어. 시카고 예술 대학은 아빠에게 사후 미술 학사 학위를 수여했어.

사랑하는 남자를 잃은 고통은 여전히 내 삶 전체에 스며들어 있지만, 넘치도록 쏟아진 따뜻한 마음들은 마치 상처에 바르는 연고와 같았어. 물론 예전의 나와는 뭔가 달라졌지. 노을을 보며 괴성을 지르고, 거실에서 맨발로 춤을 추던 그 여자 말이야. 네 아버지의 사랑과 헌신은, 그녀를, 영원한 사랑을 믿지 않던 그녀를, 바꾸어 놓았어.

지금보다 더 많이 치유가 이루어진다면 난 다시 누군가의 손길을 찾을지도 모르지. 하지만 그걸 상상하기에는 너무 일러. 대학 때 사귄 적이 있던 남자 친구가 최근에 저녁을 먹을 수 있냐고 연락을 했었는데, 가족과 친구들이 권유해서 허락을 했었어. 그 친구는 네 아빠가 세상을 떠났다는 소식은 알고 있었지만, 저녁을 먹으며 그 얘기를 하려는 건 아니었어. 오랜 친구는 친절했지만, 그는 자신이 알고 있던 건방지고 쾌활한 여자를 되찾기 위해 내가 무얼 하고 있는 지 알고 싶어 했지. 나는 그 여자가 여전히 내 마음속 깊은 곳에 있다고, 그러나 나 자신을 찰스의 미망인이 아닌 다른 어떤 존재로 생각할 준비가 되어 있지 않다고 말했어.

나는 결코 예전과 같은 사람이 되진 않겠지만, 때가 되면 온전한 나로 살아가게 될 거야. 내가 가장 절실하게 기도하는 건 '엄마 찰스'가 되게 해 달라는 것, 그의 외아들이 받았어야 할 '찰스의 사랑과 헌신'을 실현해 줄 수 있는 엄마가 되게 해 달라는 거야.

조던, 너에게는 언제나 부모가 있고, 그 두 사람이 너와 함께 있다는 사실을 잊지 마. 이건 널 위해 하는 엄마의 기도문이야. 나는 어머니의 직관에 의지해서 너에게 길을 일러 주겠지만, 그것만으로는 남자가 되는 길을 네게 가르칠 순 없겠지. 그 길은 아빠의 일기장과 거기에 담긴 지혜가 가르쳐 줄 거야.

육체적으로든, 정신적으로든, 영적으로든, 강인한 흑인의 최상의 표상이 되기 위해 나는 최선을 다할 거야.

에필로그

사랑하는 찰스,

제가 이 글을 마친 것은, 당신이 떠난 지 1년 3개월이 지난 2008년 1월입니다. 우리의 아들은 21개월이 되었고, 녀석이 가진 에너지는 너무나도 전염성이 강해서 제가 가장 피곤할 때조차 우리를 너끈히 지탱해 줄 정도랍니다. 그래서 제가, 목소리로는 아니지만 뭔가 긴요한 걸 전하고 싶은 게 있어, 당신과 대화를 하고 싶을 때, 당신이 제 말을 들을 수 있을 거라는 확신을 가져다줍니다. 당신이 꼭 알았으면 싶은 건 이거예요.

조던과 저에 대해 너무 걱정하지 마세요. 녀석은 잘 자라고 있고, 저는 아이가 걸음마를 떼듯 균형을 되찾으며 제 길을 찾아가고 있어요. 마치 조던이 처음 걷기 시작했을 때처럼요. 제가 글을 쓰기 위해 휴직을 선택한 것은, 슬픔이 빠져나갈 출구를 찾는 것이 절실히 필요했기 때문이었어요. 당신도 알겠지만, 글쓰기는 늘 제게는 구원과 같았고, 당신의 기억과 우리의 사랑을 간직하도록 도와주었지요.

여전히 양치질조차 할 수 없을 정도로 힘이 빠질 때가 있어요. 체중은 10킬로그램이나 늘었고요. 더 이상 화장에도, 당신이 무척이나 좋아했던 호피 무늬 스커트나 구두에도 신경을 쓰지 않아요. 최근에 친구 하나가 제 삶에 색을 다시 입히려고 자두색 립스틱을 사 주었지만, 아직 뚜껑도 따지 않았죠. 더없이 외롭고 슬플 때면, 당신이 가장 좋아했던 셔츠를 손에 거머쥐고서 잠을 청합니다. 있잖아요, 청바지랑 함께 입곤 했던 빛바랜 스웨터요. 어느 날 밤엔, 셔츠를 가슴에다 널따랗게 펼쳐 놓았더니 당신의 팔이 여전히 저를 감싸고 있는 것처럼 느껴졌었죠.

조던이 새로운 단어를 말하거나 초콜릿 푸딩을 코에다 묻힌 채로 바라볼 때면 커다란 제 웃음소리가 귀에 들려요. 그런 순간들에서 문득문득 확인하곤 해요. 아, 이렇게 삶은 계속되고 있구나.

고통스러운 현실을 받아들이려는 것이 저만은 아니겠지요. 당신을 우리에게서 빼앗아 가고 일 년 동안, 이라크에서 죽어 간 미군이 천 명에 가까워요. 저는 어둠을 헤쳐 가고 있을 그들의 아버지와 딸들, 그들을 사랑했던 사람들에 대해 제 일처럼 슬퍼합니다. 저는 누군가 자신의 남자를 땅에 묻어야만 하기 전에, 수많은 아빠들이 어린 아들들에게 사진만 덩그러니 남긴 채 떠나기 전에, 이 싸움을 끝낼 방법을 찾을 수 있기를 기도합니다.

당신의 부하들 중 몇 명은 머지않아 또 다른 임무를 맡고 그곳으로 돌아갈 겁니다. 저는 당신의 영혼이 그들을 끝까지 지켜 줄 거라는 것을 압니다. 다른 부하들은 여전히 자신들의 삶을 되찾기 위해 열심히 싸움을 벌이고 있습니다. 한때는 당신과 함께 원사의 꿈을 가졌던 당신의 친구 토니 상사는, 20년이나 복무한 게 부끄럽다며 일찍 제대를 해 버렸습니다. 그는 어쩌면 당신의 죽음에 너무 화가 나서 더 이상 군복을 입고 싶지 않았을지도 모릅니다. 윌리엄 레커드 병장은 여전히 피부 이식과 의학 치료들을 받고 있는데, 그때의 폭발에 대한 기억은 지워진 듯해요. 제이슨 임호프 상병은 아직 군대에 남아 있어요. 그는 당신에게 일어난 일에 대해 여전히 자신을 책망하면서 거르지 않고 제게 전화를 합니다.

얼마나 많은 당신의 부하들이 아직도 우리를 찾아오고 있는지를 당신이 알면 무척이나 자랑스러워질 거예요. 조던에게 당신 얘기를 들려주고 싶어 하는 새로운 삼촌들이 너무 많아요. 조던을 처음 봤을 때 그들의 반응을 지켜보는 건 참 재밌는 일이었어요. 하나같이 놀라면서 숨을 몰아쉬며 말했죠.

"세상에, 킹 상사랑 똑같잖아!"

제대로 걷기 시작하면서 젖살이 다 빠진 조던은 당신의 거울이 되었어요. 크리스티나도 조던을 볼 때마다 놀란 눈으로 고개를 저어요.

당신의 딸 크리스티나도 그럭저럭 잘 지내고 있어요. 곧 고등학교를 졸업하는데, 여름의 한동안은 우리랑 같이 보낼 계획이에요. 당신의 그 느릿느릿한 운전이랑 온천에 가는 걸 두고 말다툼을 벌이던 일, 그러다 막상 마사지를 받으며 달콤한 잠에 빠졌던 얘기들을 크리스티나랑 하고 있으면 시간 가는 줄을 모르죠.

크리스티나는 조던과 함께 있는 게 편한가 봐요. 그리고 조던을 얼마나 아끼는지 몰라요. 올 때마다 조던을 어린이 박물관으로 데려가서 놀아 주고, 아이스크림도 먹여 주고, 둘이 그렇게 있는 모습을 당신한테 보여 줄 수 없는 게 너무 안타까워요. 당신의 아들이 얼마나 씩씩하고 자신감 넘치는 소년이 되어 가고 있는지도 그렇고요.

우리의 아들은 유아용 침대에서 기어 나오는 법을 완벽하게 터득했답니다. 제가 임신했을 때 우리가 샀던 그 아기 침대, 기억나죠? 그래서 친구한테 조립을 부탁해서 '빅 보이 베드big boy bed'로 바꿨어요. 하지만 실제로는 거기서 하룻밤도 안 잤어요. 조던은 (우리가 뭔가를 하던 그) 침대, 그것도 당신이 누웠던 자리를 더 좋아하거든요.

조던도 점점 '작은 뉴요커'가 되어 가고 있어요. 벌써 택시 잡는 법도 알고, 최근엔 예술가와 작가들이 많이 거주하는 그리니치빌리지의 어린이 극장에서 연극 한 편을 처음부터 끝까지 관람하기도 했어요.

당신의 죽음이 조던에게 어떤 영향을 미칠지, 그리고 조던이 당신을 얼마나 그리워할지에 대해선 아직 뭐라 말하긴 이르지만, 저는 알아요. 분명히 그럴 거라고요. 어느 날엔가 조던이 자기 눈을 가렸다 떼면서 "아빠, 까꿍." 하고 말했죠. 처음에 그걸 봤을 때는 눈물이 마구 흘렀지만, 이젠 그럴 때마다 제 입가에 미소가 지어져요. 당신이 정말 조던과 그렇게 놀고 있는 게 아닐까, 생각하면서요.

조던이 제일 좋아하는 질문은 "왜?"예요. 그건 절 닮았어요. 아직은 간단하게 답해 줄 수 있어요. 오븐이 뜨거우니까. 플라스틱을 먹으면 숨을 쉴 수 없으니까, 같은. 하지만 언젠가는 대답하기 곤란한 "왜?"도 묻게 될 테죠. 그때가 되면, 전 솔직해질 겁니다. 조던이 만약 이 전쟁이 어떤 것이었는지를 묻는다면, 거기에 대해 엄마는 무슨 생각을 갖고 있는지를 알고 싶어 한다면요.

지금까지 제가 조던에게 말해 준 것은, "네 아빠는 널 위해 아름다운 일기를 남긴 영웅이었다."는 것뿐이었어요. 그리고 "숭고한 희생을 요청받았다면, 우리가 필요로 한 모든 것들을 명확히 처리할 사람이었다. 아빠는 그런 사람이었다."고도 말해 주었어요.

제가 한 말을 조던이 이해하지 못했다는 걸 알아요. 하지만 저는 조던이 이해할 때까지 계속 말할 거예요. 엄마가 늘 돌봐 줄 거라는 것을 알고 있어야겠지만, 엄마 혼자만 하는 일이 아니라는 것도 알아야 하니까요.

저도 제 자신을 돌보는 방법들을 찾고 있어요. 제 발목 어딘가, 당신이 입 맞추기 좋아하던 자리 기억하죠? 거기다 당신의 이름을 타투로 새겼어요. 우리의 사랑에 대한 영원한 상징이자 제가 절대 끼지 않을 결혼반지를 대신해서요. 타투이스트가 제 살갗에 당신의 이름을 새기고 그 둘레를 조그마한 하트랑 섬세한 소용돌이 문양으로 감싸며 바늘을 찌를 때마다 제 안의 고통들이 낱낱이 흩어지는 것 같았어요.

그걸 본 한 친구가 물었어요. 부드럽게요. 언젠가 다른 남자가 그 문신을 보면 어떻게 생각할까, 하고요. 제가 말했어요. 영원한 사랑을 받은 여자의 표시라는 걸 이해해 주길 바란다고요. 하지만 사실을 말해 줄까요? 그건, 제가 다시 사랑에 빠지는 걸 상상할 수 없다는 뜻이에요.

누군가 제게 목숨을 내어놓는다면 당신과 하루를 함께 하게 해 줄 수 있다고 한다면, 그 사람에게 제 목숨을 줘 버릴 거예요. 우리가 서로에게 옳은지 의문을 품으며 흘려보냈던 시간들을 제가 얼마나 후회하고 있는지 말해 주고 싶어요. 당신이 제게 사랑하는 법을 가르쳐 주었다는 것을, 당신이 당신의 삶을 고결하게 살았기 때문에 제가 더 나은 여자가 될 수 있었다는 것을 말해 주고 싶어요. 우리의 어린 소년이 놀고 있는 걸 볼 때 당신의 얼굴에 떠올랐던 미소를 음미하고, 당신의 얼굴과 손등에 불거진 정맥들을 제 손가락 끝으로 더듬어 보던 아스라한 느낌은 결코 스러지지 않을 거예요.

그러면 저는 또 마지막으로 당신의 품에 안기던 때의 조던을 기억할 것이고, 당신이 다시 집으로 돌아와야만 했던 그때를 기억할 것이고, 그렇게 아이 곁에 누워 있겠죠.

제가 남편을 잃고 혼자 살아가는 여자라는 사실을 받아들이는 건 힘든 일이었지만, 이제 당신 없이 살아갈 제 미래에 집중해야 할 때가 왔다는 걸 압니다. 체육관으로 가야 할 시간이네요. 놀라지 말아요. 봄이 오면 주던을 데리고 파리에 있는 친구들에게 갈지도 몰라요. 언젠가는 자두색 립스틱을 바르고 친구들과 재즈 클럽에 갈는지도 모르죠.

제가 점점 치유될수록 당신이 더 편히 쉬게 될 거라는 걸, 제가 점점 어머니가 되어 갈수록 더 많은 선물을 받게 될 거라는 걸, 알아요. 하지만, 그렇게 되기까지, 다시 춤을 추어야 할 이유를 찾는 건 결국 저의 몫이겠죠.

며칠 전 아침 조던과 저는 침대에 누운 채로 껴안고 있었는데, 조던이 제 얼굴을 만지면서 그랬어요.

"아이 해피I happy."

전 조던을 더 꼭 안았어요. 당신의 온기와 넘치는 사랑을 그리면서요.

"엄마도 행복해."

적어도 그 순간만큼은, 더없이, 행복했어요.

저자의 말

이 회고록을 쓰면서 제가 늘 잊지 않은 것은 이 책을 읽게 될 궁극적인 독자는 저의 아들 조던이라는 사실이었습니다.

이 책에 등장하는 인물과 사건은 모두 실재합니다. 연대기 또한 제가 기억하는 한 정확합니다. 물론 기억이란 불완전한 것이지만, 찰스와 저 사이의 모든 대화는 제가 기억하는 그대로이며, 어떤 꾸밈도 없습니다. 저의 가족과 찰스의 가족, 찰스와 함께 근무했던 동료들이나 다른 군인들의 말을 인용한 경우에는, 제가 직접 행하거나 저를 도와준 조사 연구원 두 분 중 한 분이 행한 인터뷰에서 인용했음을 밝힙니다.

찰스가 쓴 일기에서 발췌한 내용들은 그가 쓴 그대로입

니다. 두세 항목은, 비슷한 내용을 한 곳에 수록했습니다.
다만, 명확하게 전달하기 위해 필요한 곳에는 철자나 문법,
구두점 등 아주 사소한 변형이 있었음을 말씀드립니다.

제 가족과 찰스의 가족이 관련된 지극히 사적인 문제들
까지 거론했다는 사실을 압니다. 이 경우, 조던과 독자가 찰
스와 저를 이해하고 우리의 관계가 어떻게 전개되었는지를
이해하는 데 반드시 필요하다고 판단되는 것만 포함시켰습
니다. 실수나 잘못이 있었다면 너그러이 용서해 주길 빌며,
이 책에 담긴 정신과 더불어 조던에게 아빠와 엄마의 삶에
관한 진실을 말하고 싶었던 저의 갈망이라 이해해 주시길
바랍니다.

감사의 말

영감을 통해서든 직접적인 관련을 통해서든, 이 책의 소중한 일부가 되어 준 것에 감사해야 할 너무도 많은 분들이 계십니다.

무엇보다 먼저, 찰스와 조던이라는 선물을 주신 신께 감사드립니다. 더불어 글을 쓸 수 있는 재능과 열정을 축복으로 내려 주신 것에 감사를 드립니다. 당신의 영원한 사랑에 감사드립니다. 이 책과 제가 하는 모든 일이 당신이 하시는 일에 도움이 되기를 바랍니다.

텍사스 포트 후드의 '배달부'들—제4보병사단, 2여단, 67기갑연대, 1대대에서 저의 찰스와 함께 근무한 분들께는 어떤 감사의 말을 드려도 충분하지 않을 것입니다. 찰스는 여러분 한 사람 한 사람을 모두 사랑했습니다! 특히 이 책을 위해 몇 시간 동안 인터뷰할 수 있도록 해 주신 모든 '배달부'들께 감사를 드립니다. 여러분과 여러분의 관대함을 절대 잊지 않겠습니다.

토니 젠킨스 상사님, 찰스는 당신보다 더 좋은 '단짝'을 가질 수 없었을 것입니다. 그와 함께 그곳에 있어 준 것에, 이제 조던과 저를 위해 있어 주셔서 고맙습니다. 찰스의 또 다른 '단짝' 도나 모리스 상사께도 감사를 드립니다. 찰스는 당신만큼 멋진 전우를 선택할 수 없었을 것입니다. 우리의 병사들이 이라크에 있을 때에도, 찰스를 잃은 뒤에도, 당신은 저의 바위가 되어 주셨습니다. 수많은 '배달부'들과 닿도록 주선해 주시고, 원고를 살펴 주시고, 이 책이 만들어지는 동안 당신과 케니를 빈번하게 방문하도록 허락해 주신 데 대해 감사를 드립니다. 당신이 베풀어 주신 마음은 찰스가 당신을 사랑한 이유들 가운데 하나였고, 제게도 그렇습니다.

제게 말없이 마음을 나누어 주고 계신 발레리 라우어 씨께 감사를 드립니다. 끔찍했던 10월의 그날, 우리는 사랑했던 사람들을 잃었습니다. 여러 방법들로 제게 다가와 주시고, 당신의 기억을 저와 공유해 주신 것에 감사를 드립니다. 그리고 윌리엄 레커드와 조셉 케인의 가족분들께도 감사를 드립니다. 만나 뵌 것은 영광이었습니다만, 여러분들이 겪은 고통에는 위로의 말씀을 전합니다. 여러분을 위해 기도를 멈추지 않고 있다는 말씀을 전합니다.

미 육군의 모든 장병들, 여러분의 봉사와 희생에 감사를 드립니다. 여러분은 저에게 영감을 주었습니다. 여러분과 여러분의 가족들께 신의 축복이 함께 하길 기원합니다.

아버님 찰리 킹, 어머님 글래디스 킹 여사께, 감사를 드립니다. 두 분이 아니셨다면 찰스가 그토록 놀라운 사람이 될 수 없었다는 것을 압니다. 저는 그의 삶에 감사하며, 제가 그를 평생 사랑할 거라는 사실을 알아주셨으면 합니다. 크리스티나, 나와 네 아버지를 함께 있게 해 주고, 조던에게 더없이 사랑스러운 누나가 되어 줘서 고마워. 조던과 나는 너를 사랑해. 게일 고모, 당신이 오빠에게 한 모든 것에 고마움을 전합니다.

나의 아버지 토머스 J. 카네디 상사님, 그리고 나의 어머니 페니 카네디 여사, 이 책을 쓰는 동안 보여 주신 두 분의 변함없는 사랑과 지지에 감사를 드립니다. 두 분은 소녀 시절의 제가 낙엽에 관한 시를 쓸 수 있도록 격려해 준 분으로 제 기억 속에 남아 계십니다.

내 사랑하는 동생들, 데이비드, 린넷, 토머스 주니어, 킴, 니키, 바네사, 그리고 대릭. 너희들은 나의 가장 친한 친구들이야. 마음을 다해 사랑해. 소중한 내 조카들, 마이클,

마리아, 앨리야, 임마니, 캐일라, 브리아나, 앨라나, 캐머런, 콜린, 브라이언, 그리고 도미닉. 너희들을 정말로 사랑해.

에버레너 카네디 할머니, 그리고 보비 윌리엄스 이모, 두 분은 늘 제 마음에 계십니다.

크라운 출판사의 편집장 레이첼 클레이먼, 무슨 말로 당신의 비범한 재능을 묘사할 수 있을까요. 저는 당신의 공교로운 편집이 제 원고를 얼마나 빛나게 했는지, 그리고 제 이야기에 얼마나 열정적으로 관심을 가져 주었는지에 대해, 그저 경외심을 느낄 뿐입니다. 종종 말씀드렸듯이 이 책의 집필은, 조던을 낳은 것 다음으로, 제 인생에서 중요한 시도였습니다. 당신이 아니었다면 제 원고를 감히 맡길 수 없었을 것입니다. 저와 함께 웃고, 저와 함께 울었던, 고통스러운 감정들을 이겨 낼 수 있도록 조언해 주신 것에, 한낱 이야기였던 것을 현실로 만들기 위해 기울여 주신 모든 것에 감사를 드립니다. 찰스도 저와 같은 마음이란 것을 압니다.

저의 책이 크라운 출판사에서 출간된 것에 깊은 감사를 드립니다. 따뜻하고, 안전하고, 아이를 기를 수 있는 집을 제게 찾아 주셨습니다. 제니 프로스트, 제 이야기를 들려드릴 시간과 공간을 내주시고, 지원을 아끼지 않은 것에 감사를 드립니다. 티나 콘스터블, 생각 가능한 모든 면에 지지를 보내 주신 것에 감사를 드립니다. 너무나 많은 것들에 빚을 졌습니다. 무엇보다 당신의 무한한 열정에 존경을 보냅니다. 필립 패트릭, 저의 일을 당신의 일인 것처럼 느끼도록 만들어 주신 것은 제게 너무도 큰 영광이었습니다. 타라 길브라이드, 신디 버먼, 메리 초트보스키, 여러분의 놀라운 재능과 지지에, 그리고 메리 앤 스튜어트, 당신의 감각과 믿을 수 없을 정도로 철저한 교정과 퇴고에 감사드립니다. 이 책이 출간되기까지 도움을 준 크라운 출판사의 모든 사람들께 고마움을 전합니다.

저의 에이전트 플립 브로피, 이 책에 있어 저의 가장 근사한 '치어리더'인 당신의 전문성과 재치는 당신의 광대한 마음의 넓이와 일치합니다. 찰스를 잃은 고통이 너무나도 컸을 때, 당신은 줄곧 저와 함께 있었습니다. 어느 날 길모퉁이에 선 채로 마구 울었던 기억이 나네요. 그리고 제 곁에는 고통을 덜어 주기 위해 팔을 뻗어 주신 당신이 있었습니다. 그건 당신의 직무 분석표에는 나와 있지 않겠지만 당신이 어떤 분인지를 더없이 말해 줍니다. 고맙습니다.

플립의 어시스턴트 샤론 스케티니, 당신은 탁월한 재능을 가진 젊은 여성이고, 언젠가 책임자의 자리에서 만나게 될 것이라는 사실을 의심하지 않습니다. 문학 에이전시 스딜링 로드 리티리스틱의 모든 분들, 여러분은 최고의 팀입니다. 여러분의 변함없는 열정에 감사를 드립니다.

저의 '공식 독자'이자 동료이며 친구인 레베카 코벳, 초고 전체를 읽어 주고, 한낱 아이디어였을 뿐인 제 이야기들을 당신의 놀라운 솜씨와 지혜를 동원해 알찬 책으로 변신할 수 있게 해 준 것에 무한한 감사를 드립니다. 당신이 아니었다면 나는 여전히 텅 빈 모니터만 바라보고 있었을지도 모릅니다.

나의 가장 오랜 친구 미리엄 힐, 너와 나의 우정이 20년이 넘었다는 걸 믿을 수 있니? 그 많은 시간 속 아가씨들의 대화, 웃음, 사랑이 여기에 담겨 있어. 조던이 태어났을 때 내 곁에 있어 주고, 이 책을 쓸 수 있도록 격려를 아끼지 않은 것에 고마움을 전한다.

저의 영혼의 동반자들, 레이첼 스완스, 로빈 스톤, 카티 그레이, 그리고 커리. 우리가 가족이란 걸, 알죠? 초고의 적지 않은 부분들을 살펴 주신 것에, 찰스와의 시간을 자세히 기억할 수 있도록 도와주고 늘 든든한 배경이 되어 준 것에 감사를 드립니다. 여러분이 저에게 그런 존재였듯, 저도 여러분에게 그랬으면 좋겠습니다.

나의 동지들, 미아 나바로, 베키 카루소, 제니퍼 프레스턴, 자넷 엘더, 로레타 제임스, 그리고 자호바니 에스피날, 여러분 모두를 알게 되어 저는 더 부유하고 행복한 사람이 되었음을 말하고 싶습니다. 이 책을 마감하는 동안 조던을 돌봐 주신 자호바니 부인께 특별한 감사를 드립니다.

릴리언 폴랑코, 찰스와 저는 당신만큼 우리 아들을 잘 보살펴 줄 정성스러운 사람을 달리 찾을 수 없을 것입니다. 조던에 대한 당신의 사랑과 당신에 대한 조던의 사랑은, 조던을 걱정하지 않고 글쓰기에 집중할 수 있도록 해 주었습니다. 당신이 한 일은 신께서 하신 일의 일부입니다.

도로시 커닝햄, 당신은 특별한 여성이십니다. 제 이야기를 끝까지 들어 주서서 감사합니다.

네이선 뱅크스 소령님, 제가 책을 쓰기 위해 필요한 군사 정보를 조사하는 동안 아낌없이 시간과 지식을 제공해 주신 것에 감사를 드립니다. 참을성 있게 자세한 부분까지 일일이 신경을 써 주신 것에도 감사를 드립니다. 저는 소령님께 빚을 졌습니다.

탁월한 재능의 소유자인 나의 연구 보조원 테리 아과요, 그리고 릴리아나 폴랑코, 두 사람의 모든 노고에, 특히 공을 들여 사실 관계를 확인해 준 것에 감사를 드립니다. 내가 많은 걸 요구했다는 건 알지만, 여러분이 해낼 거란 사실을 한 번도 의심해 본 적이 없었음을 전합니다. 두 분에게 진 신세를 꼭 갚겠습니다.

뉴욕 타임스의 동료들, 찰스의 죽음에 대처할 수 있도록 도와주고, 처음으로 우리의 이야기에 관심을 보인 사람들이 되어 준 것에 감사를 드리고 싶습니다. 그가 세상을 떠난 후 직장에 복귀했을 때, 제 책상 위에서 본 꽃과 테디 베어, 그리고 카드로 가득 찬 우편함을 기억합니다. 많은 분들이 조던을 위해 기부해 주신 장학 기금에 대해서도 감사를 드립니다. 제 보스이자 친구인 질 에이브람슨에게 특별한 감사를 드립니다. 당신은 이 책의 가능성을 가장 먼저 알아보고 저로 하여금 이 책을 쓰도록 격려해 주셨습니다. 외로움에 지쳐 갈피 없이 헤맬 때, 당신은 저와 함께 공원을 걸어 주셨습니다. 제게 기운이 필요할 때 신발 가게에 동행해 주셨지요. 더 이상 뭘 더 요구할 수 있었겠어요? 당신의 우정에 정말 감사를 드립니다. 빌 슈미트와 글렌 크라몬에게도 감사를 드립니다. 찰스의 장례식에 두 분이 참석해서 그날의 슬픔을 이겨 내는 데 얼마나 큰 도움이 됐는지, 그리고 그 뒤에 보여 준 지지가 제게 얼마나 큰 변화를 가져왔는지 두 분은 알지 못할 겁니다.

캐슬린 맥엘로이와 그레이스 윙, 제 인생에서 가장 힘든 시기를 헤쳐 나갈 수 있도록 도와주신 데 대해 감사를 드립니다.

캐런 칸터, 스탠리 토빈, 그리고 숀 로저스, 여러분의 놀라운 우정, 저의 책에 대한 지지, 저의 길을 '당당히 걸어갈' 수 있도록 도와주신 것에 감사를 드립니다. 계속 곁에 있게 해 주시길 부탁드립니다.

로즈 리히터, 당신이 없었더라면 이 책은 결코 쓰일 수 없었을 겁니다. 그것이 가능하도록 당신이 해 주신 모든 것에 감사를 드립니다. 조던과 이 책―저의 유일한 관심사였던 두 아기에게만 집중하던 시기에 저로 하여금 가정을 흐트러뜨리지 않을 수 있도록 도와주신 샤이카 로버츠에게도 감사를 드립니다.

또한 이 책의 모든 독자들에게 겸허한 마음으로 감사를 드리고 싶습니다. 제 삶을 공개하려고 한 적은 없었지만, 찰스와 저는 나름대로 진기한 사랑을 공유했고, 찰스가 세상을 떠난 후 저는 단지 우리의 이야기와 그의 정신을 나눌 수 있기를 바랐을 뿐입니다. 여러분 모두의 안녕을 빕니다.

『저녁 포 조던』을 읽은 당신에게 던져 보는 질문들

1. 다나는 자신의 이상형을 묘사할 때, 뉴욕에 살고 있는 자신과 비슷한 사람을 거론합니다. 이상적인 짝은 자신과 비슷한 사람이어야 할까요? 그녀의 이상형은 어떻게 바뀔까요?

2. 다나와 찰스는 어떻게 다르고, 얼마나 비슷할까요? 두 사람은 다나가 생각하는 것만큼 다른가요?

3. 다나가 가진 자신의 부친에 대한 양가감정이 남자들과의 관계에 어떤 영향을 미칠까요? 조던이 태어난 후 아버지에 대한 그녀의 관점은 어떻게 바뀔까요? 만약 당신에게 자녀가 있다면, 부모가 되었다는 것이 일정 부분 당신의 부

모님을 받아들이게 만들었나요?

4. 찰스와 다나가 흑인으로 살아가면서 하게 되는 경험들은 그들의 선택에 어떻게 작용할까요?

5. 다나와 찰스는 둘 다 도전적인 직업과 자신들의 개인적 삶의 균형을 맞추기 위해 고군분투를 합니다. 당신은 당신의 인생에서 이러한 요구들을 어떻게 처리해 왔나요? 찰스가 이라크로 막 파병될 때, 다나로 하여금 다른 요인들을 뒤로 하고 먼저 아이를 갖기로 결심하게 만든 것은 무엇일까요?

6. 『저널 포 조던』은 빠른 속도로 움직이는 언론의 세계와 군대 생활의 고단함을 모두 담고 있습니다. 두 사람의 직업에서 흥미로운 점, 혹은 놀라운 점은 무엇이었나요?

7. 이라크와 관련된 부분들은 당신에게 어떤 영향을 미쳤나요? 군인에게 요구하는 것과 이 전쟁의 속성에 대한 이해가 깊어졌나요?

8. 찰스는 다나에게 조던이 태어날 때 함께하지 못한 이

유를 부하들이 자신을 필요로 했기 때문이라고 말합니다. 당신은 그의 결정을 이해하나요?

9. 신앙이 찰스에게 어떤 역할을 했는지에 대해 얘기를 나눠 보세요. 다나는 그가 그린 천사의 초상화를 어떻게 해석하나요? 그리고 이 그림은 찰스에게 어떤 의미일까요?

10. 찰스를 죽음에 이르게 한 임무에 관해 조사하던 중에 다나는 군이 종종 전사한 군인과 관련된 상황들을 '세탁'한다는 사실을 알게 됩니다. 이런 방식으로라도 사랑하는 사람들을 (좋지 않은 것이라고 군이 판단한) 진실로부터 보호해야 할까요?

11. 다나는 찰스의 일기를 통해 자신이 몰랐던 것들을 알게 됩니다. 우리는 사랑하는 사람을 완전히 알고 있을까요? 『저널 포 조던』은 당신이 사랑한 사람들에 대해 더 많은 것을 알아 가도록 영감을 주었나요?

12. 다나는 성숙하고 낭만적인 사랑을 그려 냅니다. 자신들의 관계, 자신들이 가진 결점들, 그리고 다른 거의 모든 것들을 자신의 아들에게 들려주기로 한 그녀의 결정을 당신

은 어떻게 생각하나요? 사랑을 어떻게 정의할 수 있을까요? 다나가 "그날 난, 우리의 관계가 결코 완벽할 수 없다는 것을 깨달았지. 그저 우리에게만 완벽할 뿐."이라고 말할 때, 그녀가 의미한 건 무엇일까요?

13. 다나는 왜 각각의 장章을 한 통씩의 편지 형식으로 구성했을까요? 그녀는 찰스의 일기를 어떻게 사용하고, 어떤 효과가 있을까요?『저널 포 조던』을 한 가족의 슬픔을 뛰어넘는 설득력 있는 읽을거리로 만든 것은 무엇일까요?

14. 아버지란 존재를 어떻게 정의할 수 있을까요?『저널 포 조던』에 나오는 뭔가가 아버지란 존재에 대한 당신의 정의를 다시 생각해 보게 했나요?

저널 포 조던
사랑과 명예에 관한 이야기

발행일
2022년 3월 10일 초판 1쇄

지은이	● 다나 카네디
옮긴이	● 하창수
펴낸이	● 김종해
펴낸곳	● 문학세계사
출판등록	● 1979. 5. 16. 제21-108호

주소	● 서울시 마포구 신수로 59-1(04087)
대표전화	● 02-702-1800
팩스	● 02-702-0084
이메일	● mail@msp21.co.kr
홈페이지	● www.msp21.co.kr
페이스북	● www.facebook.com/munsebooks

ⓒ 다나 카네디, 2022
ISBN 978-89-7075-544-1 03840